KB071917

체호프의
코미디와 진실

오종우 고려대학교 문과대학 노어노문학과를 졸업하고 같은 대학교 대학원에서 석사와 박사 학위를 받았으며 모스크바 국립 대학교에서 수학했다. 현재 성균관대학교 문과대학 러시아어문학과 교수이다. 저서로는 『대지의 숨—러시아의 숨표들』 등이 있고, 역서로는 『러시아 희곡』(전2권, 공역), 『영화의 형식과 기호』, 『개를 데리고 다니는 부인』(체호프 소설선집), 『벚꽃 동산』(체호프 희곡선집) 등이 있으며, 러시아 문학과 예술에 관한 다수의 논문들을 발표하였다.

체호프의 **코미디와 진실**

1판 1쇄 발행 2005년 7월 25일
1판 3쇄 발행 2014년 2월 28일

지은이 오종우
펴낸곳 성균관대학교 출판부

등록 1975년 5월 21일 제 1975-9호
주소 110-745 서울특별시 종로구 명륜동 3가 53
전화 (02) 760-1252~4 팩스 (02) 762-7452
홈페이지 press.skku.edu

ⓒ 2005, 오종우

값 18,000원

ISBN 89-7986-628-3 04890
       89-7986-488-4 (세트)

내가 두려워하는 사람은,

행간에서 경향을 찾아

나를 자유주의자니 보수주의자니 하고

확고하게 규정지으려는 자들이다.

나는 자유주의자도 보수주의자도

점진주의자도 성직자도 무신론자도 아니다.

나는 그저 단지

자유로운 예술가이고자 한다.

〈체호프〉

○

「갈매기」의 갈등 체계는, 인물들의 결단을 요구하거나
그런 결단을 위한 상황이 없이, 몽상 위에 구축되어 있다.
때문에 그 갈등 체계 자체는 사회상이 되고,
작가는 그러한 사회를 희극적으로 바라본다.
〈본문중에서〉

○○○

○○

1994년 M. 자하로프 연출의 「갈매기」 중에서
○　아르카지나 (I. 추르니코바 분), 도른 (L. 브로네보이 분), 트레플레프 (D. 페브초프 분)
○○　니나 (A. 자하로바 분)
○○○ 아르카지나 (I. 추르니코바 분), 트리고린 (O. 얀코브스키 분)

바냐 아저씨, 사는 거예요. 길고 긴 낮과 오랜 밤들을 살아 나가요.
운명이 우리에게 주는 시련들을 참아 내요.
지금도, 늙은 후에도, 쉬지 말고 다른 사람들을 위해 일해요.
그리고 우리의 시간이 찾아와, 조용히 죽어 무덤에 가면 얘기해요.
얼마나 힘들었는지, 얼마나 울었는지, 얼마나 괴로웠는지.
하느님이 가엾게 여기시겠죠. 우리는, 아저씨, 사랑하는 아저씨,
밝고 아름답고 우아한 삶을 보게 될 거예요. (중략)
우리는 쉬게 될 거예요……
우리는 쉬게 될 거예요! 우리는 쉬게 될 거예요!"
〈「바냐 아저씨」 중에서〉

1993년 M. 로조프스키 연출의 「바냐 아저씨」 중에서
보이니츠키(A. 마살로프 분)
소냐(B. 자슬라브스카야 분)

사실, 현실에서 사람들은 항상, 서로를 쏘거나
목매달아 자살하거나 사랑을 고백하거나 하지 않는다.
그리고 그들은 항상, 분명한 것에 대해서만 이야기하지 않는다.
대부분, 그들은 먹고 마시고 배회하고 무의미한 말을 한다.
그런데 무대는 이것을 보여 주어야 한다.
희곡은 그 안에서 사람들이 오고 가고 식사를 하고
날씨에 대해서 이야기 나누고 카드놀이를 할 수 있게 씌어야 한다.
그것은 작가가 원하는 방식이기 때문이 아니라
실제 생활에서 일어나는 방식이기 때문이다.

〈체호프〉

「벚꽃 동산」의
초연 포스터(1904, 좌)와
최근작 포스터(2005, 우)

2001년 M. 로즈프스키 연출의
「벚꽃 동산」 중에서
라네프스카야(N. 바로니나 분)
가예프(A. 자렘보브스키 분)
로파힌(A. 마살로프 분)

등장인물들은 현재의 새 질서를 긍정하지 못하고
과거의 기억에 연연하고 있다.
그들의 몸은 현재의 시간에 살고 있으면서도,
그들의 의식과 사고 방식은 지나가 버린 과거의 시간에 머물고 있는 것이다.
시간의 편차에서 해방되지 못해 새로운 질서에 편입하지 못하는 등장인물들은
똑같은 시간이 되풀이되는 공간 속에 삶의 둥지를 튼다.

〈본문중에서〉

2001년 M. 로조프스키 연출의 「벚꽃 동산」 중에서

○　　　　아냐(K. 트란스카야 분), 트로피모프(D. 세메노프 분)

○○　　　에피호도프(A. 루카쉬 분), 야샤(Iu. 골룹초프 분)

○○○　　두나샤(O. 레베제바 분), 야샤(Iu. 골룹초프 분)

○○○○피르스(G. 슈밀로프 분), 가예프(A. 자렙보브스키 분)

○　　1976년 J. 밀러 연출의 「세 자매」 제1막.
　　　이리나의 명명 축일에 모인 등장 인물들이 사진 촬영 포즈를 취하고 있다.
○○　같은 작품의 제1막 오프닝
○○○ 1964년 S. 삼소노프 감독의 영화 「세 자매」 중에서
　　　올가(L. 소콜로바 분) 마리아(M. 볼로지나 분) 이리나(T. 말리첸코 분)

「세 자매」는 현실에서 쇠락해 가는
인물들의 꿈을 그리고 있다.
미래, 삶의 의미, 믿음의 필요성에 대한
등장인물들의 대화가
그들의 불합리한 현실적 상황 및
그들의 일상 행위와 예리하게 대비되어,
사건의 실제 흐름과 부조화를 이루는
삶의 아이러니를 보여주는 것이다.
〈본문중에서〉

○ K. S. 스타니슬라브스키, 「갈매기」의 무대 연출도(1898)
○○ B. A. 시모프, 「바냐 아저씨」의 삽화 프로그램(1900)
○○○ A. P. 체호프, 「세 자매」의 필사본(1901)

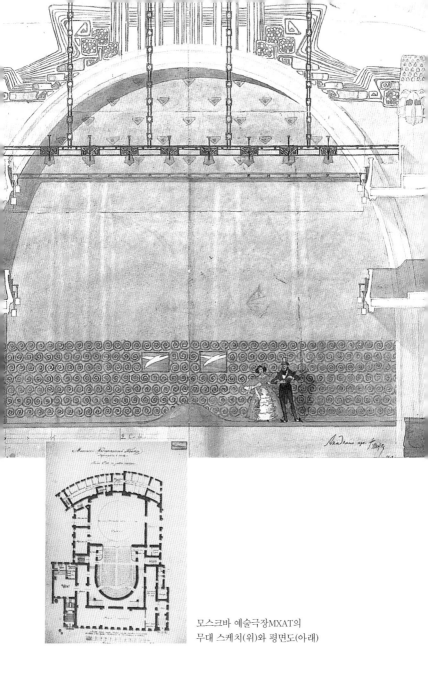

모스크바 예술극장MXAT의
무대 스케치(위)와 평면도(아래)

체호프의
코미디와
진실

성균관대학교
출판부

일러두기 ────────────────────────────────────

1. 1차 자료는 러시아의 나우카 출판사에서 간행된 총 30권(작품 18권, 편지 12권)의 체호프 전집이다. A. P. Chekhov. *Polnoe Sobranie Sochinenii i Pisem v tridtsati tomakh.* Moskva : Nauka, 1974~1988.
2. 러시아 어는 Library of Congress 방식에 따라 라틴 문자로 전사하였다.
3. 1차 자료를 인용할 때에는 " "를, 2차자료를 인용하거나 강조할 때에는 ' ' 를 사용하였다.

안톤 파블로비치 체호프에게 바친다

머리말

    파스테르나크의 장편소설 『닥터 지바고』에서 의사이자 시인인 지바고는 생명과 문학을 사색하면서 자신의 노트에 이렇게 적는다. "체호프의 순박함. 인류의 궁극적인 목적이니 그 구원이니 하는 거대한 일에 대한 겸손한 무관심. 그런 것에 관해 숙고하면서 전혀 건방지지 않은 것. 체호프는 마지막까지 예술가의 본분에 따른 당면한 일에 충실했고, 그 일을 하면서 조용히 누구에게도 상관하지 않는 개인적인 몫으로서의 자신의 삶을 살았다. 그런데 이제 그 일이 보편적인 관심사가 되어 마치 나무에서 딴 푸른 풋사과가 저절로 익어 가듯이 점점 그 맛과 의미를 더해 갔다." 이 책은 지바고가 언급한 그 맛과 의미를 해석하고 연구한 것이다. 이때 이 책이 중심에 둔 것은 코미디와 진실이다.

    지바고의 언급처럼 체호프가 우리에게 주는 즐거움과 희망은 생산적이다. 존재하기에 인식되는 세상이 아니라 인식하기에 존재하는 세상이 열리기 때문이다. 그래서 체호프는 읽을 때마다 새롭게 창조된다. 창조성이 문학과 예술의 기반이기에 체호프가 주는 즐거움과 희망은 그야말로 예술적이다. 난감한 삶에 맞서는 성실한 예술가, 체호프는 결코 초월하려 들지 않는다. 초월은 때론 회피이기 때문이다. 체호프의 진실은 그렇게 구축된다. 사실 체호프는 진실을 가장 중요하게 여겼고, 그 진실이 예술적으로 형성된다. 그 결과 삶을 바라보는 시선이 생겨, 삶 속에서라면 비애감에 젖었을 생활이 코미디로 승화된다. 현상에 편협한 관념을 부여하고 그 관념을 진짜 실체로 알고 살아가기에 삶은 코미디다. 또 그리고 그렇다는 것을 알기에 그 삶은 비극이 아니라 코미디다. 코미디의 이 여유, 이 여유에서 우리는 즐거움과 희망을 생산하고 삶의 진실도 본다. 그렇게 체호프는 우리에게 다가온다.

이 책에 실린 〈체호프의 코미디〉는 5년 전에 상재한 『체호프 드라마의 웃음세계』를 보완한 글이고, 이어 그때의 약속대로 세 편의 글을 보탰다. 소박해서 오히려 난해하다는 체호프가 이해되는 데 이 책이 도움이 되기를 바란다. 더불어 체호프가 제시하는 진리와 희망 그리고 삶의 비밀이 이 책을 통해서 읽히기를 바란다. 원고를 정리하고 편집하느라 현상철 선생이 수고하였다.

2005년 어느 이른 봄날,
오종우

차례

제1부
체호프의 코미디

Anton
Pavlovich
Chekhov

서론 : 가장의 시스템

체호프는 가장 이해되지 않는 러시아의 작가다.
S. 센제로비치

도대체 왜 포스터와 신문 광고에서 나의 희곡을 그렇게 집요하게 드라마라고 부르는 거요? 네미로비치와 알렉세예프는 나의 희곡에 있는 것을, 내가 쓴 것과 완전히 다르게 보고 있어. 그래서 나는 이 두 사람이 한번도 나의 희곡을 정성 들여 완벽하게 읽지 않았다고 단언할 수 있소.

체호프Anton Pavlovich Chekhov(1860~1904)는 생애 마지막 해인 1904년 4월, 모스크바 예술극장의 여배우이자 아내인 O. L. 크니페르에게 보낸 편지에서 이렇게 노골적으로 푸념한다. 체호프는 자신이 "드라마가 아니라 코미디"를 썼는데도 이를 연출가들이 전혀 이해하지 못한다고 불만을 토로한 것이다. 그렇지만 이 사실에서 역설적으로 드러나듯이, 체호프의 극을 희극의 견지에서 파악하기에는 많은 장애가 존재하고, 이러한 장애는 그의 극 텍스트들을 난해하게 만든다. V. I. 네미로비치 단첸코와 K. S. 스타니슬라브스키(본명 알렉세예프)는 예리한 통찰로 체호프의 극성을 규명하는 데에 단서가 되는 '내적 흐름', '분위기' 등에 관해 언급한 바 있다. 하지만 이들을 향한 체호프의 불만은 체호프 극에 대한 기존의 방대한 연구에서 작가의 '코미디'란 규정이 명확히 규명되지 못했음을 상기시킨다.

사실 이 두 사람에 대한 체호프의 불만은 큰 의미를 지닌다. 타간로그에서 보낸 어린 시절부터 극에 관한 관심과 환경 속에서 성장한 체호프는 유머 단편들을 쓰기 전인 17세 때 이미 첫 희곡인 「아비 없는 자식*Bezottsovshchina*(일명 플라토노프 *Platonov*)」을 썼고, 이후 변함없이 지속된 드라마를 향한 열정을 통해 드라마의 혁신을 낳은 극작가로 군림하게 된다.[1] 그렇지만 한때 체호프도, 대부분의 혁신자들이 그러했듯이, 자신의 희곡을 이해하지 못하는 많은 이들로 인해 실패를 겪으며 이에 좌절하여 더 이상 극작품을 쓰지 않겠다고 수차 단언한 바 있다.[2] 바로 이때 이 두 사람, 네미로비치 단첸코와 스타니슬라브스키와의 만남을 통해 체호프의 극은 비로소 무대 위에서 성공을 거두게 된다. 이 두 사람은 당시의 연출가들과 연기자들 그리고 관객과 비평가들과 달리, 체호프 극을 '나름대로' 이해하고 있었던 것이다. 그러나 이 두 사람의 연출 덕분에 무대에서 성공을 거뒀음에도 불구하고, 체호프는 이들이 자신의 희곡에서 작가인 자신이 제사(題詞)처럼 달아놓았거나 주장하는 '코미디'란 장르 규정을 전혀 해석하지 못하고 있다고 항의

한다.[3] 체호프는 자신의 희곡이 무엇보다 코미디로 이해되어야 한다고 생각한 것이다. 그동안 '스타니슬라브스키의' 체호프 극을 토대로 체호프 극을 이해하려는 경향이 지배적이었다.[4] 그러나 이 글에서는 바로 '체호프의' 체호프 극을 해석하고자 한다. 그것은 이견과 몰이해를 초래했던 희극성에 대해 규명하는 일이다.

체호프의 희곡에 대한 기존의 연구에서 '코미디'와 관련된 해석들은 다음 세 가지로 정리될 수 있다. 첫째, 작가의 희극 규정에도 불구하고 비극적인 음조를 부각시켜 해석한 것이다. R. 잭슨의 지적처럼, 초기의 체호프 비평가인 N. 미하일로프스키로부터 현재에 이르기까지 체호프를 '절망의 시인', '황혼의 가수', '파멸의 시인' 등 염세주의자로 보는 견해가 매우 뿌리 깊은 것이 사실이다. 이러한 견해들은 거의 체호프의 작품들을 '인간의 비극적 운명'이라는 비극성과 연결시켜 해석하고 있다.[5] 이는 희곡에 대한 해석에서 두드러진다. 특히 체호프의 극 텍스트들에 사회학적으로 접근하는 윌리엄즈는 개인적 삶이 사회적인 연관성을 지니고 있을 때 비로소 중요한 의미를 획득하기 때문에 그의 희곡들은 사회적 붕괴가 다름아닌 개인적 붕괴라는 총체적인 비극 상황을 보여 준다고 해석한다.[6] 둘째, 미래에 대한 긍정적 비전이란 무리한 해석에 희극성을 연결시켜 해석하는 것이다. A. 루나차르스키의 논문 「체호프는 우리에게 어떤 의미인가?」 이후, V. 예르밀로프, A. 스카프트이모프, G. 베르드니코프와 같이 유명한 체호프 연구자들을 비롯한 대부분의 소비에트 비평가들은 '구 시대의 몰락 이후의 희망'을 체호프 희곡의 주 테마로 본다. 코미디에 대한 일반적인 경험인 해피엔딩이 희극성과 연결된다고 보는 것이다. 이와 비슷하게 D. 마가샤크도 드라마의 교훈적인 목적을 강조하여 체호프의 드라마를 '용기와 희망의 드라마'라고 평가하며,[7] 유사한 맥락에서 E. 폴로츠카야도 '낡은 삶이 붕괴하는 순간 아나가 찾아 떠나는 새로운 삶이 「벚꽃 동산」의 중요한 사상적 결산이다'라고 결론 내린다.[8] 셋째, 작가의 견해를 무시할 수 없으나 작품에 내재된 비극적인 음조를 기본으로 인정하여 희극과 비극이 결합된 독특한 장르로 해석하는 것이다. 그래서 V. 프롤로프와 같은 연구자는 타협적으로 체호프의 장르를 드라마, 희극, 비극의 상이한 요소들이 포함된 지극히 정교한 합금이라고 정의 내리고 희극적 요소를 상황의 소극적인farcical 측면에서 굳이 찾고자 하기도 한다.[9] N. 파제예바도 통합적 장르가 체호프의 새로운 드라마투르기의 특성이라 보며 「벚꽃 동산」을 희극적인 것과 비극적인 것이 결합된 희비극이라고 정의한다.[10] A. 추다코프 역시 체호프의 희곡에서 다양한 정서를 가진 에피소드들이 교차되고 있음을 언급하면서 희극적인 것과 비극적인 것, 곧 소극과 비극이 결합되어 있다고 평가한다.[11]

이 모든 해석은, 심지어 희극이란 해석도 비극적인 음조를 희곡의 기반으로 인정하고 있다. 그러나 체호프 극의 바른 해석은 자신의 희곡을 코미디라는 장르로 규정한 체호프의 주장을 고려해야 한다. 장르는 텍스트를 구성하는 여러 요소들의 메커니즘을 결정하기 때문이다. Iu. 로트만은 '특정한 장르에 대한 작가의 선택은 그가 독자와 이야기하고자 하는 언어의 선택'이라며 장르의 의미를 강조한다.[12] M. 바흐친도 『문학학의 형식적 방법』에서 러시아 형식주의를 비판적으로 검토하면서 장르의 중요성과 의의에 관해 다음과 같이 설명하고 있다. 다른 이데올로기 분야와 달리 예술은 완결성이라는 특성을 지니며, 이러한 완결성은 장르를 통해 이루어진다. 그런데 어떠한 장르도 작품 전체를 구축하고 완결 짓는 독특한 유형이며, 따라서 각각의 요소들이 구성상 가지는 의의도 장르와의 연관 속에서라야 비로소 잘 이해할 수 있게 된다.[13] 그리고 다른 저술에서는 희극과 불가분의 관계를 맺는 웃음의 의의에 관해 이렇게 설명한다. "웃음은 논리적인 언어로 옮길 수 없는, 현실에 대한 특정한 미학적 관계이다. 즉 현실을 예술적으로 바라보고 이해하는 특별한 수단이며, 따라서 장르를 구성하는 특정한 수단이다."[14] 자신의 극 텍스트에 대한 체호프의 장르 규정은 그 자신이 희곡을 쓰는 기본 틀로서 또 현실을 반영, 이해하는 방법으로서 중요한 의미를 지닌다. 코미디는 비극 등의 다른 장르와는 상이한 관점에서 텍스트를 구성하고 현실을 작품의 차원으로 끌어들여 수용자의 내적 언어의 변별성을 생성하기 때문이다.

체호프 극의 희극성을 해석하기 위해서는, 체호프의 극이 일반적인 극 규범에서 상당히 일탈한 '새로운' 드라마임을 함께 지적할 필요가 있다. 세기말의 특징을 안고 있는 체호프의 희곡들에는 상연되었던 당시뿐 아니라 현재에 이르기까지 '새로운'이라는 수

식어가 따라다니고 있다. 이는 그의 희곡이 일반적으로 고려되어 온 극 규범과 상충하는 데서 기인한다. 일반적으로 문학 텍스트로서의 희곡은 무대 메커니즘을 고려해야 한다. 또한 무대 메커니즘에는 초기부터 지금에 이르기까지 일정한 규범들이 존재해 왔다. 그러나 체호프의 희곡은 바로 그러한 연극성의 규범에서 벗어나 있다. 때문에 이러한 규범으로부터의 일탈이라는 독창성은 지금에 이르기까지 끊임없이 그의 극 텍스트에 '새로운'이라는 한정사를 요구하고 있는 것이다. "새로운 형식이 필요합니다. 필요한건 새로운 형식입니다. 그것이 없다면 차라리 아무것도 없는 게 낫습니다"라는 「갈매기」의 트레플레프 대사처럼 체호프는 당대의 연극을 "혼란과 모호함과 허풍의 세계"로 보고 적극적으로 드라마의 규범을 개혁하고자 노력했다. 이러한 점은 M. 고리키의 희곡 「소시민Meshchanin」에 대한 다음과 같은 지적에서도 잘 드러난다. "굳이 결점에 대해 언급하라면, 정정할 수 없는 결함 단 한 가지만 지적하겠습니다. 빨강머리의 머리칼 색깔이 붉은빛이듯, 그것은 '형식의 보수주의'입니다."

그런데 체호프가 추구하는 새로운 희곡은 체호프 극을 이해하기 어렵게 만든다. 작가 자신도 「갈매기」를 완성하기 직전 『새 시대』지의 발행인이자 편집장이었던 A. S. 수보린에게 보낸 편지에서 "나는 '기이한 뭔가'를 완성하게 될 겁니다"라고 언급했던 것처럼 그의 극작품은 기존의 개념에서 상당히 벗어났던 것이다. 그래서 고리키는 1898년 11월, 체호프 극의 공연을 보고 체호프에게

"내게 이것은 두려운 것입니다. 당신의 「바냐 아저씨」는 완전히 새로운 극예술 형태입니다"라고 편지를 썼다.[15] 이는 당시 「갈매기」가 성공적으로 공연되었지만, 여전히 그의 극 텍스트의 새로움이 이해되지 못하고 있음을 나타낸다. 심지어 V. 나보코프는 "그가 드라마의 기법을 충분히 숙고하지도 않았고 충분한 양의 희곡을 읽지도 않았으며 자신의 기교에 비판적이지도 않았다는 인상을 받는다"라고 평가하기도 한다.[16] 새로운 드라마이기 때문이다. 로트만도 체호프 극 텍스트의 '새로운' 성격을 다음과 같이 설명하고 있다. "체호프 드라마의 주인공은 무대에서 '비일상적인' 행위를 하지 않고 일상적이고 평범한 삶을 살아간다. 이것은 '당연한 일상'에 대한 우리의 개념과 완전히 일치하지만 연극성의 규범에 대한 관념과는 날카롭게 대립한다."[17] 일상적인 삶을 닮은 예술 텍스트로서 체호프의 극 텍스트에는 일상에서와 다른 언어가 작용한다.[18] 예술 텍스트에는 비예술 텍스트와 달리 일상적인 삶이 그대로 반영되는 것이 아니라 고도의 농축된 정보를 포함한 특수하게 조직화된 메커니즘이 작동하기 때문이다.

그럼으로써 체호프의 극 텍스트에 '가장(假裝)의 시스템'이 형성된다. 일상적인 삶을 가장한 예술적인 삶을 내포한 그의 주요 극 텍스트는 4막으로 구성되어 일정한 플롯의 발전이라는 전통적인 극 장르의 규범을 가장하고 있다. 그러나 전통적으로 극의 구조가 초-중-종이란 틀을 유지한 5막극 또는 이를 축약한 3막극인데 비해 그의 희곡이 4막극이라는 점은 이에서의 일탈을 시사한다.[19] 극의 시공 구조 또한 표면적으로는 일치의 원칙을 따르는 것처럼 보이지만 그것은 가장일 뿐이다. 시공 구조는 철저하게 파괴된 채 텍스트의 의미에 개입한다. 그리고 실존적인 실체나 기호학적인 행위자의 역할을 수행하는 기존의 극중 인물과 유사한 등장인물들은 실상 그러한 기능을 수행하지 못함으로써 마찬가지로 가장의 시스템이 된다. 체호프의 극 텍스트는 작가 자신이 "무대의 규범을 거스르는 드라마"라고 규정했듯이, 기존의 극 규범에서 이탈하고 있다. 그의 희곡은 전통극의 형식을 '가장'하며 '새로운' 극적 구성을 내포하고 있는 것이다. 내용의 차원에서도 진지함을 가장한 어긋남, 곧 비극을 가장한 코미디의 성격을 띤다. 결국 가장은 전체적으로 극 텍스트의 의미를 형성하지 못하지만 그 시스템은 극 텍스트의 의미 구조를 심화시킴으로써, 그의 극은 여러 방향에서 다양한 해석이 가능한 풍부한 의미를 내포한 드라마가 된다.

그런데 체호프의 희곡에 붙여진 '새로운'이란 개념은 단순히 드라마투르기에 국한되지 않는다. 말하자면 그의 극 텍스트의 새로움에는 '현실에 대한 예술적 인식'이라는 미학적 의미가 담겨있고, 이들은 상호 영향을 주고 있는 것이다. 체호프가 다른 극작가들이 뭔가를 이야기했던 것과 달리 현상에 대한 '판결로부터 초연함이 가장 이상적이라고 고수'[20]한 것은 사실이다. 그러나 그렇다고 해서 이것이 작가관이 배제된 순수 객관적인 묘사에 그치고 있다는 점을 의미하지는 않는다. 의사이기도 한 그는 새로운 시각으로, 더 객관적인 인식으로 혼돈의 세계에 내재된 희극적 본질을 '진단'하고 있는 것이다.[21] 요컨대 체호프는 전통적인 극예술 형식의 상당한 구성 요소들이 근본적으로 변형된, 세계의 새로운 예술적 모델을 창조했다. 따라서 체호프 극의 희극성을 기존의 코미디나 웃음에 관한 이론 틀을 단순히 적용하여 올바로 규명할 순 없다. 새로운 드라마로서 체호프 극의 의미 형성 체계를 함께 고찰해야만 그 희극성을 규명할 수 있을 것이다.

    이 글은 이전의 희곡들과 구성, 내용 면에서 확연히 구분되고[22] 일반적으로 '체호프가 예술적으로 완전히 성숙했다'[23]고 평가받는 후기의 4편의 희곡 ―「갈매기Chaika」, 「바냐 아저씨Diadia Vania」, 「세 자매Tri sestry」, 「벚꽃 동산Vishnevyi sad」 ― 을 연구 대상으로 한다. 그리고 이 글은 체호프가 무엇보다도 예술가였음에 초점을 맞추어 문학 연구의 본질적인 과제인 시학적 분석을 통해 그의 드라마투르기의 원론적 혁신성을 규명하고 미학적 범주인 희극성을 밝히고자 한다. 바꿔 말해서 체호프의 원숙한 극 텍스트를 이루는 '새로운 드라마'라는 시학적 구성과 '희극적 세계'라는 미학적 시각의 교직을 풀어냄으로써 텍스트의 예술적 관점과 그것이 관통하는 삶의 현실을 이해하고자 한다. 이를 위해 이 글의 본문을 세 개의 장으로 구성한다. 이 구성은 우선 희곡을 구축하는 세 가지 기본 요소인 대화체, 시간과 공간, 등장인물에 의거하며, 이는 각 장의 제1절에 각각 해당된다. 여기에서는 새로운 극 텍스트인 체호프의 희곡에서 의미가 형성되는 방법과 그것의 소통 양식과 의의에 대해 분석, 고찰한다. 그리고 각 장의 제2절에서는 그 각각의 기본 요소의 새로운 특성이 두드러지는 희곡 작품의 희극성에 대해 집중적으로 논의한다. 이때 제2절의 중심 개념인 몽상, 광기, 허상은 각 장의 제목이 된다. 결국 각 장의 1절에서는 체호프의 극 텍스트에 도입된 재료들이 대화체, 시공, 인물이란 세 가지 차원에서 '어떻게' 축조되어 의미를 드러내는가 하는 시학적 측면에 관해 다룰 것이고, 이를 바탕으로 각 장의 2절에서는 세 가지로 구분된 극 텍스트의 차원이 각각 '무엇'을 말하고, 또 그것의 바탕을 이루는 현실에 대한 인식이 무엇인가라는 미학적 측면을 다룰 것이다.

몽상의 세계

> 그러다 거울에 비친 자신의 모습을 보게 되었다.
> …그는 언제나 여자들에게 본래의 모습으로 보이지 않았다.
> 여자들은 그 자체가 아니라, 자신들이 상상으로 만들어 놓은,
> 평생 간절히 원하던 그런 사람으로 그를 사랑했다.
> 「개를 데리고 다니는 부인」 중에서

대화체의 변이

"완전히 극적인 형식은 대화다"[24]란 헤겔의 명제나 "문학의 장르를 논리적으로 분류할 때, 드라마의 독자적 위상은 서술 기능의 부재, 바꿔 말해 대화를 통해서 인물이 구상화된다는 구조적 원리에 의해서만 확보된다"[25]라는 함부르거의 진술 등에서 강조되듯이, 극 장르의 기반이 되는 것은 바로 대화체다.

시간과 공간, 행위의 범위 등의 제약을 받는 무대 메커니즘을 고려해야 하는 극 장르의 대화체는 통상 인과율에 따라 연결되어 현실과 다른 자체의 시간과 공간을 획득하고 행위를 내포하여 갈등 구조가 내재된 플롯을 진행시킨다.[26] 이러한 대화체로 구성되

는 극 텍스트의 담화의 성격을 서사시나 서정시의 그것과 비교하며, 바흐친은 다음과 같이 말한다. "드라마는 거의 언제나 묘사된 객체적 담화들로 이루어져 있다. …드라마의 대화나 작가의 콘텍스트에 도입된 드라마화된 대화에서 대화적 관계들은 묘사된 객체적 발화들을 연결시키기 때문에 스스로 객체화된다."[27] 달리 말해, 순수한 드라마에서 대화는 등장인물들의 내면이 객관화되는 공동의 장소다.[28] 그래서 객체화된 담화들로 구성되는 극 텍스트 내에서는 어느 한 인물의 대사를 상위 차원에서 통제하거나 장악하는 담화, 곧 각각의 담화들을 포괄하는 플롯 외적 담화가 존재하지 않음으로써 대화체의 집중력이 요구되고, 이러한 대화체 사이에서 발생하는 의미의 충돌을 통해서 극작품의 궁극적인 의미가 형성되고 '극성'이 생성된다. 동등한 차원에서 교차되는 대사들로만 구성된 극 텍스트에서는 그 대화적 관계가 시스템을 구축하면서 인물들간의 관계를 드러내고 행위를 진행시키는 것이다.

그러나 체호프의 대화체는 위에서 언급한 극 대화체에 대한 개념으로부터 일탈하여 혼란스럽고 때로는 비(非)극적인 성격으로 인해 지루한 느낌마저 준다. 예를 들어 「벚꽃 동산」의 첫 장면에서 라네프스카야 부인의 일행이 도착하기 직전에 에피호도프가 꽃다발을 손에 들고 삐걱거리는 구두 소리를 내며 등장하여 이렇게 말하고는 곧바로 퇴장해 버린다.

아침 서리가 내렸습니다. 게다가 영하 3도인데 벚꽃은 활짝 폈지요. 정말이지 우리네 날씨는 알 수 없습니다. (한숨을 쉰다) 예, 그래요. 우리네 날씨는 종잡을 수 없습니다. 참, 예르몰라이 알렉세이치, 한마디만 더 하겠습니다. 3일 전에 구두를 샀는데, 말할 수 없을 정도로 삐걱거리는 소리를 냅니다. 무엇을 바를까요?

희극적 느낌마저 자아내는 에피호도프의 횡설수설과 의외의 질문이 집중력을 와해시키는 이러한 대화체 구성은 체호프의 극 텍스트 전체에 걸쳐 나타나는 특징이다. 플롯의 차원에서 전혀 불필요한 대사들과 예기치 않은 에피소드들의 잦은 개입은 극 텍스트에 산만한 성격을 부여하며 플롯의 의미를 축소시켜 버린다. 체호프의 극 텍스트에서 대화체의 집중력은 와해되고 해체되어 있어, 집중된 대화체가 낳는 기존의 극성은 존재하지 않는 것이다.

그의 대화체는 부분적으로는 서술체 장르의 특성과 전체적으로는 서정시 장르의 규범이 복합적으로 작용하여 구축되어 있다. 그래서 대사들은 그것의 의미 형성에 있어서 즉각성과 단일성을 거부하고 다면성을 특징으로 삼는다. 따라서 "모든 대화적 대립을 해결하는 극적 행위의 개념은 순전히 독백적이다"[29]라는 바흐친의 견해는 체호프의 극 텍스트에서 재고되어야 한다. 소설 장르에 대해 깊이 천착했지만 희곡에 대해서는 가장 보편적인 시학만을 적용했다고 볼 수 있는 바흐친이 기존의 일반적인 희곡에 비추어 객관적인 담화로 구성되는 극작품은 진정으로 극적이 되기 위해서 가장 견고한 세계의 통일성을 필요로 하고, 이러한 단일성이 약화되면 극성이 약화되어, 다면성은 곧바로 희곡을 파괴할 것이라는 견해를 피력한다. 하지만 그의 견해는 기존의 희곡에서 나타나는 형식적 측면의 '위압성' [30]에서 기인한 것이다. 따라서 그러한 위압적 규범을 '가장'의 시스템을 통해 피하고 있는 체호프의 극 텍스트에 그의 견해를 동일하게 적용하는 것은 부적절하다.[31]

집중력을 상실한 대화체의 특성으로 인해 대사 자체의 일차적 의미를 통해 텍스트의 의미망이 구축되지 않아, 고리키의 언급처럼 체호프의 대사들은 '분명하게 감지되긴 하지만 지적으로는 이해되지 않는다.'[32] 체호프는 드러나지 않고 단지 감지되는 새로운 극적 조건을 창조한 것이다. 이렇게 기존의 극 장르에 대한 개념으로는 이해되지 않고 단지 감지될 뿐인 체호프의 극 텍스트에서 '새로운' 극적 조건은 대화체가 기존과 상이한 차원에서 의미를 형성하고 있음을 통해 이해될 수 있을 것이다.

침묵의 대화

체호프 극에 대한 기존의 연구는 그 대화체가 일상의 회화와 매우 유사한 특성을 지니고 있음을 지적하고 있다.[33] 그런데 자연어 곧 일상어ordinary language는 참과 거짓의 검증 가능성에 비추어 보면 불확실성과 논리적 공백성을 특징으로 한다.[34] 따라서 일상어로서 '말'은 한계를 지녀 그 자체로서만 온전히 의사소통의 기능을 수행하지 못하는 경우를 자주 목격할 수 있다.[35] 이를테면 우리는 일상 회화에서 상대방의 전언을 말 자체의 의미보다 먼저 상대방의 얼굴 표정, 태도 등의 몸짓 언어에서 받아들인다. 그래서 '얼굴 근육은 그것이 심하게 움직여서 상대방으로 하여금 화자의 생각을 그가 말하기 전에 읽을 수 있게 한다'[36]는 H. 하이네의 진술처럼, 몸짓과 표정 등의 비언술 요소들이 말의 한계를 역설적으로 드러내며 보완하는 기능을 수행하기도 한다.

「갈매기」에서 트레플레프는 니나의 상황에 관해 언급하면서 "그 여자는 결코 푸념하지 않았지만, 나는 그 여자가 매우 불행하다는 걸 느꼈습니다"라며 말 이외의 의사소통 가능성을 보여 준다. 일상어로서의 '말'의 한계를 보완해 주는 요소들 가운데 말과 상보적 관계에 있는 말없음 곧 '침묵'이 의사소통 행위에서 능동적으로 작용하고 있음을 제시하고 있는 것이다. 사실 말을 해야 할 국면에서 오히려 말이 없음으로써 더 강한 설득력을 행사한다거나 화자의 정서를 강하게 표출한다는 것은 우리의 일상 체험에서도 충분히 공감할 수 있다. 이처럼 일상어에서 말의 온전한 존재를 위해서 침묵의 요소는 거의 필수적이다.

그런데 불확실성과 논리적 공백성을 그 특성으로 삼고 있는 일상어는 일반적으로 자체의 시간을 형성하지 않고 실제적인 시간의 진행에 참여하여 행위로 전이되지 않고, 주로 '연상'에 의해 결합되어 그 연속성을 가능케 한다. 그리고 연상에 의해 전개되는 일상어는 그 연결 사이에 '침묵'이 감춰져 있어 극적 대립이나 극적인 상황을 극복하거나 북돋는 데에는 기여하지 못하고, 모든 것을 분열되고 파편화된 상태로 놔둔다.

바로 연상에 의해 구심력을 상실한 대화체로 구성되어 있다는 점이 체호프의 극 텍스트를 외형상 일상의, 현실의 모습과 유사하게 만든다. 체호프 극의 일차적인 특징적 언술 행위로서 연상에 의해 전개되는 대화체는 일상 회화의 구성처럼 많은 주제로 분산된 대화의 대상을 내포함으로써 우연성이 많이 개입된 듯 여겨지는 것이다. 그럼으로써 대화체는 다방면의 화제로 분산된 산만한 성격을 획득하고, 나아가서 대화의 범주에 일상의 사소한 것들 곧 디테일을 포함하여 현실의 흐름을 반영함으로써 '서술체적 특성'을 띠게 된다.[37] 따라서 표면적으로 드러나 충돌하는 갈등은 산재되어 중심적인 의미를 획득하지 못한다. 인물들의 대사는 성찰의 성격을 띠기보다는 찰나적이고 그때그때의 상황에 예속되며, 논리적 추론에 의해서가 아니라 연상에 의해서 진행되는 것이다.

예를 들어 「갈매기」의 2막에서 도른과 소린이 충돌하는 상황을 살펴보자. 니나의 방문을 계기로 무대 위에 모인 사람들은 그녀를 반기면서도 트리고린이 낚시하고 있는 이야기, 트레플레프에 대한 이야기 등을 나눈다. 그러다 소린의 코고는 소리에 대화가 중단되고 잠시 어색한 침묵이 흐른다. 그리고 나서 연상에 의해 연결되는 일상의 회화처럼 화제는 소린에게로 넘어가 아르카지나는 그의 건강에 대해 걱정하고, 그로 인해 치료에 관해 상이한 견해를 가진 의사 도른과 소린 사이에 충돌이 일어난다.

소린　나야 치료를 받고 싶지. 하지만 의사 선생이 원치 않아서.

도른　나이 예순에 무슨 치료를 받는다는 겁니까!

소린　예순 살이라도 살고 싶은걸!

도른　(짜증스럽게) 정 그러시다면, 쥐오줌풀 액이라도 드시죠.

그들은 삶에 대해 서로 다른 태도를 취하고 있고, 이는 그들이 충돌하는 원인이 된다. 그런데 이때 퇴장하는 마샤로 인해 이들의 언쟁은 마샤에 대한 상이한 평가로 이어진다. 그러나 아르카지나가 이 둘의 언쟁을 시골 생활의 권태에 연결시켜 "아, 정겨운 이 시골의 권태보다 더 따분한 것은 없을 거야! …여러분들과 함께 있는 것도 좋고 여러분의 이야기를 듣는 것도 즐겁지만… 방 안에 자리 잡고 앉아 연기 연습을 하는 게 훨씬 더 나을 거예요!"라고 개입함으로써, 이들 사이의 짧은 충돌은 중단된다. 여기에 니나의 아르카지나에 대한 동경이 가세하여 화제는 더욱 변질된다. 이 짧은 순간에 니나, 트리고린, 트레플레프의 현재적 상황, 소린의 건강에 대한 견해, 삶에 대한 아르카지나의 의견, 니나의 여배우 동경이라는 무려 여섯 가지에 이르는 화제가 도입되어 연결된다.

하지만 일상어와 유사한 대화체로 인해 그의 극 텍스트가 예술적 능동성을 결여했거나, 일상을 그대로 예술 텍스트에 옮겨놓았다고 말할 수는 없다. 오히려 한 영역의 규범과의 일치는 다른 영역의 규범과 어긋남으로써 예술적으로 능동적이 된다.[38] 즉 일상의 지루함을 자아내는 대화의 조각들은 텍스트 전체를 통한 조망 속에서 언술되는 의미와는 다른 의의를 내포하고 그 궁극적인 의미를 형성하게 된다.

「벚꽃 동산」의 마지막 부분에서는 심지어 무의미한 듯한 일상적 대화들이 연상에 의해 등장인물들의 중요한 순간에 개입하여 더 많은 자리를 차지하고 극적 집중력을 와해시키기도 한다.

> 류보비 안드레예브나   짐은 다 옮겨 실었나요?
>
> 로파힌   그런 것 같군요. (외투를 입으며 에피호도프에게) 에피호도프, 제대로 잘하고 있어.
>
> 에피호도프 (쉰 목소리로) 걱정 마십시오, 예르몰라이 알렉세이치 씨!
>
> 로파힌   목소리가 왜 그래?
>
> 에피호도프 지금 물을 마시다 뭔가 삼켰습니다.
>
> 야사   (멸시하듯) 무식한 놈….
>
> 류보비 안드레예브나   자 떠나요. 여기에는 아무도 남지 않겠군요….

라네프스카야 부인을 비롯한 모든 인물들이 벚꽃 동산과 저택, 그리고 과거와 이별하는 극적으로 긴장된 순간에 전혀 중요하지 않고 사소한 에피호도프의 "쉰 목소리"에 대한 화제가 개입한다. 그리고 나서도 짐꾸러미에서 바랴가 우산을 꺼내 로파힌이 놀라는 상황, 트로피모프의 덧신을 발견하는 장면, 가예프가 당구에 대해 언급하는 장면 등이 이어지고, 마침내 이별의 의미를 해석케 하는 아냐의 대사 "안녕, 나의 집. 안녕, 낡은 생활!"과 트로피모프의 대사 "만세, 새로운 삶이여…!"가 이어진다. 의미론상 일견 중요하게 여겨질 수 있는 대사들이 사소한 일상적인 대사들에 가려 집중되지 못하는 것이다. 이러한 특성을 가진 대화체의 연결로 인해 언술되는 대사가 부분부분에서 형성하는 의미론은 무력해진다. 이웃하여 연결되는 '중요한' 언술과 '사소한' 언술은 함께 하나의 이미지 세계를 만들며, 텍스트 전체의 의미를 결정짓는 것이다.

연상에 의해 전개되는 서술체적 산만함은 '빗나가는 대화'를 형성한다. 「바냐 아저씨」의 2막에서 보이니츠키는 옐레나의 파괴적인 아름다움에 반해 그녀를 유혹한다. 그러나 옐레나는 그의 의도를 알아듣지 못하는 듯 빗나가는 응답을 한다. 그래서 보이니츠키의 집요한 접근에 그녀는 "취했군요!"라며 그와의 대화에 교차점을 만들지 않는다. 옐레나는 적의가 바냐를 퇴화시키고 있음을 인지하고 있고 바냐는 진부한 사랑이 옐레나를 황폐하게 만들고 있음을 인지하고 있지만, 그들 자체는 분열되어 있기 때문에 서로에게 실제적인 도움을 주지 못하며 진정한 의사소통을 이룰 수 없는 것이다.[39] 따라서 이러한 '빗나가는 대화'는 언술되는 말의 표면적 의미와 전혀 무관하게 내적으로 조성된 침묵의 언어에 의해, 기존의 집중된 대화체에서 발생하는 극성과는 상이한 차원에서 긴장감을 조성하기도 한다.

「벚꽃 동산」의 4막에서 전막에 걸쳐 로파힌의 청혼을 기다리는 바랴와 라네프스카야 부인의 부탁을 받아들인 로파힌이 만난다.

바라   (오랫동안 짐을 살펴본다) 이상한데, 어디에 갔지….

로파힌 뭘 찾고 있죠?

바라   내가 직접 챙겨 놓고도 생각이 안 나는군요.

       (사이)

로파힌 이제 당신은 어디로 갈 겁니까, 바르바라 미하일로브나?

바라   저 말인가요? 라굴린 댁에…. 그 집 일을 돌봐 주기로 했어
       요…. 가정부 일을 말이죠.

로파힌 야슈네보로 가는군요? 70베르스타 떨어진 곳이죠.

       (사이)

로파힌 그럼 이 집에서의 생활도 끝나는군요….

바라   (짐을 들춰 보며) 대체 어디 있는 거지…. 트렁크 속에 넣었을
       까…? 그래요, 이 집에서의 생활은 끝나는 거죠…. 다시는 돌아
       오지 않을 테니까….

로파힌 나는 지금 하르코프로 떠납니다. 같은 기차로. 할 일이 많지
       요. 이 집에는 에피호도프를 남겨 두고 갑니다…. 그를 고용했
       습니다.

바라   그렇군요!

로파힌 작년 이맘때에는 눈이 내렸는데, 기억하십니까. 그런데 올해는
       조용하고 해가 나는군요. 쌀쌀하긴 합니다만…. 영하 3도라나.

바라   몰라요.

       (사이)

바라   집에 있는 온도계가 깨져 버렸거든요….

(사이. 밖에서 '예르몰라이 알렉세예비치…' 하고 부르는 소리)

로파힌 (마치 오랫동안 기다렸다는 듯이) 곧 나갈게! (급히 나간다)

청혼과 관련된 말이 전혀 없이 오히려 이 두 사람은 마치 단순히 이별하는 사람들처럼 서로의 갈 길에 관해 언급하고 있다. 이때 관객은 로파힌이 청혼의 말을 언제 꺼낼까 하는 긴장감을 갖지만, 로파힌은 계속 딴전만 부리고, 바랴 역시 다른 말만 한다. 그렇지만 이 장면은 분명 그들 각자에게, 그리고 관객에게 그들의 말의 일차적인 의미와 관계없이 청혼과 관련되어 있다. 따라서 언표 뒤에서 침묵하고 있는 상황이 언제 말로 표출될지 몰라 긴장감이 조성된다. 그러나 엉뚱하게 다른 이야기만이 전개되다가 결국 로파힌은 밖에서 부르는 소리에 마치 기다렸다는 듯이 퇴장해 버리고 만다.[40] 여기서 두 인물간의 갈등은 실제로 말해진 것에 기반을 두지 않고 말해지지 않은 것에 의해서 발생한다. 결혼이라는 대화의 주제는 전혀 표면에 등장하지 않고 침묵하며, 그 외연과 내포 사이의 괴리가 긴장감을 발생시키는 것이다. 또한 대화의 각 상대가 엇갈리는 말을 주고받음으로써 극 텍스트의 산만한 성격을 북돋으며, 대화에 참여하는 인물들 상호 관계를 낯설게 만든다.

이렇게 '감춰진 말'은 표현과 내용 사이에 간격을 만들어 침묵의 공간을 형성한다. 일반적으로 한 어휘는 단일한 의미만을 갖지 않음으로써 기표와 기의의 일대일 대응은 문맥 속에서 이루어진다. 그런데 문맥 속에서도 일대일 대응이 이루어지지 않는다면 그 기표에는 새로운 해석의 여지가 존재한다. 이때 감춰진 의미를 소통시키는 역할을 바로 침묵의 언어가 담당하게 된다. 체호프의 극 텍스트에서 대화의 말은 외연의 실재 그 자체를 단순히 재현하지 않는다는 특성을 갖고 있다. 그래서 희곡의 무대화를 연구하는 연극학자 타란노바는 "체호프 극의 공연에서 말은 진정한 감정과 충동을 감추고 있는 독특한 마스크다"라고 평가하기도 한다.[41] '말해지지 않는 것'이 극의 행위가 되어 '말해지는 것'의 진정한 의미가 되는 역설적인 특성을 띠게 되는 것이다. 이렇게 등장인물들의 목소리를 통해 구현되는 대화의 진정한 의미가 즉각적으로 드러나지 않아 '침묵성'을 띰으로써 체호프 극의 대화체는 전통적인 희곡에 나오는 인습적인 대화체와는 다른 특성을 지니게 된다.

체호프의 시대는 세기말적 현상의 하나로 많은 말이 넘치던 시기였다.[42] 이런 시대에 체호프는 지나친 다변(多辯)과 추론이 예술에서 부정적인 요소가 됨을 지적하며 "간결함은 재능의 자매"라고 역설한다. 체호프의 극 텍스트에서도 말에 대한 작가의 부정적인 생각이 자주 등장한다.[43] 예를 들어 「세 자매」의 마샤는 전막에 걸쳐 자신의 형상과 생각을 말로 드러내지 않는 침묵의 인물이다. 침묵성이 마샤의 형상을 이루고 있는 것이다. 그런 그녀가 4막에서 베르쉬닌과 이별해야만 한다는, 곧 은밀히 기대한 자신의 행복과 이별해야만 한다는 것을 느낄 때, 잦은 말줄임표와 함께 말에 대한 부정적인 견해를 드러낸다.

저렇게 하루 종일 말하고 또 말하고만 있으니…. (걷는다) 당장이라도 눈이 내릴 것 같은 이런 날씨에 더구나 저런 말들까지…. (멈춰 선다) 난 집에 들어가지 않겠어, 들어갈 수가 없어…. 베르쉬닌이 오거든 나에게 알려줘요…. (오솔길을 따라 걷는다)

　연상에 의해 연결되는 대화, 그리고 본질적인 의미는 침묵하고 있는 빗나가는 대화는 현실에서 횡행하는 의사소통의 단절에 대한 체호프의 통찰이 담긴 대화체 구성의 특징이다. 그리고 이 위기의식은 인물들 사이의 대화를 '대화를 가장한 독백'으로 발전시킨다.

독백의 대화

체호프의 극에서 인물들이 자주 사용하는 어휘 중 하나는 "답답해"이다. 등장인물들이 통상 날씨를 언급할 때 사용하는 이 낱말은 전후 맥락에 의해 의사소통이 단절된 상황 속에서의 그들의 상태를 의미하는 어휘로 전의된다. 의사소통 부재와 그로 인한 대화의 독백 가능성은 「갈매기」의 첫 장면에서부터 부각된다. 「갈매기」는 자신의 생각에만 갇혀 있는 마샤와 메드베젠코 사이의 대화로 시작되는데, 이 소통의 단절은 마샤의 함축적인 대사 "답답해"로 강조된다. 이는 마샤가 소나기가 올 것 같다면서 하는 말이지만, 본질적으로 진정한 소통의 부재를 표현한 것이다. 「바냐 아저씨」에서도 전막에 걸쳐 다른 인물들과 진정한 의사소통을 이루지 못해 "이반 페트로비치나 저 바보 같은 늙은 할멈 마리야 바실리 예브나가 말을 하면 귀기울여 들으면서도, 내가 한마디라도 말을 꺼내면 모두들 스스로를 불행하다고 느끼니"라고 푸념하는 세례브랴코프는 날씨 때문에 "답답해"를 반복하면서 '창문'을 못 닫게 한다. 이러한 인물들의 답답한 상태는 바로 대화체의 독백성에서 기인한다. 체호프의 극 텍스트에서 의사소통의 단절로 인한 대화체의 독백성은 '등장인물들의 성향' 과 '극적 국면의 특성', 두 측면에 의해서 이루어지고 있음을 분석할 수 있다.

우선 많은 연구자들이 체호프 대화체의 특징으로 지적하고 있는 것은 등장하는 거의 모든 인물들이 서로의 이야기에 집중하지 않는다는 점과 그러한 인물들의 성향이 대사들에 독백적인 성격을 부여한다는 점이다.[44] 「갈매기」에서 니나는 트리고린에게 "당신의 처지가 돼 보고 싶어요"라며 상호간의 진정한 소통을 원하는 듯하다. 그러나 상호 이해가 아니라 궁극적으로 자신의 동경에 입각해 대화에 참여했던 니나는 트리고린의 창작의 고통에 대한 고백 이후 결국 "죄송하지만, 저는 당신을 이해하는 걸 단념하겠어요"라며 자신의 마음에 주관적인 트리고린의 형상을 구축하고 만다. 이러한 니나는 트레플레프가 사살하여 가져온 갈매기에 대해서도 "이 갈매기도, 아마, 무엇을 상징하고 있는 듯하지만, 미안하게도, 나는 전혀 이해하지 못하겠군요…"라고 응답하며, 상대방의 생각은 무시하고 자신의 관심 영역에만 집중한다. 세 개의 도면을 펼쳐 자신의 주요 관심 대상인 숲의 상태와 그 변화의 의미를 설명하는 아스트로프의 긴 대사는 이어지는 엘레나의 "그런데 나는 그런 말을 잘 이해하지 못합니다…"로 인해 독백으로 변질된다. 영지의 상실이 의사(擬似) 플롯을 형성하는 「벚꽃 동산」에서 영지를 팔지 않을 수 있는 방안을 제시하는 로파힌의 대사는 그 누구도 귀기울여 듣지 않는 독백이다. 따라서 영지의 상실을 축으로 진행되는 플롯에 대한 집중력이 약화되어 플롯의 의미는 축소된다. 1막에서 라네프스카야 일행의 도착 직후 로파힌은 이 방안을 제시한다. 그러나 가예프는 "터무니없는 소리!"라고 말하고 라네프스카야 부인은 "나는 당신의 말을 전혀 이해할 수 없군요"라고 말함으로써 그의 방안은 거부당한다. 아이러니하게도 바로 이러한 의사소통 거부가 「벚꽃 동산」에서는 영지 경매의 진행을 재촉한다. 체호프의 극 텍스트들에서 의사소통이 단절되는 이유는 마샤의 도움 요청에 대한 도른의 응답, "그런데 내가 어떻게 해야 되죠?"처럼 인물들간의 관계의 특성, 곧 서로는 서로에게 아무것도 할 수 없는 존재란 점에 있다.

등장인물들이 진정한 언어 행위에 불참하는 것은 그들이 다른 인물과의 '시간적, 공간적, 사회적 관계에서 벗어나 외부에 존재하고 있음'[45]을 의미하며, 이는 극 텍스트의 집중력을 와해시키고 인습적인 극적 갈등을 거부하게 만든다.[46] 그래서 손디의 지적처럼, 인간 상호간의 관계에 있어서의 갈등을 주제로 취한 전통적인 드라마에서 대화가 드라마를 지탱하는 유일한 수단인 점과 달리,

체호프의 코미디 51

체호프의 희곡에서 인간 상호간의 것the interpersonal은 인간 내면의 것the intrapersonal으로 대치되고 현재의 능동적인 삶은 회상과 유토피아적 공상에 자리를 내주며 사건은 부수적이 되어 인간 상호간의 표현 형식인 대화는 독백적인 성찰의 그릇이 된다.[47] 즉 대화는 여러 독백으로 조각나고 마는 것이다.

대화체에 독백성을 부여하는 두 번째 원인은 각 장면의 연결이 기존의 극에서처럼 부차적인 플롯 라인들을 포괄하는 하나의 중심이 되는 플롯 라인을 구축하고 있지 않다는 점에 있다. 이 특징은 무엇보다 등장과 퇴장으로 분절되는 장면들이 서로 상이한 상황을 도입하고 있기 때문에 발생한다. 예를 들어 「세 자매」의 1막에서 베르쉬닌이 화목한 가정 생활을 상징하는 꽃에 빗대어 자신의 불행한 가정 생활에 관해 이야기하던 중, 이리나의 명명일을 축하하기 위해 쿨리긴이 등장하여 자신의 학교사를 언급하면서 책을 선물한다. 이때 베르쉬닌의 자신에 관한 이야기는 단절되고 주위의 인물들과 소통되지 않는, 결국 혼자만의 독백에 머물게 된다. 이어서 이리나가 투젠바흐에게 마샤의 결혼 생활을 이야기하기 시작하는데, 이를 가르고 곧바로 등장하는 올가와 안드레이에 의해 마샤의 결혼 생활에 관한 이야기는 독립된다.

(응접실에 이리나와 투젠바흐만 남는다.)

이리나   마샤는 오늘 기분이 좋지 않아요. 열 여덟 살 때 결혼했는데, 그때에는 남편을 제일 현명한 사람으로 생각했죠. 그렇지만

지금은 그렇지 않아요. 형부는 아주 선량하긴 하지만, 현명하
진 않거든요.

올가   (조급하게) 안드레이, 이제 그만 나와요!

안드레이 (무대 밖에서) 알았어. (들어와 식탁 쪽으로 간다)

이렇게 형성된 대화체의 독백성도 침묵성과 더불어 극 텍스트
에 서술체 장르처럼 많은 이야기를 담게 만든다. 요컨대 의사소통
의 거부와 상이한 상황의 연결로 인한 독백성은 각 인물들의 대사
내에 삽입된, 과거에 속하는 각자의 이야기를 독립시킨다. 그래서
각 인물들은 소설의 소재가 될 만한 자신만의 과거, 즉 스토리가
있다고 생각한다.

메드베첸코 (활기차게 트리고린에게)   어떠세요, 우리 교사들이 어떻게
        사는지를 희곡으로 써서 공연해 보는 것도 좋을 것 같은데
        말입니다.

마샤   작가이시니까 드리는 말씀입니다. 글의 소재로 사용하실 수
        도 있을 겁니다.

소린   코스챠에게 이야깃거리를 주고 싶어.

아르카지나는 배우로서의 화려한 삶을 끊임없이 주위의 인물

들에게 이야기한다. 트리고린은 그의 현재의 명성에만 관심이 있어 대화에 집중하지 않는 니나에게 자신의 작가적 고뇌와 명성을 얻기 전 어려웠던 시절에 관해 이야기한다. 도른은 의사로서의 삶과 지난 여행에 대해 이야기한다. 트레플레프는 자신이 자라온 환경에 대해 언급한다. 첼레긴은 보이니츠키가 "입 닥쳐!"라고 듣기를 거부하는 와중에도, 간통하여 도망친 자신의 아내와 그들에게 양육비를 대고 있는 자신의 삶에 관해 끝까지 이야기한다. 투젠바흐는 노동을 몰랐던 어린 시절의 계층적 삶에 관해, 체부트이킨은 세 자매의 어머니를 사랑했던 것에 관해, 쿨리긴과 올가는 각자의 학교 생활에 관해 이야기한다. 그리고 로파힌은 농노의 자식으로 자란 과거에 관해, 라네프스카야 부인은 복잡한 남자 관계와 파리에서의 생활에 관해, 샤를로타는 정체성을 상실하게 만든 성장 과정에 관해 이야기한다.

이러한 이야기들은 독립성을 띠고 상호 교감되지 않아, 때론 인물들이 대화의 맥락에서 벗어나 '개인적인' 감정에 휩싸이기도 한다. 「바냐 아저씨」의 1막에서 아스트로프는 말리츠코예 마을에서 의사로서 겪었던 경험과 치료 도중 죽은 한 환자에 대한 자책감을 언급한다. 그런 그는 2막에서 소냐와 대화를 나누던 중 갑자기 손으로 눈을 가리고 몸을 떤다.

소냐　　왜 그러세요?

아스트로프　아니… 사순절 때 내 집에서 한 환자가 마취제를 맞고 죽었던 일이 생각나서.

  이렇게 극 텍스트 내에 각 인물의 다양한 이야기들이 산재되어
있다. 그런데 대화체의 독백성은 대화의 상호 교환적인 성격을 인
물들간이 아니라 텍스트와 그것의 수신자인 독자 또는 관객 사이
에 부여한다.

  일반적으로 인물들의 과거에 대한 언급은 현재성과 즉시성을
띠는 대사들에 삽입되어 드라마의 이야기를 풍부하게 만든다. 드
라마의 현재적 상황이 대사 속에 삽입된 과거에 관한 정보로 인해
폭넓어질 수 있는 것이다. 그런데 극적 구성이 긴밀하지 못한 체호
프의 희곡에서 각 인물들의 자신만의 이야기 곧 과거에 대한 회상
은 따로 떨어져 병존하며 그들 각자를 개인적인 상태로 고립시킨
다. 이는 산재된 갈등과 더불어 '다초점multiple focus' [48]을 형성하
여, 체호프 자신이 「갈매기」를 "소설이 되었습니다"라고 평가한
것이나 「세 자매」를 "소설처럼 복잡한 희곡"이라고 평가한 것처
럼, 그의 드라마를 다양한 시점을 가진 서술체와 유사하게 만든
다.[49] 아리스토텔레스도 『시학』에서 비극과 서사시의 차이점을 이
렇게 규정한다. '서사시의 방식을 토대로 비극을 구축해서는 안
된다. 여기서 서사시의 방식이라 함은 다수의 스토리multiplicity of
stories를 가지고 있는 구성을 뜻한다.'[50] 아리스토텔레스는 텍스트
내에 들어올 수 있는 사건의 '양'의 차이를 가지고 드라마와 서사
시를 구별한 것이다. 이러한 관점에서 체호프의 극 텍스트는 서술

체적 특성을 띤다.

대화체의 독백성은 대사 각각을 자명성(自明性)이 강한 서정시의 언어를 닮게 하여, 극의 부분부분에 서정성을 부여한다. 그러나 대화에서 떨어져 나와 극적 상황을 보완하는 전통적인 독백이 아니라 '대화를 가장한 독백'은 전체적으로는 각각의 상황에 대한 각자의 관점을 교차시킴으로써 극 텍스트에 서술체의 성격을 부여한다. 일반적으로 드라마는 언행들을 독백적으로 변형시켜 무대의 인물과 관객 대중 사이의 정신적인 일치를 조장한다.51 그러나 체호프의 극 텍스트에서 각 인물들의 각자의 삶에 대한 기억과 태도에서 비롯되는 대화체의 독백성은 오히려 바흐친이 드라마의 기반으로 여기는 이러한 독백적 토대를 파괴하여, 관객의 감정이입을 부단히 방해한다. 또한 이 산만한 독백성은 드라마에 대화를 장악하는 상위 차원의 담화나 서술이 존재하지 않기에 체호프의 극이 지루하다는 인상을 준다. 그러나 기존의 극적 관례에서 일탈하여 구조적 측면이 낳는 극성을 부재하게 만드는 이러한 독백성은 인물들 각각의 고립을 통해 '인간 상호간의 연결 관계를 고립으로 몰고 가는 역사적 상황'52을 나타내기 위한 틀이 된다.

반복의 담화

체호프의 극 텍스트를 서술체적인 드라마라고 평가받게 하는 산만함이 상위의 구성 원리에 의해 지배를 받는 점에 주목해야 그 본질적인 의미를 규명할 수 있다. 서술체적 산만함이라는 특성을 가진 대화체 자체는 온전한 담화를 형성하지 못한다. 먼저 체호프의 극 텍스트에서 서술체적 산만함이 곧바로 서사성을 의미하지 않는다는 점을 지적할 필요가 있다. 산만하고 다양한 이야기의 '병존' 혹은 '병치'가 그대로 서사성과 연결될 수는 없다. 아이러니하게도 서술체적 산만함을 북돋는 대화체의 침묵성과 독백성이 서사성, 곧 통합적 차원에서의 의미 형성에 장애로 작용하는 것이다. 산만한 인상을 주는 개별 부분들의 뚜렷한 독자성이 작품 전체의 유기적 결합성을 약화시킨다.

사실 드라마에서 중요한 한 원리로 지목하는 플롯은 본질적으로 서사 장르에서 차용한 극 장르의 특성이다.[53] 단지 그 차이가 있다면 서사 장르에서 플롯이 이야기성을 띠고 있음과 달리 극 장르에서는 행위성을 띠고 있다는 점이다.[54] 아리스토텔레스가 극 요소 중 제1원리로 지목하는 플롯은 바로 단일한 행위적 차원을 언급한 것이다.[55] 그런데 체호프의 극 텍스트에서 대화체의 구성 원리는 다양한 요소들을 여러 차원에 병존시키며 그것들을 인과율에 의한 통합축으로 긴밀하게 결합하지 못한다. 그래서 V. 오스노빈은 체호프의 희곡에서 디테일들이 표면적인 흐름과 직접적으로 관련되지 않은 새로운 의미적 층위를 드러나게 하는 독특한 암호라고 지적하기도 한다.[56]

R. 야콥슨은 「언어의 두 양상과 실어증의 두 유형」에서 실어증을 언어학적으로 진단하면서, 언어 능력이 언어적 단위들의 선택

selection 과정이나 결합combination 과정과 관련되어 있음을 지적한다. 언어적 단위들의 선택 과정은 유사성에 의해 서로 연관된, 동일한 코드에 속하는 보다 분명한 다른 기호들로 대체될 수 있으며, 이를 통해 의미작용이 일어난다. 반면 언어적 단위들의 결합은 인접성에 따르며, 그 문맥적 의미는 다른 기호들과의 선적인 연결에 의해 결정된다. 이때 유사성에 의한 선택은 서정시에서 두드러지는 은유적 표현과 관련되고, 인접성에 의한 결합은 서사시에서 두드러지는 환유적 표현과 관련된다.[57] 그런데 플롯은 사건이나 인물 등의 재료가 결합하여 전달되는 방식이며, 이로써 하나의 담화를 형성한다. 재료들이 배열되어 결합하는 방식을 통해서 플롯의 의미가 발생하는 것이다. 그래서 하나의 이야기라는 재료가 수많은 플롯을 생성할 수 있다. 요컨대 플롯은 하나의 담화, 곧 하나의 의미 구조인 것이다.

이때 플롯 속의 요소들은 유기적인 전체성을 지닌 구조 내에서 서로를 필요로 하며 결합되어 있다. 그래서 개별 부분이 플롯 속에서 나름대로의 결합적 기능을 수행하지 못한다면, 그 플롯은 결국 불완전해진다. 체호프의 극에서는 보편적으로 생각하는 이러한 의미의 플롯이 부재한다. 결합 과정인 서사성 곧 이야기 구성에 필수적인 '결합 모티프' 보다 선택 과정의 의미를 지닐 수 있는 '자유 모티프' 가 더 활발하게 의미작용을 하는 것이다.[58] 서론에서 체호프의 극 텍스트에 '가장의 시스템' 이 작동하고 있다는 점을 언급했다. 때문에 각 극 텍스트의 플롯을 어느 정도 정리할 수도 있다.⁵⁹ 그러나 희곡에서 통상 플롯이 갈등의 축을 따라 형성된다는 점을 염두에 둔다면, 체호프 극의 플롯 라인이 불완전하다는 사실을 발견할 수 있을 것이다.

「갈매기」에서 등장인물들 사이의 간헐적이고 표면적인 충돌들은 기존의 극에서처럼 주 갈등에 보조적인 갈등이 종속되어 단일한 라인을 그리며 전개되지 않고 파편화되어 있다. 그래서 독자나 관객은 갈등의 뚜렷한 선이 없음에 당황하게 된다. 그러나 극은, 체호프가 "강하게forte 시작한다"라고 언급한 바와 같이, 여느 극처럼 뚜렷한 갈등을 낳을 것처럼 시작한다. 그것은 트레플레프와 아르카지나의 충돌이다. 1막에서 트레플레프의 희곡 상연 때문에 무대 위에 모든 인물들이 모인 가운데, 트레플레프와 아르카지나는 예술에 대한 관점의 차이를 드러내며 강하게 충돌한다. 그리고 그 갈등의 이면에는, 트레플레프가 소린에게 이미 언급했듯이, 과거로부터 이어져온 트레플레프의 열등감이 자리 잡고 있다. 그러나 아르카지나는 "왜 이렇게 마음이 아프지. 대체 왜 나는 불쌍한 아들에게 모욕을 주었을까? 걱정스러워. (큰 소리로) 코스챠! 내 아들, 코스챠!"라고 트레플레프와의 충돌을 곧 후회함으로써 이 충돌은 1막이 끝나면서 모호해진다. 이에 대해 나보코프는 '몇 개의 분명치 않은 라인들과 하찮은 갈등이 있다. 항상 자신의 말을 후회하는, 성마르지만 유약한 아들과 마찬가지로 성마르지만 유약한 어머니 사이의 싸움에서 어떤 특별한 갈등을 기대할 수 없게 된다'고 평가한다.⁶⁰

니나의 방문으로 다시 무대 위에 인물들이 모인 2막에서, 도른과 소린은 소린의 병에 대한 치료 문제로 충돌한다. 극 전체에 걸쳐 반복되는 이 둘의 충돌은 1막에서의 트레플레프와 아르카지나의 충돌과 플롯의 차원에서 서로 직접적인 관계가 없다. 이어 샤므라예프와 소린, 아르카지나 사이에 마차 문제로 인한 말다툼이 벌어진다. 이 충돌은 격분한 서로가 무대에서 퇴장함으로써 이후의 진행에 대한 긴장감을 불러일으키지만, 이어지는 도른의 대사는 이 충돌에 별 의미가 없음을 곧바로 드러내준다.

지겨운 사람들이야. 사실 당신의 남편이라는 작자는 멱살이라도 잡고 여기서 끌어내야 하는데, 저 늙은 표트르 니콜라예비치 씨나 그의 누이는 그자에게 용서를 빌걸. 두고 보시오!

3막에서는 아르카지나와 트리고린의 떠남으로 무대에 사람들이 모이고, 자살을 시도했던 트레플레프와 아르카지나가 트리고린에 대한 평가 차이로 인해 다시 충돌한다. 그러나 이 충돌도 트레플레프의 절망적인 체념과 트리고린의 등장으로 발전하지 못하고 또다시 침묵해버린다. 그리고 이어지는 아르카지나와 트리고린 사이의 니나로 인한 갈등은 트리고린의 의지 결여로 곧바로 해소된다.

2년이란 세월이 지난 4막에서, 소린의 병으로 인해 다시 무대에 모인 모든 인물들은 자신의 생각들에만 갇혀 있고 따라서 서로 충돌하는 상황은 벌어지지 않는다. 그렇다고 해서 이전의 충돌들이 해소되거나 해결되어 있는 상태는 아니다. 모두 자신 속으로 침묵해 들어가 있을 뿐이다. 그리고 무대 뒤에서 일어난 트레플레프의 자살 소식이 전해지면서 극은 끝난다. 그러나 이 소식은 무대 위의 인물들에게 알려지는 극적 사건이 아니다. 이 소식은 관객을 향해 있다.

이 희곡이 극단적인 사건인 죽음으로 끝남에도 불구하고 우리는 특별한 플롯의 발전을 느끼지 못한다. 그것은 인물들이 때로 충돌하지만, 각자의 삶을 사는 인물들간의 갈등들이 플롯의 차원에서 서로 유기적으로 연결되어 있지 않기 때문이다. 그래서 일반적으로 극 텍스트에서 커다란 사건이나 문제의 해결로 받아들여지는 죽음도 그 인물의 외부와의 충돌로 해석할 수 없다. 즉 트레플레프의 자살은 그의 내적인 갈등의 결과라는 결론을 내리게 한다.

「바냐 아저씨」의 가장된 플롯은 보이니츠키와 세례브랴코프 사이의 충돌 가능성의 전개를 표면적 축으로 삼아 구축되어 있다. 1막에서 보이니츠키는 자신과 주위 사람들의 생활이 세례브랴코프로 인해 왜곡되어 있음을 토로하고 세례브랴코프는 이기적인 형상을 드러냄으로써, 충돌에 대한 극적 긴장감이 조성된다. 이 충돌 가능성은 이어지는 보이니츠키와 마리야의 부수적인 충돌에서 강조되기도 한다. 일가에게 커다란 영향을 주었던 세례브랴코프에 대한 신화를 잃지 않고 오히려 더욱 신봉하는 모습을 보이는 마리야와 그에게 속아온 삶을 계속 반복하며 자신의 현재적 삶마저도 '의식적으로' 망가뜨리는 보이니츠키는 하르코프에서 온 팜플 렛으로 인해 발생하는, 교수에 대한 평가 차이로 충돌한다. 그러나 그들의 충돌도 「갈매기」에서처럼 어떠한 결말이나 해결을 지향하 지 않고 보이니츠키의 생각 확인에 그치는 독백적 성격을 띤다.

마리야 바실리예브나 그래서 무슨 말을 하고 싶은 게냐?

소냐   (간절하게) 할머니! 바냐 아저씨! 제발 부탁이에요!

보이니츠키   아무 말 하지 않으마. 아무 말 하지 않으마, 미안하다.

              (사이)

옐레나 안드레예브나 좋은 날씨야…. 무덥지도 않고….

              (사이)

보이니츠키   이런 날씨에 목매달면 좋지….

그런데 3막에서 이전의 충돌 가능성은 절정으로 치닫는 듯하 다. 세레브랴코프가 영지를 팔 계획을 발표하자 보이니츠키는 두 발의 총성을 울리며 광기에 가까운 폭발을 하는 것이다. 그런데 이 충돌은 어떠한 해결을 준비하는 것이 아니라 보이니츠키 자신의 현실에 대한 부정과 회한의 모습을 각인한다. 세레브랴코프가 보 이니츠키와 충돌할 의지는 전혀 없이 단지 자신의 "이기심에 대한 권리"를 표현하고 있을 뿐이기 때문이고, 이러한 충돌 가능성을 유발하는 보이니츠키의 삶에 대한 태도 변화가 실은 삶 자체에 대 한 회의에서 비롯된 실존적 양상을 띠고 있기 때문이다. 실제로 보이니츠키는 "나는 나 자신으로 인해 지쳐버렸습니다"라고 엘레나에게 토로한다. 엘레나도 그에게 "알렉산드르를 증오할 이유는 없어요, 그이도 다른 사람들과 똑같지요. 당신보다 못하지 않아요"라며 이 충돌이 적대적이지 않음을 밝혀 준다.

"첼레긴은 나지막이 기타를 치고 있고, 마리야는 책자 가장자르에 뭔가를 쓰고 있으며, 마리나는 발싸개를 뜨고 있는" 마지막 장면이 첫 장면의 분위기를 다시 반복하듯이, 모든 인물이 변함없이 자신의 삶의 테두리에서 벗어나지 못하고 있음으로써 이 텍스트에서 플롯의 의미는 축소되어, 보이니츠키와 세례브랴코프의 외형적 충돌은 단지 삶에 대한 애상과 체념을 두드러지게 하는 에피소드에 머문다.[61]

「세 자매」에도 플롯의 라인이 부재한다. 더욱이 이 희곡에서는 충돌 상황마저 벌어지지 않는다. 가장 극적인 클라이맥스가 될 수 있는 화재와 결투는 무대 밖에서 이뤄지고, 무대 안에서 인물들은 어떠한 충돌도 없이 애매하게 상호 작용한다.[62] 단지 세 자매의 모스크바에 대한 꿈이 일상 속에서 점차 소멸될 뿐이다. 또한, 「벚꽃 동산」에서 플롯 라인은 충돌이나 갈등이 아니라 영지 경매의 전개를 중심으로 '가장' 하고 있다. 하지만 앞에서 언급했듯이 로파힌을 제외한 모든 인물들이 이것에 집중하지 않음으로써 그 플롯의 의미는 축소되고 만다. 이 극의 발단인 라네프스카야 부인이 귀향하는 것도 영지 경매에 대한 방안을 세우기 위해서가 아니라 파리 생활에 적응하지 못하고 환멸감을 느꼈기 때문이다.

결국 플롯 라인은 텍스트의 의미를 형성하지 못하는 '가장의 시스템'일 뿐이다. 체호프 극의 플롯은 그 플롯의 결합성에 장애가 되는 여러 층위의 요소들의 복합적인 병치로 인해 의미작용의 중요한 기능을 상실한다. 개별 부분들에 극적 동기가 결여되어 있어 플롯 층위에서 의미를 형성하지 못하는 것이다.[63] 그래서 네미로비치 단첸코가 '각 대사들의 연결은 유기적이지 못하다. 조각난 대사들 중 어떤 것이 없어도 행위는 진행될 수 있을 것이다'라고 대화체의 결합성 부재를 언급했던 것이다.[64] 행위들은 언뜻 우연한 해프닝의 인상을 주게 된다. 그러나 그 행위의 동기는 플롯이 아닌 다른 차원에 존재함으로써 우리는 '우연의 필연성'이란 역설적인 체호프 극의 상황을 맞닥뜨리게 된다. "작가는 화학자처럼 객관적이어야만 한다"며 작품의 객관성을 누누이 주장하는 체호프는 수보린에게 보낸 한 편지에서 자신의 작가관을 다음과 같이 밝힌다.

우리가 영원하다거나 단순히 좋다라고 부르는, 그리고 우리를 취하게 하는 작가들은 하나의 공통된 그리고 아주 중요한 특징을 가지고 있습니다. 그것은 그들이 어디론가 가서 거기서 당신을 부른다는 겁니다. 그러면 당신은 이성이 아니라 자신의 온몸으로 목적을 가지고 와서 마음을 흔들어 놓는 햄릿 아버지의 유령에게처럼 그들에게도 어떠한 목적이 있다고 느낍니다. …그들보다 더 뛰어난 작가들은 사실적이며, 삶을 있는 그대로 씁니다. 그러나 당신은, 각각의 문장들에 마치 액즙과도 같은 목적 의식들이 스며들어 있다면서, 있는 그대로의 삶을 배제하고 어떻게 되어야 할 삶을 느낍니다. 또 그런 것이 당신을 홀립니다. 그렇지만 우리는? 우리는! 우리는 삶을 있는 그대로 씁니다. 그 이상은 알 바 아닙니다.

체호프는 현실에서의 사람들의 삶이 무대화된 플롯에 상응하지 않는다는 것을 통찰한 것이다. 그래서 가장된 플롯은 '다면적인 현실' 자체를 담아내는 틀이 된다.[65]

그런데 플롯에서의 의미 부재는 극 텍스트의 의미를 완결하는 모티프의 반복, 변주를 통해서 상쇄된다. 요컨대 가장된 플롯은 계열축의 선택적 질서에 의해 형성되는 은유적 성격의 담화를 들여놓기 위한 형식적 공간이다. 달리 말해, 대화체의 침묵성과 독백성이 낳는 서술체적 특성의 침투는 산만하고 정적인 성격을 극 텍스트에 부여하는데, 이러한 개별 부분들은 극 전체의 조망 아래서 긴밀하게 연결되어 서정시처럼 구축되는 것이다. 여기서 대화체는 본래의 극적인 성격, 곧 행위의 말이길 그만두고 서정적인 성격을 띠며 그 성격과 상이한 극 세계에서 기능한다.[66]

체호프의 희곡에서 대화체의 전체적인 의미형성 시스템은 운문의 구성 원리인 '반복성'이며, 이를 따라 텍스트의 개별 부분들이 연결된다. 여기에 잦은 "텅 빈 무대"가 분위기를 낳는 여백으로 작용한다.[67] 그래서 일상적이고 파편화된 대화에서 인물들이 즉각 이해하지 못하는 것은 전체의 맥락에서 심오한 의미적 퍼스펙티

브를 획득하게 된다.[68] 이러한 점은 각각의 대화에 대한 즉각적이고 일차적인 의미와는 다른 이차적인 해석을 가능하게 만든다. 독립적이고 서로 무관한 듯한 우연한 병치로 산만한 인상을 주는 대화의 조각들은 계열의 질서 속에서 응집력을 발휘하고, 몽타주의 원리처럼 새로운 의미로 질적인 도약을 한다.

반복성은 먼저 인물들의 단편적인 어휘나 노래 등의 반복되는 개입으로 드러난다. 단편적인 어휘나 노래의 반복되는 삽입은 변화 없음의 인상을 창출하며 대사들의 연결을 파괴하거나 또는 일상적인 표현을 심도 있게 만든다. 이는 긴밀한 결합을 통해 극적 상황을 조성하는 기존의 극과 달리 시간이 아닌 '공간의 차원'에서 의미를 구축한다.

우선 체호프 극에 삽입되는 노래는 다른 인물의 즉각적인 반응을 불러일으키기도 하고 반응을 전혀 일으키지 않기도 한다. 그러나 반응을 일으키지 않는다고 해서 그것이 오페라에서의 노래처럼 형식적인 것은 아니다.[69] 그 급작스런 침입은 작품 전체의 분위기와 테마를 일깨우거나 인물의 내면이나 상황에 대한 작가 혹은 인물의 주석 기능을 수행한다.

「바냐 아저씨」의 2막에서 한밤중에 재킷도 걸치지 않고 넥타이도 매지 않은 아스트로프가 술에 취한 채 등장하여 보이니츠키와 대화를 나누다가 "오두막이 흔들거리고, 페치카가 흔들거리니, 집주인이 누울 곳 없네…"라며 노래를 부른다. 이는 대화의 연결에 아무런 역할도 하지 않지만, 아스트로프의 흐트러진 외모와 더불어 그의 정신적 황폐를 반복하여 부각시킨다. 「벚꽃 동산」에서도 2막 처음에, 샤를로타가 의지할 데 없이 고립된 자신의 상태를 한탄하자 이어 에피호도프가 "이 소란스런 세상에 동지나 적이 무슨 소용 있으랴…"라고 노래 부르며 고독의 모티프를 반복, 변주한다. 이런 개입이 다면성을 부여하기도 한다. 이를테면, 「갈매기」의 1막에서 트레플레프와 니나가 만나는 장면은 사랑하는 연인들이 만나는 전형적인 장면처럼 밝은 분위기 속에서 진행된다. 그러나 이어서 소린이 언급하는 노래에 관한 에피소드는 이 장면에 상반된 분위기를 교차시킨다.

> 내가 갔다 오지. 곧. (오른쪽으로 걸어 나가며 노래를 부른다) '프랑스로 두 명의 척탄병이…' (뒤돌아본다) 언젠가 이렇게 노래 불렀더니 한 검사 친구가 그러더군. '아 당신의 목소리는 정말 우렁차군…' 그러다 잠시 생각하더니 이렇게 덧붙이는 거야. '하지만… 듣기 좋은 목소리는 아니야.' (웃으며 나간다)

소린의 노래 "프랑스로 두 명의 척탄병이…"는 '희망의 붕괴와 죽음'을 테마로 하는 하이네의 시에 슈만이 곡을 붙인 가곡 「두 명의 척탄병 *Die beiden Grenadiere*」(Op. 49, No. 1)에서 따온 것이다. 만남의 기쁨을 누리는 젊은 연인들의 밝은 분위기 속으로 갑자기 뛰어든 소린의 노래는 현재의 그들의 심리 상태와 전혀 어울리지 않는 매우 뜻밖의 개입이다. 하지만 극에 대한 전체적인 조망에서 이 노래는 젊은 연인들의 미래와 연결되어 반복된다. 이렇게 한 장면 내에서도 상반되는 분위기가 교차되어 즉각적인 장면 해석이 보류된다. 따라서 체호프의 드라마에서 각 대사는 마치 서정시에서 한 어휘의 의미가 맥락에 의해 다양하게 해석되듯이 다면적인 의미를 띠고 있다는 점을 그 특징으로 삼는다.

또한 「세 자매」에서 체부트이킨은 "아무렴 어때"와 "실없는 소리"란 어휘를 전막에 걸쳐 반복해서 사용한다. 이 말은 일상 회화에서 선행하는 말을 무시하거나 그 의미를 퇴색시키는 어휘다. 「세 자매」에서도 이는 선행 대사가 내포한 의지의 무의미성을 강조하며 작품의 전체 성격과 연결된다. 「세 자매」 4막의 중요한 표지는 무대 밖에서 벌어지는 투젠바흐와 솔료느이의 결투다. 이 결투에 대한 정보가 인물들의 대화를 통해 이리나와 관객에게 전달되는데, 이때 체부트이킨의 다음과 같은 언행은 이 두 어휘가 개입하는 의미를 이해시켜 준다.

이리나   다정하신 이반 로마느이치, 저는 정말이지 걱정돼요. 어제 가로수 길에 계셨죠. 거기서 무슨 일이 있었나요.

체부트이킨   무슨 일이 있었냐고? 아무 일도 없었어. 시시한 일이지. (신문을 읽는다) '아무렴 어때!'

쿨리긴   어제 솔료느이와 남작이 가로수 길에 있는 극장 근처에서 만났다고들 하던데….

투젠바흐   그만 하세요! 뭣 때문에 그런 말을…. (손을 내젓고 집으로

들어간다)

쿨리긴   극장 근처에서… 솔료느이가 남작에게 시비를 걸어서, 남
         작도 참지 못하고 뭔가 모욕적인 말을 했다더군….

체부트이킨 나는 모르오. 모두 '실없는 소리지chepukha.'

쿨리긴   어떤 수업에서 교사가 작문 주제로 chepukha라고 썼더니,
         한 학생이 라틴어식으로 reniksa라고 읽었답니다. (웃는다)

솔료느이와 투젠바흐의 결투 동기가 수다스러운 쿨리긴에 의
해 전달되는 와중에, 무대 위의 인물 중에서 유일하게 목격한 체부
트이킨은 "아무렴 어때"와 "실없는 소리"란 말을 할 뿐이다. 이는
결투라는 사건과 그로 인한 투젠바흐의 죽음, 그리고 투젠바흐와
새로운 삶을 떠나려는 이리나의 기대 모두의 의미를 퇴색시킨다.
"아무렴 어때"라는 어휘가 의미하는 체념, 그리고 "실없는 소리"
란 어휘가 의미하는 무상(無常)은 무대 위에서 벌어지는 상황들의
언술되는 의미를 무력화시키는 것이다. 「세 자매」에는 전체적으
로 '퇴락한 삶'의 감정적 톤을 창출하는 라이트모티프로서 권태
와 절망의 테마가 관통하고 있는데,[70] 이는 체부트이킨이 반복하
는 이 어휘들의 극 텍스트 전반에 걸친 변주인 셈이다. 이 반복성
은 말의 일차적인 의미론적 자질들을 텍스트 전체의 조망 하에서
무력화시킨다.

대화체의 반복성은 동일한 어휘에서만 이루어지는 것은 아니
다. 그것은 일견 이질적으로 보이는 대사들을 계열의 질서 속에서

연결시켜 등가성을 부여하고 그로 인해 반복적인 구조를 낳는다. 등가의 이질적 요소들이 연결되어 반복하는 구조를 창출하는 것이다. 예를 들면 「갈매기」의 극중극에는 "모든 생명", "춥다", "공허하다", "무섭다", "공포" 등의 어휘가 반복된다. 이 극중극의 반복 어휘들은 극 전반에 걸쳐 또다시 반복되고 교차되어 그 의미를 드러낸다. 특히 '추위'의 모티프는 고독과 절망의 의미로 채색되어 '무서움'과 '공포'의 모티프에 연결된다. 그래서 트레플례프는 변절한 니나에게 "당신의 시선은 차갑군요", "당신의 냉정함은 무섭습니다"라고 언급한다. 결국 그는 모든 것을 체념하고 자살하기 직전에 "나는 땅 속에라도 있는 듯 춥습니다"라며 추위의 모티프를 반복한다. 폴리나도 도른이 아르카지나와 대화할 때 정신적으로 고양되는 것을 질투하며 "당신은 추위를 느끼지 못하는군요"라고 언급한다. 그리고 아르카지나와 샤므라예프의 다툼 이후 니나와 소린은 "무서운 일이야"를 반향한다. 트리고린에게 창작 뒤에 오는 것도 "춥고… 무섭다…"이다. 이렇게 이질적인 요소가 등가성을 통해 반복, 변주되는 것은 객관적으로 반영한 다면적인 현실의 분열상을 조합할 수 있게 해준다.

그런데 여기에서 또한 주목해야 하는 점은 이러한 반복성이 대사를, 말해지는 것의 의미론의 차원에서 단지 말해지고 있다라는 사실의 '음향적 차원'으로 변질시키기도 한다는 것이다. 동일한 요소의 반복은 그것의 의미론적 가치를 약화시키기 때문이다.[71] 체호프는 바로 이 점에 대해 숙고하며 텍스트를 최종 정리한다.

나는 이야기의 내용을 수정하기 위해 교정지를 읽고 있는 게 아닙니다. 이야기는 완성했지만 음악적인 측면에서 수정하고 있습니다.

그래서 A. 벨르이는 「아라베스크*Arabesk*」에서 체호프 대화체의 음악성, 곧 그 리듬에 주목하여 그의 희곡의 서정성을 다음과 같이 설명하기도 한다. "각각의 구문은 자기 고유의 삶을 살지만, 그 구문들 전체는 음악적 리듬에 종속된다. 특히 「세 자매」와 「벚꽃 동산」에서의 대화, 그것은 음악이다."[72] 이를 발전시켜 소벤니코프는 체호프의 대사에 작은 리듬과 큰 리듬이 있다고 분석한다. 그에 따르면 작은 리듬은 각 인물들의 성격과 형상을 구별시켜 드러나게 해주는 각자의 어투이고, 큰 리듬은 언어의 맥박과도 같은 서정적이고 상징적인 모티프의 교차다.[73]

언술되는 말의 표면적인 의미와 말을 하고 있다는 사실 자체가 발생시키는 의미가 다르며, 후자의 의미가 극 텍스트에서 더 중요한 역할을 하기도 한다.[74] '언어의 기능은 어떤 것을 말하는 것이다. 정확히 어떤 것을 위해 언어가 발화되며 …여기서 의미 작용의 문제가 제기된다'[75]라면, 이 명제에서 '어떤 것'은 소쉬르의 용어 '시니피에'에 해당한다. 그런데 체호프의 희곡에서 시니피앙은 그 자체가 의미 작용을 하여 시니피에가 된다. 즉 '무엇'을 말하는가 이상으로 '어떻게' 말하는가가 중요해진다.[76] 이러한 점에서 늘 웅얼거리는 난청의 페라폰트나 피르스와 같은 인물의 설정이 해석된다. 그들의 분명치 않은 말은 상대방의 말을 긍정하는 동시에 부정하고 반복하는 동시에 뒤집어버리고 동조하는 듯하면서 반박한다. 특히 비사회적인 인물인 솔료느이는 "늘 신소리나 하며" 대사의 의미를 해체하거나, 선행하는 대사의 무의미를 강조하는 인물이다. 예를 들어 투젠바흐가 안드레이에게 파괴되어 가는 모스크바 대학 교수의 꿈을 재생시킬 때, 솔료느이는 말장난을 통해 이를 무력화시킨다.

투젠바흐 안드류샤, 나도 자네와 함께 모스크바로, 대학으로 갈 거야.
솔료느이 어느 대학? 모스크바에는 대학이 둘 있는데.
안드레이 모스크바에는 대학이 하나밖에 없어.
솔료느이 다시 말하겠는데, 대학이 둘 있다고.
안드레이 셋이면 어때, 많을수록 좋지.

대화체의 반복성은 대사를 소리의 차원으로 변질시킬 뿐 아니라 '유희의 차원'으로도 변질시킨다. 이는 체호프의 극 텍스트에서 희극성을 규명할 수 있는 하나의 중요한 열쇠가 된다. 여러 차원에서 계속되는 반복은 심각한 정서를 유희적 정서로 바꾼다. H. 베르그송은 『웃음Laughter』에서 살아 있는 것에 개입한 기계적인 경화가 희극적 감각을 일으키는 주요 원인이라 설명한다. 그런데 어떠한 반복도 우리에게 살아 있는 것의 배후에 어떤 기계적인 것이 감춰져 있다는 인상을 주어 웃음을 유발한다.[77] 즉 반복되는 대사들은 그 타성으로 인해 그것의 진지하고 비극적인 파토스를 유

회화시킨다. 진행되는 무대 상황에서 갑작스레 이탈하여 반복되는 대사들은 그것의 진지함에도 불구하고 반복되는 과정을 통해 그 진지함을 퇴색시키는 것이다. 예컨대 「세 자매」에서 모스크바로 가고 싶다는 인물들의 반복되는 대사는 그것을 이루지 못하게 치닫는 상황과의 괴리를 통해 그들의 의지가 들어 있는 희망이라기보다는 타성에 불과하게 된다. 「갈매기」에서 트레플례프의 혁신, 새로운 형식에 대한 반복되는 강조도 그의 의지가 결여된 타성이다. 그런 그는 혁신을 향해 나가지 못하고 결국 매너리즘에 빠질 수밖에 없다. 「바냐 아저씨」에서도 개혁에의 의지가 결여된 보이니츠키의, 자신의 왜곡된 삶에 대한 반복되는 푸념은 그의 비극적 상황을 회화화시킨다. 특히 「벚꽃 동산」에서 인물들의, 서로 상대방의 말을 교차, 반복, 변주하는 대사들은 그 진지함을 퇴색시킨다.

구성의 측면에서도 극 전체의 담화를 형성하는 대화체의 반복성은 희극적 구조를 구축한다. 체호프의 희곡에서는 아무런 변화도 일어나지 않는다. 단지 극 전반에 걸쳐 유사한 의견을 개진하는 변함 없는 인물들의, 의지력이 결여된 희망만이 소멸될 뿐이다. 그들이 사는 세계는 변함이 없다. 이는 희극의 구조에 대한 Iu. 보레프의 설명과 맥을 같이 한다.

희극의 구조와 비극의 구조는 원칙적으로 다르다. 비극에서 행위는 전진한다. 견고한 내적인 힘으로 행위는 기존의 예술적 세계를 붕괴시켜 새로운 상태로 변하게 한다. 반면, 희극에서 대단원은 반복되는 행위로 인해 항상 애초의 상태로 되돌아간다.[78]

B. 에이헨바움은 체호프의 인물들이 사소한 일들의 비극성을 느끼고 논리적 부조리와 몰이해를 말한다고 해석한다.[79] 이는 반복의 담화가 담아내는 논리적이지 못한 세계에서 기인한다. 가장된 진지함을 무력화시켜 희극적인 성격을 극 텍스트에 부여하는 반복의 담화는 불안정한 삶의 상황, 논리적 보편성의 부재, 통일적 세계관에 대한 부정에서 비롯된 것이다. 따라서 A. 스카프트이모프의 지적처럼 체호프의 새로운 극 형식이 리얼리티의 어떤 새로운 측면을 지향하는 것이라면,[80] 그것은 다면적이고 합리성이 결여된 '진정한 리얼리티'를 보기 위한 것이다.

갈등의 토대, 몽상 — 「갈매기」

「갈매기」의 희극성을 규명하기 위해서는 이 희곡에서 특히 두드러지는 '갈등의 체계'를 먼저 해석해야 한다. 그런데 그 갈등의 체계는 기존의 극과 달리 대화체의 반복성에 의해 형성된다. 그렇다면 우선 일반적인 희곡에서 갈등의 의의를 고찰해 보자.

극 장르의 시학적 틀로서 미학적 기반을 제공하는 것은 바로 갈등이다. 장르 구분의 기반이 되어온[81] 『시학』에서 아리스토텔레스는 갈등이 극 행위의 토대인 점을 '모든 비극은 갈등의 부분과 해결의 부분으로 양분된다' 라며 강조하고 있다.[82] 갈등은 아리스토텔레스의 시학을 계승한 G. 프라이타크, W. 허드슨, A. 브레들리 등이 세운 희곡의 기본 골격에 관한 이론에 근간이 되며, 특히 헤겔에 의해 강조된다. 텍스트의 '아름다움을 크기와 질서 속'[83]에서 바라보는 아리스토텔레스가 '시작과 중간과 끝을 가진 하나의 완결된 행위'[84]를 통해 극의 구조를 초, 중, 종으로 구분한 점이 테제, 반테제, 진테제로 발전하는 변증법으로 세계를 해석하는 헤겔의 철학 체계와 그 골격에서 부합하고 있기 때문이다. 헤겔은 극시 장르가 서사시 장르의 객관성과 서정시 장르의 주관성이 통합된, 시나 예술 일반의 최고 단계로 본다.[85] 이러한 극시에서 '극적인 행동은 어떤 특정한 목적을 간섭받지 않고 단순하게 성취하는 데 국한되는 것이 아니라, 오히려 서로 충돌하고 갈등하는 주위 상황, 열정, 성격에 전적으로 기초를 두는 것이며, 이 점에서 작용과 반작용이 유도되어 결국에는 투쟁과 분열의 조정이 필요하게 된다'[86]라고 갈등의 의의를 강조한다. 헤겔의 시학을 받아들인 루카치도 '진정한 극작의 천재는 삶의 소재로부터 하나의 갈등 형식을 추출하고, 이 갈등의 본질에 의해 규정된 테두리들 안에서만 사건들을 선택한다'[87]라고 진술한다. 비단 아리스토텔레스류의 희곡과 이론에서만 갈등을 극 장르의 기반으로 삼고 있는 것은 아니다. 비아리스토텔레스 희곡론을 주장하여 서사극 이론을 전개하는 브레히트도 단선적인 인과 관계와 감정이입에 대한 문제를 비판하면서도 '사건 진행에 대한 긴장감'[88]을 주장함으로써 갈등의 측면을 오히려 강조하고 있다.

이렇게 드라마에서 갈등의 차원이 부각되는 것은 드라마가 대화체로만 구성된다는 특징과 드라마의 대화는 곧 행위라는 특성, 이 두 가지에서 기인한다. 일반적으로 희곡에 등장하는 인물들의, 대화를 통한 상호 교류는 그 희곡의 줄거리 및 갈등의 전개와 밀접한 관계를 맺는다. 상위 차원의 담화가 부재하기에 극 텍스트의 대사들은 그 연결의 경제성과 연관성을 확보하기 위해서도 갈등의 상황을 필요로 하는 것이다. 드라마가 대화체로 구성된다는 조건은 오래 전부터 극작가로 하여금 첨예하고 극적인 순간 곧 갈등을 추구하도록 하였고, 평이한 삶의 과정에서 응축된 사건과 성격을 추출하도록 했다. 또한 드라마는 행위를 모방한다. 극 텍스트에서 객체적인 담화는 각 인물들의 행위를 모방하는 담화다. 그런데 각 인물들의 행위는 극 텍스트 내에서 서로 유기적으로 연결되어 있고, 이 연관성은 집약된 사건이나 상황에 대한 상이한 입장을 통해 유지된다. 요컨대 갈등은 행위의 근원인 것이다. 그래서 극작품에서는 등장인물들의 진정한 본질을 드러나게 해주는 첨예한 갈등 상황이 가장 본질적이다.

그러나 이렇게 구조적인 사실로부터 갈등의 의의를 형성하는 전통적인 드라마의 특성은 체호프에게 적용되지 않는다. 스타니슬라브스키의 표현처럼, 그는 극장을 위한 희곡을 쓴 게 아니라 삶의 광경을 그렸기 때문이다.[89] 앞에서 규명했듯이, 체호프의 희곡에서 대화체는 기존의 대화체 규범을 파괴하기에 갈등이 대화체 자체에서 발생하지 않는다. 그래서 요소들의 충돌이 아닌 반복과 변형으로 이루어진 「갈매기」에서 극적 구성의 기반이 되는 갈등은 극성의 한 속성이 되는 것이 아니라 그 자체로 테마가 되고 있음을 분석할 수 있다. 작가의 표현처럼 "극예술의 모든 규범을 거스르는" 「갈매기」는 갈등을 그 시학적 틀이 아니라 주 테마로 삼고 있는 것이다. 이러한 형식적 차원에서의 혁신은 바로 체호프의 현실에 대한 견해에서 비롯된다. 그것은 다양한 갈등 양상이 상이한 사회적 변화의 표현이고 현실적 갈등의 중재된 반영상이기 때문이다. 따라서 희곡 텍스트로부터 우리는 본질적 갈등 이나 그 갈등 상황을 현실 사건의 심미적 가공 및 형상화로서 추출해낼 수 있다.[90] 이런 관점에서 체호프의 극 텍스트에서 갈등의 테마는 형식적 차원의 새로운 특성이면서 동시에 인간의 고립과 소외라는 사회-역사적 담론을 함축하고 있다.

「갈매기」는 첫 장면의 "검은 옷"으로 유발되어 상이한 세계관을 드러내는 마샤와 메드베젠코 사이의 대화에서부터 즉각적으로 갈등의 실체를 드러낸다.

메드베젠코 어째서 당신은 항상 검은 옷만 입고 다닙니까?

마샤   내 인생의 상복이에요. 불행하니까.

메드베젠코 불행하다고요? (생각에 잠겨) 이해할 수 없군···. 건강하고,

당신의 아버지는 부자까지는 아니어도 잘살지 않습니까. 당
신에 비하면 나는 정말 어렵게 살고 있습니다. 한 달에 받는
봉급이라야 기껏 23루블인데, 거기서 퇴직 적립금을 떼죠.
그래도 상복을 입지는 않습니다. (두 사람, 앉는다)

마샤   문제는 돈에 있지 않아요. 가난한 사람들도 행복할 수 있으
니까.

메드베젠코 그것은 이론이지 실제에서는 다릅니다.

마샤의 "불행"과 메드베젠코의 "고통스런 생활"은 각각 "이
론"과 "실제"라는 상이한 차원에서 형성된 괴로움이고, 따라서 이
들의 대화는 코드가 일치하지 않아 서로 소통되지 않는다. 바로
이 소통되지 않는 "이론"과 "실제"란 두 축의 병치가 갈등의 테마
를 형성하며 텍스트 전체에 걸쳐 변주된다. 이론과 실제의 의미는
우선, 「갈매기」의 구성 체계를 해독하는 데 핵심적인 열쇠 역할을
하는 트레플레프의 극중극을 분석함으로써 심도 있게 이해할 수
있다.

트레플레프의 극중극은 비록 아르카지나에 의해 의도적으로
중단되었지만, '세계 영혼과 물질의 아버지인 악마가 처절하게 싸
워서 모든 것이 소멸된 이후에야 조화를 이룬다'라는 시작과 끝의
테두리를 가지고 있는 하나의 완결된 작품이다. 그런데, 이 극중극
은 지금까지 주로 상징주의에 대한 패러디로 이해되었다. 「갈매
기」에서 세계의 종말에 대한 트레플레프의 상징주의 희곡은 전형

적인 상징주의 희곡에 대한 가장 명시적인 패러디 중 하나다.' [91] '트레플레프의 희곡은 창조의 패러디일 뿐 아니라 저항의 패러디다.' [92] 『러시아 상징주의자들의 희곡』의 저자 칼부스도 서문에서 상징주의자들이 새로운 드라마를 창조하는 모습을 트레플레프의 그것에 비교한다. '트레플레프처럼 러시아 상징주의자들 또한 새로운 예술적 표현 형식을 찾아 19세기 리얼리즘 연극의 전통에 도전한다는 기대의 유희에 빠졌다.' [93]

사실 극중극은 상징주의 극의 형태를 띤다. 극중극을 시작하는 트레플레프의 대사 "우리를 잠들게 하여 20만 년 후의 모습을 꿈꾸게 하라!"에서 꿈에 대한 언급과 무대 장치 없이 자연의 효과를 이용하여 달이 뜨는 것과 호수를 배경으로 공연되는 점은 상징주의 극의 제의적 성격에 연결된다. 그리고 극중극의 "세계 영혼 mirovaia dusha"은 V. 솔로비요프의 상징주의 철학에 기반이 되는 소피아 사상sofiologiia과 맥을 같이 한다. 또한 극중극의 작가 트레플레프가 언급하는 극에 대한 관점인,

현실을 그대로 그려도 안 되고, 어떻게 돼야 한다고 묘사해도 안 됩니다. 현실을 꿈속에서 보듯 그렇게 그려야 합니다.

에서도 상징주의 극관이 뚜렷이 드러난다. 계속해서 그는 "제4의 벽"을 비판하면서 기존의 극을 구습이자 편견이라고 평가하고, "그들은 연극에서 도덕을 낚아 올리려고 합니다"라고 기존의 단

선적인 플롯과 그로 인한 도덕적인 기준을 비판한다.[94] 이러한 그의 희곡은 극 텍스트 전체에서 아이러니하게도 상징주의와 유사한 운명을 걷는다. 상징주의의 한계와 운명에 대해 J. 시르로트는 '상징주의 이론의 가장 비참한 오류들 중 하나는, 그것의 자발적인 해석과 신비적이고 독단적인 해석으로 인해, 상징적인 것을 역사적 확실성에 대립시켜 놓았다는 데 있다'[95]라고 언급한 바 있는데, 트레플레프도 이와 유사하게 자기 희곡의 문제를 인정한다. "문제는 낡고 새로운 형식 속에 있는 것이 아니야. 형식에 얽매이지 않고 마음속에서 흘러나오는 대로 자유롭게 쓴다는 것이 중요해. 점차 그런 확신이 들어."

그러나 트레플레프의 희곡을 상징주의에만 연계시켜 해석하고 마는 것은 도식적이다. 체호프의 상징은 전적으로 작품의 대상 세계에 용해된 일종의 '자연스런' 상징이기 때문에, 당시 「갈매기」의 공연을 보고 연극비평가 쿠겔이 '상징주의라고 하기에는 사실적 핍진성이 너무 많고 리얼리즘이라고 하기에는 상징적 무의미가 너무 많다'[96]라며 작품의 성격을 규정하지 못했던 점을 상기할 필요가 있다. 서구가 아니라 러시아의 예술에서 자신의 전통을 모색했던 러시아 상징주의자들은 체호프의 작품들을 높이 평가하면서도,[97] '체호프의 상징들은 뚜렷하고 명료하며 고의적이지 않다. 그것들은 현실 속에서 성장하고 남김없이 실제적으로 구현된다'[98]라며 그 '자연스러움'을 인식한다. 오히려 극중극은 극 전체와 긴밀하게 연결되어 있어 작품의 의미 체계를 심화시킨다. 특히 극 전체의 '갈등의 테마'는 트레플레프의 희곡에 투영되어 함축적으로 암시되고 있다.

극중극에서 대립하는 두 세계, 세계 영혼과 영원한 물질의 아버지인 악마는 집요하고 가혹한 투쟁을 벌인다. 그리고 이들 사이에 "너희들"이 있다. 그런데 물질의 아버지인 악마는 인간을 필요로 한다. "악마는 인간이 없어 권태롭다." 그래서 악마는 "너희들"이 소생할 것을 두려워하며 항상 견제하여, "너희들"은 점차 '물질'에 의해 생명력을 잃는다.

너희들 속에서 생명이 생겨날 것을 두려워하여 영원한 물질의 아버지 악마가 돌이나 물에서처럼 너희들에게 매 순간 원자의 교체를 일으켜 끊임없이 변하게 한다.

「갈매기」의 등장인물들은 극중극의 "너희들"의 형상을 띠어, 그들 내부에서는 '정신'과 '물질'의 충돌이 형성되고, 그들은 결국 '물질'에 의해 쇠락한다. 이러한 정신과 물질의 의미는 첫 장면에서의 '이론'과 '실제'와 교직되며, 작품 전체에 걸쳐 변위되고 발전하여 확장된 의미를 획득한다. 그런데 이러한 갈등의 테마는 앞에서 규명했듯이 플롯의 층위에서가 아니라 10명의 등장인물들 각각을 통해서 구현된다. 체호프가 창조한 인물들의 불활동성의 내부에는 복합적인 내적 행위가 숨겨져 있는 것이다.[99]

각 막의 처음마다 항상 등장하는 마샤는 불행한 여인이다. 마샤가 불행한 것은 삶을 규정하는 것이 물질적인 현실이 아니라고 생각하는 그녀에게 그것으로부터 벗어날 길이 완전히 봉쇄되어 있기 때문이다. 마샤는 메드베젠코와의 첫 장면에서부터 삶의 의미가 물질적인 것에 있지 않다는 사실을 강조한다. 그러한 마샤의 정신적인 것을 지탱해 주는 유일한 존재는 정신적 기제(機制)에 경도된 트레플레프로 대변된다. "그이가 심각하게 다쳤다면 나는 잠시도 살 수 없었을 겁니다." 그러나 트레플레프는 마샤를 "지긋지긋한 존재"로만 대한다. 곧 마샤의 정신적 추구는 실현 불가능 위에 구축된다. 그래서 마샤는 트리고린과 "술"을 마시면서 자신의 정신적인 부분, 즉 자신을 거부하는 트레플레프를 포기하겠다고 결단을 내리지만, 그러한 결단은 여러 번 반복되어 그 결단이 결코 결단이 아님을 역설적으로 드러낸다. 자신이 생존하는 유일한 토대를 저버릴 수가 없기 때문이다. 특히 마샤가, 트레플레프가 눈앞에서 보이지 않으면 잊을 수 있다고 언급하면서 동시에, 무대 밖으로 나가 보이지 않는 그의 왈츠 소리에 춤을 추는 아이러니한 장면은 이를 잘 보여 준다. 사실 마샤는 자신의 정신적인 추구를 포기하고 메드베젠코와 결혼하지만, 결혼 이후에도 트레플레프에게 경도되어 있다. 그러나 궁극적으로 마샤의 일방적인 사랑으로 포장된 정신적인 추구는 '현실성이 없다.' "희망이 없는 사랑, 그것은 소설에나 있는 거죠." 그러한 마샤는 정신적인 것의 쇠락이 고통스럽게 내재되어 있는 죽음의 상태에서 항상 '검은 상복'을 입고 살아간다. "당신은 늘 한곳에 앉아만 있는데, 그것은 사는 게 아니죠"라는 아르카지나의 마샤에 관한, 공간성의 의미가 시간성과 결합된 대사처럼, 마샤는 "무척이나 오래전에 태어난 것처럼 느껴집니다. 제 인생을 끝없는 치맛자락처럼 질질 끌고 다니죠…"라며 자신의 정체를 드러낸다. 결국 정신적인 것만 추구하던 그녀는 항상 담배와 술이란 물질적인 것[100]에 의지하여 사는 상호 모순된, 실조(失調)된 모습을 보인다.

마샤를 짝사랑해서 "마음이 아파", 말하자면 정신적 추구가 아직 남아 있어 먼길을 주저하지 않고 걸어서 다니러오는 메드베젠코가 부딪치는 그녀의 응대는 "냉담함"이다. 그러나 이러한 행위는 그의 삶에 대한 태도와 상호 모순된 것이다. 그는 언제나 돈에만 집착하며 유물론적인 사고를 보이기 때문이다.

누구도 정신과 물질을 분리할 근거를 가지고 있지 않습니다. 정신 자체는 물질적인 원자의 결합체일지도 모르기 때문입니다.

그래서 나보코프는 메드베젠코를 사회주의자의 성향을 지닌 인물로 보기도 한다.[101] 그런 그는 작품 전체에 걸쳐 활기찬 모습을 보이지 못하고 단지 현실에, 일상에 찌든 모습만을 보이며, 물질에 억압받고 "어렵게, 어렵게 살아간다!" 이런 메드베젠코의 형상은 그의 장인으로 설정된 인물 샤므라예프에게서 더욱 견고해진다.

물질성에 경도되어 있다는 점에서 마샤의 아버지인 샤므라예프는 메드베젠코의 변형이다. 예전의 연극 무대에 대한 기억들을 반복하며 정신적 추구의 희미한 잔재를 보여 주는 샤므라예프에게도 그러나 현재의 삶 속에선 정신적 고양이 전혀 없다. 그래서 물질성에 패배당한 삶을 살지만 항상 정신적인 것을 갈망하는 소린에게 있어서 자신의 영지를 관리하는 샤므라예프는 "참을 수 없는 사람!"인 것이다. 샤므라예프는 물질적인 삶에 얽매여 있어 영지의 주인에게도 말을 내주지 않고 충돌한다. "당신은 집안 살림이 무엇인지 모르십니다!" 그리고 소린이 개가 짖어 잠을 이루지 못하니 풀어놓아 달라고 부탁하는 것도 물질적인 이유로 거절한다. "안 됩니다, 표트르 니콜라예비치 씨, 창고에 도둑이라도 들면 어떡합니까." 여기서 물질성의 인물인 샤므라예프의 '거부'는 다른 인물들의 정신적 추구가 물질성에 막혀 그것으로부터의 탈출구가 궁극적으로 존재하지 않음을 함축한다.

이런 샤므라예프의 물질성에 질식당하는 삶을 사는 폴리나는 "나는 그 사람의 난폭함을 견딜 수가 없어요"라고 토로한다. 그래서 폴리나는 자신의 삶을 복구하고자 하는 의도에서 마샤가 트레플레프를 짝사랑하듯 도른을 짝사랑한다. 여기서 폴리나와 마샤 사이에는 등가성이 형성되어 그들의 관계도 반복성을 띤다. 이들의 등가성은 모녀 사이라는 가족 관계에서 나오는 것이 아니라, 이두 인물이 모두 각자의 남편이 물질성에 깊이 침잠해 있어 짝사랑을 통해 정신적인 출구를 찾는다는 점에 있다. 그러나 폴리나도 마샤처럼, 변화를 원치 않는 도른의 거부로 인해 자신의 삶을 일상으로 밀어 넣는다. 결국 폴리나의 일상으로부터의 탈출은 불가능해서, 질투라는 물질적 감정에 스스로 쇠락해 간다. "질투 때문에 괴로워요." 여기에 폴리나의 내재적 갈등이 존재한다.

도른은 정신적인 것과 물질적인 것 사이에서 이미 체념의 상태에 놓여 있다. "인생을 바꾸기에는 늦었지요." 그는 훌륭한 산부인과 의사로서 나름대로 삶을 영위하고 있지만, 물질적인 것에 쇠락되어 있기 때문에 체념의 상태에 있는 것이다. 이는 극중극이 중단된 뒤 아르카지나의 농담, "의사 선생님께서 영원한 물질의 아버지인 악마 앞에서 모자를 벗으신 겁니다"에서 비유적으로 언급된다. 그러나 카마노프가 '조금은 냉소적인 유물론자'[102]로 보는 도른 자신에게도 내재적인 갈등이 존재했고, 트레플레프와의 대화에서 이는 이전에 이미 지나간 갈등임이 드러난다.

예술가가 창작을 할 때에 느끼는 것과 같은 그런, 정신이 고양되는 순간을 체험했다면, 나는 아마도 이 물질적인 겉껍질과 그것에 속한 모든 것을 경멸하고 지상을 떠나 좀더 높은 곳으로 올라갔을 겁니다.

그래서 그가 해외 여행에서 가장 좋았던 제노바에 대한, 그리고 그곳의 군중에 대한 이야기는 극중극의 "세계 영혼"과 유사하다. "아무 목적 없이 사람들 속에서 이리저리 휩쓸려 다니다 보면 그 모든 사람들과 함께 살며 심리적으로 하나가 된 듯합니다. 언젠가 당신의 희곡에서 니나 자체츠나야가 연기한 것과 같은 단일한

세계 영혼이 정말로 가능할 거라고 믿게 됩니다." 그런 그의 체념
은 삶에 대한 통찰로 귀결되어 다른 인물들보다 돋보이는 것이다.
"나에겐 아무것도 없습니다." "자연의 법칙에 따라 모든 생명은
당연히 끝을 맞게 됩니다."

그렇지만 소린이 보기에 도른은 물질적이다. "당신은 배가 불
러 생활에 무관심하기에 모든 게 마찬가지겠지." 그래서 여전히
정신적인 것에 대한 갈망이 남아 있는 소린과 그러한 소린의 정신
적 갈구를 자신의 체념을 통해서 '비현실적인 것'으로 보는 도른
사이에 표면적인 충돌이 발생하는 것이다. 하지만 이 두 인물은 유
사하게, 원하는 것을 체념하고 현실적인 삶에 안주해 있다는 점에
서 동일한 범주에 속해 있다. 바로 이러한 이유로 인해 앞에서 언
급했던 이들의 충돌이 텍스트의 의미를 이끄는 힘으로 발전하지
못하고 곧바로 무력해지는 것이다.

소린은 물질적인 것에 계속 패배당하는 삶을 살고 있다. 자신
의 영지 관리에 연금이 몽땅 사용되어, 그는 "동전 한푼 없이" 물
질적으로 궁핍하다. 그리고 물질적으로 풍부한 여동생인 아르카
지나와의 관계에서도 그녀의 물질성에 패배하는 모습을 보인다.
그는 3막에서 아르카지나에게 완곡하게 금전적 도움을 요청하다
가 거절당하자 "머리가 어지러워 …몸이 안 좋아"라고 현기증을
호소하는 것이다. 그런 그의 정신적인 의지는 항상 부정적으로
실현되거나 단념당한다. "아름답게 말을 하려고 하지만, 추악하
게 말하고 말지. …그래서 결국 이렇게 된 거야, 이것도 아니고 저

것도 아닌 식으로." 물질적인 것에 의해 쇠락하는 그의 형상은 특히 병의 악화란 육체적 상태로 나타나서, 그는 자주 자신의 병약해지는 상태를 "악몽"과 "비극"에 비유한다. 소린의 내재된 갈등은 현실에서의 그의 모습과 자신의 꿈 사이의 괴리에서 발생한다. 그는 "나는 문학하는 사람들을 좋아한단다"라는 대사를 통해, 그리고 트레플레프에게 작품의 소재로 제시하겠다는 내용인 "꿈꿨던 사람"에서 정신적인 것을 추구함을 드러낸다. 즉 그는 현실에서 벗어나길 갈망하며, 그가 꿈꾸는 진정한 삶을 구가하고 싶다.

한 번도 제대로 살아 보지 못했소. 아무것도 경험해 보지 못했단 말이오, 결국. 그러니 지금 내가 제대로 살아 보겠다고 하는 것도 당연하지 않나요.

아주 잠시라도 이런 불쾌한 생활에서 벗어나고 싶어. 너무 오래 누워 있었더니 낡은 담배 파이프라도 된 것 같다고.

그러나 정신적인 것을 갈망을 하는 소린은 마샤처럼 술과 담배라는 물질적인 것에 의지하는 자기 모순의 모습을 보인다. "나는 제대로 살고 싶은 겁니다. 그래서 식사를 하면서 셰리를 마시고 시가를 피웠던 겁니다." 그래서 그의 현실에 기반을 두지 못한 모순된 정신적 추구는 공허한 메아리에 그치고 의지 결여와 체념을 불러일으켜 "원튼 원치 않든 살아야 하지…"라고 언급하게 만든다. 자신의 삶이 물질적인 것에 패배당해 삶의 무의미를 호소하고 이를 극복하고 싶어하지만, 그의 추구가 현실에 토대를 두고 있지 않기 때문에 무의미한 것이다. 이는 트레플레프에게서 변주되어 더욱 심화된 해석을 가능케 한다.

이렇게 소란을 물질성으로 몰아넣는 한 원인은 그의 여동생인 아르카지나다. 그 원인은 실존적 존재로서의 아르카지나에게 있는 것이 아니라 그녀에게 내재된 물질성에 있다. 사실 아르카지나는 이중적인 인물이다. 관객이나 독자는 아르카지나가 진정한 여배우이자 아름다운 여인인지 아니면 철저한 속물인지를 구별하기 어렵다.[103] 트레플레프가 아르카지나에 대해 우선 이렇게 말한다. "의심의 여지가 없이 재능이 있고 지혜롭고 책을 보며 울 줄도 알고 네크라소프의 시를 전부 암송하고 아픈 사람들을 천사같이 돌봅니다." 그리고 아르카지나 자신도 말하듯 그렇게 "예의가 바른" 인물이다. 아르카지나는 정신적 삶을 구가했던 것이다. 하지만 그것은 과거의 일이다. 그리고 아르카지나는 그러한 과거를, 곧 정신적인 삶의 의미를 의도적으로 기억하지 않는다.

트레플레프 정말로 기억나지 않으세요?
아르카지나 기억나지 않는다.

아르카지나의 가치가 항상 현재적인 것에 놓여 있음은 "미래를 생각하지 않는 게 나의 법칙이에요"라는 대사를 통해서 확실히 드러난다. 그렇다고 아르카지나의 현실적 삶은 안락한 것만은 아니어서, 그녀는 "줄 위에 서 있듯 항상 긴장"한다. 아르카지나가 안락한 삶을 살고 있다는 인상을 주는 것은 단지 자조적인 그녀 자신의 태도 때문인 것이다. 궁극적으로 아르카지나는 자신의 삶을 명예라는 현실의 물질성에 귀착시켜, "화려한 옷을 입고 다니는" 물질적인 삶을 구가하고, 가족인 소린과 트레플레프에게 결여된 돈 문제만 나오면 예민하게 반응하며 매우 인색하다.

> 트레플레프 어머니는 인색합니다. …돈을 좀 얻어 쓰려고 하면 울음을 터뜨리죠.

> 아르카지나 나 대신 돈을 걸어 주세요, 의사 선생님.

물질에 대한 집착은 명예에 대한 집착과 연결되어 있기 때문에 아르카지나는 "그런 마취제가 없는 시골 생활을 따분해하고 짜증내며" 자신의 화려한 무대 생활에 관해 끊임없이 반복해서 말한다.

이로써 아르카지나 주위에서 일어나는 표면적인 갈등이 이해된다. 표면적인 충돌인 아르카지나와 샤므라예프 사이의 언쟁 이후, 그녀는 "여름마다 여기서 나는 모욕이나 당하지"라고 말하며 떠나려 한다. 그러나 그것은 도른과 소린의 충돌처럼 물질성간의 충돌이기에 하나의 에피소드일 뿐 궁극적인 갈등 체계의 일부가 되지 못하고 행위의 동인도 되지 못한다. 따라서 아르카지나는 도른의 예견대로 그대로 남는다.

아르카지나가 트리고린과 함께 이 영지를 떠나는 이유는 트레플레프 때문이다. 아르카지나와 트레플레프가 충돌하는 중요한 원인은 표면적으로 드러난 예술에 대한 관점 차이가 아니라 그 내부 층위에서 작용하는 트레플레프가 그녀에게 가하는 '정신적 자극'이다. 트레플레프는, 그가 없으면 32세로 생각하는 아르카지나에게 43세의 나이를 인식시켜 주는, 진정한 현재, '현실'을 일깨우는 인물이다. 그래서 아르카지나는 아들인 트레플레프와 연결되어 있을 때에 "정신이 불안하다". 아르카지나는 아들의 희곡을 "나에 대한 끊임없는 공격"으로 받아들이며, 아들로 인해 정신적인 자극을 받지 않길 원한다. "제발 날 조용히 내버려 둬." 아르카지나와 트레플레프 사이의 충돌이 그녀의 내적인 갈등을 불러일으키는 것이다. 그런데 아르카지나의 내면 갈등에서 물질적 편향성은 트레플레프의 극중극에 대한 평가로 잘 드러난다. 그것은 트레플레프의 기존 극에 대한 평가가 극 곧 예술에 대한 관점 이상의 의미를 지니고 때문이다. 트레플레프가 기존의 극을 "당신들은 다른 사람들을 억압하고 질식시키고 있습니다!"라고 성격지음으로써, 그의 극중극은 정신적인 부분에 대한 편향을 의미하고 기존의 극은 물질적인 부분에 대한 편향을 의미한다. 이러한 극중극에 대한 아르카지나의 "데카당한 헛소리"라는 평가는 그녀가 물질성에 지나치게 경도되어 있음을 드러내준다.[104] 결국 물질적인 가치에 갇혀버린 아르카지나의 내면 갈등은 작품의 외형 갈등으로 그 선을 지속시키지 못한다. 즉 이 두 인물의 충돌은 서로를 변화시키지 않고 그들 각각의 특징을 더욱 각인하는 데 그치며 그들 사이의 의사소통 단절을 낳을 뿐이다. 강함과 약함이 혼재되어 있는 이중적인 인물 아르카지나에게 약함은 의도적으로 잊어버린 정신적인 것에서 기인하고 강함은 물질적인 것에 기댄 삶에서 연유한다.

아르카지나와 마찬가지로 트리고린도 이중적인 형상을 지니고 있다. 트레플레프에 의해 특징지어지는 그는 "현명하고 소박하며 예의바른" 인물이지만, "명성을 가지고 배가 터지도록 부른" 인물이기도 하다. 그러한 그도 내면 갈등을 드러내는데, 이는 우선 창작과 그로 인한 압박감으로 나타난다. 그는 창작의 의미를 알고 있다.

내가 작가라면 반드시 민족에 대해서, 민족의 고통과 미래에 대해서 말해야 하고, 과학에 대해서, 인권에 대해서, 그 밖의 여러 문제들에 대해서 말해야 한다고 느낍니다.

이 창작의 의미는 그에게 정신적인 압박으로 고통을 준다. "강박관념 …써야 한다, 써야 한다, 써야 한다." 그는 창작으로 인한 갈등이 "삶을 갉아먹는다고 느낀다". 그러나 이러한 자신의 내면 갈등에서 그는 '회피'라는 나름대로의 해결책을 가지고 있다. "현실과 과학은 앞으로 앞으로 나아가지만, 나는 기차를 놓쳐 버린 농부처럼 언제나 제자리를 맴돌 뿐입니다." 그는 창작이 주는 정신적인 부담 때문에 내적 갈등을 겪지만, 그 갈등을 의도적으로 회피하고 있다. 트레플레프의 창작 행위가 정신적인 측면을 강하게 부각시킨다면, 트리고린의 창작 행위는 물질적인 것에 경도되어 있는 것이다. 그래서 그는 진정한 작가의 대열에 올라 있지 못한 삼류 작가에 불과하다. "톨스토이나 졸라를 읽고 나면 트리고린을 읽고 싶은 생각이 들지 않습니다." 단지 니나만이 그 작가를 '자신의 상상 속'에서 매력적인 인물로 변하게 한다. 니나와 같은 형상에서는 초라한 삼류 작가와 사랑에 빠지는 게 근본적인 것이다.[105]

트리고린의 내면 갈등은 니나로 인해 잠시 부활되기도 한다. 니나의 애정이 이전에 그가 물질적인 궁핍으로 인해 체험하지 못한 순수하고 물질성에 물들지 않은 사랑이어서 그렇다. 그러나 이때 아르카지나의 물질성은 강한 대립자로 나선다. 아르카지나는 트리고린에게 산문적인 삶과 사랑을 강요하여, 아르카지나라는 물질적 애정과 니나라는 정신적 애정 사이의 충돌이 그에게 일어난다.

트리고린 (생각에 잠겨) 순수한 영혼의 이 호소에 어째서 슬퍼지는 것일까, 어째서 나의 가슴은 이토록 아프게 죄어 오는 것일까…?

아르카지나   …당신은 취해 있어요. 깨어나세요, 제발….

…

트리고린   …젊고 매혹적이고 시적인 사랑, 공상의 세계로 데려가 주
            는 사랑, 지상에서 그것만이 행복을 가져다줍니다! 나는 아
            직 그런 사랑을 해본 적이 없어요….

아르카지나   (화를 낸다) 정신이 나갔군요!

아르카지나는 트리고린의 정신적 고양을 술에 취한, 비이성적
인 상태로 규정하고, 비현실적임을 비난하는 것이다. 결국 트리고
린은 정신적인 의지력이 없어 물질성에 이끌리고 말아, "나에게
는 나의 의지가 없습니다… 한 번도 내 의지대로 해본 적이 없어
요… 무기력하고 쉽게 부서지고 언제나 순종적인데, 어떻게…"라
고 고백하게 된다. 오히려 트리고린은 니나를, 니나에게는 '새로
운, 의미 있는 삶으로의 복귀'106를 의미하는 '호수'로부터 벗어
나게 했다.

트리고린은 '정신의 자유를 상징'107하는 '흰 갈매기'의 박제
를 기억하지 못하고, "기억나지 않습니다"를 네 번에 걸쳐 반복함
으로써 정신적인 삶에 대한 망각과 현실적인 삶 속으로의 침잠을
강조한다. 트리고린은 과거에 물질적인 "궁핍과 싸웠다." 하지만
정신적인 의지력이 없는 그는 현실의 고통스런 삶으로 인해 정신
적인 부분을 포기한 것이다. 그런 그가 니나로 인해 잃어버린 자신
의 정신적인 부분을 잠시 기대하지만 그러기에는 이미 물질적인

현실에 지나치게 경도되어 있다. 이는 그가 낚시에 열중하는 것으로 나타난다. 그에게 낚시질은 창작이라는 정신적 행위로부터의 탈출구인 것이다. 그래서 그는 작가임에도 불구하고 영지를 떠나면서 "낚싯대는 꼭 필요한 물건이야. 하지만 책은 아무에게나 줘버려"라고 말한다. 만일 그가 낚시질하기에 좋은 "호숫가의 이런 영지에서 살았다면 작가가 되지 않았을 거다."

배우라는 창조적 행위를 물질적 명예욕으로 변질시킨 아르카지나처럼, 트리고린도 창작이라는 정신적 행위를 저버리고 극 전체에 걸쳐 낚시에만 열중한다. 그러나 이 두 인물은 결코 악한으로 그려져 있지 않다. 그들은 실제로 어느 정도 재능도 있고 자신에게 '솔직하다.' 단지 그들의 삶이 물질적인 것에만 기대어 있기 때문에 독자와 관객에게 거부감을 불러일으키는 것이다. 그들이 전형적인 악한이 아니라는 점에서 이 희곡의 충돌은 톨스토이의 희곡처럼 외면적으로 뚜렷하게 일어날 수 없는 것이다.[108]

트레플레프와 니나는 지금까지 살펴보았던 인물들과 달리, 무대 위에서 직접 내면의 갈등을 겪는 역동적이고 입체적인 인물이다. 극의 처음에 이 두 사람은 정신적으로 교감하는 상태에 있었다. 이는 극중극 공연이 있기 전 메드베젠코의 입을 통해 드러난다. "오늘 두 사람의 영혼이 하나의 예술 형상을 만들어 내면서 합쳐질 겁니다." 니나 역시 트리고린을 통해 물질적인 삶을 접하기 이전에는 트레플레프와 교감하고 있었다. "나의 마음에는 당신뿐이랍니다." 그러나 이들은 극이 진행되면서 서로 상이한 삶의 길을 걷는다.

니나는 내면의 갈등에서 트레플레프와 상반된 길을 걷는다. 그래서 니나가 마지막에 드러내는 형상은 아르카지나의 그것과 등가를 이루어 어떤 면에서 또 한 명의 아르카지나의 탄생을 예고한다. 니나도 물질적인 것에 경도되어 가는 삶을 사는 것이다. 그런데 니나는 애초부터 물질이 박탈된 "감옥과 같은" 삶을 산다. 이는 아르카지나의 다음과 같은 대사를 통해서 상세히 드러난다.

정말이지 불행한 처녀야. 소문에 의하면, 돌아가신 엄마가 엄청나게 많은 재산을 한 푼도 남김 없이 남편에게 상속했다더군요. 그런데 저 애 아버지는 이미 그 재산을 자신의 새 아내에게 상속하기로 해서, 지금 저 애에게는 아무것도 남은 게 없다고 하더라고요.

그러나 니나는 트레플레프가 애초부터의 물질적 박탈의 탈출구를 정신적인 것에서 찾는 것과는 달리, 물질적인 것에서 구한다. 이에는 트리고린과 아르카지나의 역할이 지대하여, 니나는 그들의 물질적 삶을 동경하며 "잠시라도 당신의 입장이 되어 봤으면 좋겠어요"란 대사를 반복한다. 그래서 트리고린과의 긴 대화에서 그의 정신적 고뇌를 이해하지 못하고 단지 그의 명예에만 도취되어 부러워한다. 결국 니나가 동경하는 인생은, 2막 마지막 대사처럼, 비현실적인 "꿈!"에 불과하다. 그 꿈이 비현실적인 것은 니나가 자신이 동경하는 인물들의 일상적인 삶을 정상적이 아니라 오히려 기이하게 생각하고 있기 때문이다.

정말 이상해. 유명한 여배우가 그렇게 사소한 일 때문에 울다니! 저명한 작가가, 대중의 사랑을 받고 신문마다 기사가 실리고 초상화가 팔리고 다른 나라 말로 번역이 되는 그런 저명한 작가가 하루 종일 낚시질이나 하며 두 마리의 잉어를 잡았다고 기뻐하다니, 정말 이상해. 유명한 사람들은 옆에 가까이 갈 수 없을 정도로 고고한 줄 알았는데. …그런데 그런 사람들이 이처럼 울기도 하고, 낚시질도 하고, 카드놀이도 하고, 웃기도 하고, 화를 내기도 하다니, 다른 사람들처럼….

이와 더불어 니나의 꿈에 대해 트리고린은 "미안하지만 한 번도 먹어 보지 못한 마멀레이드와 같군요"라고 평가한다. 또한 트리고린이 트레플레프가 사살한 갈매기를 보고 니나의 삶과 같은 궤적을 걷는 소녀의 이야기를 자신의 작품 소재로 적어 넣는 것으로, 니나의 동경이 현실에 기반하지 않아 불행과 맞닿아 있음이 강조된다.

니나에게 있어서 이러한 갈등의 테마는 '방랑의 테마'로 변주된다. 「갈매기」의 1막에서 니나의 아버지와 계모는 소린가의 사람들을 '보헤미안'이라고 규정한다. 무대 밖의 인물이 등장인물들을 안주하지 못하고 방랑하는 보헤미안으로 규정하는 것은 그들의, 정신과 물질 간의 괴리로 인한 갈등과 방황을 의미한다. 니나는 바로 그런 사회 속으로 뛰어든 것이다. 그래서 니나는 "그런 밤, 집 안에 앉아 있는 사람, 따뜻한 구석을 가지고 있는 사람은 편안하다"는 투르게네프의 한 구절을 인용하여, 이전의 안정된 삶과 달리 방랑하는 자신의 삶을 토로한다.

우리는 소용돌이 속에 빠진 거예요…. 어렸을 때 내 생활은 즐거웠죠. 아침에 눈을 떠 노래를 불렀으니까요. 당신을 사랑했고, 명성을 꿈꿨고. 하지만 지금은? 내일 아침 일찍 옐레츠로 가야 합니다. 농부들 속에서… 삼등 열차를 타고. 옐레츠에서는 교육을 받았다는 상인들이 추근대며 달라붙겠죠. 아, 거친 생활!

여기서 "소용돌이"는 방랑의 의미를 내포하며 니나 자신뿐 아니라 트레플례프의 현재의 삶도 의미하는 것이다. 니나는 지나치게 물질적인 것에 경도되어 '추구하는 것'과 '실제' 사이의 조화를 이루지 못한다. 이러한 지나친 물질적 경도는 그녀로 하여금 트레플례프가 죽은 갈매기를 가지고 등장했을 때 그 의미를 이해하지 못하게 만든다. "이 갈매기만 해도 뭔가를 상징하고 있는 듯한데, 미안하지만, 이해할 수 없어요…." 그러나 트레플례프와 달리, 이후 불행한 삶을 체험하면서 자신의 추구와 현실 사이의 간격을 감지한 니나는 트레플례프에게 '갈매기'라고 서명하여 편지를 보내기도 한다. 결국 니나는 물질적인 것을 향한 지나친 경도가 낳은 고통스러운 삶 속에서 추구하는 것과 실제 사이의 갈등을 다음과 같이 나름대로 정리하게 된다.

매일매일 나의 정신력이 성장하고 있다고 생각하고, 생각하고 또 느껴요…. 이제는 알고 이해해요, 코스챠. 우리의 일에서 중요한 것은 꿈꿨던 빛나는 명예가 아니라 견뎌 내는 능력이에요. 자신의 십자가를 지고 신념을 가져야 해요. …나의 소명을 생각할 때면 인생이 두렵지 않아요.

니나는 성장하여 젊은 시절의 낭만주의를 벗어난 것이다.[109] 그러나 이 대사가 '의지가 승리했을 때 세상은 아름답다'라는 논리에 따라 '비상과 승리의 테마'를 의미한다[110]고 보는 소비에트식 해석은 문자 그대로 지나친 비약이다. 그것은 차라리 낭만적인 추구를 현실의 굴레 속에서 포기한 도른에게서 나타나는 '체념' 과 같은 것이다. 이는 니나가 이런 깨달음 뒤에 예전에 살았던 이곳 호숫가를 '정신적 안식처'로 표현하는 데에서 밝혀진다. 그녀는 타지로 떠난 지 2년만에 처음으로 눈물을 흘린다. "2년 만에 처음으로 울어 봤어요. 훨씬 마음이 편해지고 밝아졌어요." 그리고 그동안 니나가 물질적인 삶 속에 함몰되어 지쳐 있음을 밝힌다.

지쳤어요! 쉬었으면 좋겠어요… 쉬었으면!

그리고는 유리문으로 뛰어나가기 직전, 곧 거친 현실 속으로 다시 돌아가기 전에 니나는 트레플레프의 희곡 중에 나오는 '모든 생명체가 소멸해버린다는 부분'을 마지막 대사로 반복한다. 니나는 물질적, 현재적 삶 속에서 '희망과 비상'을 발견한 게 아니며 자신의 정신적 쇠락을 토로하는 것이다.

인간도, 사자도, 독수리도, 자고도, 뿔이 난 사슴도, 거위도, 거미도, 물속에서 살던 말 못하는 물고기도, 불가사리도, 눈에 보이지 않는 미생물도, 한마디로 모든 생명, 모든 생명, 모든 생명이 슬픈 순환을 마치고 사라져 버렸다. …초원은 더 이상 두루미의 울음소리로 잠에서 깨어나지 않고, 5월의 딱정벌레 소리도 보리수나무 덤불 속에서 들리지 않는다…. (갑자기 트레플레프를 껴안고 나서 중앙의 유리문으로 뛰어나간다.)

트레플레프의 내면 갈등은 그 역동성과 더불어 다른 인물들의 내적 갈등을 해석케 하기 때문에 무대 위에서 가장 돋보인다. 그는 니나와 마찬가지로 애초부터 물질이 결핍된 "무일푼 신세"였다. 그래서 소린은 "젊고 지혜로운 사람이 시골에, 이렇게 외진 곳에, 돈도 지위도 미래도 없이 살고 있으니"라고 한탄한다. 그런 그는 어머니인 아르카지나의 물질적인 삶 주위에서 자신의 정체성을 잃고, "저는 누구죠? 저는 무엇인가요?"라고 고민한다. 이에 대한 반작용으로 그는 급진적인 형상을 띠게 되고 전면적인 현실 부정을 극 형식에 '빗대어' 강조하여 "새로운 형식이 필요합니다. 새로운 형식이 필요합니다. 그것이 없다면 차라리 아무것도 없는 게 낫습니다"고 주장한다.[111] 그런 그의 급진적인 형상은 정신적 기제인 창작과 관련되어 있을 때 활기차서, 마샤는 "그이가 뭔가를 읽을 때면 눈은 불타오르고 얼굴은 하얗게 된답니다. 아름다우면서 슬픈 목소리를 가졌어요. 시인과 같은 몸짓에" 하고 언급한다. 그의 기존의 예술에 대한 전면적인 부정과 창작에의 의욕은 자신의 정체성을 앗아간 물질적인 현실에 대한 '항거'인 것이다.

그러나 이러한 급진적인 생각은 궁극적으로 실패한다. 그것은 니나가 물질적 박탈 이후 지나치게 물질적인 것에 경도되었던 것처럼 트레플레프는 지나치게 정신적인 것에 경도되어 '정신이 물질과 조화를 이루지 못해 실현성이 없기' 때문이다. 요컨대 정신적인 것이 물질적인 것보다 우위에 있지 않은 것이다. 결국 그는 이를 인정하고 도른에게 "의사 선생님, 종이 위에서 철학자가 되는 것은 쉽지만, 실제로 되는 것은 정말 어렵습니다!"라고 고백한다. 그리고 그는 극중극의 "너희들"처럼 그토록 벗어나고자 했던 현실에 물들고 영향받고 있음을 감지하며 "나는 그토록 새로운 형식을 말했는데, 지금은 조금씩 구태의연함 속으로 미끄러져 들어가는 것을 느껴"라고 고백한다. 결국 현실은 자신이 추구하는 인생관과 정면으로 배치되고, 그는 모든 것을 잃게 된다. "저는 모든 것을 다 잃었어요. 그 여자도 저를 사랑하지 않아요. 더 이상 글을 쓸 수도 없어요…. 희망이 없어요." 그래서 트레플레프의 삶은 마치 마샤의 그것처럼 "벌써 이 세상에서 구십 년이나 산 것 같이" 고통스럽다. 그리고 자신의 항거가 실패했음과 스스로가 현실에 적응하지 못했음을 인정하는 다음과 같은 고백은 그의 자살을 예견케 한다.

하지만 나는 공상과 환상의 혼돈 속을 헤매고 있습니다. 도대체 왜, 누구에게 필요한지도 모릅니다. 나에게는 신념도 없습니다. 소명이 무엇인지도 모릅니다.

결국 물적 토대에 기반을 두지 않은 급격한 정신적 추구가 그를 죽음으로 몰고 간다. 바꿔 말해, 정신적인 추구와 현실적인 삶을 조화롭게 융합하지 못한 트레플레프에게는 자살 이외의 대안이 없었던 것이다.

이 극 텍스트에서 트레플레프의 죽음 곧 자살은 극중 사건으로서의 의미를 갖지 않는다. 이 자살을 알고 있는 인물은 단지 도른과 트리고린뿐이다. 이 죽음은 텍스트의 전체 의미를 결정짓는 요소로서 의의를 가진다. 그것은 이 극 텍스트가 순환적인 극 구조와 각 인물들의 반복, 변주되는 내적 갈등들로 인해 서정시 같은 특성을 가지기 때문이다. 체호프는 사건들을 마치 디테일인 것처럼 표면으로 이동시켜, 무대의 중심에서 평범하게 끊임없이 되풀이시키기 때문에, 텍스트의 요소들은 서로를 반향하고 상위 층위의 요소들과 등가를 이뤄 서정시처럼 계열축을 따라 해석된다. 말하자면 「갈매기」는 트레플레프의 삶을 축으로 삼아 그것에 집중되어 있지 않고, 단지 각각의 인물들이 각자의 내적 세계를 가지고 있고 전체적으로 앙상블을 이루고 있을 뿐이다. 따라서 트레플례프의 죽음은 모든 인물의 정신적 죽음, 즉 '탈출구가 부재한 정신적 추구'를 포괄하여 전달한다.

그런데 여기서 주목할 점은 등장인물들의 정신적 죽음이 그들의 치열한 투쟁 이후의 패배가 아니라는 사실이다. 그것은 현실에 기반을 두지 못한 초자연적인 '넋의 상태'[112]에서의 죽음이다.

위에서 분석한 각 인물들의 내면 갈등을 정리하면, 한 축은 정신의 고양된 발현인 사랑, 창작, 꿈 그리고 그에 대한 추구이며, 또 다른 한 축은 "거친 현실!"이다. 달리 말해, 「갈매기」의 갈등 체계는 '인간이 갈망하는 것'과 '인간이 소유한 것' 사이의 불일치[113]를 강조한다. 그로 인해 작품의 중심에는 더 나은 것에 대한 기대와 삶의 불명료함이 결합되어 파생한 정신적 불안이 놓인다.[114] 결국, 「갈매기」의 갈등 체계는 극중극의 '정신과 물질의 투쟁'을 토대로 등장인물들의 '고양된 정신적 요구와 현실의 타성 간의 충돌', '형이상학적 추구와 형이하학적 현실의 대립', '존재와 일상의 대립'으로 변위되고 확장되어가서, 갈등의 해결 국면 없이 그 궁극적인 '부조화'를 강조한다. 「갈매기」에서 갈등은, 자신의 삶의 테두리에서 벗어나고자 하는 욕망이 또다시 인물들의 삶을 결박지음으로써, 그들 각자의 존재성을 찾기 위한 자기 투쟁인 것이다.

갈등 체계의 두 축 중에서 어느 한 극단의 삶의 방편에 선 인물들 모두를 작품의 제목이기도 한 소도구 '갈매기'가 상징한다. 갈매기의 형상은 자신의 추구가 꺾이는 니나와 트레플레프에게 즉각 연결되지만,[115] 궁극적으로는 모든 인물의 현실에서의 쇠락을 의미하는 상징으로 존재한다. 따라서 갈매기의 형상은 이 희곡의 보편화된 사상인 '미래와의 단절'[116]인 것이다. 이는 극중극의 시간성에서 해석된다. 극중극에서 시간의 경과는 강력한 대립자인 물질과 정신이 변증법적으로 통합되어 "아름다운 조화"를 이루고 "세계 의지의 왕국"이 도래하는 것으로 나타난다. 그러나 그때는 이미 아무것도 존재하지 않고, 오직 "공포" 뿐이다. 이 극중극의 시간적 배경인 20만년이 흐른 뒤, 곧 모든 생물이 소멸한 뒤의 종말론적인 장면은 위에서 살펴본 갈등 체계의 '궁극적인 부조화'와 정신적 추구의 '무의지성'을 강조한다. 그리고 시간의 흐름 속에서도 변함 없는 인물들의 상태, 곧 "슬픈 순환"의 상태는 암울한 현실을 함축한다.

인물들의 갈등 극복에 대한 의지는 결여되어 있다. 그러면서도, 인물들은 자신만의 세계의 창조자가 되고 그 세계의 유일한 거주자가 된다. 인물들의 이러한 유아론solipsism은 도스토예프스키의 소설에서는 대화주의dialogism의 기반이 되지만,[117] 체호프에게 있어서는 물적 기반에서의 일탈인 순수 '몽상'이 된다. 「갈매기」에서 삶의 물적 토대와 조화를 이루지 못한 정신적 추구는 '현실로부터의 도피인 몽상'에 불과한 것이다. 마샤의 실현성이 결여된 일방적인 사랑이란 정신적 추구, "꿈꿨던 사람"인 소린의 현실에 기반을 두지 못해 "악몽"이 되어 버린 정신적 소망, 비현실적인 "꿈"에 불과한 니나의 동경, 정체성을 상실한 채 "공상과 환상의 혼돈 세계를 방황"하는 트레플레프의 창작열 등은 바로 몽상이다. 이 낭만주의적 성향의 인물들은 현실적 토대를 거부한다. 항상 "삶에 대한 상복"을 입고 다니는 마샤는 현실적인 삶을 이미 거부하고 있다. 그런 마샤는 메드베젠코와 결혼하기로 결심한다. 그리고 트레플레프를 잊기 위해, 즉 정신적 불행을 없애기 위해 남편을 따라 다른 곳으로 이주, 곧 생활 속으로 들어가 몽상으로부터 탈출하겠다고 말한다. 그러나 그럴 의지가 전혀 없는 마샤는 스스로 자신의 결심에 대해 "실없는 소리"라고 말함으로써 결코 자신의 몽상을 벗어나지 못한다. 그런 마샤에게 정신적 행복은 없는 것이다. 머리와 턱수염이 헝클어진 모습으로 살아가는 소린은 그것의 의미를 마치 마샤의 상복처럼 "내 삶의 비극"이라고 설명한다. 그런 그는 현실적 토대인 자신의 영지에서의 삶을 이렇게 말한다.

쉬려고 여기에 오지만 언제나, …그 첫날 당장 돌아가고 싶어진다니까.

정착하지 못하는, 기반 없는 삶을 살아가며 소린은 꿈꾸는 것이다. 또한, 자신이 존재한 곳에서 "쓸모 없다"고 느끼는, 역시 기반 없는 삶을 살아가는 트레플레프가 좌절하는 한 이유는 바로 니나가 그를 "다른 많은 사람들처럼 평범하고도 하찮게 여기기" 때문이다. 요컨대 트레플레프는 자신의 실제 모습을 거부한다. 작가로서의 그의 형상도 "철가면처럼 비밀에 싸여 있는" 것이다. 결국 트레플레프가 도른에게 털어놓는 "종이 위에서 철학자가 되는 것은 쉽지만, 실제로 되는 것은 정말 어렵습니다!"라는 고백은 그의 정신적 추구가 몽상성을 띠고 있음에 대한 고백이다. 심지어 트리고린에게 있어서도 진정한 창작 행위는 삶의 토대를 벗어난 행위이다.

> 마치 내 생명을 갉아먹고 있는 듯 느껴집니다. 누군가에게 꿀을 주기 위해, 나의 가장 좋은 꽃에서 꽃가루를 모으고 꽃잎을 뜯고 뿌리까지 짓밟고 있는 듯 느낍니다. 이런데 과연 미치지 않을 수 있을까요?

결국은 물질적인 삶에 경도되어 있는 모습을 보이는 트리고린이지만, 그에게도 몽상성이 내재되어 있어 니나의 "젊고 매혹적이고 시적인 사랑, 공상의 세계로 데려가 주는 사랑"에 흔들린다. 그리고, "삶에 대해 불평하다니"라며 현실적인 토대를 거부하는 소린을 비난하는 도른마저도 "그런 정신이 고양되는 순간을 체험했다면 …지상을 떠나 좀더 높은 곳으로 올라갔을 겁니다"라고 말하며, 이 희곡의 정신적 추구가 바로 몽상임을 결정적으로 드러낸다. 의지가 결여된 몽상 역시 극중극 속에 함축되어 있다. 우선 등장인물들을 의미하는 "너희들"은 의지가 없다.

생각도, 의지도, 생명의 떨림도 없다.

그리고 등장인물들의 정신적 추구를 의미하는 세계 영혼은 몽
상 속에 존재해 있다.

나는 모든 것을, 모든 것을, 모든 것을 기억하고 있다. 하나, 하나의
생명을 나는 내 속에서 다시 체험하고 있다.

말하자면, 인물들의 정신적 추구는 극중극의 세계 영혼이 그러
하듯이 자아로의 응축인 몽상으로의 진입이다. 그리고 극 전체의
의미를 함축하고 있는 극중극이, '감옥과 같은 현실' [118]인 저차원
의 리얼리티realia보다 '영원의 리얼리티' [119]인 고차원의 리얼리티
realiora를 중시하는 상징주의 극이라는 점 자체도 또한 텍스트 전
체가 몽상의 토대 위에 구축되어 있음을 함축한다. [120]

결국 정신적인 부분에 대한 지나친 편향은 그 토대가 몽상에
있기 때문에 인물들의 파멸을 필연적으로 초래한다. [121] 그래서 체
호프는 「갈매기」에서 '철학'이란 개념을 부정적으로 사용한다.

당신은 배가 부르고 무심해서 걸핏하면 철학이나 늘어놓으려고 하지.

덥고, 조용하고, 일하는 사람은 아무도 없고, 모두 다 넋두리나 늘어
놓고 있으니….

체호프의 극 텍스트에서 순수 형이상학을 의미하는 철학은 바로 몽상과 연결되는 것이다.[122] 철학이 긍정적인 의미를 가지는 경우는, 「바냐 아저씨」에서의 소냐의 대사처럼, 그것이 바로 삶의 물적 토대와 융화할 때에나 가능하다. "날씨가 온화한 지역에서는 자연과의 싸움에 힘을 덜 쏟기 때문에 …그런 곳에서는 학문과 예술이 융성하고 철학도 우울하지 않습니다." 결국, "사람의 모든 건 다 아름다워야 합니다. 얼굴도, 옷도, 마음도, 생각"이라는 아스트로프의 대사에서도 드러나듯이, 체호프는 어느 것에 대해서도 지나침이 없는 조화가 사람들의 삶에서 중요하다고 생각한다. 진게르만에 따르면 체호프는 러시아 중부 지역에 있는 오래된 저택을 그어떤 곳보다 좋은 장소로 생각했는데 그 이유는 '인간과 자연 사이의 고양된 자연스런 조화'가 그곳에선 가능하다고 보았기 때문이다.[123] 인위적이지 않은 아름다움을 간직한 자연과 인간 영혼 사이의 조화로운 상호 관계에 대한 '비강압적인 지향'이 체호프의 철학 사상인 것이다.[124] 그런데 「갈매기」에서 기반이 현실 위에 있지 않은 갈등들은 실천이 부재한, 곧 의지가 결여된 '몽상의 갈등'이다.

이러한 몽상 속의 삶은 극 텍스트를 의지력의 집중인 비극이 아니라 희극으로 이끈다. 헤겔은 비극에 고유한 것은 실체이고 희극에 고유한 것은 주관이라 구분하면서, 희극의 토대에 관해 이렇게 언급한다.

그러므로 희극에서의 토대는, 주체로서의 인간이 그가 의도하고 또 실제로 행하는 것의 …모든 것을 완전하게 지배하고 통제하는 바의 세계이다.[125]

몽상은 희극의 토대인, 세계를 자체적으로 완전하게 지배하고 통제하는 주관성의 한 발현이다. 그런데, 본질적인 것에 모순되는 현상이 자신 속에서 자기를 지양하는 경우 언제나 웃음을 자아내고 이상함을 느끼게 만들 수 있다.[126] 여기서 웃음은 유머가 부여하는 웃음과 상반되고, 풍자가 생성하는 공격적인 웃음과도 다른, 자신의 우스꽝스러운 모습을 돌이켜보게 하는 '쓴웃음'이다. 「갈매기」의 갈등 체계는, 인물들의 결단을 요구하거나 그런 결단을 위한 상황이 없이, 몽상 위에 구축되어 있다. 때문에 그 갈등 체계 자체는 사회상이 되고, 작가는 그러한 사회를 희극적으로 바라본다.

「갈매기」는 사람이 현실에서 벗어날 수 없음을 분명히 한다. "자연의 법칙에 따라 모든 생명은 당연히 끝을 맺게 됩니다." 그럼에도 불구하고 사람이란 존재는 일상을 살아가면서 비현실적이 될 수도 있다. "사람은 걸으면서 이따금 잠을 잔다." 이러한 부조화는 정신적인 삶의 현실로부터의 괴리인 몽상으로서, 인간 삶의 희극인 것이다. 정신적인 것의 추상성이 물질적인 현실성과 조화를 이루지 못해 상징주의의 결함이 초래됐듯이, 모든 등장인물들도 이 두 가지를 조화시키지 못함으로써 '황폐해진 삶의 무대'를

낳는다. 그래서 이 극 텍스트에서 갈등의 반복 체계는 상징주의 극
에서 반복되는 행위가 제의적인 성격을 창출하는 것과 달리 인간
의 희극적인 삶을 반향한다.

광기의 세계

이반 드미트리치는 온 세상의 폭력이
그의 등 뒤로 몰려와 그를 뒤쫓고 있다고 생각했다.
…물질의 순환 속에서 자신의 불멸을 찾는 것은
이미 부서져 쓸모없게 된 값비싼 바이올린 케이스가
화려한 미래를 지녔다고
예언하는 것만큼이나 이상한 일이다.
「6호 병동」 중에서

일상과 영원의 패러독스

시간과 공간은 실제 세계의 기본 속성이다. 그런데 예술 세계는 사람들의 삶에 밀접한 좌표를 형성하는 실제 세계의 시공을 나름대로의 목적과 의도에 따라 재구성하여 도입한다. 이때 대상의 시공간적 특성에 대한 모델의 시공간성의 관계는 모델의 본질과 인식 가치를 대부분 결정한다. 따라서 예술 세계에 도입된 일상은 의미 체계로 형상화된다. 예술가의 자유로운 선택에 의해 형상화된 예술 세계의 시공간성은 텍스트의 정보량을 증가시키며 그 의미를 형성하기 때문이다. 그런데 드라마에서 시공의 개념은 다른 문학 장르에서의 시공의 개념보다 제약적이다. 그것은 서사시나 서정시가 갖는 언술적 메커니즘의 자유로움을 도상적 기호가 작용하는 무대의 '지금, 여기'라는 시공이 제약하고 있기 때문이다. 달리 말해 희곡은 문학적 특성과 조형 예술의 특성을 동시에 가지고 있는 것이다. 그래서 고전주의 시대에는 '시공의 일치'가 극적 긴장감을 위해 필수적인 드라마의 규범이었다.[127] 드라마의 시공은 극작가의 자유로운 선택과 무대 메커니즘의 개입이 교차하는 지점에서 형성되는 것이다.

체호프의 극에서 시공간성은 특히 고전주의 극에서 극성의 기반이 되는 시간과 공간의 일치 개념과 유사한 특성을 갖는다. 체호프의 극 텍스트에서 그 시간의 간격이 어떠하든 간에 대화체의 특성, 특히 반복성은 그것에 대한 인식을 방해하고, 그로 인해 수용자는 긴 시간의 서사적 간격을 인식할 수 없다. 이런 점은 공간에도 적용되는데, 공간적 배경이 되는 집 안과 밖의 구별은 별 의미 없이 단일한 공간에서 극이 진행되고 있음을 느끼게 만든다. 그러나 이는 극적 긴장감을 유발하는 기존의 일치와는 거리가 멀다. 짧은 시간과 단일한 공간 내에서 이루어지는 집중된 대화로 극적 긴장감이 형성되는 기존의 극과 달리, 체호프의 극에서는 대화체 자체의 특성이 낳는 역동성 상실이 시공에 각인되어 있다. 그런데 체호프의 극에서 비언술 메커니즘은 제약적인 드라마의 시공을 극복하고 작가의 의도에 부합하는 시공을 형성케 한다.

비언술 메커니즘

문학, 회화, 음악, 영화 등의 예술 장르는 우선 그 매개체의 차이에서 변별된다. 그러나 말, 선, 색, 소리, 영상 등의 매개체는 세계를 재구성하고 반영하는 등의 예술적 활동을 하여 예술 텍스트의 '언어'를 형성한다는 점에서 모두 본질적으로 동일한 차원에서 작동한다. 단지 이들 사이에는 작동하는 메커니즘의 차이가 존재할 뿐, 이들 모두 의미를 창출하는 '기호'의 역할을 수행하며 그 의미를 소통시키는 '기호 시스템'을 형성하는 것이다. 그런데 문학의 한 장르로서뿐 아니라 무대를 위한 기저 텍스트로서의 성격을 갖는 극 텍스트에서는 여러 예술적 매개체의 특성을 내포한 메커니즘이 작용하고 있다. 이는 달리 말해 극 텍스트는 문학 장르로서의 '말'에 대한 연구뿐 아니라, 무대를 형성하는 회화, 음악 등의 모든 요소들을 고려할 것을 요구한다.[128] 희곡에서는 '말' 이외의 매개체의 메커니즘이 다시 '말' 속에 감춰져 '말'의 의미를 복합적 층위에서 벗겨내게 만든다. 이러한 점은 체호프의 희곡을 이해하는 데 매우 중요하다. 그러나 고전적 의미의 극작품에서는 모든 무대적 매개체들이 말 안에서 능동적으로 활동하는 것이 아니라 부차적인 요소가 되어 말의 의미에 '종속'된다. 할리제프가 '드라마는 인물들의 언술 활동 형식의 선명하고 농축된 굴절이다'[129]라고 정의내린 것도 바로 이러한 맥락에서 이해할 수 있다. 이것이 희곡을 문학의 한 장르로 만든 것이다.[130]

그러나 앞에서 살펴본 바와 같이 대화체가 집중되어 있지 않고 그 사이에 커다란 간격이 존재하는 체호프의 극에서는 다른 매개체의 메커니즘이 대화의 교직에 종속되지 않고 동등하게 능동적으로 작용한다. 그래서 스타니슬라브스키는 체호프에 대해 언급할 때 레비탄의 풍경화와 차이코프스키의 멜로디를 떠올리는 것은 당연하다고 했으며,[131] 타마를리는 체호프 극의 예술적 세계는 드라마의 규범뿐 아니라 회화, 음악과 같은 인접 예술의 규범에 의해 창출된다고 평가하기도 한다.[132] 이런 점이 체호프의 극에 '새로운'이라는 전제를 부여하게 하는 한 이유이기도 하다. 동등하게 '말' 속에서 기능하는 비문학적인 매개체도, 대화의 교직을 통해 협소하게 집중되는 의미 형성을 파괴하고 체호프의 극에 서사적, 서정적 원리를 부여한다.[133] 그렇다면 말에 내포된 비언술적 차원을 고려함으로써 그의 극 텍스트에서, 일상성을 반영하나 그것을 벗어나는 시공간성의 본질을 발견하게 될 것이다.

먼저 비언술적 차원의 능동적인 활동으로 인해 대화의 표면적 의미는 유일한 전제가 되지 않는다. 때문에 대사 이외의 청각적 코드, 시각적 코드 등 비언술적 메커니즘을 고려해야 한다.[134] 사랑, 고독, 두려움, 절망 등의 감정이 언술되는 대화 내에 직접적으로 드러나는 기존의 극과 달리 그것들이 직접적으로 드러나지 않는 체호프의 극에서, 쓰여 있는 언어적 구술의 진위나 그것의 텍스트 전체에 걸친 의미는 쓰여진 그 자체에서만 결정되지 않기 때문이다. 이를테면, 「바냐 아저씨」의 3막에서 보이니츠키와 세레브랴코프의 충돌 직후 소냐가 세레브랴코프에게 보이니츠키를 옹호하다

114

가 "이런 말을 하려는 게 아닌데, 이런 말을 하려는 게 아닌데"라고 깨닫듯이, 체호프 극의 인물들은 그들의 생각과 감정에 적합한 어휘들을 찾을 수 없어 그들이 사용하는 어휘들이 그들이 진정으로 생각하는 것을 표현하지 못한다는 것을 돌연히 인지한다.[135] 결국 능동적인 비언술적 차원은 인물들의 행위와 결합하여 행위를 실행시키거나 또는 행위의 반테제로 위치하여 대사에 진정한 의미를 부여한다. 때문에 행위의 측면을 고려하지 않고 단순히 언술되는 대화만을 고찰한다면, 극 텍스트에 대한 진정한 해독에 오류가 발생할 수 있다. 예컨대「갈매기」의 등장인물 도른의 형상에 대한 연구자들의 상이한 견해가 그러하다. 예르밀로프에 따르면 도른은 미덕을 갖춘 현명하고 고상한 인물이며 현실에 통달한 인물이고 아름다움을 간직한 인물이다. 그러나 베르드니코프는 도른을 삶에 대해서 숙고하지 못하는 인물군에 넣는다. 대사만을 고려하다 보니, 이렇게 상이한 견해가 생기는 것이다.[136] 특히 상당 기간 러시아 문학에 대해 권위적이고 공식적이었던 소비에트 평론의, "우리는 혁명을 믿지 않습니다"라는 체호프 자신의 견해와는 상반되게 '체호프의 모든 희곡들은 열정적인 꿈에 대한 표현과 미래에 대한 믿음으로 끝난다'[137]고 보며 밝은 미래만을 강조하는 해석은 언술적 측면만을 해석한 것으로, 이는 극 텍스트의 다면성을 고려치 못해 해석의 오류를 낳은 대표적인 예가 되겠다.[138]

따라서 '예술에서 의미는 그 의미를 구현하는 물질적인 물체의 디테일들과 결코 분리될 수 없다. 예술 작품은 그 전체가 예외

없이 의미를 갖는데, 여기서 물체znak-기호telo의 창조 자체는 가장 중요한 의미를 갖는다' [139]라는 바흐친의 견해는 체호프의 극 텍스트에서 더욱 선명해진다. 이런 점에서 누가, 언제, 어디에서 등의 의사소통 맥락을 지칭하는, 시적이 아니라 기능적인 성격의 기존 지문과 달리 체호프의 극에서는 지문이 텍스트의 의미망을 구축한다. 그래서 스타니슬라브스키는 「갈매기」의 지문에 있는 빛과 소리의 음표들이 관객들로 하여금 등장 인물들의 정신적 삶을 감지할 수 있게 해준다고 지적하기도 했던 것이다. [140] 그렇다면 시각적 코드와 청각적 코드를 고려하며 극의 시간과 공간을 고찰하자.

일상과 영원의 시간성

리하쵸프는 인습적인 드라마의 시간성을 이렇게 설명한다. [141]

> 연극에서 현재 시간이란 무엇인가? 그것은 관객들의 눈앞에서 이루어지는 공연의 현재 시간이다. 그것은 사건 및 등장인물과 함께하는 시간의 부활이며 또 관객들이 과거의 일을 대하고 있음을 잊게 만드는 시간의 부활이다. 그것은 무대에서 묘사되는 시간과 객석에 있는 관객의 시간이 합쳐지는 것처럼 배우가 자신이 공연하는 인물과 합쳐져 현재라는 진짜 환상을 창조하는 것이다. 따라서 예술적 시간이 조건적이 아니라 행위 자체가 조건적이다. [142]

드라마에 도상 기호를 사용하는 시각 예술에서 작용하는 '지금'이 개입하여 창작을 제약하는 요인이 된다. 선택 가능성을 제한하는 무대성으로 인해 희곡에서는, 그것이 시공간을 자유롭고 풍부하게 선택, 표현할 수 있는 언어 예술임에도 불구하고, 예술적 시간성이 빈약하게 된다. 그래서 페터 퓌츠는 「드라마의 시간, 극적 긴장기법에 관하여」란 글에서 희곡은 미래와 과거의 연속되는 현재화로 구성된다고 언급하기도 한다.[143] 극적 긴장감을 조성하는 데 장점이 되는 바로 이 점으로 인해 희곡은 다른 언어 예술 장르에 비해 빈약한 시간성을 가진다. 하지만 체호프의 극 텍스트는 이 시간적 제한을 능동적으로 극복함으로써 예술적 정보량을 증가시킨다.

먼저 체호프의 희곡에서 지문과 대화를 통해 '구체적이며 객관적으로 제시되는 외적인 시간'을 살펴보자. 「갈매기」에는 트레플례프의 극중극이 상연되는 무더운 여름으로부터 아르카지나 일행이 떠나는 여름의 끝 사이의 시간적 간격이 1막과 3막 사이에 놓이고, 4막은 서사적으로 극 텍스트의 첫 지문에 제시된 "2년이 흐른" 가을의 상황이다. 그리고 「바냐 아저씨」는 세례브랴코프 교수 부부가 영지에 도착한 직후인 여름부터 그들이 떠나는 가을까지의 이야기를 담고 있으며, 「벚꽃 동산」 또한 라네프스카야 부인 일행이 도착하는 5월부터 영지가 팔린 8월을 지나 그들이 다시 떠나는 10월까지의 이야기를 담고 있다. 이 희곡들보다 시간의 간격이 더 큰 「세 자매」에서는 이리나가 20세가 되는 명명일로부터 안드레이와 나타샤 사이에 두 명의 아이가 생기고 이리나가 24세가 되는 약 5년간의 세월을 추정할 수 있다. 이렇게 체호프의 극 텍스트에는 상당한 시간의 양이 담겨 있다. 그러나 이 객관적이고 표면적이며 실제적인 시간은 극작가에 의해 선택되어 형상화된 시간성에 종속되는 '부차적이고 비예술적인 시간'이다. 실제 지속하는 불가역의 시간과 무관하게 의미를 형성하는 극 텍스트의 예술적 시간은 우선 '수용자에게 지각되는 시간'과 '인물이 체험하는 시간'으로 구분할 수 있겠다. 이 두 가지 시간성은 시간에 대한 두 개의 상이한 관점을 드러내며 마찰하여, '인물에게 체험되는 시간'으로 통합된다.

　'지각되는 시간'은 하루의 주기에 따라 교차되는 각 막의 시간대를 통해 그 연속성을 획득한다. 체호프의 극 텍스트에서 특히 지문을 통해 제시되는 '시각적 코드'는 각 막의 상황이 발생하는 '하루'의 시간대를 유독 강조하고 있는데, 이는 고전극에서 행위가 하루에 벌어지는 일이라는 조건과 매우 유사한 '시간 일치의 감각'을 창출한다. 즉 「갈매기」에서 해가 진 직후 — 정오 — 아침 — 밤, 「바냐 아저씨」에서 오후 2시 — 밤 — 오후 1시 — 저녁, 「벚꽃 동산」에서 새벽 — 저녁 — 낮 등으로의 변화는 하루의 주기를 연상시킨다. 몇 년이 흘렀는지에 대한 명확한 언급이 없어 여러 정황을 통해 그것을 추정을 해야 하는 「세 자매」에서도 정오 — 밤 8시 — 새벽 2시 — 정오로 이어지는 하루의 시간대는 분명히 제시되고 있다. 이러한 하루의 주기와 더불어 인물들의 회상, 기다림,

반복되는 대사 등은 흐르는 시간을 지각하지 못하게 만든다. 앞에서 고찰한 대화체의 특성인 침묵성, 독백성, 반복성이 시간의 변화에 대한 수용자의 인지를 방해하고 있는 것이다. 특히 대화체의 반복성은 극의 언어를 '공간화' 시켜 시간의 흐름에 대한 지각을 파괴한다.

또한, 더 중요하게, 시간의 흐름에 대한 지각을 방해하는 것은 바로 극 텍스트에 담긴 이야기에 선(線)적인 구성이 부재하다는 점에서 비롯된다. 시간의 흐름은 통합적 측면에서 지각되는데, 플롯은 요소들의 통합적 관계다.[144] 그러나 체호프의 극 텍스트에서 이야기의 통합적 관계 곧 플롯은 예술적 정보를 전달하는 요소로 존재하지 못한다.[145] 따라서 새로운 일이 일어나지 않고 반복되는 체호프의 극 텍스트에서 앞에서 일어난 상황과 뒤에서 일어나는 상황이 통합적 질서를 형성하지 못하는 점은 시간의 흐름에 대한 지각을 훼손한다. 여기에도 등장과 퇴장의 특성이 가미된다. 체호프의 극은 막으로 구별되고 그 막 내부는 등장과 퇴장으로 분절된다. 그런데 이전 인물의 퇴장과 새로운 인물의 등장으로 분절된 각각의 장면은 저마다 상이한 상황을 표출함으로써 계열축을 통해 의미를 창출한다. 이 등장과 퇴장의 특성은 극 전체의 차원에서도 시간의 흐름을 지각하지 못하게 만든다. 진게르만은 「바냐 아저씨」에서 세레브랴코프와 그의 아름다운 아내가 도착한 이후 시간이 멈춰버리고 그들이 떠난 후 정상적인 시간의 흐름이 복구된다고 느낀다.[146] 마찬가지로 「갈매기」에서는 아르카지나와 트리고린의 도착과 떠남, 「세 자매」에서는 베르쉬닌의 도착과 떠남, 「벚꽃 동산」에서는 라네프스카야의 도착과 떠남이 삶의 흐름이 멈췄다는 인상을 준다. 이 지각되지 않는 시간의 흐름은 '일상성'을 표현하고자 하는 작가의 의도에서 비롯된다.

그래서 체호프의 극 텍스트에서 발생하는 사건은 엄밀한 의미에서의 사건이 아니라, 「바냐 아저씨」에 출연한 모스크바 예술극장의 여배우 부토바에게 체호프가 말했던 것처럼, 일어날 수도 있고 일어나지 않을 수도 있는 '해프닝'이다. 사건과 해프닝을 구별할 수 있는 척도 중 하나는 바로 시간성이다. '사건'은 규범과 상식의 파괴이고 어떠한 경계를 넘어가는 것이어서 그 과정은 흐르는 시간으로 지각된다. 반면 '해프닝'은 우연히 일어나는 어떤 일이며 따라서 그 과정이 중요하지 않아 흐르는 시간을 지각할 수 없다. 그래서 사건과 해프닝은 그것이 벌어진 '이전'과 '이후'를 비교해서 변화가 일어났는가 일어나지 않았는가에 의해 구별될 수 있다. 기다림의 모티프가 해프닝의 한 요소인 것은 이러한 이유에서이다. 예를 들면 반복되는 동일한 상황 속에서 오지 않는 고도를 무한정 기다리는 S. 베케트의 「고도를 기다리며 *Waiting for Godot*」의 행위는 사건이 아니라 해프닝이다. 마찬가지로 체호프의 극에서도 인물들은 자신에게 행복을 가져다 줄 더 나아진 아름다운 미래 — 그것이 내일이 아니라, 이삼백 년 후에라도 — 를 막연히 기다린다. 하지만 체호프의 희곡에서는 아무 일도 일어나지 않고, 아무런 변화도 발생하지 않는다.

체호프의 극에서 행위가 사건이 아니라 해프닝이라는 점은 각 작품의, 아무것도 변하지 않는 마지막 장면의 분위기를 통해서 알 수 있다. 「바냐 아저씨」의 마지막 막의 분위기에 관해 체호프는 이렇게 설명하고 있다.

아스트로프는 옐레나를 좋아합니다. 그녀의 아름다움은 그를 사로잡습니다. 그러나 마지막 막에서 그는 이미, 아무 일도 일어나지 않을 것임과 옐레나가 그로부터 영원히 사라질 것임을 알고 있습니다. 이 장면에서 그는 아프리카의 더위에 대해서 말할 때와 같은 톤으로 그녀와 이야기하고 아무 일도 없었다는 듯이 단순히 입맞춤합니다. 만일 아스트로프가 이 장면을 격렬히 연기한다면, 4막 전체의 '조용하고 침체된 분위기'는 망가질 겁니다.

그래서 세례브랴코프의 도착과 출발로 둘러싸인 「바냐 아저씨」의 행위에 대해 아스트로프는 이탈리아어로[147] "Finita la comedia", "Finita"라고 말한다. 이는 텍스트 내의 행위가 긴밀한 하나의 사건이 되지 못하고, 단순히 '희극적인 해프닝'에 불과했음을 강조한다.

마찬가지로 체호프는, 트레플레프의 자살하는 총소리로 마무리되는 「갈매기」의 마지막 막이 "아주 약하게pianissimo 끝난다"라고 강조한다. 그리고 모르핀 약병을 빼앗긴 후 음독 자살을 기도했던 사실을 곧바로 잊어버리는 보이니츠키처럼, 「세 자매」에서 마샤는 베르쉬닌과 영원히 이별한 직후 그가 떠나는 행진곡 소리를 들으면서 무심하게 "떠나는군. 어떡하겠어… 잘들 가기를! (남편에게) 집에 갑시다… 내 모자와 외투가 어디 있지…"라고 말한다. 할리제프는 이러한 감정의 급변이 실제적이지 못한 심리적 과장이라고 해석하지만,[148] 이는 차라리 이들의 이별이 극적인 사건이 되지 않음을 함축한다. 이와 더불어 인물들의 주목을 받지 못하는 투젠바흐의 죽음으로 끝나는 「세 자매」나, 바랴와 로파힌이 어긋나는 대화를 나누고 헤어지며 피르스가 문이 폐쇄된 텅 빈 무대에서 죽었는지 잠이 들었는지 분명치 않게 꼼짝하지 않고 누워 있는 「벚꽃 동산」의 마지막 막의 분위기는 차분하게 가라앉아 있고, 어떠한 극적 결말도 제시하지 않는다. 극의 대단원은 기존 극의 대단원과는 매우 상이한 것이다.[149] 무대 상연이 끝날 무렵 관객들이 지금 이 순간에 그들 앞의 무대에서 무엇이 일어났는가에 대해 생각하는 것이 아니라 막이 내린 이후에 주인공들은 어떻게 될까에 대해서 생각하게 되는 것은 이전에 발생한 일들이 사건이 아니라 해프닝이었기 때문이다.

따라서 이는 궁극적으로 고전극에서의 시간 일치와는 상이하다. 일반적으로 시간의 일치는 드라마를 연대기적으로 사실화시키지 않고 극화시켜 긴박한 극성을 유발하는 하나의 조건이었다. 그러나 체호프의 극에서 시간 일치의 인상은 이와는 정반대의 기능을 수행한다. 요컨대, 변함 없는 삶, '일상의 인상'을 줄 뿐이다. 이러한 점은 「세 자매」에서 사진 찍기를 통해 특히 강조된다. 부동성과 불활성을 특징으로 하는 사진은 '침체의 메타포' 150로 기능하며 텍스트 전체의 침체성을 강조하는 것이다. 시간의 일치라는 환상을 낳는 시간성은 등장인물들의 삶 위에 군림하는 '불가역의 숙명적 일상' 으로서 의미화된다.

그래서 리하쵸프는 '체호프에게는 역사에 대한 관심이 거의 없다' 라는 견해를 표명한다. 151 하지만 체호프의 극 텍스트에서 수용자인 관객이나 독자가 지각하는 이러한 부동의 시간성은 각 인물들이 '체험하는' 급격한 변화의 시간성과는 상반되고, 이 두 시간성의 '마찰' 이 작품의 중요한 의미를 형성하는 점에 주목해야 한다.

등장인물들은 저마다 시간의 흐름을 민감하게 체험한다. 「바냐 아저씨」의 첫 장면에서 아스트로프에 대한 유모 마리나의 "그때는 젊고 아름다웠는데, 지금은 늙었어요. 아름다움은 이미 사라져 버리고…"라는 언급이나 「세 자매」에서 베르쉬닌에 대한 마샤의 "오, 정말 많이 늙으셨어요! (눈물을 글썽이며) 정말 많이 늙으셨어요!"라는 언급처럼 시간은 등장인물들에게 민감하게 체화(體化)되는 것이다. 그런데 인물들 각자의 시간에 대한 체험과 반응은 상이하고 상호간에 연결되어 있지 않기 때문에, 그들이 체험하는 급격하게 변하는 시간은 동일하게 독자나 관객에게 전달되지 않는다. 이러한 점도 대화체의 특성에서 기인한다. 등장인물들 각자의 생각 속에 침잠하는 '독백성' 은 극의 시간에 여러 상이한 시간대를 도입하는 것이다. 달리 말하면 인물들 각자의 전기(傳記)적인 고유한 시간대가 병렬되는 것이다. 그래서 각 인물들은 수시로 자신의 나이에 대해 확인한다.[152] 「갈매기」에서 도른은 질투하는 폴리나에게 그녀와 상이한 시간관을 가지고 있음을 밝히며 "나는 쉰다섯 살이오"라고 나이를 강조한다. 무의미하게 흘러가 버린 젊음을 푸념하고 다가오는 죽음을 두려워하는 소린도 도른과 다른 인생관을 표출하며 충돌하여, "예순이나 되어서 무슨 치료를 한다는 겁니까!"라는 도른의 질책에 "예순이 되어도 살고 싶은 거라고"라고 강변한다. 아르카지나는 2막에서 마샤와 상이하게 시간을 체험하고 있음을 밝힌다.

아르카지나   나란히 서 봐요. 당신은 스물두 살, 나는 거의 두 배. 예브게니 세르게이치, 우리 중 누가 더 젊어 보이나요?

도른   당신입니다, 물론.

아르카지나   그렇죠…. 왜 그런지 알아요? 나는 일하고 느끼고 언제나 바쁜데, 당신은 늘 한곳에 앉아만 있어서 그렇죠. 그것은 사는 게 아니오…. 미래를 생각하지 않는 게 나의 법칙이에요. 늙음이나 죽음에 대해 절대로 생각하지 않아요. 어차피 피할 수 없는 거니까.

마샤   무척이나 오래전에 태어난 것처럼 느껴집니다. 제 인생을 끝없는 치맛자락처럼 질질 끌고 다니죠….

「바냐 아저씨」에서도 첼레긴은 자신의 시간과 배반한 아내에

124

게 닥친 시간의 의미를 구분하여, "행복을 잃었지만 나에게는 자긍심이 남아 있어. 그런데 아내는? 젊음은 이미 지나갔고, 자연의 법칙에 따라 아름다움도 바래졌지. 정부도 죽었고… 대체 아내에게 뭐가 남아 있겠어?"라고 반문한다. 특히 보이니츠키는 나이에 대해 민감하게 반응하며 '자신의 자리'와 '타인의 자리'를 구별한다. 그래서 보이니츠키는 "이십오 년 간 남의 자리를 차지했던" 세레브랴코프를 향해 증오심을 표출하면서 그로 인해 잃어버린 자신의 시간에 대해 "벌써 마흔일곱입니다. …하지만 이제는 화나고 분해서 밤에 잠을 잘 수가 없습니다"며 회한을 드러낸다.

「세 자매」에서 인물들은 더 자주 자신의 나이를 확인한다. 이는 앞에서 언급한 객관적이고 표면적인 시간을 추정할 수 있게 해주는 요소이기도 하지만, 본질적으로는 인물들 각자의 삶에 대해 인지시켜 주는 역할을 수행한다. 베르쉬닌이 "시간은 정말 빨리 흐릅니다! 오, 오, 정말이지 시간은 빨리 흘러요!"라며 자신이 체험하는 시간을 언급하는 1막에서, 체부트이킨은 "나는 곧 60세가 되지. 쓸모 없는 외로운 노인이야"라며 젊은 세 자매와의 차이를 강조하고, "스물여덟 살"의 올가는 학교 생활의 권태를 토로하고, "스무 살"의 이리나는 노동, 미래 등에 대한 기대에 들떠 있다. 그런 이리나는 특히 나중에, 자신이 체험하는 시간을 현실과 연결시켜 "난 벌써 스물네 살이야. 이미 오랫동안 일하고 있어. 그런데 머리는 시들었고, 여위고 추해지고 늙어버렸지. 그리고 그 무엇에도 만족하지 못해. 그런데도 시간은 자꾸 흘러 진정 아름다운 삶에서 점점 더 멀어져 그 어떤 벼랑으로 떨어지는 것 같아"라고 고백한다. 「벚꽃 동산」에서도 "스물둘의 불행"인 에피호도프는 자신의 엇나가는 삶에 대해 불평하고, "쉰한 살"의 가예프는 로파힌과 달리 능동적으로 현실에 대처하지 못하면서 그 스스로 "80년대 인간이야"라고 말한다. 그리고 "서른 살이 못 된" 트로피모프는 시대 변화에 대한 통찰을 역설한다.

이렇게 상이한 시간 속에서 살고 있는 등장인물들의 끊임없는 회상과 미래에 대한 언급은 그들의 삶의 토대가 현재임에도 불구하고 그들이 현재를 망각하고 있음을 의미한다. 네미로비치 단첸코는 「세 자매」의 인물들에 관해 언급하면서 그들에게 있어 단 한 가지 분명한 것은 기대가 그들을 둘러싼 현재의 삶으로부터 떨어져 있다는 점이라고 언급한다. '수용자에게 지각되는 시간'이 의미하는 반복되는 일상의 현재성과 '인물들이 체험하는 시간'이 의미하는 각기 상이한 시간 감각과 비현재성이 '마찰'하고 있는 것이다. 그러한 사이 일상적인 현재는 과거에도 그러했고 미래에도 그러하듯이 인물들의 삶을 상실과 소멸로 이끈다. 그래서 체호프의 극에서 시간의 부식 작용이 여러 모순들을 터뜨리고 안이한 타협들을 풍비박산으로 만든다는 점에서 시간의 단일성은 거부된다. 바로 이 점에서 두 시간성의 마찰이 인물들의 미세한 변화 곧 '체험되는 시간'을 통해 그 의미를 형성한다. 요컨대 시간은 지각하지 못하는 사이에 인물들을 무섭게 억압하고 있다.[153] 이리나의 "현실은 우리를 마치 잡초처럼 짓밟는다"라는 표현에서처럼 현재라는 현실의 의미가 형성되는 것이다.

「갈매기」에서 '체험되는 시간'은 병이 악화되는 소린의 모습을 통해서 강조된다. 그는 1막에서 트레플레프와 함께 걸어서 무대에 등장하지만, 2막에서는 지팡이에 의지하였고, 4막에 가서는 휠체어에 앉아 다른 사람이 밀어줌으로써 움직일 수 있다. 이 체험되는 시간은 순환의 형태를 띠고 있는 작품의 구조에서도 또한 두드러진다. 1막과 4막은 그 무대 배경이 동일하고 그 속에 등장하는 인물들도 또한 동일하다. 그러나 이 사이에는 불가시적인 시간의 간격이 공간의 변화를 통해 강조되어 있다.[154] "상복"에 대한 언급으로 시작하는 처음과 트레플레프의 "자살"로 끝나는 마지막 사이의 시간적 간격은 극중극을 위한 무대의 황폐해짐으로 두드러지는 것이다. 1막에서 신선한 창조적 열기를 담고 있던 극중극의 무대는 4막에서 흉물스런 폐허의 모습으로 변한다. 거기에 '현실의 순환하고 퇴화하는 패턴을 생생하게 보여주는'[155] 자연의 요소가 분위기를 북돋운다. 1막에서 무대에 가려 보이지 않던 호수는 4막에서 파도를 일으키고 있고, 창작의 열기와 함께 하는 여름의 무더위는 스산한 바람 소리로 대체되어 있다. 이러한 '체험되는 시간성'의 의미도 트레플레프의 극중극에 담겨 있다.

모든 생명, 생명, 생명이 슬픈 순환을 마치고 사라져 버렸다.

결국 「갈매기」에서 시간의 흐름은 "우리의 시간이 떠나는군요!"라는 폴리나의 한탄처럼, 일어나지 않는 사건 속에서 소멸되어 가는 의지가 결여된 희망, 곧 '상실'의 의미를 담고 있는 "슬픈 순환"이다. 이는 다른 작품에서도 마찬가지다. 「바냐 아저씨」에서는 소냐의 아스트로프를 향한 소녀적 감정의 상실 등으로 체험되는 시간이 구체화된다. 「세 자매」에서 이런 시간성은 이리나의 모스크바 꿈 포기와 절망, 마샤의 베르쉬닌 상실, 올가의 원치 않던 교장이 되는 일 등으로 구체화된다. 「벚꽃 동산」에서는 대책 없는 영지의 상실, 그로 인한 모든 인물들의 떠남 등이 체험되는 시간성을 구체적으로 나타낸다. 그래서 인물들은 시간의 무서움을 지각하기도 한다. 특히 바냐는 4막에서 시간에 대한 두려움을 이렇게 독백한다.

나는 마흔일곱이야. 예순까지 산다 해도 13년이나 남았어. 길어! 13년을 어떻게 살지? 뭘 하면서 그걸 채운단 말이야?

멈춰버린 듯한 무대 위의 '지각되는 시간'은 인물들이 '체험하는 시간'과 상반되어 마찰하지만, 의식하지 못하는 사이에 인물들을 점차 퇴락, 변화시키는 '체험되는 시간'이 된다. 무대 메커니즘이 요구하는 현재성에 부합되는, 지각되는 현재적이라는 시간성은 인물들의 체험되는 시간성에 의해, 그리고 그들에 의해 독립적인 힘을 얻은 과거와 미래에 의해 의미지어져, '체호프 희곡에서 현재 시간의 상대성은 과거의 시점과 미래의 퍼스펙티브 속에서 자신을 드러낸다'.[156] 즉, 현재는 과거와 미래 사이의 단순한 시간이라는 의미를 갖는다.

시간은 순환하는 시간과 진행하는 시간으로 구분할 수 있다. 순환하는 시간에는 규칙적으로 반복 교차되는 하루, 계절 등이 포함되고, 진행하는 시간에는 보다 큰 범주로서 과거, 현재, 미래로의 흐름이 포함된다. 위에서 분석한 체호프가 선택한 예술적 시간들은 바로 이 두 가지 시간을 의미한다. 정지한 듯한 인상을 자아내는 수용자에게 지각되는 시간이 바로 '순환하는 시간'이고, 인물들이 각자 체험하는 시간이 '진행하는 시간'이다. 체호프의 극텍스트에서 이 두 가지 시간성은 서로 마찰을 일으키며 공존하여 극적 의미를 형성하는 기반이 된다. 그렇게 멈춘 듯한 현재는 결코 멈추지 않았다는 역설의 '체험되는 시간'을 형성한다.

결국 순환하는 시간은 동일한 형질들이 반복하는 '일상성'의 인상을 창출하고, 진행하는 시간은 그러한 일상성의 순간적 의미를 '영원의 의미'로 승화시킨다. 소벤니코프가 일상과 실존이란 두 카테고리가 대화의 다층성을 낳는다고 해석하는 것도 바로 이러한 시간성, 곧 '일상성의 영원성으로의 승화'에서 이해할 수 있다. 그에 따르면, 인물들의 대화는 일상적이고 평범한 테마 주위에서 맴돌다가 갑자기 서정시 같이 독립적인 표현으로 도약한다.[157] 이는 특히 마지막 장면에서 두드러지는데, 「바냐 아저씨」의 마지막 장면에서 보이니츠키는 장부를 정리하고 마리나는 뜨개질을 하는 등 일상적인 행위를 하고 있다. 그런 가운데 소냐는 삶과 죽음에 대해 독백한다. 이때 첼레긴은 조용히 기타를 치며 일상적 행위와 실존적 대사의 공존을 분위기로 엮어낸다. 「세 자매」의 마지막 장면에서도 다른 인물들과 이별하고 나서 세 자매는 각각 실존의 의미에 대해 독백하며, 「벚꽃 동산」의 마지막 장면에서도 서둘러 인물들이 떠나 피르스만 남은 빈 공간에 비일상적인 의미를 부여하는 "마치 하늘에서 울리듯 멀리서부터 줄 끊어지는 소리가 구슬퍼 울리고 나서 잦아든다."

이러한 일상과 영원이라는 두 시간성의 공존과 교차는 철새에 비유한 투젠바흐의 대사에 함축되어 있다.

이백 년이나 삼백 년 후 아니 백만 년 후에도 현실은 그대로일 겁니다. 당신에게 무관한, 아니 당신이 도저히 알 수 없는 자기 고유의 법칙에 따라 현실은 변함 없이 항상 그대로일 겁니다. 예를 들어, 두루미와 같은 철새가 날아간다고 합시다. 그들의 머리 속에 고상하든 저속하든 어떤 사상이 있든 간에, 그들은 어디로 무엇 때문에 나는지도 모르고 여전히 날아갈 겁니다. 그들은 날아가고 또 날아갈 겁니다, 혹 그들 가운데 어떤 철학자가 나타나도, 마음대로 철학을 늘어놓아라, 그저 날아갈 것이다 하겠지요….

일상성은 시간표의 숫자처럼 사람들의 습관 속에 함몰되어 있는 닫힌 시간 위에 놓이지만, 그것은 무한히 반복되어 나아감으로써 영원성을 획득한다. 따라서 체호프의 희곡에서 살아가는 인물들의 모습은 바로 역사를 형성하지만 역사적인 사건에서는 한 걸음 벗어나 있는 보편적인, 역사적 행위의 주체가 아니라 '무력한 객체'인 사람들의 삶의 모습인 것이다.

일상과 역사의 공간성

본질적으로 드라마는 공간성이 시간성을 함축하는 장르다. 그래서 이미 아리스토텔레스는 『시학』에서, 시간적 흐름 곧 통사적 결합이 중요한 서술체 장르와 행위를 위한 공간이 중요한 드라마 장르의 차이를 언급했다. 드라마를 이야기하는 것 곧 서술체와 구분지었던 것이다. 이러한 점은 고대 그리스어에서 합창단을 둘러싼 반원을 가리키는 '사람들이 보는 곳'이란 공간의 개념을 가진 테아트론theatron이 연극theatre의 어원이자 본질이란 점에서도 확인된다. 그래서 '희곡은 결코 통시적 연속성으로 읽혀질 수 없는 유일한 문학 텍스트이다. 희곡은 공간화되고 공시적인 기호들의 두께 속에서만 전개될 뿐이다'라는 위베르스펠드의 극단적인 언급은 사실 원론적으로 옳다.[158] 그만큼 희곡에서 공간의 의미는 다른 장르에 비해 큰 비중을 차지하는 것이다.[159] 더군다나 드라마의 통합축이 되는 플롯의 역할 약화로 특징지어지는 체호프의 극에서는 공간의 의미가 더욱 강조된다.

그렇다고 해서 극 텍스트에서 공간이 무대 메커니즘의 제약을 받지 않는다는 것은 아니다. 로트만은 예술 텍스트의 프레임을 언급하면서 연극 무대의 프레임을 그 공간으로 정의한다.

실제 연극 공간의 경계는 조명이 떨어지는 곳, 무대 골격의 벽들이다. 이것이 실제 세계를 반영하는 연극의 세계다. 바로 이런 점에서 연극 세계의 경계가 명확히 지각된다. 그것은 희곡에 활동 영역을 제공하고, 연극 공간의 외부에 존재하는 그 어떤 것에 대한 의문도 제기하는 것을 허용하지 않는다.[160]

체호프의 극 텍스트도 얼핏 보면 단일 공간을 취하고 있음으로써 바로 이 공간적 제약을 받으며 공간 일치의 개념에 상응하는 공간성을 형성하는 것 같아 보인다.

「갈매기」는 소린의 영지 내 공원, 크로켓을 위한 평지, 집 안의 식당과 응접실이라는 공간에서, 「바냐 아저씨」는 세례브랴코프 영지 내의, 테라스가 있는 집의 일부가 보이는 정원, 집 안의 식당, 응접실, 보이니츠키의 방에서, 「세 자매」는 프로조로프가의 응접실, 올가와 이리나의 방, 집에 딸린 낡은 정원에서, 그리고 「벚꽃 동산」은 라네프스카야 집의 어린이 방, 들판, 홀과 응접실에서 일어난 행위이다. 무대의 공간은 집 안과 밖의 교차로 이루어지고 있지만, 이는 동일한 공간에서의 협소한 이동의 인상을 창출하여 인물들이 고립되어 있다는 인상을 줄 뿐이다. 바로 이 폐쇄된 공간에서 인물들은 먹고, 마시고, 앉아 있고, 담배 피우고, 카드놀이하고, 토론하고, 언쟁하고, 책과 신문을 읽는 등 정적이고 일상적인 행위를 할 뿐이다. "당신은 항상 한곳에만 앉아 있는데 그건 살아 있는 게 아니에요"라는 마샤에 대한 아르카지나의 지적처럼, 내부 공간의 폐쇄성은 인물들의 침체성, '사건의 부재'와 연결된다. 다시 말해 변화 없는 공간성은 시간의 흐름에 대한 몰지각과 연결되어, 즉 '지각되는 시간'의 침체성과 어울려 지루한 정적인 분위기를 연출한다.

그런데 중요한 점은 체호프의 극 텍스트에서 트레플례프의 자살, 니나와 트리고린의 애정 행각, 투젠바흐와 솔료느이의 결투, 화재, 영지 경매 등의 사건은 항상 무대 밖에서 일어나고 있다는 것이다. 말을 바꾸자면, 무대 밖의 공간은 항상 무대 안의 공간을 위협하고 자극하고 충돌하며, 정적이고 단일한 무대의 공간성을 파괴한다.

일반적으로 극 텍스트에서 공간은 '무대의 공간'과 '무대 밖의 공간'으로 나누어 볼 수 있다. 여기서 등장인물들의 대사로 도입되는 무대 밖의 공간은 무대의 공간을 수용자와 인물들의 인식 속에서 확장시켜 사건의 의미를 증폭시키는 역할을 한다. 예를 들어, D. 폰비진의 희극 「미성년Nedorosl'」에서 스타로둠이 오랜 시간 동안 조카딸에게 연락도 못하고 재산을 모으는 데 열중했던 시베리아라는 외부 공간이 무대에서 일어나는 사건의 동인이 된다. 체호프의 극 텍스트에서도 이 두 가지 공간이 구별된다. 그러나 일반적인 극에서 무대 밖의 공간이 무대 공간의 의미 형성에 원인이 되거나 설명이 되는 역할을 수행하는 것과는 상이하게, 체호프의 극에서 이 두 공간은 동등한 차원에서 병존하며 갈등하고 있다. 즉 정적이고 일상적인 '무대의 공간'은 인접한 '무대 밖의 공간'에 의해서 끊임없이 위협받고 있고 의미지어지고 있다. 표면적으론 단일한 공간성이 '인접'하여 형성된 매우 역동적인 무대 밖의 공간으로 인해 끊임없이 의미 작용하는 것이다. 체호프의 무대는 변화 없이 정적이지만, 인접한 무대 밖의 공간은 역동적으로 펼쳐짐으로써 그 상반성이 극단에 이르게 된다. 그래서 진게르만이 체호프 희곡에서 행위 공간이 '투르게네프적 의미의 귀족 둥지의 가까운 파멸을 예감'[161]하는, 즉 소멸할 운명에 처해진 공간이라고 지적할 때, 바로 그 소멸의 운명은 무대 밖의 공간성에 의해 이루어진다.

우선 무대의 공간은 폐쇄적이고 정적인 일상의 공간이다.[162] 「갈매기」에서 인물들은 자주 지루한 시골 생활에 대해 언급하여 무대의 공간을 형상화한다. 처음 등장하면서부터 퇴직 후 시골의 자신의 영지에서 잠만 자는 나태하고 정적인 삶에 대해 언급하던 소린은 "나는 너무 오랫동안 한곳에만 처박혀 있어서 낡은 파이프가 된 것 같거든"이라고 이곳의 삶을 성격짓고, 트레플레프의 자살 기도의 원인이 트리고린에 대한 질투가 아니라 그런 삶 때문이라고 아르카지나에게 설명한다. "다른 이유가 있어. 젊고 똑똑한 사람이 시골 벽지에 파묻혀 살고 있으니, 그럴 수밖에. 할 일이 전혀 없으니 말이야. 그런 자신의 무위도식이 부끄럽고 두려운 거야." 또한 "마취제가 없는 시골 생활을 지루해하고 짜증내는" 아르카지나도 이 시골 생활을 이렇게 규정한다.

> 아, 정겨운 이 시골의 권태보다 더 따분한 것은 없을 거야. 무덥고, 조용하고, 일하는 사람은 아무도 없고, 모두 다 넋두리나 늘어놓고 있으니….

「바냐 아저씨」에서도 인물들은 정적이고 나태한 삶을 살고 있다. 그래서 아스트로프는 소냐에게 이렇게 말한다. "당신네 집에서라면 나는 단 한 달도 살 수 없을 겁니다, 이런 공기에서는 숨이 막혀서…. 오로지 자기 통풍과 책들에만 매달리는 당신 아버지, 우울증에 걸린 바냐, 당신 할머니, 그리고 당신 계모…." 세례브랴코프 부부가 도착한 이후의 이야기를 담고 있는 이 작품에서 인물들은 그가 온 이후 온통 '나태'와 '권태'만을 호소하고 있다. 한밤중인 2막에서 세례브랴코프도 열린 창문 앞에 앉아서, 이 무대 안의 공간을 "어리석은 인간들이 쓸데없는 이야기나 하는 무덤과 유형지"에 비유한다. 엘레나도 3막에서 무대 위에 혼자 남아 "먹고 마시고 잠자는 것밖에 모르는" 공간이라 평한다. 「세 자매」의 무대 안의 공간을 의미하는 "거칠고 낙후된 이 지역"에서도 사람들은 "단지 먹고 마시고 잠이나 자다가 결국 죽을 뿐이다." 바로 이런 무대 안의 공간에서 등장인물들은 마샤의 표현처럼 "견딜 수 없는 괴로운 생활"을 하고 있다. 그리고 안드레이가 '예전의' 대학 시절에 강의를 받아 적었던 노트를 꺼내 읽었으며, 난청의 페라폰트에게 자신의 '현재'를 한탄하는 것도 권태롭기 때문이다. 그런데 그나마 군대가 떠나게 되자 등장인물들은 "이 지역도 텅 비겠군"을 반복한다. 「벚꽃 동산」의 무대의 공간에서도 영지 경매라는 위험에 직면해 있는 인물들이 능동적으로 당면한 사태에 대처하지 못하고 무위의 나날들을 보내다가 모두 떠나간다.

이와는 상반되게 역동적인 무대 밖의 공간이 형성된다. 「갈매기」에서 아르카지나가 대학생들의 열렬한 환영을 받았던 하르코프, 트레플레프의 작품이 실린 페테르부르그와 모스크바, 도른이 여행한 제네바, 4막에서 트리고린이 다음날 떠나야 하는 모스크바, 니나가 다음날 아침 일찍 떠나가서 삼류 무대에 서게 될 옐레츠 등이 외부 공간을 형성한다. 외부 공간의 의미는 니나를 통해 구체화된다. 트리고린을 통해 결국 시골을 '벗어나서' 모스크바로 떠나 그의 아이를 사산하고 모스크바 근교의 무대에서 데뷔한 니나의, 3막과 4막 사이의 2년이란 시간 동안의 "거친 생활"은 무대 밖 공간의 형상이다. 그래서 이전엔 '비현실적'으로 동경하던 현실을 체험하고 돌아온 니나가 무대 공간에서의 안식에 대해 언급하는 것은 어떤 면에서 현실도피적인 의미를 띠게 된다. 관념과 현실의 차이를 깨달아 정신적으로 성숙한 니나로 형상화된 거친 무대 밖의 공간은 트레플레프로 형상화되는 정체된 무대 안의 공간과 끊임없이 대비되는 것이다.

「바냐 아저씨」에서 무대 안의 공간과 대비되는 무대 밖의 공간은 주로 아스트로프를 통해 도입된다. 숲과 말리츠코예란 거친 시골의 환경 등이 그것이다. 특히 아스트로프가 언급하는 파괴되어 가는 숲은 침체되고 정적인 무대의 공간성과 대비되며 역동적인 '시대 변화'를 의미하는 현실의 공간이 된다. 그리고 세레브랴코프가 교수로 재직했던 도회지, 그들이 떠나는 하르코프, 아스트로프가 일하는 지방 병원 등이 외부 공간을 의미한다.

「세 자매」에서는 외부 공간의 의미가 다른 작품에 비해 더 강하게 극적 의미망을 형성한다. 그것은 바로 모스크바란 시간과 공간이 교차하는 이른바 흐로노토프이다. 이 작품의 이야기는 바로 그 모스크바에서 온 베르쉬닌의 등장으로 시작되어 그의 떠남으로 끝나는데, 그가 상기하는 모스크바는 세 자매의 기대와 꿈의 모스크바와 상반된 '현실적인 공간'이다. 그런 그의 등장으로 세 자매는 모스크바에 대한 희망이 부질없는 것임을 점차 깨닫게 되고, 그런 절망을 남기고 그는 떠난다. 이러한 무대 밖의 공간은 "세 가지 언어를 아는 것이 무의미하고", "아무도 음악을 이해하지 못하는" 내부의 공간과 대립한다. 그밖에 화재가 난 무대 밖, 투젠바흐가 결투하는 공간과 그 동인이 된 공간, 올가와 쿨리긴이 일하는 학교, 이리나가 일하는 전신국, 나타샤의 정부인 프로토포포프의 공간 등도 외부 공간으로서의 의미를 갖는다.

「벚꽃 동산」에서 무대 밖의 공간은 로파힌이 살고 있는 공간, 곧 '사회적 변화에 능동적으로 대처하는 공간'과 영지가 경매에 붙여지는 공간으로, 그것의 시대적 변화의 의미는 내부의, 시대적 변화에 역행하며 무위도식하는 공간과 대비되어 역동성을 띤다.

그리고 라네프스카야 부인이 떠나왔고 전보를 수시로 받아 결국 되돌아가는 파리, 철도가 지나가 그 보상금으로 금전적 궁핍을 일단 모면하게 됐고, 4막에서는 점토가 나와 영국인들에게 임대가 되어 '시대적 상황'을 의미하는 이웃한 피시치크의 영지, 아냐와 트로피모프가 진정한 삶을 찾아 떠나는 모스크바, 진지한 철학을 조롱으로 채색하는 트로피모프가 굴러 떨어지는 무대 밖의 계단 등이 외부 공간을 형성한다. 그리고 귀족적 습성 때문에 돈을 낭비하는 라네프스카야 부인의 행위가 벌어지는 무대의 공간에 대비되는, 바랴가 경제적 문제 때문에 "인색하게" 하인들을 대하는 부엌도 외부 공간이 된다.

무대 밖의 공간은 때론 무대 위에서도 형상화됨으로써 시각적으로 그 실체가 존재하고 있음을 강조하기도 한다. 이를테면 「세자매」의 4막 무대 장치는 프로조로프 집의 '낡은' 정원인데, 그 정원에는 전나무 가로수 길이 길게 뻗어 있고 그 길의 끝에는 강이 보이며 강 맞은 편으로 숲이 있다. 여기서 원경으로 보이는 숲은 바로 베르쉬닌을 비롯한 등장인물들이 떠나고, 떠나게 될 '현실의 공간'이다. 이러한 점은 다음 작품인 「벚꽃 동산」의 2막 무대 장치에서 더욱 구체적이 된다.

들판. 오랫동안 방치된, 낡고 굽은 예배당. 그 옆에 우물과 낡은 벤치와 예전에는 묘비였으리라 짐작되는 커다란 돌이 있다. 가예프의 영지로 통하는 길이 보인다. 한쪽에는 우뚝 솟은 포플러 나무들이 검게 보이고, 그곳부터 벚꽃 동산이 시작된다. 멀리 전신주들이 줄지어 서 있고, 그보다 더 멀리 지평선 상에 '대도시'가 희미하게 보인다. 그러나 대도시는 아주 맑게 갠 날에만 보인다.

여기서 아주 멀리 보이는 희미한 대도시의 모습은 영지가 경매에 붙여지는 곳으로서 그 실체를 시각적으로 강조하는 것이다.

이 두 공간의 형성은 내부 공간에 대한 인물들의 상이한 두 가지 입장을 통해서도 구체화된다. 우선 꿈꾸는 인물들 그리고 무대의 폐쇄성과 권태에 지친 사람들, 이를테면 소린, 처음의 니나, 세 자매, 세례브랴코프, 야샤 등은 무대로 형상화된 권태로운 일상에서 벗어나고 싶어한다. 그러나 외부 세계의 험난함에 지친 인물인 4막에서의 니나, 트리고린, 베르쉬닌, 아스트로프 등은 아늑하고 편안한 이곳을 떠나고 싶어하지 않는다. 즉 무대 밖의 공간을 체험한 인물들은 무대 공간의 정적인 아늑함을 '현실로부터의 도피처'로 삼고 있는 것이다. 작가로서의 강박관념과 문단에서의 소란스런 삶에 지쳐 버린 트리고린은 "떠나고 싶지 않아"라며 격동적인 외부 세계를 역설한다. 세 자매의 꿈의 모스크바와 달리 현실적인 모스크바를 기억하는 베르쉬닌은 올가가 무대 공간에 대해 푸념하자 "무슨 말입니까! 여긴 정말 건강에 좋고 훌륭한 슬라브적 기후입니다"라고 반박한다. 아스트로프가 의사로서 활동하는 외부 세계도 "걸을 수도 없는 진흙길, 추위, 눈보라, 먼 거리, 거칠고 야만적인 사람들, 주위의 가난과 병 등"으로 형상화된 거친 현실이다. 이런 거친 외부 공간을 체험한 아스트로프는 4막에서 마치 「갈매기」의 니나처럼 이곳 내부 공간에서의 편안함을 강조하며 이렇게 말한다.

조용하군. 펜 긁는 소리와 귀뚜라미 우는 소리. 따뜻하고 아늑해…. 여길 떠나고 싶지 않아.

이렇게 구성의 차원에서 동등하게 형상화되어 대립적인 의미를 내포한 두 공간은 서로 긴밀하게 상호 작용한다. 말하자면 먼 외국의 도시인 파리이건 문 밖의 거리이건 간에 무대 밖의 공간은 무대의 공간에 인접하여 이를 끊임없이 자극하고 위협한다. 그런데 인접한 외부 공간이 희망적이지 못하고 거칠어서, 내부에서 사는 인물들의 진정한 희망의 탈출구는 봉쇄되어 있다. 이는 내부 공간에서 벗어날 수 없는 인물들에게서 주로 표면화된다.

「갈매기」에서 외부 공간을 체험하고 폐쇄된 내부 공간의 관념성과 감상성을 극복한 니나는 이젠 갈매기가 아니라 여배우임을 강조하며 트레플레프의 환상을 부순다. 경제적으로나 예술적으로 내부 공간을 벗어날 수 있는 길이 원천적으로 봉쇄되어 있는, 그래서 '박제된 갈매기'처럼 되어 버린 트레플레프에게 탈출은 죽음뿐이다. 「바냐 아저씨」에서도 외부 공간으로부터 온 세레브랴코프가, 내부 공간을 벗어나지 못하고 아프리카의 지도를 걸어 놓고 사는 보이니츠키의 환상을 깨뜨려, 그는 어떻게 살아야 하는가에 절망한다. 따라서 공간의 의미는 4막에서 보이니츠키의 방에 걸린 "여기서는 누구에게도 필요치 않을" 아프리카 지도의 의미를 해석케 해준다.[163]

아스트로프 아마 이 아프리카는 지금 무더울 거야. 무서운 일이지!
보이니츠키 그렇겠지.

아스트로프가 폐쇄된 내부 공간에서 외부 공간으로 떠나면서 보이니츠키와 나누는 이 대화는 거친 외부 공간을 형상화하는 것이다. 아프리카 지도는 보이니츠키의 방에 같이 걸려 있는 "찌르레기 새장"과 연결되어 보이니츠키가 결코 벗어날 수 없는 현실의 의미를 강화시키고, 그 벗어날 수 없는 현실은 외부 공간의 거침을 형상화한 혹서의 아프리카 지도를 통해 상징화되는 것이다.

마찬가지로 내부 공간을 벗어나지 못하는 인물인 세 자매도 역시 4막 마지막에서 삶의 의미를 알고자 외친다. "알 수만 있다면, 알 수만 있다면!" 그런데 스트로예바의 회상에 따르면, 스타니슬라브스키는 「세 자매」를, 러시아 인텔리겐치아의 비극을 표현하고 관객으로 하여금 삶의 견딜 수 없는 상태에 대한 반감을 일으키게 하면서도 동시에 삶의 개혁을 갈망하고 조국의 밝은 미래에 대한 꿈을 가진 인물은 사라지지 않는다는 신념을 갖도록 연출했다.[164] 동일한 맥락에서 파페르니는 '이 희곡의 마지막에서 인물들은 집의 담을 넘어간다'라고 해석한다.[165] 그러나 이 대사는 오히려 기대가 좌절된 인물들의 절규를 역설적으로 표현한 것이다. 마지막 장면에서 이 두 공간성이 첨예하게 대립하기 때문이다. 무대 밖의 공간성을 형성하는 '밝은' 행진곡 소리와 대비되는 무대 내부의 공간성은 투젠바흐의 죽음에 대한 전갈, 세 자매의 "왜 우리가 살며 고통받는지 알 수만 있다면"으로 형성되는데, 이러한 대립은 내부의 상실을 오히려 강조한다. 단순히 '장조의 음악이 희망을 고취'[166]하는 것이 아니라 세 자매를 비롯한 인물들의 '밝은 꿈이 떠나가는' 것이다.

「벚꽃 동산」에서도 외부 공간에서 이루어진 영지 경매가 라네프스카야와 가예프의 내부 공간을 빼앗아 그들을 떠나게 만든다. 그리고 이들과 달리 내부 공간을 벗어날 수 없는 인물인 피르스는 결국 죽음을 맞이한다. 그래서 내부 공간은 「세 자매」의 아름다운 가로수 길의 나무가 결국 베어질 것이라든가, 벚꽃 동산이 결국 도끼질 당하게 될 것이라든가 하는 결정적인 파괴와 변화를 맞이하기도 한다.

이 두 공간의 병렬적 배치는 '뫼비우스의 띠'처럼 연결되어 세계를 이해할 수 있는 다음과 같은 의미를 산출한다. 무대 안에 형상화된 공간은 미메시스의 장소로서 구체적이고 자연주의적인 모습을 띠고 있지만, 궁극적으로는 역동적인 역사의 한 복판에서 벗어난 많은 객체적 사람들이 그들의 일상을 살아가는 공간이며, 이러한 공간은 어떠한 형태로든 인접한 외부 공간의 역사적 변화와 격동의 영향을 받고 있음을 의미하게 된다.

경계의 형상화

위에서 분석한 시간성과 공간성은 교직되어 그 의미를 심화시킨다. 수용자에게 지각되는 정지된 듯한 침체된 시간은 고립된 무대 공간에서 이루어지고, 인물들이 체험하는 급격한 변화의 시간은 거친 무대 밖의 공간에서 이루어진다. 이것들은 앞에서 언급한 것처럼 서로 상반되는 듯하면서도 보완적으로 상호 관련되어 극적 의미망을 형성한다. 즉 변화하지 않을 것 같은 무대의 공간은 변화하여 인물들에게 체험되는 시간을 제공한다. 그러면서 무대 내부와 무대 외부 사이에 경계가 형성된다.

특히 「갈매기」의 4막에서는 무대 안의 공간과 무대 밖의 공간이 뚜렷이 분리된다. 여기서 영화의 공간을 확장시키는 주요 수단으로 사용되는 청각적 코드가 마찬가지로 무대 밖의 공간을 형성하여,[168] "지독한 날씨"로 인해 호수에 파도 이는 소리와 노천 무대에 바람이 스치는 소리 등으로 형상화되는 무대 밖의 공간과 따뜻하고 아늑한 응접실이란 무대 안의 공간으로 공간 분할이 이뤄진다. 퍼거슨은 체호프가 관객의 시선을 무대 위의 인물로부터 그들의 더 넓은 환경으로 옮기려 할 때 하나의 신호 또는 유도물로서 음악을 사용하고 있다고 지적한다.[169] 그런데 음악 이외의 일상적인 소리도 이러한 기능을 능동적으로 수행하는 것이다. 그래서 무대의 아늑함은 무대 밖의 황량함과 우선 정서적으로 대립하고, 이 두 공간적 분위기에 각 인물들의 삶의 태도가 상응한다. 개체화의 주요 메커니즘으로서 '우리의 공간'과 '그들의 공간'을 가르는

경계가 형성되는 것이다.[170]

성공으로 인해 만족스럽고 평온한 아르카지나와 트리고린은 안락한 응접실에 편안히 앉아 카드놀이를 즐긴다. 이곳은 "미래를 생각하지 않는 걸 원칙으로 삼고 있는" 아르카지나와 "삶과 과학 모두가 앞으로, 앞으로 나아가지만 기차를 놓쳐버린 농부처럼 퇴보, 퇴보하는" 트리고린의, 요컨대 급격한 시간의 흐름과 시대적 의미를 생각하지 않는 그들의 존재 영역인 것이다. 그러나 거친 현실의 한복판에서 항상 경제적 궁핍에 쪼들려 살며 아내의 사랑마저 받지 못하는 메드베젠코는 이 따뜻하지만 '타인'의 공간에서 빈곤하고 따스함이 없는 '자신'의 공간으로 가기 위해 말도 타지 못하고 차가운 밤 속으로 떠난다. 그리고 심한 바람이 윙윙거리는 소리는 실패한 삶을 살았다고 생각하는 늙은 소린에게 죽음의 공포를 느끼게 한다. 특히 분할된 두 공간성은 두 명의 초심 예술가인 니나와 트레플레프의 삶과 창조에 대한 상이한 입장을 표현한다. 거친 현실을 체험하여 자신의 비현실적인 꿈을 상실한 니나는 차가운 바깥에서 서성거리다 트레플레프와 해후하고는 다시 떠난다. 일상, 관습으로부터 탈출을 꿈꾸나 벗어날 길을 찾지 못하고 매너리즘에 빠져버린 트레플레프는 안주한 자들의 공간에서 서성거리며 바깥을 드나들다가 결국 진정한 '출구'를 발견하지 못하고 무대 밖에서 자살한다. 그 총소리만이 무대 위에 들릴 뿐이다.

이런 시공의 분할이 체호프의 마지막 희곡에서는 무대 위에 직접 형상화된다. 「벚꽃 동산」의 3막에서 공간은 라네프스카야가 불안 속에서 가예프의 소식을 기다리는 응접실과 무도회가 열리는 홀로 나뉜다. 여기서도 청각적 코드인 음악 소리가 공간을 두 차원으로 분리하며, 이 두 공간에 상이한 두 시간이 놓인다. 응접실에서는 라네프스카야가 "안드레이는 왜 오지 않지"라는 불안한 질문을 계속 던지며 영지가 팔린 소식을 기다리는 '현재'의 암담한 상황이 벌어지고, 무도회가 열리는 홀에서는 '과거'의 화려하고 부유했던 귀족적 삶이 재생한다. 결국 응접실에서 라네프스카야는 '과거' 자신의 농노의 후손이었지만 '현재' 벚꽃 동산의 새 주인이 된 로파힌을 만나 슬피 운다.

그렇다면 이 두 영역을 이어주는 것은 등장과 퇴장 또는 도착과 출발이 이뤄지는 '문'이다. 기존의 극에서는 무대 위의 상황에 집중함으로써 무대 밖은 간과되거나 행위의 한 동인으로서 소극적인 기능을 수행한다. 때문에 그 경계가 극작품의 의미 체계로서 큰 의의를 지니지 못했다. 하지만 새로운 드라마인 체호프의 극에서 경계는 텍스트의 중요한 의미소가 된다. 기존의 연구들이 일반적인 희곡에 대한 접근법에 따름으로써 경계의 의미를 간과하고 있지만, 이 연구는 체호프의 극 텍스트에서 경계를 주목한다.

우선 인물들이 등장하거나 퇴장하는 장소인 '문'과 무대 내의 인물이 바깥 세상을 바라볼 수 있는 '창문'은 무대 밖에도 세계가 존재하고 있음을 강조한다. 무대 내부의 정지된 듯한 권태로운 시간의 굴레를 벗어나고 싶어하는 니나는 트리고린을 통해 외부 세계를 동경하고 그곳으로의 탈출을 꿈꾸며 "창문 옆에 서서" 그에게 사랑을 고백한다. 「바냐 아저씨」의 소냐도 외부 세계에서 사는 아스트로프를 6년째 짝사랑하고 있고, 이러한 자신의 감정을 문과 연결시켜 표현한다.

저는 문을 바라보면서 기다리죠, 그분이 당장이라도 들어올 것 같아서.

「세 자매」의 1막에서, 외부 공간에서 오는 나타샤의 본질을 아직 모르는 안드레이도 홀에서 나는, 궁극적으로 그들의 결합을 조롱하는 웃음소리를 배경으로, '창문 옆에서' 나타샤에게 청혼한다. 그래서 문은 체호프의 극 텍스트에서도 '위기와 중대한 급변의 흐로노토프' [171] 로서 기능하는 듯하다.

「바냐 아저씨」의 3막에서, 삶에 대한 의욕을 상실한 보이니츠키가, 유일하게 활기를 찾을 수 있는 대상인 엘레나에 대한 아스트로프의 유혹 장면, 그들의 입맞춤의 장면을 "문 옆에 서서" 목격하고, "헬렌, 난 모두 봤습니다. 모두 다…"라며 완전한 절망에 빠져든다. 그런 그가 세레브랴코프의 결정적인 배반에 분격하여 무대 밖에서 총을 쏘고 들어와 총을 빼앗으려는 엘레나와 "문 옆에서 싸운다". 「세 자매」의 3막에서도 아내를 잃은 쿨리긴이 "(문에서) 마샤는 어디 있지? (불안해한다)"라며 베르쉬닌과 함께 떠나버린 아내 마샤를 찾는다. 그리고 화재가 난 밤 베르쉬닌은 자신의 딸들이 '위기의 문턱'에 서 있었음을 이렇게 말한다.

화재가 나자 나는 재빨리 집으로 달려갔습니다. …그런데 내 두 딸은 속옷만 입고 문지방에 서 있고. …아이들의 얼굴에는 불안, 공포, 애원, 알 수 없는 그 무엇이 어려 있었습니다.

그러나 체호프의 희곡에 나오는 '문'은 바흐친이 『도스토예프스키 시학의 문제들』에서 언급한, 카니발의 중심 무대인 광장으로 나갈 수 있고 급변이 일어나는 문지방172과는 상이하다. 이 점은 체호프 특유의 경계의 특성이다. 그래서 베르쉬닌은 딸들이 현실에서 겪을 고통과 그것을 벗어날 수 없음을 고뇌하며 "현실은 고통스럽습니다. 현실은 대부분의 사람들에게 희망도 출구도 없는 것처럼 생각되지만, 그래도 점점 밝고 편해져 갈 겁니다"라고 역설적으로 밝은 미래에 대해 '몽상'하는 것이다. 민담의 주인공들이 넘나드는 삶과 죽음의 경계, 셰익스피어의 로미오와 줄리엣이 거스르는 몬테규가와 캐플릿가의 경계,173 카니발의 공간으로 나가는 도스토예프스키의 문턱 등의 의미는 체호프의 경계에는 적용되지 않는다. 등장인물들이 맞닥뜨리는 문밖의 세계가 오히려 더 '거친 현실의 공간'이기 때문이다. 등장인물들에게 '문'은 있으나 광장으로 나갈 수 있는 '출구'는 존재하지 않는 것이다.

「바냐 아저씨」의 2막에서 아스트로프를 연모하는 소냐는 그와 이야기하고 싶어 문을 두드린다. 그러나 아스트로프에 대한 사랑이 절망으로 바뀐 3막에서 소냐는 "유모! 유모!"라고 절규하며 마리나에게 기대고, 마리나는 진정한 출구가 되지 못하는 가운데 문

을 보며 위로한다. 그래서 「갈매기」의 4막에서 전막에 걸쳐 탈출
구가 없음을 깨달은 트레플레프와 그의 탈출구를 막은 아르카지
나 사이의 다음과 같은 대화는 의미심장하다.

> 트레플레프   (창문을 활짝 열고 귀를 기울인다) 어두워! 왜 이렇게 불안한
>   지 모르겠어.
> 아르카지나   코스챠, 문 좀 닫아 줄래, 바람이 분다.
>
>   (트레플레프, 문을 닫는다.)

아르카지나가 도착하기 전까지 작업실로 꾸며진 이 응접실은
그나마 그에게 있어 언제든지 편하게 정원에 나가 그곳에서 사색
할 수 있는 공간이었다. 그런 마지막 남은 그의 공간으로 아르카지
나가 돌아와 카드놀이를 하며 창문을 '닫게' 만든 것이다. 아르카
지나 일행이 밤참을 즐기러 잠시 퇴장한 후, 트레플레프는 창문을
두드린 니나를 데리고 들어온다. 그리고 나서 트레플레프와 니나
는 '문을 모두 폐쇄하고' 마지막 대화를 나눈다. 이때 이 폐쇄된
공간에서 상이한 시간의 범주들이 연결된다. 과거의 이 공간에서
의 따스함을 상기하면서도 현재의 "소용돌이" 속의 삶을 언급하
는 니나로 인해, 희망과 사랑에 가득 찼던 그들의 과거와, 절망과
고통의 현재가 공존한다. 그런 후 결국 진정한 출구의 부재를 통찰
한 트레플레프는 창문을 닫듯 자신의 삶도 마감한다.
　이러한 점은 「세 자매」의 2막에서도 드러난다. 2막 전체에 걸

처 모든 인물들은 '카니발의 패거리'를 기다린다. 그러나 속박에서의 탈출과 해방의 의미를 가진 카니발의 패거리는 결국 나타샤에 의해 집 안에 들어오지 못하고 문밖에서 돌아간다. 오히려 2막 마지막에 온 사람은 아이러니하게도 '꿈의 파괴자'인 나타샤의 정부 프로토포프다. 문 밖에 있는 것은 거친 현실이며, 그들에게 진정한 탈출구는 봉쇄되어 있는 것이다. 그래서 모스크바에 대한 꿈이 파괴되어 버린 3막에서 이리나는 "이탈리아어로 '창문'이 무엇인지 기억나지 않는다". 마찬가지로, 「바냐 아저씨」의 2막에서도 엘레나는 "나는 정말, 정말 불행해!"라고 절망하며 피아노를 치고 싶어한다. 그러나 세레브랴코프에게 승낙을 받고자 문 밖으로 나갔다 들어온 소냐가 "안 돼요!"라고 결과를 알려 준다. 이는 엘레나에게도 탈출구가 봉쇄되어 있음을 의미한다. 그래서 문은 출구 부재에 따른 정서적 파토스를 불러일으키기도 한다.

> 가을 장미, 매혹적이고 애처로운 장미…. (소냐와 엘레나, 창문을 바라본다)

결국 인물들에게 출구 없는 내부의 공간은 "하지만 이제는 퇴직을 해서 갈 곳이 없어, 결국. 원튼 원치 않든 살아야 하지…"라고 말하는 소린이나 니나에게서처럼 '감옥'과 같은 공간이다.

이때 무대 내부는 무대 외부로부터 의미를 부여받는다. 로트만은 경계의 의의에 대해서 다음과 같이 설명한다. "경계의 개념은 양가적이다. 그것은 분할하면서 결합한다. 그것은 항상 어떤 것의 경계라서 양면 문화의 변경에, 인접한 양면의 기호 영역에 속한다. …그것은 외부의 것을 내부의 것으로 바꾸는 장소다."[174] 체호프의 희곡에 나타나는 경계도 한 영역을 넘어 다른 영역으로 들어감으로써 새로운 세계로 나간다는 분할의 의미를 가진다기보다 두 영역이 상호 교차하는 곳이다. 결국 '출구가 부재'한 것이다. 그래서 이 두 시공간적 범주는 뫼비우스의 띠처럼 긴밀하게 연결된다. 특히 「바냐 아저씨」에서 내부 공간의 의미는 아스트로프로 인해 도입되는 외부 공간인 '시골'에 의해 구체화된다. 행위는 세례브랴코프의 집에서 이루어지지만, 작가 자신이 부제로 달아 논 "4막으로 이루어진 시골 생활의 광경"에서도 알 수 있듯이, 그 내부 공간은 아스트로프를 통해 형상화된 시골의 의미를 가진다. 아스트로프가 의사로서 일하는 말리츠코예를 비롯한 거칠고 미개한 시골이 바로 내부 공간의 의미로 번역되는 것이다.

이렇게 무대 내부는 무대 밖에서 형성된 시공간성에 의해 자각되는 것이다. 그리고 그 경계에 '출구의 의미가 없다'는 점이 「바냐 아저씨」와 「세 자매」에 광기의 세계를 형성하게 한다.

일상과 꿈의 괴리, 광기 — 「바냐 아저씨」, 「세 자매」

「갈매기」에서 갈등했던 '거친 현실'과 '형이상학적 추구'는 「바냐 아저씨」와 「세 자매」에서는 거리를 유지하며 견고하게 고착된다. 그래서 「갈매기」의 등장인물들처럼 그 사이에서 갈등하는 모습은 사라진다. 두 축 사이의 간격, 거리가 강조되어 그 사이에 위치한 인물들은 그 괴리로 인하여 황폐한 모습을 드러낼 뿐이다. 삶의 물적 토대는 「갈매기」의 니나가 체험한 바와 같이 거칠어서 인물들이 그곳에 정신적으로 안주할 수 없는 것이다. 그렇게 무대에서의 탈출을 꿈꾸는 그들은 새로운 대상을 욕망하지만 그 대상은 허구이고, 오히려 무대 밖의 더욱 거친 현실에 맞닥뜨린다. 그래서 출구 없는 경계의 의미는 「바냐 아저씨」와 「세 자매」에서 구체화되어 '광기의 세계'를 형성한다. 그것은 파멸과 붕괴, 몽상적인 꿈의 실현 불가능성을 주 테마로 삼고 있는 「바냐 아저씨」나 「세 자매」에서 출구 부재의 원인인 '거친 현실'이 「갈매기」에서보다 더 적극적으로 기능하기 때문이다. 보이니츠키의 대사처럼 "한 눈으로는 무덤을 바라보면서도, 다른 한 눈으론 자신의 그 똑똑한 책들에서 새로운 생활의 여명을 찾고 있는" 등장인물들에게 새로운 삶의 여명은 보이지 않는다.

「바냐 아저씨」와 「세 자매」에서 발현하는 광기의 양상을 이해하기 위해서, 우선 이 두 희곡을 1장에서 규명한 반복과 변주의 의미 형성 시스템에 따라 각각 분석해 보자.

「바냐 아저씨」의 등장인물들은 자신들을 황폐하게 만든 거친 현실로부터 벗어날 길이 없음을 통찰한다. 그런 거친 현실의 이미지는 극 텍스트의 첫 장면에서부터 형성된다. 극을 여는 첫 지문은 "무덥고 흐린 오후 2시"의 "고목 버드나무"가 있는 정원에서 "동작이 둔한 노파가 사모바르 옆에 앉아 발싸개를 뜨고 있는" 우울하고 정적인 분위기를 지시한다. 이런 가운데 예전에는 "젊고 아름다웠는데 지금은 늙어 아름다움이 사라져 버린" 아스트로프가 "10년 동안 딴사람이 되었다"고 토로한다. 그의 개성을 파괴해서 "딴사람"이 되게 한 원인은 바로 '거친 현실'이다.

현실 자체는 따분하고 멍청하고 더러우니…. 그런 생활이 나를 졸라매고 있지.

바로 이 현실 때문에 아스트로프는 더 이상 몽상마저 하지 않아 "아무것도 원치 않고, 아무것도 필요치 않으며, 아무도 사랑하지 않는다." 즉 「바냐 아저씨」의 주 모티프인 '거친 현실'은 첫 장면부터 일정한 사회적 조건 속에서의 '개성의 붕괴와 파멸'이라는 작품 전체의 근본 테마를 형성하는 것이다. 파멸과 붕괴의 테마는 이어지는, 식사 후 낮잠을 자고 등장한 바냐 아저씨의 황폐해진 모습으로 인해 반복, 변주되며 극의 사건으로 부각된다. 열심히 일했던 보이니츠키의 "생활은 교수와 그의 부인이 여기서 살게 된 이후, 궤도를 벗어나 버렸고", 그래서 그는 지금은 "자고 먹고 마실" 따름이다.

그런데 이 극의 형식적 플롯을 이끄는 보이니츠키와 세레브랴코프의 충돌은 하나의 해프닝에 지나지 않는다. 이 충돌이 지속력을 가진 텍스트의 근본 갈등이 되지 않음은 보이니츠키가 세레브랴코프에게 두 발의 총알을 날리고 "(절망에 빠져) 오, 내가 무슨 짓을 한 거야! 무슨 짓을 한 거야!"라며 극도의 상실감을 드러낸 점과, 세레브랴코프도 "옛일을 들먹이는 사람은 눈이 먼다고 하지 않나. …기꺼이 자네의 용서를 받아들이고 나 또한 용서를 비네"라며 그 충돌을 무마하기에 급급한 것에서 잘 드러난다. 그래서 보이니츠키가 총을 쏘는 행위는 그가 자신의 적을 향해 쏜 것이 아니라 도발적으로 사건을 일으켜 삶의 평탄한 흐름을 깨뜨렸기 때문에 무의미하고 우스꽝스럽게 보인다.[175] 바냐 아저씨가 황폐해진 궁극적인 원인은 세레브랴코프란 인물 자체가 아니라 그로 인해 형성된 거친 현실이다. 이기적인 세레브랴코프는 "남의 자리를 차지하고" 사는 "모빌"이자 "비누 거품"과 같은 인물로서 주위 사람들을 기만하며 거친 현실을 형성하는 인물이다. 하지만 그런 요소는 다른 인물들에게도 내재되어 있다. 거친 현실을 형성하는 것은 "문명의 영향"이란 이름으로 파괴를 자행하는 "파괴의 악마"인간 자신이기 때문이다.

그 아름다움을 자신의 페치카에 태우고, 우리가 창조할 수 없는 것을 파괴하는 건 생각 없는 야만인이나 할 짓이지요. 사람은 주어진 것을 늘려 가도록 이성과 창조력을 부여받았습니다. 그런데도 사람은 지금껏 창조는 하지 않고 파괴만 일삼았습니다.

우선 보이니츠키는 세례브랴코프로 인해 자신이 진정한 현실을 보지 못하고 왜곡되고 거짓된 현실을 살았다고 분노한다. 세례브랴코프를 향해 총을 쏘았던 것도 단지, 그가 이미 파악했던 삶의 오류에 대한 분함의 '간접적인' 표현일 뿐이다. 그렇지만 보이니츠키가 자신의 현재적 삶에 불만을 토로하는 궁극적인 원인은 그의 삶을 얽매고 있어 조화를 이룰 수 없는, 그러나 그들 스스로가 만들어낸 거친 현실인 것이다. 이러한 거친 현실은 아스트로프에 의해 도입되는 '숲의 모티프'를 통해 구체적으로 비유된다.

러시아의 숲은 도끼질에 신음하고 있어, 수십억 나무가 잘려 나가고, 동물과 새들이 사는 곳은 황폐해지고, 강은 얕아져 마르고, 아름다운 풍경은 흔적도 없이 사라지고, 이 모두 게으른 사람들이 몸을 숙여 땅에서 땔감을 주우려 하지 않기 때문이야.

숲을 파괴하고 삶을 파괴하는 것은 사악한 세력도 아니고 거대한 사상의 부재도 아니고 사회적이거나 정치적인 해악도 아니다. 파괴는 우리가 할 일을 하지 않음에서 비롯된다. 파괴된 거친 현실은 같은 차원에서 해석되는 다음과 같은 구체적인 어휘와 계열 관계를 맺으며 형상화된다. "전염병, 발진티푸스, 오물, 악취, 연기,

환자들" 그리고 "늪, 모기, 부서진 도로, 가난, 티푸스, 디프테리아, 화재."

거친 현실은 병치되고 반복되어 다시 인물들의 파멸을 조장한다. 기생하는 첼레긴은 "바플라"가 되었고, 엘레나는, 보이니츠키가 세례브랴코프를 위해 모든 것을 바쳐 일했듯이, 늙고 이기적인 교수에게 아름다움과 젊음 그리고 자유를 빼앗겨버렸으며, 아스트로프는 아름다움을 잃고 딴사람이 되어 버렸다. 결국 "걸을 수도 없는 진창, 추위, 눈보라, 먼 거리, 무지막지하고 야만스러운 사람들, 가난, 병든 환경"에서 아스트로프는 술을 마실 수밖에 없다. 그래서 아스트로프는 때론 "나무 한 그루를 심으면서, 그 나무로 인해 천년 후에는 어떻게 될 것인가를 미리 예측하고 인류의 행복을 생각한다." 그러나 아스트로프는 자신의 아름다운 꿈으로 인해 축하받는 것이 아니라 동정받게 될 것이다. 인류가 언젠가 좋아질 거라는 그의 바람은 현재 아무것도 하지 않고 있음에 대한 변명일 뿐이다. 이는 그 자신의 무력에 대한 표현이고, 아스트로프 자신도 이를 잘 알고 있다.[176] 아스트로프의 예견은 거친 현실로부터의 도피에 불과하다. 거친 현실에서 벗어나고자 사람들은 철학을 하고 일을 하지만, 철학은 '불평'에 지나지 않고 노동에는 '불빛' 곧 희망이 없다.

2막과 3막에서는 붕괴와 파멸의 테마가 정서적 긴장을 일으키는 소리와 빛의 효과로 강조된다. 바람 소리가 윙윙거리고 번개가 치는 2막의 배경이나 3막의 총성이 그것이다. 거친 현실을 더욱 확대시키는 이러한 배경에서 인물들은 절망의 극단으로 나아간다. 그들은 거친 현실에서 벗어날 수 없음을 통찰하는 것이다. 바냐는 취해서 일말 탈출구로 기대했던 사랑의 상실을 토로한다. 소냐도 희망을 기대할 수 있어 차라리 모르는 게 좋았을 아스트로프의 거부를 확인한다. 이는 인류의 가능성과 거친 현실로부터의 탈출을 상징하는 "자작나무"와 '개성을 파괴하는 힘의 기호' [177]로서 거친 현실 자체를 상징하는 "보드카"의 교차로 의미화된다. "자긍심으로 가득 채워주는 자작나무"에 대해 웅변하던 아스트로프는, 의사를 부르러 왔던 일꾼이 가져온 "보드카"를 의미심장한 두 개의 휴지부[178] 다음에, 마시고 퇴장한다.

꿈과 현실의 간격은 이기심과 배반의 잔인한 형상을 통해 가혹한 현실의 이미지를 대변하는 세례브랴코프에 의해서도 드러난다. 일상적인 삶에 쇠락해 "나는 삽화 같은 사람이야…"라고 토로하는 옐레나는 그것으로부터의 탈출을 의미하는 음악에 대한 소망을 "피아노를 치고 싶어… 지금…. 피아노를 치면서 울어야지, 바보처럼 울어야지"라며 피력한다. 하지만 소냐가 전달하는 세례브랴코프의, 음악 연주의 희망에 대한 대답은 "안 돼요!"이다. 2막의 마지막 대사인 세례브랴코프의 이 단호한 거절의 어휘는 플롯의 층위를 벗어나 해석된다. 우선 음악에 대한 금지는 행복, 젊음, 삶에 대한 금지인 것이다. 그러나 더욱 중요한 것은 그것이 일상으로부터의 탈출을 꿈꾸는 인물 앞에 그어진 넘을 수 없는 현실과 꿈의 경계라는 의미를 가진다는 점이다. 그로 인해 파멸을 조장하는 거친 현실과 그것으로부터의 탈출 사이의 괴리는 강조되고, 그 경계는 넘을 수 없다.

이러한 '출구 부재'는 모든 등장인물이 반복하여 그 의미를 공고히 한다. 아스트로프는 2막에서 술에 취한 채,[179] 소냐와의 대화를 통해 출구 부재를 역설적으로 설명한다.

칠흑같은 밤, 숲을 지나가다가 그때 멀리서 불빛이 비친다면, 피곤도 어둠도 얼굴을 찌르는 나뭇가지들도 느끼지 못할 겁니다. …그러나 나에게는 멀리서 그런 불빛이 비치지 않습니다.

2막 마지막을 장식하는 옐레나와 소냐의 대화에서 옐레나도 자신의 불행을 토로하면서 "이 세상에 나의 행복은 없어"라며 출구 부재를 통찰한다. 출구 부재는 특히 4막에서 보이니츠키와 아스트로프를 통해 더욱 견고해진다.

보이니츠키　남은 인생을 새롭게 살 수만 있다면. 맑고 조용한 아침에 눈을 떠, 내 인생이 다시 시작됐다는 걸, 지난 모든 게 연기처럼 사라져 잊혀진 걸 느낄 수만 있다면. (운다) 새로운 삶을 시작하는 거…. 얘기해 줘, 어떻게 시작하지… 무엇으로 시작하지….

아스트로프　(화를 내며) 아니, 이봐! 새로운 삶이라니! 자네나 나나, 우리의 처지에 희망이란 없어.

결코 피할 수 없는 숙명인 거친 현실의 경계를 넘어갈 수 있는 길은 오직 죽음뿐이다. 일상의 껍질은 아주 견고하여 인간의 폭발력은 분출될 기회를 갖지 못하는 것이다.[180]

자네와 나의 희망은 하나뿐이야. 우리가 관 속에 누웠을 때, 유령이, 어떤 기분 좋은 유령이 찾아오리라는 희망.

체호프의 작품에서 죽음은 비극에서와 같은 창조적인 고통이 결코 아니라 단지 '퇴화한 세계에 대한 무력한 굴복'이다.[181] 그래서 마지막 장면에서, 고통스러워서 일에라도 몰두하려는 바냐 아저씨에게 소냐는 역시 벗어날 수 없는 절망에 젖어 가혹한 운명을 참으며 일하며 살아가다가 "시간이 찾아와, 조용히 죽어 무덤에 가서 말해요, 얼마나 힘들었는지, 얼마나 울었는지"라고 반복한다. 그리고 텍스트의 마지막을 장식하며 반복되는 다음의 소냐의 대사는 죽음 이후의 안락을 이야기하며 '경계를 넘어갈 수 없음'을 역설한다.

우린 쉬게 될 거예요. …우리는 쉬게 될 거예요. …우리는 쉬게 될 거예요.

「세 자매」는 현실에서 쇠락해 가는 인물들의 꿈을 그리고 있다. 미래, 삶의 의미, 믿음의 필요성에 대한 등장인물들의 대화가 그들의 불합리한 현실적 상황 및 그들의 일상 행위와 예리하게 대비되어, 사건의 실제 흐름과 부조화를 이루는 삶의 아이러니를 보여주는 것이다.[182] 「세 자매」는 올가의 세 가지 주제에 대한 언급으로 시작된다.

> 아버지는 일 년 전 바로 오늘, 5월 5일 네 명명일에 돌아가셨지, 이리나. 그 날은 매우 추웠고, 눈이 내렸어. 그때 난 더 이상 살 수 없을 것 같았고, 넌 죽은 사람처럼 졸도해 누워 있었지.

> 11년 전 아버지가 여단장이 되셔서 우리를 데리고 모스크바를 떠났지만, 나는 그 5월초를 분명히 기억하고 있어. 모스크바에는 온통 꽃이 만발하고, 따뜻하고, 햇빛이 쨍쨍 내리쬐고 있었지. 11년이 지났지만, 나는 그 모든 것을 마치 어제 떠나온 듯 기억해. 그래! 오늘 아침 잠에서 깨어, 가득한 햇빛과 봄이 온 것을 보자, 가슴속에 기쁨이 북받쳐 오르면서, 고향이 못 견디게 그리웠지.

> 날마다 학교에서 아침부터 저녁까지 수업을 하기 때문인지, 나는 항상 머리가 아파. 게다가 이젠 완전히 늙어버린 것 같아.

여기서 아버지의 죽음에 대한 우울한 기억은 '죽음의 테마'를, 모스크바의 따스한 날씨에 대한 기억은 '꿈의 테마'를, 그리고 현재 학교에서의 힘든 일에 대한 언급은 '노동의 테마'를 형성한다.

그리고 이 세 가지에 대한 회상과 언급은 이후 극이 진행되면서 변형되고 교차된다.

우선 밝고 세련된 분위기의 첫 지문과 달리 올가의 첫 대사는 일 년 전 이리나의 명명일에 있었던 아버지의 죽음에 대한 회상이다. 특히 열두 시를 치는 시계의 종소리로 이끌리는 "매우 추웠고 눈이 내렸던" 당시에 대한 회상에서 올가는 "더 이상 살 수 없을 것 같았고", 이리나는 "죽은 사람처럼 졸도해 누워 있었다". 더구나 "묘지", "심한 눈비", "적은 추모객" 등과 함께 떠오른 그때의 장례식은 아버지의 죽음에 대한 회상을 더욱 우울하게 만든다. 바로 이 극 텍스트의 처음에 도입된 '죽음의 테마'는 인물들을 억누르는 '거친 현실'의 이미지와 연결된다. 이 거친 현실에 대해 등장인물들은 다음과 같이 언급한다.

라틴어 교사로 서구적인 인물인 남편 쿨리긴에게 고통받는 마샤는 고골의 "여러분, 이 세상에서 산다는 건 지루한 일이군요"란 표현을 인용하며 "이건 저주스럽고 견딜 수 없는 현실이야…"라고 절규한다. 그러한 마샤와 사랑을 나누며, 미래의 희망을 철학하는 베르쉬닌도 "러시아인은 고상한 사색을 그 특징으로 삼고 있는데, 도대체 현실에서는 왜 그렇게 저급할까요?"라며 현재의 현실에 관해서 언급한다. 투젠바흐도 "요즈음 고통이 얼마나 많이 있습니까!"라고 언급한다. 그는 수백 년이 지나 모든 삶의 조건이 변화되어도 그 본질은 변하지 않아 사람들은 "아아, 산다는 건 괴로워!" 하며 고통스러워할 것이라고 진단하기까지 한다. 투젠바흐의 이 견해는 이어지는, 현실 속에서 꿈을 상실하여 식후에 낮잠이나 자며 황폐하고 고립된 삶을 살아가는 능동성이 결여된 체부트이킨의 대사를 통해 다시 반복된다. "사람이란 결국 하찮습니다. … 단지 위안하기 위해서 자신의 삶은 고상하다고 말하는 겁니다." 결국 체부트이킨은 파멸의 메타포로 작용하는 화재가 발생한 밤, 시계를 박살내며 인간의 존재를 부정하기에 이른다. 올가의 첫 대사에서 도입된 죽음의 테마는 이후 '거친 현실 속에서 인간의 가장 소중하고 가치 있는 것의 소멸'로 설명되는 것이다. 그래서 안드레이는 교수에 대한 꿈을 저버리고 시골의 자치회 의원으로 만족하다가 나타샤를 통해 완전한 파멸과 고립에 이르게 되고, 이리나는 더 이상 밝고 즐겁게 현실을 지각하지 못하고 노동을 통해 절망에 빠져든다.

바로 여기에서 올가의 두 번째 대사와 세 번째 대사의 의미가 구체적으로 해석된다. 두 번째 대사는 첫 지문의 밝고 세련된 분위기와 어우러지며, 또한 이리나의 명명일이라는 파티 분위기와도 어우러진 '모스크바'에 대한 밝은 회상이다. 하지만 이 모스크바 회상은 곧바로 체부트이킨과 투젠바흐의 누굴 향한 대사인지 뚜렷하게 설정되지 않은, 그러나 올가의 모스크바에 대한 밝은 기억을 조롱하는 다음의 대사로 이어진다.[183]

체부트이킨 무슨 바보 같은 소리!
투젠바흐   물론 말도 안 되지.

게다가 학교 생활로 표지된 거친 현실에서의 힘든 삶으로 인해 발생한 올가의 꿈이 모스크바로 가자는 이리나의 대사와 교차되면서, 그들의 모스크바 꿈이 '몽상' 임을 이미 드러내준다.

> 올가 실제로 학교에서 근무하고 있는 지난 4년 동안 젊음과 힘이 한 방울씩 매일 내게서 빠져나가는 것 같아. 그리고 오직 커가고 굳어지는 건 하나의 꿈뿐이야….
>
> 이리나 모스크바로 떠나야만 해.

이렇게 처음부터 부정당하는 모스크바 꿈은 극이 전개되면서 희망에서 절망으로 변질되어 죽음의 테마와 계열축으로 연결된다. 꿈의 테마를 담고 있는 모스크바란 공간은 지형적인 의미를 뛰어넘어 세 자매가 행복했던 '과거' 이고, 세 자매가 돌아가 다시 행복을 되찾으리라 믿는 '미래' 이다. 모스크바에는 커다란 시간의 간격이 공존하고 있는 것이다. 그러나 그 미래와 과거 사이에 있는 '현재' 는 끊임없이 이 간격의 연결을 방해한다.

페도치크는 카드 점을 통해 "이는 당신들이 모스크바로 갈 수 없음을 의미합니다"라고 말한다. 세 자매가 꿈꾸는 모스크바에서 온 베르쉬닌은 이전에 "사랑의 소령" 이라 불릴 만큼 희망과 젊음을 내포하고 있었지만 이젠 늙어 희망을 상실했다. 그런 그의 모스크바에 대한 회상은 세 자매의 그것과는 상반되게 고독하고 우울하다. 또한 페라폰트는 "12년에 모스크바는 불탔지요"라며 세 자매가 꿈꾸는 모스크바가 허상(虛像)임을 함축한다. 그래서 이리나의 모스크바로 가자는 외침은 희망을 상실한 타성으로 변해간다. 거친 현실 속에서 절망해가는 이리나는 "결코, 결코 우리는 모스크바로 가지 못해… 난 알아, 갈 수 없다는 것을…"이라고 깨닫는다. 그럼에도 불구하고 계속 반복되는 모스크바로의 외침은 그 강한 어조에도 불구하고, 이젠 논리적으로나 감정적으로 타성에 불과하다. 이 타성은 부조화로 치닫는 괴리를 통해 세 자매의 모스크바 꿈을 희극적인 음조로 채색한다.

첫 장면에서 올가의 세 번째 대사는 매일같이 힘과 젊음을 소실시키는 학교 생활에 관한 것이다. 역시 곧바로 이어지는 체부트이킨과 투젠바흐의 웃음이 조롱하는 이 노동의 테마도 모스크바 꿈처럼 점차 퇴락해 가는 양상을 띤다. 또한 노동의 테마는, 노동을 모르는 가정에서 태어났지만 노동을 통해 삶의 의미를 추구하고자 하는 투젠바흐가 "나는 일을 하겠습니다"라고 말한 직후, 항상 신문 읽는 일 이외에는 아무 일도 하지 않는 체부트이킨이 "나는 일하지 않을 거야" 하고 말함으로써 강하게 조롱당한다. 이러한 노동의 테마는 이리나를 통해 더욱 구체적인 에피소드가 되는데, 이리나는 환희에 차 있는 1막에서 "잡초와 같이 우리를 억누르는 현실"에서 벗어나기 위해서 "일해야 해요, 일해야"라며 노동에 희망을 건다. 그런 그녀는 전신국과 시청에서의 "시도 사상도 없는 노동"에 지쳐 점차 노동에 대한 희망을 상실한다. 그래서 결국 이리나는 이렇게 고백한다.

아, 나는 불행해…. 나는 일할 수 없어, 아니 일하지 않겠어. 충분히, 충분히 일했어! …나는 절망에 빠졌어, 절망에 빠졌다고! 어떻게 내가 살고 있는지, 왜 지금까지 자살을 하지 않았는지, 이해할 수 없어….

모스크바와 노동을 통해 표현된 '꿈'은 거친 현실 속에서 '절 망'으로 변질되어 죽음의 테마와 교직된다.

그러한 꿈과 현실의 괴리는 나타샤가 카니발의 패거리를 거부 하는 것과 베르쉬닌이 철학을 하는 것을 통해 확인된다. 브루스타 인이 체호프의 희곡에 등장하는 유일한 암흑 세계의 인물로 보 는,[184] 그러나 절대적이라기보다는 기능적인 악인인 나타샤는 사 실, 옷을 조화롭게 입지 못하는, 부조화를 상징하는 인물이자 거친 현실을 체화한 인물이다. 그런 그녀는 마치 물적 토대가 정신 세계 에 작용하듯 안드레이와의 결혼을 통해 가족 관계에 진입하여 점 차 자신의 입지를 강화한다. 그런데 나타샤의 침입은 그녀가 완벽 한 악한이어서가 아니라 꿈꾸는 프로조로프 일가의 의지가 없고 수동적인 삶의 태도에서 가능한 것이다. 결국 나타샤는 이리나를 방에서 몰아내고, 안피사를 집 밖으로 내쫓으며, 마샤의 거친 어투 를 나무라고, 하녀들에게 소리를 지른다. 그리고 옷을 조화롭게 입 지 못하는 나타샤 자신이 점차 집주인이 되면서, 아이러니하게도, 이리나의 옷차림을 오히려 비난한다. 그런 나타샤는 프로토포포 프와 부정한 관계를 맺음으로써 자신의 남편인 안드레이마저도 내쫓는다.

모든 인물들을 파괴하는 나타샤의 형상은, 화재가 있던 밤 무대를 가로질러 가는 그녀를 보고 마샤가 "저 여자는 마치 자신이 불이라도 낸 듯이 걸어가고 있어" 하고 비유하는 데서 견고해진다. 사실 나타샤는 프로조로프 일가의 파멸을 의미하는 화재와 같은 인물인 것이다. 이런 나타샤에 의해 2막 전체를 통해, 모든 인물들이 기다리는 카니발의 패거리는 집 안으로 들어오지 못한다. 모스크바 예술극장의 작업을 정리한 스트로예바에 따르면, 스타니슬라브스키는 이 카니발 패거리의 출현을 황량하고 어두운 집 안의 분위기에 도입된 삶의 신선한 공기라 해석했다.[185] 그러나 그것은 본질적으로 거친 물적 토대로부터의 '해방'을 의미한다. 그래서 궁극적으로 문지방을 넘지 못하는 카니발의 패거리에 대한 이 에피소드는 인물들의 현실과 꿈 사이의 간격과 경계를 실감케 해주며, 극 전체의 테마를 함축한다. 결국 나타샤에 의해서도 인물들은 좌절당하며, 이는 그들에게 현실이 가혹하게 다가오는 것을 의미한다.

또한 베르쉬닌이 모스크바 꿈의 무의미성을 강조하며 세 자매에게 들려주는 다음과 같은 어느 프랑스 대신의 에피소드는 현실과 몽상 사이의 간격과 경계를 의미한다.

며칠 동안 나는 프랑스의 어느 장관이 옥중에서 쓴 일기를 읽었습니다. 그 장관은 파나마 사건으로 유죄 판결을 받았지요. 이전에 장관이었을 때는 관심에도 없었던, 감옥의 창문으로 보이는 새에 대해 커

다란 환희와 기쁨을 느끼며 글을 쓴 거예요. 그러나 그는 다시 자유의
몸이 된 지금, 물론, 새에 대해서는 관심도 없지요. 이처럼 당신들도
모스크바에서 살게 되면 모스크바에 관심을 갖지 못할 겁니다. 우리
에게 행복이란 있지도 않고 있을 수도 없습니다. 단지 행복을 갈망하
고 있을 뿐입니다.

하지만 이러한 괴리를 아는 베르쉬닌도 현실의 고통에서 벗어
나고자 미래에 대한 희망 철학을 반복한다.

이별하는 마당에 당신에게 무슨 말을 해야 좋을까요? 무엇에 대해서
철학하지요…? (웃는다) 현실은 괴롭습니다. 현실은 우리 대부분에게
황량하고 절망적이지요. 그래도 점점 밝고 편해져갈 거라는 사실은
인정해야 합니다. 분명, 앞으론 지극히 청명해지겠지요.

그렇지만 현실의 삶에서 좌절하고 과거의 회상에서 절망하며
사랑마저 이루지 못하는 그에게 있어서, '철학'을 통해 미래를 긍
정하는 것은 단순히 현재의 고통으로부터 '도피'하기 위한 한 방
편에 불과하다. 아스트로프와 마찬가지로 베르쉬닌의 철학하기는
그들의 생활과 운명을 초월하는 것이고 그 자신의 문제를 잊는 것
이다.[186] 베르쉬닌의 철학하기는 「바냐 아저씨」의 아스트로프가
숲의 미래에 거는 기대처럼, 현실의 고통에 반발하는 가면쓰기인
셈이다. 그는 자신의 딸들에게 다가올 미래를 밝게 채색하기에 급

급하다. 그러나 그것은 단지, 능동성을 결여한 몽상적인 형이상학의 한 측면이다. 자신의 환경 때문에 인생이 무의미해졌다고 느끼며 다른 환경에서라면 위대한 인물이 되었을 거라고 말하는 보이니츠키의 무의지처럼 몽상의 차원을 형성하는 것이다. 그래서 이는 체부트이킨의 두 어휘 "아무럼 어때"와 "실없는 소리"에 의해서, 모스크바가 의미하는 꿈의 테마나 행복을 의미하는 노동의 테마처럼 계속 조롱당한다. 베르쉬닌의 다변은 그의 형상을 또한 '희극적인 기인'으로 만드는 것이다.[187] 행동이 따르지 않고 말만 하는 인물의 능동성 결여는 스스로가 창출해 내는 상황 속에서 스스로가 허우적대는 전형적인 희극적 상황을 조성한다.

그래서 미래만을 밝게 보는 베르쉬닌의 철학은 극의 마지막, 세 자매의 대사에서 현실의 고통으로부터의 회피에 불과한 것으로 설명된다. 대단원에서 올가는 "우리의 고통이 후대에 사는 사람들에게는 기쁨으로 변할 거야, 그리고 행복과 평화가 이 지상에 도래하겠지"라며 베르쉬닌처럼 막연하게 미래의 희망을 반복하지만, 이는 '멀어지는' 행진곡 소리[188]와 체부트이킨의 "아무럼 어때! 아무럼 어때!" 속에 파묻힌다. 그리고는 극을 끝맺는 다음과 같은 대사가 반복된다.

도대체 우리가 왜 살며 고통받는지… 알 수 있다면, 알 수만 있다면!
…알 수만 있다면, 알 수만 있다면!

현실의 고통스런 삶을 강조하며 또한 '모스크바'로 의미되는 정신적 꿈과 현실 사이의 괴리를 극대화하는 이 대사가 반복되며, 막은 내린다. 그래서 단지 무대 밖에서 들리는 '떠나는' 행진곡의 밝은 음향은 무대 위의 인물들의 희망이 떠나는 것을 함축한다. 올가는 원치 않는 일을 계속하여 결국 교장이 되고, 마샤는 사랑하는 베르쉬닌을 떠나보내고 다시 쿨리긴과 희망 없는 삶을 살게 되고, 이리나는 투젠바흐를 결투에서 잃고 언니인 올가처럼 교원으로서의 생활을 시작하게 될 것이다. 애초부터 자신의 공간을 거부했던 그들에게 모스크바로 나갈 수 있는 출구는 없는 것이다.

등장인물들에게 출구가 존재하지 않는 공간의 폐쇄성은 특히 3막의 절박한 상황에서 강조된다.[189] 각 작품의 3막에서는 그동안 충돌하지 않고 일상적인 삶을 살던 인물들이 극도로 혼란스런 광기(狂氣)의 모습을 보이는 것이다.

「바냐 아저씨」의 3막의 무대 공간인 응접실에는 오른쪽과 왼쪽 그리고 중앙에 문이 세 개나 있지만 인물들은 궁지에 몰려 있다. 아스트로프를 짝사랑하던 소냐는 옐레나를 통해 아스트로프의 거부를 알게 되고 좌절하여 소녀적 감상에서 벗어난다. 옐레나는 아스트로프의 유혹을 받으며 소냐를 배반한다. 세레브랴코프는 결국 가족들을 배반하고, 이에 보이니츠키는 극도로 혼란스러워 한다.

보이니츠키	내가 무슨 말을 하는 거야! 미쳤군…. 어머니, 나는 절망적입니다! 어머니!
마리야:	(엄하게) 알렉산드르의 말을 들어라!
소냐	(무릎을 꿇고 앉아 유모 품에 안긴다) 유모! 유모!
보이니츠키	어머니! 어떡합니까? 아니, 아무 말 마세요, 그럴 필요 없습니다! 어떡해야 할지 알겠어요! (세례브랴코프에게) 두고 보자. (가운데 문으로 나간다)
	(마리야 바실리예브나, 따라 나간다)
세례브랴코프	여러분, 이게 무슨 일입니까? 저 미친놈을 쫓아내시오! 저 자와 한 지붕 아래서 살 수 없소! 여기서 (가운데 문을 가리킨다) 나와 함께 살고 있다니…. 저자가 마을로 내려가거나 곁채로 옮기거나, 아니면 내가 여길 떠나겠소. 저자와 한 집에서 살 수 없소….

화재로 인한 외부의 긴박한 상황이 내부의 공간에 긴밀하게 영향을 주는 「세 자매」의 3막은 열린 문으로, 화재로 인해 붉어진 창문이 보이는 이리나와 올가의 작은 방에서 일어난 행위다. 화재가 난 밤 모든 인물들은 폐쇄적이고 좁은 공간인 이리나와 올가의 방에 모여든다. 여기서 화재는 메타포다. 그 화염 속에서 세 자매의 모스크바 꿈, 투젠바흐의 사랑과 행복에 대한 기대, 쿨리긴의 가정 평화 등이 불탄다. 결국 화재는 외부 세계 곧 현실의 황폐함을 의미한다. 즉 화재는 거친 현실의 메타포다. 그런 상황 속에서 인물

들은 모여 있지만, 각자 자신에게 몰두해 있고 다른 사람의 말을 귀기울여 듣지 않는다. 요컨대 대화체의 독백성과 침묵성이 절정에 이르러 있다. 그래서 그 날 밤, 모든 인물들은 감춰진 생각을 말하고 감춰진 감정을 드러낸다. 그런데 그것은 베르쉬닌의 "아, 이 모든 건 궁극적으로 정상이 아니야!"라는 진단처럼 광기의 양상을 띠고 있다. "이 밤에 10년이나 늙어버렸어"라고 토로하는 올가는 나타샤의 독선에 눈앞이 캄캄해지고, 지쳐 버려 서 있을 수조차 없을 정도로 초조와 흥분에 휩싸여 있다. 마샤는 그동안 은밀하게 간직하고 있었던 베르쉬닌에 대한 사랑을 토로하며 스스로를 "고골의 광인"에 비유한다. 별안간 자신을 "귀하"라고 부르라고 고함치는 안드레이는 정작 누이들의 신뢰를 잃고 무력하고 불행하다. 투젠바흐는 지치고 우수에 젖어 이전에 꿈꿨던 그런 행복한 삶이 어디 있냐고 묻는다. 신문 읽는 행위만 반복하며 그 신문의 내용과 같은 공허한 삶을 사는[190] 체부트이킨은 의사로서도 인간으로서도 퇴화했음을 고백하며 존재의 무의미함에 대해 통찰한다. 그래서 결국 술에 취해 우는 그는 과거에 사랑했던 세 자매의 어머니의 시계를 박살내고 "나는 인간이 아니야, 단지 팔과 다리… 그리고 머리가 있어 그렇게 보일 뿐이지"라며 황폐함을 드러낸다. 그런 그는 "모두 찢겨 죽어라…" 하고 광기를 부린다. 나타샤도 집안을 점령하는 독선의 광기를 드러낸다. 이 밤에 마치 불이라도 낸 것처럼 행동하는 나타샤의, 자신이 이 집과 삶의 주인이라는 난폭한 외침이 울려 퍼진다.

(발을 구른다) 마녀 같은 할멈 같으니라고…! 감히 나를 화나게 하다니! 감히 말이야! (갑자기 정신을 차리고).

화재로부터 피신한 사람들을 돌보던 안피사도 그런 나타샤로 인해 갑자기 "제발 날 내쫓지 마세요"라며 의지할 곳 없음에 불안해한다. 항상 자신감이 넘치고 만족스러운 모습을 보이던 쿨리긴마저도 지쳐 버렸다. 심지어 낙천적인 페도치크도 화재로 인해 모든 것이 소실되어 광기의 양상을 보인다. "(춤춘다) 다 타버렸어, 다 타버렸어! 모두 다 남김없이!" 등장인물들의 초조와 흥분, 그리고 광기의 양상은 이리나의 절망으로 절정에 다다른다. 오빠인 안드레이가 변했다고 말하던 이리나는 갑자기 이렇게 소리지른다.

이리나 (큰 소리로 서럽게 울며) 나를 내보내 줘, 내보내 달라고, 더 이
        상 못 참겠어…!
올가   (놀라서) 왜 그래, 무슨 일이야? 이리나!
이리나 (큰 소리로 서럽게 울며) 어딜 갔지? 모두 어딜 갔어? 대체 어디
        있는 거야? 아, 하느님 맙소사! 나는 모든 걸 잊었어, 잊어버렸
        다고. …우리는 결코 모스크바로 갈 수 없어… 갈 수 없다는 걸
        알고 있어….

광기는 바로 모스크바 꿈이 파괴되었기 때문에 발현한 것이다.

또한 불안과 그로 인한 광기의 양상이 화재가 난 거친 외부 세계에서 비롯된 것임에 주목해야 한다. 체호프는 스타니슬라브스키가 3막을 소란스럽게 연출하고 있음에 대해 이렇게 반박한다. "경보가 울리는 무대 밖을 제시해야 합니다", "소음은 오직 멀리서, 무대 밖에서 나는 막연하고 어렴풋한 소음이어야 하고, 여기 무대 위에선 모두가 거의 잠들듯이 지쳐 있어야 합니다." 출구 없는 일상에서 모든 인물들은 불행하고 지쳐 버려 히스테릭한 상태에 놓여 있는 것이다.

출구 부재는 등장인물들이 욕망하는 '대상'에 대한 이해에서 명확해진다. 라캉에 따르면, 주체는 자신의 결핍을 완전히 채워줄 수 있으리라 믿는 대상에 욕망을 느낀다. 이러한 욕망하는 대상을 실재로 믿는 거울 단계 또는 상상계는 그 대상을 얻는 순간인 상징계를 거쳐 그 대상에서 욕망을 충족하지 못한 주체가 다음의 대상을 추구하는 실재계로 나아간다. 이렇게 분열된 주체와 그 주체로 하여금 욕망을 불러일으키게 하는 허구적 대상 사이의 관계는 항상 결핍으로서, 대상이 결코 주체의 욕망을 충족시키지 못하는 것이 실재계이다.[191] 주체의 탄생과 문화의 성립을 설명하기 위한 이 구분에서 실재계는 결여에, 상상계는 욕망에, 상징계는 요구에 해당한다. 그런데 라캉이 말하는 '실재계는 비인간적인 사실의 세계이다. 인간에게 있어서 실재계는 알려지지 않고 오직 가정될 수 있을 뿐이다. …언어는 실재계를 현존하게 하는 동시에 부재하게 한다.'[192] 곧 실재계는 초언어적이기 때문에 언어로 재현되는 것 뒤에 숨어 있을 뿐 '실제로 존재할 수 없는 세계'이다. 바로 이 지점, 진정한 대상이 부재하는 실재계에 대한 환각에서 광기의 양상이 전개된다.[193] 이때 대상은 '기표가 기의를 지배'하는 '욕망의 대상이 아니라 욕망하게 만드는 대상' 곧 허구적 대상이라는 점이 중요하다. 이는 광기의 양상 속에 존재하는 더 이상 해독될 수 없는 대상에 대한 푸코의 다음과 같은 해석과 맥을 같이 한다. "사물들 자체는 한정(限定)들, 기호들, 암시들에 짓눌려서 결국 자기 자신의 형태를 상실해 버린다. 의미는 더 이상 직접적인 지각 내에서 해독될 수 없게 되고, 형상은 더 이상 스스로 말하지 않는다. 사물을 가동시키는 지식과 사물을 대체하는 형태 사이의 간격은 넓어진다."[194] 소냐가 사랑하는 대상인 아스트로프는 그녀의 생각과 달리 그녀의 사랑의 대상으로서 텍스트 내에 존재하고 있지 않다.

옐레나 안드레예브나	의붓딸 소냐의 일이에요. 그 애를 좋아하세요?
아스트로프	네, 존경합니다.
옐레나 안드레예브나	그 애를 여자로서 좋아하세요?
아스트로프	(조금 있다가) 아니요.
옐레나 안드레예브나	조금만 더 이야기하고 마치죠. 아무것도 눈치 채지 못하셨나요?
아스트로프	아무것도.

보이니츠키가 예전엔 삶의 궁극적인 대상이라 여겼던 세례브
랴코프에게서 발견하는 것도 바로 이러한 대상의 허구성이다.

아, 속았어! 저 교수, 저 볼품없는 통풍 환자를 숭배해서, 황소처럼 일
했다니! 나와 소냐는 이 영지의 마지막 한 방울까지 짜냈어. 우리는
구두쇠처럼, 식용유와 완두콩과 치즈를 조금도 먹지 않고 내다 팔아
번 푼돈으로 수천 루블을 만들어 그자에게 보냈어. 그자가, 그의 학문
이 자랑스러웠어. 그자 때문에 살았고, 그자를 위해서 숨쉬었던 거야!
그자가 쓰고 말하는 모든 게 나에게는 대단했어…. 그런데, 지금은?
그자가 이렇게 퇴직하고 나니, 그자 인생의 결과가 모두 다 드러났어.
한 페이지의 저작도 남아 있지 않다고. 그자는 전혀 알려지지 않았
어. 아무것도 아니라고! 비누 거품이야! 속았어… 이제 알아, 바보같
이 속았다고….

세 자매의 모스크바도 보이니츠키가 세례브랴코프에게서 발
견하는 것과 같은 허구적 대상에 불과하다. "당신들도 모스크바에
서 살게 되면 모스크바에 관심을 갖지 못할 겁니다. 우리에게 행복
이란 있지도 않고 있을 수도 없습니다. 단지 행복을 갈망하고 있을
뿐입니다." 그래서 세 자매의 모스크바는 이젠 기의가 완전히 상
실된 텅 빈 기표로 남는다. 특히 이리나의, 2막과 3막의 마지막 장
면을 장식하는 외침인,

모스크바로! 모스크바로! 모스크바로!

사랑하는 언니, 나는 남작을 존경해, 그이가 훌륭하다는 걸 알아. 그래, 그이와 결혼하겠어, 그렇지만 우리 모스크바로 떠나요! 제발, 우리 떠나요! 이 세상에 모스크바보다 더 좋은 곳은 어디에도 없어! 우리 떠나요, 올랴! 우리 떠나요!

에서 모스크바는 바로 텅 빈 기표로서, 이 두 외침은 푸코가 광기의 한 유형으로 구분하는 '절망적인 열정의 광기'를 표출하는 것이다.

푸코는 이 유형의 광기를 이렇게 설명한다. "대상이 있는 한 미친 사랑은 광기라기보다는 사랑이다. 그러나 대상이 사라지면 사랑은 정신 착란의 공허 속에서 사랑 자체만을 추구하게 된다."[195] 그래서 그들의 광기는 열정의 파산, 인과율의 붕괴다. 「바냐 아저씨」나 「세 자매」의 등장인물들은 거친 현실로 인해 옐레나의 대사처럼 "자유로운 새처럼 날아 무기력한 얼굴들, 잡담들에서 벗어나, 이 세상에 존재하는 모든 것을 잊고 싶어" 하지만, 그러한 각자의 정신 세계가 안주할 곳을 발견할 수 없다. 그들이 욕망하는 대상은 결여되어 있어 '출구'로서 존재하는 것이 아니며, 그들 앞에는 오히려 더욱 거친 현실이 놓여 있다.

등장인물들의, 허구적 대상을 추구하다가 그 결여를 확인하여 곧 출구 부재를 통찰하여 발현된 광기의 양태는 그네들의 정신 세계가 물적 토대에서 일탈함에서 비롯된 것이다.[196] 희극적 긴장을 창출하는 이러한 '현실로부터 일탈된 관념'[197]은 낭만주의에서처럼 창조적인 일탈이 아니다. 체호프는 "진실하게 생활을 묘사해서, 그 생활이 규범에서 얼마나 이탈했는지를 제시하겠다"라는 견해를 피력한 바 있다. 이탈한 삶의 모습과 그러한 일탈을 조장한 거친 현실을 이 두 희곡은 광기의 양상 속에서 보여 주고 있는 것이다. 그래서 이 광기의 양상은 광기를 규정하는 시점이 같이 포함된 다른 작품들에서와는 상이하다.

일반적으로 광기는 상대성을 띤다. "코페르니쿠스나 콜롬부스의 발견이 그 당시에는 불필요하고 우스운 것으로 여겨졌고, 기인이 쓴 가치 없는 말들이 오히려 진리처럼 여겨졌습니다"라는 베르쉬닌의 언급이나 '동일한 시대라 해도 광기에 대한 문학의, 철학의, 도덕의 논지들은 전혀 상이한 맥락 속에 있다'[198]라는 사실은 광기의 상대성을 증명한다. 그러나 체호프의 희곡들에는 "이상한 일이야. 살인 미수인데 체포하지도 않고 법정에 보내지도 않으니"라는 보이니츠키의 대사에서 드러나듯이 광기에 대한 보편적인 시점이 부재하다. 「바냐 아저씨」에서 "그놈은 미쳤어!"라고 취급받는 보이니츠키나 「세 자매」에서 "실없는 소리"나 하는 "기이한 사람" 솔료느이가 우선 광인으로 보이지만, 이들을 광인으로 취급하는 다른 인물들도 위에서 살펴보았듯이 광기의 양상을 보인다. 그것은 "이성과 창조력"을 부여받았으나 "파괴"만 일삼는 그들이 스스로 창조한 시대적 상황이 모두를 비정상적으

로 만들기 때문이다. 이런 맥락에서 아스트로프의 다음과 같은 말
은 의미심장하다.

　　이런 현실이 나를 졸라매고 있지. 주위에는 온통 이상한 사람들, 이상
　　한 사람들뿐이니. 그런 사람들하고 2,3년만 살아도 자기도 모르는 새
　　점차 이상한 사람이 되고 말걸.

　　아스트로프나 바냐와 같은 사람들의 휘파람, 무기력한 몸짓 등
의 공공연한 행동은 '건강치 못한' 환경 속에서 드러나는 것이
다.[199] 그럼으로써 텍스트 내의 광기는 그것을 규정하는 시점 없이
혼동된 양상을 취하고, 정상적인 사람과 비정상적인 사람이 전도
되기도 한다.

보이니츠키　나는 미친놈이고, 자신의 무능, 어리석음, 불쾌하기 그지없
　　　　　는 냉혹함을, 학자라는 겉모습 속에 숨기고 있는 교수라는
　　　　　자는 미친놈이 아니지. …아니, 당신들을 떠받치느라 이 지
　　　　　구가 미쳤어!

아스트로프　예전에 나는 이상한 사람이란 병적이고 비정상적인 자들이
　　　　　라 여겼지만, 이제는 정상적인 상태의 사람이 바로 이상한
　　　　　사람이라고 생각해. 자네는 지극히 정상이야.

「바냐 아저씨」나 「세 자매」에는 바로 광기를 규정할 수 있는 보편적인 시점이 부재한다. 체호프는 허구적 대상을 쫓다 무기력하게 좌절하여 광기의 양상을 보이는 인물들의 '삶의 토대에서의 일탈'을 희극적으로 보면서도, 그러한 일탈을 조장한 '출구 없는 거친 삶의 현실'을 중시하고 있는 것이다. 요컨데 체호프는 인물들의 광기를 조장한 출구 없는 현실을 객관적인 현실로 보고 있는 것이다. 그래서 아이러니하게, 광인으로 취급받는 솔료느이가 "(낭독하듯) 나는 기이한 사람이지, 그러나 기이하지 않은 사람이 어디 있어!"라고 토로하는 것이다.

허상의 세계

아아, 자신의 운명을 대담하게 직시할 수 있고
자신이 올바르다고 자각할 수 있으며
유쾌하고 자유로울 수 있는
그런 새롭고 밝은 생활이 조금이라도 빨리 왔으면!
「약혼녀」 중에서

인물의 패러다임

희곡이나 공연에서 등장인물은 다른 요소에 비해 절대적으로 중요하다. 때문에 스타니슬라브스키 이후 가장 연극적인 연기론을 펼쳤다고 평가받는 폴란드의 연출가 그로토프스키는 영화, TV가 드라마의 영역을 잠식하고 장르의 시학이 뒤섞여 가는 20세기에 순수하게 극적인 성격을 강조하여 배우 자체를 부각시킨 '가난한 연극'으로 연극의 정체성을 보존하려 했다.[200] 로트만도 기호가 실체로 이용되는 영화는 극단적으로 말해 인물이 없어도 가능하지만 실체가 기호로 사용되는 연극에서는 핵심적인 메시지의 전달자가 인물임을 강조한다.[201] '행위'가 가장 중요한 '순수' 드라마에서 '인물'이 가장 중요한 요소가 되는 것은 당연한 일이다.

이때 등장인물은 실존적 '실체'로서 심리학적 차원에서 그 본질을 드러낸다. 그런데 희곡에서 사건들의 사슬인 플롯이 행위의 차원에서 이야기의 차원으로 부각되기 시작하면서, 다시 말해 순수하게 극적인 특성에 서술체의 특성이 혼합되기 시작하면서, 등장인물들에게는 '실체'로서의 특성보다 '기호'로서의 특성이 강화된다. 점차 드라마의 등장인물을 실제의 한 사람으로 해석할 수 없게 되는 것이다. 이때 등장인물은 살아 있는 한 존재이면서 동시에 극의 의미를 체현하고 형상화하는 기제(機制)이기 때문이다. 즉 등장인물은 극 텍스트 내에서 '인물'인 동시에 의미를 형성하고 소통시키는 '행위자'인 것이다. 텍스트의 인물들을 행위자로 보기 시작한 것은 V. 프로프로부터 유래한다. 프로프는 수많은 민담들에서 서로 다른 인물이 동일한 행위를 하기도 하고 유사한 인물이 상이한 행위를 하기도 한다는 점에 착안하여 민담의 기본 성분을 등장인물의 '기능'이라 보고 민담의 일반론을 추출해낸다.[202] 이는 결국 고전적인 등장인물의 개념을 해체하여 인물을 수단 또는 요소로 보는 견해를 낳았다. F. 라스티에는 그의 이 연구를 드라마에 적용하여 등장인물을 실존의 개념에서 파악하던 종래의 입장을 반박하고 의미 산출의 행위자로 해체하는 극단적인 시도를 하기도 한다. 이를 토대로 연극기호학자 A. 위베르스펠드는 등장인물을 통사축과 계열축의 교차점에서 의미를 생성하는 기호로 보아 그 복합적인 조직망을 도표화하기도 한다.[203] 프로프가 서술체인 민담을 분석하면서 시작된 이 관점은 따라서 서술체의 차원에서 극의 인물들을 '경계를 넘어 의미론적 대척점에 들어가는'[204] 행위자로 고찰하는 것이다

등장인물을 '실존적 실체'나 '기호학적 행위자'로 보는 기존의 이 두 가지 관점은 극의 사건을 행위로 보느냐 이야기로 보느냐의 차이에서 비롯된 상이한 접근법이지만, 등장인물을 전일적이고 통일체적인 '하나의 존재'로 본다는 점에서는 본질적으로 동일하다.

그러나 이 두 가지 접근법으로는 극 텍스트 전반에 걸쳐 의미를 형성하는 체호프의 등장인물의 본질을 밝힐 수 없다. 체호프는 모스크바 예술극장의 배우 쿠프린에게 보낸 편지에서 "당신들은 자신의 인물들을 옛날 식으로 해석합니다. …새로운 것이 전혀 없습니다"고 일갈한 바 있다. 이는 그가 거듭 밝히는 것처럼 그의 작품에 등장하는 인물들이 "러시아 문학에서 새로운 현상"이기 때문이다. 그렇지만 그 새로운 인물상이 바로 허구의 극단에서 나온 것은 아니다. 그 인물들은 일반적으로 문학 작품에서 다루기 좋아하는 의지적이고 복합적인 인물이 아니라 '실제적인 인물'인 것이다.

체호프는 1887년 1월 14일자의 한 편지에서 "문학이 예술적이기 위해서는 현실을 실제 그대로 묘사해야" 하기 때문에 "정의로운 사람만"을 관찰한다는 것은 이상한 일이라면서 "인간의 본성은 '불완전'하다"는 점을 강조한다. 따라서 체호프 극의 인물들

각각은 오히려 하나의 완전한 객체성, 정체성을 갖춘 존재가 되지 못하는 듯하다. 크니페르는 체호프가 「세 자매」를 읽어 주었을 때 연출가들과 연기자들이 '이것은 희곡이 아니라 개요일 뿐이다…. 이 작품은 연기할 수 없다. 배역이 없다. 단지 암시들뿐이다' 하며 혼란스러워했음을 회상한다. 진게르만도 발자크나 도스토예프스키라면 아르카지나의 심리적 문제 총체를 다뤘겠지만 체호프에게 아르카지나는 배우에게 전형적인 '심리적 기인' 일 뿐이라고 언급한다. 추다코프도 체호프 인물들의 심리적 차원을 이전의 다른 작가, 특히 도스토예프스키와 비교한다.

> 심리 묘사에 있어서, 인물들이 예기치 않고 분명히 설명되지 않은 행위와 태도를 보인다거나 인물들의 정신적 삶을 다룰 때 '갑자기' 란 단어를 애용한다는 점에 있어서 체호프는 도스토예프스키와 유사하다. 그러나 근본적으로는 상이하다. …체호프 인물들의 행위에 대한 동기는 결코 완전히 드러나지 않는다. 이러한 체호프의 심리 묘사의 새로운 원칙은 인물이 플롯의 전개 과정에서 변하여 다른 사람이 되는 예들에서 특히 분명히 드러난다.[205]

추다코프는 그 이유를, 체호프의 예술적 시각이 무엇보다도 '우연적인 개인성' 을 지향하고 있기 때문이라고 설명한다. 그래서 단편 작가로서 창작의 문제에 대해 토로하는 트리고린이나 새로운 연극의 형식을 주장하는 트레플레프가 체호프 자신을 대변한다는 등의, 등장인물들에 작가 자신을 대입시키는 해석은 무의미하다.[206] 또는 니나와 아르카지나, 아냐와 라네프스카야 등과 같은 등장인물들 사이에 '역사적으로 조건지어진 차이'가 존재한다고 해석하여 니나나 아냐에게서 긍정적인 미래를 보는 비평 등은 별 의미를 갖지 못한다. 어느 한 인물도 완전한 하나의 실체로서 독립된 의미적 형상을 지니지 못하기 때문이다.

결국 각 인물의 심리적 동기에 대한 연구나 독립된 기능을 수행하는 행위자로 보는 해석은 별 의미를 지니지 못하게 된다. 특히 서술체로 해체시켜 풀어낼 근간이 되는 플롯 차원의 갈등이 중요하지 않아, 등장인물들을 프로프가 설정한 주인공, 조력자, 적대자 등으로 구분하는 것 또한 무의미하다. 이를테면 결국 자살하는 트레플레프나 자살을 기도하는 보이니츠키의 적대자는 궁극적으로 트리고린이나 아르카지나, 세례브랴코프가 아니고, 삶 속에서 자신들의 꿈이 쇠락해 버리는 세 자매의 적대자는 나타샤가 아니며, 라네프스카야의 적대자는 그녀가 영지를 잃고도 자신의 양녀 바랴와 결혼시키길 원하는 로파힌이 아니다. 스카프트이모프의 지적처럼, 체호프의 극에서는 '어떠한 인물도 비난할 수 없다. 어떠한 인물도 비난할 수 없기 때문에 진정한 적대자도 없다. 진정한 적대자가 없기 때문에 투쟁이란 있을 수도 없다.'[207] 이러한 점은 작가 자신이 한 편지에서 밝히고 있듯이, 작품에 도입되는 인물의 특성 때문이다.

나는 독창적이고자 합니다. 난 그 어떤 악인도 그 어떤 선인도 묘사하
지 않았습니다. 그리고 그 누구도 비난하지 않았고 그 누구도 정당화
하지 않았습니다.

결국 모든 등장인물들은 스스로 자신의 환경이 되고 또 그 환
경으로부터 억압받고 있을 뿐이다.

우리는 실존적인 실체나 능동적인 행위자의 개념이 아니라 수
동적인 분류의 기능, 곧 계열적인 패러다임을 통해서 체호프 등장
인물들의 본질적인 특성을 파악할 수 있다. 그것은 시공간성에 탈
출구가 없어 경계를 거스르는 것이 본질적으로 무의미한 체호프
적 경계의 특성 때문이고, 또한 등장인물들이 서로의 사상에 영향
을 주거나 서로의 행위에 동인을 제공하지 않고 고립되어 각자 나
름대로의 무대적 삶을 살아가기 때문이다. 체호프의 극 텍스트에
서 인물들은 '가장된 플롯'의 층위에서 긴밀하게 상호작용하지
않는다. 따라서 그들의 관계는 인간 관계의 역동성을 상실하고 있
는 것이다. 특히 대화체가 독백성을 띠고 있다는 점은 인물들의 관
계를 희석시키고, 그러한 인물들로 하여금 몇 개의 동일한 패러다
임을 형성하게 만든다. 그리고 동일한 패러다임에 속하는 인물들
간의 대화는 자기 자신과의 독백에 불과하게 되는 것이다. 즉 드라
마의 인간 상호간의 관계라는 중요한 규범은 대화체의 독백성을
통해 변질된다.

그로 인해 체호프의 희곡에서 인물들의 형상은 플롯의 요소로

이해되지 않고, 극 전체의 구성적 측면에서 이해될 수 있다. 이는 독창적인 인물 구성의 시스템을 만든다. 그런데 이 시스템은 극 텍스트 전체에 걸쳐 있는 고립과 사랑의 모티프들, 또 그것들의 변주를 기반으로 확립된다.

고립과 사랑의 모티프

체호프의 극에서 인물들은 주로 가족과 친척 관계, 연인 관계, 또는 동료 관계로 서로 얽혀 있다. 이러한 외형적인 인물 설정은 일반적인 인간 관계와 유사한 듯하다. 그러나 그들 사이의 진정한 관계는 결핍되어 있다. 특히 가족간의 관계에서 이 점은 두드러진다.

「갈매기」에서 니나는 부모로부터 버림받아, 트레플레프는 "아버지와 계모가 그녀를 알아보려고도 하지 않습니다"라고 언급한다. 니나의 부모는 애초부터 그녀를 단지 속박하고만 있을 뿐 고립 속으로 내몰고 가족의 관계에 들여놓지 않는 것이다. 그리고 마샤는 도른에게 자신의 심정을 고백하며 아버지와의 단절된 관계를 드러낸다. "저는 저의 아버지를 사랑하지 않습니다…" 마샤의 가족 속에서의 고립은 마샤 스스로가 트리고린에게 "가족의 정도 모르고, 이 세상에서 왜 사는지도 모르는 마리야"라고 자신을 정의하는 대사에서 더욱 두드러진다. 즉 마샤와 샤므라예프 사이에는 부녀 사이라는 인위적으로 설정된 관계 이외의 그 어떤 관계도 존재하지 않고, 그들은 단지 정신적으로 무관심한 '타인'일 뿐이다. 결국 마샤는 자신의 고립으로 인해 "아무도, 아무도 나의 고통을 모릅니다!"라고 고통스러워하며 의사소통의 단절 속으로 들어가 극 전반에 걸쳐 자신을 드러내지 않고 무의미한 말만을 반복한다. 그런 마샤도 다른 사람을 스스로 밀어낸다. 밤새 개 짖는 소리에 잠을 못 이루며 고통을 받은 소린이 마샤에게 개를 풀어달라고 부탁드려 줄 것을 청하지만, 마샤는 "직접 아버지와 말씀하세요, 거절하겠어요"라며 소린의 그러한 고통은 자신이 상관할 바가 아니라며 냉정하게 거절한다. 무대, 명예 등에 대한 자신의 생각에 사로잡혀 있는 이기적인 아르카지나에게도 아들 트레플레프와의 접촉점이 없다. 아르카지나에게 트레플레프는 아들이 아니라 "어머니가 젊지 않다는 것을 항상 상기시켜주는" 존재일 뿐이다. 이는 트레플레프의 회상에서도 드러난다. "어머니는 나를 증오합니다. …내 어머니가 유명한 배우라는 것이 싫어진답니다. 어머니가 평범한 여자였다면 저는 더 행복했을 텐데. …그 사람들 속에서 저만 아무것도 아니죠." 그리고 아르카지나는 오빠인 소린이 진정으로 원하는, 도시로 가고 싶어하는 소망을 수용하지 않는다. 소린도 아르카지나와 대화할 때, "그렇지만…"이라거나 "(휘파람을 불며) 그래, 용서해라. 제발 화를 내지 마라"하며 자신의 견해를 철회한다. 그래서 메드베젠코는 그런 소린의 고립된 삶에 대해 "그는 고독을 두려워합니다"라고 말하기도 한다. 트레플레프도 역시 고독하다. 여러 번 언급되는 그의 고독은 그가 니나에게 "나는 외롭습니다, 아무도 따뜻하게 감싸주지 않지요"라고 말하는 데서 특히 두드러진다. 도른도 트레플레프의 희곡 상연에 대한 감흥을 독백하는 대사 "그 처녀가 고독을 이야기할 때 …너무 흥분해서 손이 다 떨리더군"을 통해 자신의 고립된 삶을 드러낸다.

이러한 점들은 극중극에 내포된 고립의 모티프가 구체화된 것이다. 「갈매기」의, 극 전체와 긴밀하게 연결되어 작품의 의미 체계를 심화시키는 극중극에서 '자아'는 고독하다.

나는 혼자다. 백 년에 한 번 나는 입을 열어 말을 하지만, 나의 목소리는 허공 속에서 쓸쓸하게 울릴 뿐 아무도 듣는 이 없다.

깊고 텅 빈 우물 속에 던져진 포로처럼 나는 내가 어디에 있으며 나에게 무엇이 다가오는지 알지 못한다.

극중극에 나오는 고립의 모티프는 극 전반에 걸쳐 변위되고 모든 인물들에게 투영되어, 고립되어 존재하는 각 인물들은 각자의 생각 속에 갇혀 있고 따라서 서로 진정한 대화를 거부한다. 그래서 아무도 다른 사람이 말하는 것을 듣지 않고, 누구나 자기 중심적인 꿈속을 걷는다. 결국 그들의 고독은 존재의 고립이다.

「바냐 아저씨」에서도 긴밀한 인간 관계는 감지되지 않는다. 그래서 시인 만젤슈탐은 1936년에 쓴 「바냐 아저씨」에 관한 짧은 글에서 "시스템으로서 등장인물들의 내적 관계를 이해하기 위해서는 체호프의 일람표를 기계적으로 암기해야만 한다. 이 얼마나 뚜렷하지 않고 모호한 난제인가. …누가 누구의 아저씨인지 확인하기 위해서는 일람표를 외어야 한다"라고 언급한다.[208] 인물들의 관계가 긴밀하지 못한 이유는 그들 사이에 신뢰가 없기 때문이다. 그리고 서로의 신뢰를 바로 그들 스스로 파괴한다. 이는 「갈매기」의 극중극처럼 전체의 의미를 함축하고 있는 숲의 모티프에서 설명되고 있다.

> 방금 아스트로프가 말했잖아요, 당신들 모두는 분별없이 숲을 파괴해서 곧 이 땅에는 아무것도 남지 않는다고. 그것처럼 당신들은 분별없이 사람을 파괴하고 있어요. 곧, 당신들 덕분에, 이 땅에는 성실함도, 순수함도, 자신을 희생할 수 있는 능력도 사라지겠죠..

숲의 모티프를 통해 의미지어진 인물들 사이의 파괴된 관계는 가족 관계에서 우선 드러난다. 이는 가족 관계에 있지 않은 아스트로프와 새로 가족 관계에 들어온 옐레나를 통해서 직접 드러난다.

> 옐레나 이 집은 엉망이에요. 당신의 어머니는 책자와 교수님을 빼곤 모두 다 혐오하고, 교수님은 짜증을 내며 날 믿지 못하고 당신을 두려워하고 있고, 소냐는 아버지에게 화가 나 있을 뿐 아니라 나에게도 화가 나서 벌써 두 주째 이야기도 하지 않고, 당신은 남편을 증오하고 자기 어머니를 드러내놓고

무시하고, 짜증이 나서 오늘은 스무 번이나 울 뻔했어요….
이 집은 엉망이에요.

아스트로프 당신네 집에서라면 나는 단 한 달도 살 수 없을 겁니다. 이
런 공기에서는 숨이 막혀서….

가족 관계의 부재는 「바냐 아저씨」의 전반에 흐르는 기본 분위
기로 작용하며, 그 의미의 진폭을 확장하여 인간 관계에 대한 전반
적인 회의로 발전한다. 그래서 이젠 그 어떤 사람도 사랑할 수 없
어 "아무것도 원치 않고, 아무것도 필요치 않아. 나는 아무도 사랑
하지 않아…", "사람에 대해 애착을 가질 수 없습니다. 아무도 사
랑하지 않습니다, 그리고 …사랑하지도 않을 겁니다" 하고 고백하
는 아스트로프는 소냐에게 "자연과 사람에 대한 솔직하고 순수하
며 자유로운 관계가 이미 없어졌습니다…. 없어졌습니다, 없어
요!"라며 진정한 인간 관계의 상실을 토로하고, 옐레나는 독백을
통해서 "사람들은 회색 점들처럼 어슬렁거리지"라며 진정 살아
있는 사람이 없다고까지 말한다.
　이러한 현재의 인간 관계에 대한 회의는 아이러니하게 죽은 자
에 대한 집착을 낳기도 한다. 보이니츠키는 조카딸 소냐를 보고 죽
은 자신의 여동생에 대한 애착을 드러낸다.

네가 지금 날 보는 모습이 꼭 죽은 네 엄마 같구나. 사랑하는 아이

야…. (소냐의 손과 얼굴에 열렬히 입 맞춘다) 나의 누이… 사랑스러운 나의 누이… 지금 어디에 있는 거냐? 그, 애, 가 알, 수, 만, 있, 다, 면! 아, 그, 애, 가 알, 수, 만, 있, 다, 면!

심지어 파괴와 배반의 모티프를 도입하는 인물인 세례브랴코프도 고립된 존재다. 그래서 유모 마리나는 그의 고립에 대해 "나이 들면 그저 어린애가 되어 누가 돌봐 주길 바라지만, 누가 어디 그래 주나요"라고 말한다. 세례브랴코프의 이기심과 배반의 한 원인은 바로 그의 고립으로부터 나오는 것이다.

「바냐 아저씨」에서 인간 관계의 상실과 '배반의 모티프'는 상호 작용한다. 숲의 모티프에서 서로의 신뢰를 그들 스스로 파괴하는 것이 배반의 모티프와 연결되어 각자의 고립을 조장하는 것이다. 이러한 배반의 모티프는 극의 초반에서부터 도입되어 보이니츠키가 옐레나의 남편에 대한 태도를 거짓으로 규정한다. 그리고 쳴레긴도 자신이 아내에게 배신당하고 버림받았음을 언급한다. "내 아내는 내가 못생겼다고 결혼식 다음 날 정부와 도망쳐 버렸지." 그리고 자신을 업신여겨 "늙은 바보천치"라고 평가하는 세례브랴코프에 대한 경도로 '자아를 상실한' 마리야도 팜플렛에 대해 언급하다가 배반의 모티프를 도입하며 그것에 대한 두려움을 언급한다.

7년 전에는 그렇게 지지하던 얘기를 이제 와서는 반박하고 있으니,

무서운 일이야!

이 배반의 모티프는 세례브랴코프가 그의 가족들을 저버리는 극중 사건으로 실현되어 정점에 다다른다. 이전부터의 삶이 세례브랴코프에게 기만당하고 속아왔음을 반복하는 보이니츠키를 통해, 세례브랴코프의 이기심이 결국 배반으로 이어지고 있음이 꾸준히 암시되어온다. 답답할 정도로 무더운 데도 외투에 덧신에 장갑까지 끼며 자신의 몸만을 아끼는 이기적인 세례브랴코프가 결국 3막에서 영지를 팔 것을 제안한다. 그것은 자신만의 삶을 염두에 둔 계획으로 주위의 인물들에 대한 배려가 전혀 없고 그들의 삶의 터전을 완전히 없애는 것이다.

세례브랴코프 영지를 팔자고 했어.

보이니츠키 바로 그거. 영지를 팔겠다고. 멋져, 대단한 생각이야….
그런 나와 늙은 어머니, 그리고 여기 소냐는 어디로 꺼지
라는 거지?

세례브랴코프 차차 생각해 보자고. 서두르지 말고.

보이니츠키 당신은 우리를 속인 거야!

보이니츠키 당신은 내 인생을 파괴했어! …당신은 내 철천지원수야!

「세 자매」는 "이상하게도 기차역에서 20베르스타나 떨어져" 고립된 지역에 위치한 프로조로프가에서 일어나는, 세 자매가 애초부터 현재의 공간인 집에 안주해 있지 못하고 모스크바라는 시공 속에서 정신적으로 살다가 결국은 나타샤에 의해 그 집에서 쫓겨나는 이야기를 다루고 있다. 즉 세 자매는 극 전체에 걸쳐 안주하지 못하고, 현재의 여기라는 시공으로부터 고립된 삶을 살고 있을 뿐이다. 그들의 고립은 극의 처음부터, 이리나의 명명일을 위한 축하 모임이 황폐하다고 빈정거리는 마샤의 언급에서 드러난다. "그런데 오늘은 한명반의 사람만 있어 황무지처럼 고요하군." 프로조로프 일가도 긴밀한 가족적 관계를 형성하지 못한다. 이는 거의 눈에 띠지 않는, 전신국에서 일어났던 에피소드에 대한 이리나의 언급 속에 함축되어 있다.

어떤 부인이 와서는, 오늘 그녀의 아들이 죽었다고 사라토프에 사는 동생에게 전보를 치려고 하는데, 아무리 해도 주소를 기억해내지 못하는 거야. 그래서 주소를 적지 못하고, 단지 사라토프라고만 적어 보내고는 자꾸 우는 거야. 그런데 나는 아무런 이유도 없이 그녀에게 '나는 지금 바빠요'라고 거칠게 말했어. 정말 바보 같은 짓을 하고 말았지 뭐.

이 에피소드에서 아들의 죽음과 가족의 주소를 모르는 것은 바로 가족간의 관계 단절이라는 의미를 함축하고 있다. 특히 마샤는 올가와 이리나에 의해 주도되는 첫 장면의 대화에서 조용히 휘파람을 불거나 노래를 부르며 침묵을 고수한다. 그리고 이후에도 자주 반복되는 마샤의 첫 대사이자 노래인, 푸슈킨의 서사시 「루슬란과 류드밀라」의 첫 구절에서 인용한 "바닷가에 서 있는 푸른 참나무 한 그루, 그 참나무엔 황금 사슬이"는 마샤의 고립을 의미한다.[209]

안드레이도 누이들과의 적극적인 관계에 들어오지 못하고 고립되어 있다. 바이올린 소리를 앞세운 그의 첫 등장에서부터 그는 가족 관계에 적극 개입하길 싫어하는 모습을 보인다. 그런 안드레이는 나타샤와의 결혼 이후 더욱 가족 관계에 들어가지 못하고 심지어는 "누이들이 비웃을 것 같아 두려워" 하며 난청의 페라폰트에게 '익명성의 모티프'를 전개한다.

모스크바에 있는 레스토랑의 거대한 홀에 앉아 있어봐. 아무도 아는 사람이 없거니와 알아보는 사람도 아무도 없지. 그러면서도 자기 자신이 타인으로 느껴지지 않는다고. 그런데 여기선 모든 사람이 알아보고 또 모든 사람을 알고 있지만, 타인, 타인일 뿐이지… 고독한 타인일 뿐.

특히 4막 마지막에서 "사랑스런 내 누이들, 아름다운 내 누이들이여! (눈물을 흘리며) 마샤, 나의 누이여…"라는 안드레이의 호소에 나타샤가 "여기서 누가 큰 소리로 떠드는 거야? 아니 당신, 안드류샤인가요? 소포치카가 깨겠어요"라고 개입하여 그의 말을 막는 상황은 그런 그의 세 자매로부터의 단절을 강조하는 것이다. 그리고 떠돌이 악사들이 등장하여 '방랑의 모티프'로 그의 고립을 채색한다. 모든 인물들이 떠나는 4막에서 부랑인 악사들은 바이올린과 하프를 연주하고, 그들을 "가엾은 사람"이라고 평가하는 안피사로부터 적선을 받고 퇴장한다. 눈에 거의 띄지 않는 작은 에피소드로 개입하는 이 장면은 4막 전체의 떠남을 의미 짓는다. 이때 삶 속에서 무력한 안드레이도 "오, 나의 과거는 어디 있는가, 어디로 가버렸는가? 젊고 쾌활하고 영리했던 그 시절, 아름답게 사색하고 공상했던 그 시절, 나의 현재와 미래가 희망으로 빛났던 그 시절"이라며 정신적 방황을 드러낸다. 그런 안드레이에게 체부트이킨은 이렇게 충고한다.

여보게, 나는 내일 떠나네, 아마 다시 만나지는 못할 거야. 그래 충고 한마디하지. 모자를 쓰고 손엔 지팡이를 들고 여길 떠나버리라고…. 뒤도 돌아보지 말고 자꾸 멀리 가라고. 멀면 멀수록 더 좋을 거야.

결국 안드레이로부터 세 자매 모두 떠나고, 아내마저도 그를 저버린다. "나타샤는 프로토포포프와 연애를 하지." 꿈과 현실의 괴리와 그로 인한 고립을 의미하는 '방랑의 모티프'가 안드레이를 통해 구체화되는 것이다.

베르쉬닌도 고립된 존재다. 그에게서 고립의 모티프는 두 가지로 구체화된다. 우선 모스크바에서의 고립된 삶에 관한 회상이 그것이다. 그는 세 자매와는 다르게 모스크바를 기억하고 있으며, 이는 세 자매의 모스크바 꿈을 조롱한다. 모스크바에서 "한때 독일인 거리에서 살았던" 그에게는 "혼자 걸으면서 우울하곤 하던" 고독한 기억만이 남아 있다. 두 번째로, 그의 고립은 불행한 가정 생활에서 드러난다. 그는 "분명 남편을 괴롭히려고 자주 자살을 기도하는", 그리고 화재가 난 밤 딸들을 저버리고 혼자 도망쳐 나온 아내로 인해 고통받고 "나의 생활에는 바로 이런 꽃들이 부족했던 거지요"라며 꽃으로 상징되는 행복한 가족 관계의 부재를 표현한다. 그래서 그는 "만일 삶이 다시 시작된다면 결혼하지 않을 겁니다… 절대로 결혼하지 않을 겁니다!"라며 가족 관계의 무의미를 역설한다. 결국 그는 자신의 아내와 딸을 남겨두고 군대와 함께 먼저 떠난다.

베르쉬닌과 의사소통이 단절된 대화를 나누다가 "우린 서로를 이해하지 못하는 게 틀림없습니다"라고 말하는 투젠바흐도 소외를 두려워하는 고립된 존재다. 그는 다른 인물들이 자신을 독일인으로 취급하여 소외시킬 것을 불안해한다

독일인이 지나치게 감상적으로 말한다고 당신들이 생각하실지도 모르지만, 나는 결단코, 독일어라고는 전혀 모르는 러시아인입니다. 나는 세 가지의 성(姓)을 가지고 있습니다. …그렇지만 당신들처럼 정교도 신자이고, 러시아인입니다.

낙천적인 성격의 폐도치크마저도 떠나면서 "10년이나 15년 후, 그때 우리는 서로 서로를 간신히 알아보고는 냉랭하게 인사를 나누겠지요"라며 인간 관계의 무의미, 비영속성을 언급한다. 그래서 결국, 인간 관계의 단절과 부재는 "쓸모없는 외로운 노인" 체부트이킨에 의해 존재 자체에 대한 회의로 발전한다. 화재가 있던 밤, 술에 취한 그는 자신이 사랑했던 세 자매의 어머니의 유물인 도자기로 만들어진 시계를 '깨뜨리고' 다음과 같이 말한다.

우리는 단지 존재하고 있다고 여길 뿐, 실제로 우리란 없는 거야.

인간 존재의 의미를 희석시키는 이 대사는 투젠바흐 남작이 결투로 인해 생존의 위협을 받던 순간 또다시 반복된다. "이 세상엔 아무것도 존재하지 않지, 우리란 것은 없어. 우리는 존재하지 않고, 그저 존재하는 것처럼 여겨질 뿐이야." 인간 관계의 부재가 개개인의 실존 자체에 대한 회의로 발전하는 것이다. 그런데 아이러니하게, 사회성이 결여되어 광인으로 취급받는 솔료느이가 긍정적인 인간 관계를 언급한다. "나는 한 손으로 1푸드 반밖에는 들지 못하지만, 두 손으로는 5푸드, 아니 6푸드까지 들 수가 있지. 이런 점에서 두 사람의 인간이 한 사람보다 두 배가 아니라 세 배, 아니 그 이상 강한 힘을 낼 수가 있다고 생각해." 이는 정상적으로 보이는 인물을 오히려 비정상적으로, 비정상적인 인물을 정상적으로 만드는 전도된 현실을 표현하고 있는 것이다. 그리고 이 전도된 거친 현실로 인해 인물들은 고립되어 있는 것이다.

「벚꽃 동산」의 3막에서는 진지한 인간 관계를 조롱하는 한 에피소드가 나온다. 샤를로타의 복화술과 피시치크의 그녀에 대한 찬양이 그것이다.

샤를로타   오늘은 정말 날씨가 좋구나!
           (신비한 여자의 목소리가 마치 바닥 밑에서 들리는 듯 그녀에게 대답한다. '예, 그래요. 정말 멋진 날씨입니다, 주인 마님.')
샤를로타   당신은 정말 멋진 나의 이상이야….
목소리   저도 주인 마님을 좋아합니다.
역장   (박수를 친다) 대단한 복화술이오, 브라보!
피시치크   (놀라며) 아니, 정말! 샤를로타 이바노브나, 당신은 정말 매력적이야…. 나는 사랑에 빠진 것 같아….
샤를로타   사랑에 빠졌다고? (어깨를 움츠린다) 당신도 사랑을 할 수 있나요? Guter Mensch, aber schlechter Musikant (사람은 괜찮지만 서투른 음악가여).
트로피모프 (피시치크의 어깨를 치면서) 당신은 정말 말이로군요….

샤를로타의, 입을 움직이지 않고 말하는 복화술은 사람의 행위를 벗어난 "신비한" 행위다. 이런 그녀의 마술에 즉흥적이고 감각적인 인간 관계를 설정하여 사랑을 언급하는 피시치크의 행위는, 트로피모프가 그런 그를 인간이 아닌 "말"이란 동물에 연결시켜 버리듯, 진지한 인간 관계를 조롱한다. 그래서 이 에피소드는 극 전반에 걸쳐 인물들의 관계에 진지함이 결여되어 있음을 함축한다.

「벚꽃 동산」에서 가족 관계의 단절과 그로 인한 고립은 우선 야샤와 샤를로타에 의해서 제시된다. 야샤는 바랴를 통해 자신의 어머니가 시골에서 올라왔음을 알고는 귀찮게 생각하며 어머니를 무시하는 "파렴치한" 모습을 보인다. 증명서가 없어서 자신의 나이도 모르는 샤를로타는 장터를 떠돌던 광대 시절과 고아로 자란 어린 시절을 이야기하며 "하고 싶은 말은 많지만, 들어 줄 사람이 있어야지… 나에게는 아무도 없어"라며 고립의 모티프를 도입한다.

가족 관계의 파괴와 그로 인한 고립의 모티프는 라네프스카야에게서 더욱 구체화된다. 술 때문에 첫 남편을 잃은 라네프스카야는 강에서 자신의 아이가 익사하자 외국으로 떠났으나, 외국까지 따라온 두 번째 남편은 그녀를 배반하고 다른 여자와 도망쳐버렸다. 그런 라네프스카야는 외국에서의 불행한 삶을 청산하고 러시아의 고향으로 돌아왔으나, "내 방에 혼자 가 있을 수 없어, 정적 속에 혼자 있는 것은 무서우니까"라며 여전히 고립을 두려워한다. 그래서 라네프스카야는 아냐와 바랴뿐 아니라 트로피모프에게도 "가족처럼 사랑한다"고 강조하며, 가족 관계 내에서 위안을 기대한다. 그러나 모든 것을 기대했던 '친척' 야로슬라블의 할머니는 라네프스카야를 "믿지 않아" 결국 영지가 팔리게 된다. 가족 관계의 단절이 영지 상실의 한 원인이 되는 것이다. 그래서 라네프스카야는 다시 고립의 상징인 외국으로 떠난다.

「벚꽃 동산」에서 인물들의 고립은 과도기적인 시대 상황에서 비롯된다. 영지를 산 로파힌은 어린 시절 라네프스카야의 친철함에 대한 기억으로 그녀를 "친 혈육처럼… 아니 그 이상으로 사랑"하지만, 시대 변화는 그로 하여금 그녀를 '배반' 하게 하고 기존의 인간 관계를 파괴하게 하여 영지의 새 주인이 되게 한다. 이때 트로피모프는 "새로운 삶"을 위해 이전 시대의 기반이 되는, "살아 있는 영혼을 소유하는" 것에서 비롯된 왜곡된 인간 관계를 청산해야 한다고 주장한다.

살아 있는 영혼을 소유한다는 것, 바로 그것이 예전의 당신네 선조들이나 지금의 당신들 모두를 일그러뜨려, 바로 그 때문에, 너나 너의 어머니, 너의 외삼촌도 다른 사람들의, 당신네들이 집 안으로 들어오지도 못하게 하는 그런 사람들의 대가로 살고 있다는 사실조차 모르는 거야. …지금 새로운 생활을 시작하기 위해서는 우선 우리의 과거를 속죄하고 청산해야 해. 그 속죄는 오직 고통과 비상하고 부단한 노력으로만 가능하지.

새로운 삶에 대한 희망은 왜곡된 인간 관계의 청산으로 가능하다는 것이다. 로파힌도 자신의 할아버지와 아버지가 농노로 일하며 천대받던 영지의 새 주인이 되었음을 기뻐하며 새로운 인간 관계 위의 새로운 삶을 기대한다.

모두 와서 보시오. 예르몰라이 로파힌이 벚꽃 동산에 도끼질하여 그
나무가 땅 위로 넘어가는 것을! 우리는 별장을 건설하고, 우리의 손
자, 증손자들이 여기서 새로운 삶을 사는 거야….

그래서 4막에서 들리는 도끼질 소리는 기존의 왜곡된 인간 관
계가 부서지는 울림으로 작용한다. 하지만 예전의 충직한 하인의
역할을 텍스트 전체에 걸쳐 성실히 수행하는 피르스는 기존의 인
간 관계가 파괴되어 공백의 상태에 놓인 현재를 걱정한다. "농부
들은 나리에게 의지하고, 나리들은 농노에게 의지했는데, 이제는
모두 제각각이니. 도무지 알 수 없는 일입니다." 결국, 무대 밖 멀
리서 들리는 도끼질 소리를 배경으로, 모두들 떠난 무대 위에 홀로
등장한 노쇠하고 병약한 피르스는 다음과 같이 말한다.

나를 잊었군….

고립의 모티프는 사랑의 모티프와도 직접 관련된다. 타마를리
는 체호프의 극에 사랑의 모티프가 많이 등장하는 이유를 '사람에
게 행복을 주지 못하는 사회에서 사람은 개인적인 삶에 몰두하기
때문이다' 라고 해석한다.[210] 그런데 진정한 결합을 이루지 못하는
사랑의 관계들은 역설적으로 인물들의 고립, 즉 인간 관계의 단절
을 의미하게 된다.
「갈매기」에서 "다섯 종류의 사랑"은 서로 주고받는 관계가 아

니다.[211] 그것은 애초부터 단절된 그들의 존재처럼 희망이 없는 것이고, 그래서 그들 각각은 불행하다. 트레플레프의 니나에 대한, 니나의 트리고린에 대한, 마샤의 트레플레프에 대한, 폴리나의 도른에 대한 사랑의 모티프는 고독의 모티프의 한 '변주'로서 또한 쇠락해 가는 인물들의 정신적 상태를 나타내는 역할을 한다. 이와 함께, 마샤와 메드베젠코의 결혼 관계도 오히려 각자의 고립을 보여 준다. 메드베젠코의 꾸준한 구애로 이루어지는 이들의 결합은 극의 처음부터 물질과 정신의 우위를 서로 다르게 두는, 의사소통되지 않는 결합으로서 텍스트 전체에 걸쳐 불행한 모습만을 보인다. 정신적 추구의 기제인 트레플레프에 대한 사랑을 포기하기 위해 메드베젠코와 결혼하겠다는 마샤의 대사에서 드러나듯이, 이는 단지 그녀의 도피의 한 모습일 뿐이다.

「바냐 아저씨」에서 사랑의 모티프는 '파괴'를 상징하는 옐레나를 중심으로 복잡하게 얽혀 있지만 역시 실현되는 관계가 아니다. 이는 오히려 인간 관계의 파괴를 조장한다. 우선 옐레나는 보이니츠키의 구애를 거절한다.

옐레나   이반 페트로비치, 당신은 아는 것도 많고 똑똑하니까, 세상은 강도나 재난 때문이 아니라 증오, 적의, 사소한 다툼들 때문에 파괴된다는 걸 어쩌면 잘 알고 계실 거예요…. 불평만 하실 게 아니라 모두를 화목하게 하셔야죠.

보이니츠키 먼저 나를 화목하게 해주시오! 나의 소중한…. (그녀의 손을

잡는다)

엘레나   그만두세요! (손을 뺀다) 나가세요!

인간 관계의 단절이 세계를 붕괴시킨다는 의미를 잘 알고 있
는 엘레나는 보이니츠키의 사랑을 거부함으로써 그녀 스스로 세
계를 파멸과 붕괴로 내몬다. 여기에서 세계를 붕괴하는 것이 증
오, 적의와 같은 아주 사소한 것들이라는 엘레나의 진단은 극 텍
스트 전체의 주된 테마인 파멸과 붕괴가 바로 인간 관계의 단절과
왜곡에서도 비롯된다는 점을 밝혀 준다. 특히 아스트로프를 사이
에 둔 엘레나와 소냐의 관계가 그러하다. 오랫동안 말 한마디 나
누지 않던 소냐와 엘레나는 화해하며 모녀간이란 가족 관계를 회
복하고자 한다. 그러나 그들은 서로를 진정으로 이해하는 관계에
들어가지 못한다. 이는 각기 불행과 행복을 교차시켜 토로할 때
표면에 드러난다.

엘레나 이 세상에서 나의 행복은 없어. 없어! 왜 웃고 있니?
소냐   (얼굴을 가리고 웃는다) 정말 행복해요… 행복해요!

그들간의 화해는 이전부터 아스트로프를 짝사랑하던 소냐를
엘레나가 배반함으로써 궁극적으로 거짓된 것임이 드러난다. 엘
레나는 의붓딸인 소냐의 사랑을 무너뜨릴 뿐 아니라 늙은 남편과
도 거짓된 애정 관계를 맺으며 '배반의 모티프'를 조장한다.

202

「세 자매」에서 사랑의 관계는 극의 표면적 사건을 이끈다. 가족의 일원이 아닌 베르쉬닌이 무대인 이 집안에 자주 등장하는 것은 마샤를 사랑하기 때문이고, 솔료느이와 투젠바흐가 등장하는 것도 이리나를 사랑하기 때문이다. 이러한 사랑의 모티프는 상호 간의 '이해' 위에 구축되어 고립된 인물들의 탈출구로 기능하는 듯 여겨진다. 가족 관계의 파괴로 고통받는 베르쉬닌은 아침 7시부터 아내와 다투다가 뛰쳐나와 "당신 이외에 나에겐 아무도 없습니다. 아무도 없어요"라며 마샤에게 사랑을 고백한다. 마샤의 베르쉬닌을 향한 사랑도 이해에서 시작된다. 이는 마샤가 자매들에게 자신의 감정을 고백하는 대사에서 잘 드러난다.

처음에 그 사람을 이상하게 생각했고, 그리고 나선 측은하게 여겼고… 결국 사랑하게 됐어… 그이의 목소리도, 그이의 이야기도, 불행도, 두 딸까지도 사랑하게 됐어.

마샤의 사랑은 호감에서 동정으로 그리고 사랑으로 전개되어 결국 이해로 발전한 것이다. '이해'라는 인간 관계의 회복의 의미를 담고 있는 '사랑의 모티프'는 솔료느이로 하여금 이리나에게 "당신만이, 오직 당신만이 나를 이해할 수 있습니다"라며 사랑을 고백하게 만든다. 그리고 투젠바흐도 이리나에게 "당신을 위해서 내 생명을 바칠 수 있다면!"이라며 사랑을 호소한다. 하지만 이 사랑의 관계들은 궁극적으로 이루어지지 않음으로써 그들의 고립을 조장한다. 화재가 난 밤, 솔료느이는 이리나에게 이렇게 거부당한다.

> (솔료느이 들어온다)
>
> 이리나 안 돼요, 제발, 나가주세요, 바실리 바실리예비치. 여긴 들어와선 안 돼요.
>
> 솔료느이 도대체 왜 남작은 되고 난 안 된다는 겁니까?

방에 들어오지 못하게 하는 것은 그를 인간 관계에 들어오지 못하게 하는 것이다. 이 사랑의 '거부'는 그의 소외를 더욱 심화시켜, 결국 결투를 통해 투젠바흐를 살해하게 만든다. 또한 투젠바흐도 끝까지 이리나에게 받아들여지지 않는다. 올가가 점차 희망을 잃어가고 절망에 빠져 가는 이리나에게 그녀를 사랑하는 투젠바흐와 결혼하라고 충고하며 탈출구를 제시한다. 단절된 인간 관계에서 벗어남으로써 절망으로부터 탈출하라는 의미다. 그러나 이리나는 그와 결혼은 하겠지만 사랑하지 않음을 밝힘으로써 투젠바흐를 받아들이지 않는다. 이는 투젠바흐가 죽는 주요 원인이 된다.

> 투젠바흐 내게 뭐든 말해줘요.
>
> 이리나 무슨? 무슨 말을 하라는 거예요? 무슨 말을?
>
> 투젠바흐 아무 말이든지.

이리나   그만두세요! 그만둬요!

    예정된 결투로 인해 두려움에 떠는 투젠바흐가 이리나로부터
사랑의 표현을 기대하지만 거절당한다. 그래서 이 냉정한 이리나
의 대사는 그의 죽음을 예고한다.

    사랑의 관계들 중 유일하게 상호 교감하는 마샤와 베르쉬닌 사
이의 소통은 '일종의 사랑의 이중주' 212인 "뜨람—땀—땀/뜨라
—라—라"라는 '비인간 언어의 코드'로 이루어진다. 이는 진정한
이해에 바탕을 둔 인간 관계가 더 이상 사람의 언어로 이루어질 수
없는 아이러니한 현실을 강조한다. 그러나 결국 이들의 결합도 주
위 인물들의 몰이해로 파괴될 수밖에 없다. 그것은 혼외 관계에 대
한 일반적인 도덕 규범의 작용으로도 볼 수 있어, 마샤의 사랑 고
백에 올가는 "나는 듣지 않았다"라고 두 번에 걸쳐 반복하고, 마샤
자신도 베르쉬닌을 사랑하게 된 운명을 "무섭다"고 규정한다. 그
런데 베르쉬닌과 마샤의 사랑 관계가 이루어질 수 없음은 이미 이
전부터 암시되고 있다. 2막에 등장하면서 베르쉬닌은 차를 마시고
싶다고 언급하며 이를 반복한다. "차를 마실 수 있을까요", "차를
마시고 싶군." 긴 시간이 지난 뒤 드디어 차를 가지고 등장한 안피
사는 여러 차례 이 집에 드나들었던 그에게 아이러니하게도 "죄송
합니다만, 이름을 잊어버렸어요"라고 말한다. 이 장면은 베르쉬닌
을 그들의 가족 관계에 들여놓을 수 없음을 암시하는 것이다. 그리
고 나서 안피사는 베르쉬닌에게 차와 함께 그의 아내가 또 독약을

마셨다는 내용이 담긴 편지를 건네준다. 결국 베르쉬닌은 차를 마시지도 못하고 퇴장한다.

한편 사랑의 모티프는 텍스트 내에서 계속 조롱당한다. 우선 결혼을 통해서 행복한 삶을 꿈꾸는 올가의 희망과 투젠바흐와의 결합을 통해 절망으로부터 탈출을 꿈꾸는 이리나의 기대는 그들의 자매인 마샤와 쿨리긴의 불행한 결혼 생활이 조롱한다. 3막에서 쿨리긴이 지치고 신경이 날카로워진 마샤에게 "나의 유일한 당신을 사랑하오"라고 말하자 마샤는 "(화를 내며) Amo, amas, amat, amamus, amatis, amant" 하고 라틴어의 '사랑하다'란 동사의 변화형을 읊는다. 즉 그들의 부부 관계는 문법적, 산문적, 의무적인 관계인 것이다. 그리고 안드레이와 나타샤의 결합도 사랑의 모티프를 조롱한다. 1막 마지막 장면에서 다른 인물들의 지속적인 반대와 놀림에도 불구하고 안드레이의 청혼이 이루어지나, 이들의 결혼은 결국 프로조로프 일가를 파괴하고 만다. 나타샤의 불륜이라는 배반의 모티프가 사랑의 모티프에 작용하여 도리어 '파괴'를 가져오는 것이다. 결국 사랑의 모티프는 파멸과 고립의 모티프의 한 변주인 것이다.

「벚꽃 동산」에서도 사랑의 모티프는 고립의 의미를 변주한다. 에피호도프는 두냐샤를 사랑하여 청혼하지만, 두냐샤는 그를 벌레처럼 취급하며 밀어낸다. 그런 두냐샤도 야샤를 사랑하며 외국의 삶을 동경하지만, 야샤는 그녀를 농락하고는 외국으로 떠나버린다. 사랑의 모티프가 고립의 모티프로 변하는 것은 바랴와 로파힌의 관계에서 구체적이 된다. 바랴는 극 전반에 걸쳐 로파힌의 구혼을 기다린다. 그러나 로파힌은 자신의 일과 돈에 집중하고 있어, 끝내 바랴를 받아들이지 않는다. 그래서 결국 바랴는 방랑의 모티프를 전개한다.

그 사람은 부자고 일이 바빠서, 저 같은 건 관심도 없다고요. 만일 제게 돈이 조금이라도, 백 루블이라도 있다면 모든 걸 다 버리고 떠나고 싶어요. 수도원에라도 들어가고 싶어요.

로파힌의 거부가 바랴의 방랑으로 전개되는 것은 이곳이 진정 바랴의 삶의 터전이 아니라는 의미를 함축한다.

사랑과 고립의 모티프를 통해서 확인된 인물들간의 단절된 관계는 '인간 상호간의 관계'라는 드라마의 기본 규범을 이탈한 것이다. 「갈매기」에서도 니나는 트레플레프의 희곡과 그의 혁신을 비판하며 "내 생각으로는 희곡에는 반드시 사랑이 담겨야 하는데…"라며 전통적인 극관을 드러낸다. 여기서 '사랑'은 바로 플롯을 진행시키는 역동적인 인간 관계를 의미하며, 그것의 결핍은 드라마 전통에서의 일탈인 것이다. 그런데 체호프 극의 혁신을 낳는, 인물들간의 단절된 관계는 그들과 그들이 살아가는 삶의 토대와의 관계에서 비롯된다.

군상의 복합체

체호프의 등장인물들은 고립된 채 살아가지만 유사성의 차원에서 서로 관계를 맺어 동일한 패러다임을 형성한다.

「갈매기」의 트레플레프와 트리고린은 예술의 견지에서 서로를 반향하고 있다. 그것은 이 두 인물이 각자가 추구하는 예술에 대해 회의를 품고 있음에서 비롯된다. 그래서 즉각적인 텍스트 해독에서 이 두 사람은 서로 상반된 예술관을 형상화한 인물처럼 보이지만, 관습적인 예술의 전통과 그것의 파괴 위에 세워지는 예술의 혁신이 궁극적으로 서로 연관되어 있듯이, 서로를 반향하는 것이다. 1막에서는 트레플레프가 기존의 예술을 부정하고 있어 트리고린과는 상반된 예술적 성향을 대표한다. 그러나 트리고린은 인습적인 예술의 전통 내에서 작업을 하지만, 매너리즘에 빠져 자신의 창작 작업에 예술적인 열의를 가지고 있지 않다. 과거에는 그도 현재의 트레플레프처럼 가난하고 어려운 삶을 살았고 이것이 원인이 되어 기존의 예술 성향에 편승해 있는 것이다. 현재의 트레플레프는 과거의 트리고린처럼 가난과 기성 문단의 벽으로 인해 좌절하는 모습을 보인다. 그리고 그가 추구하는 새로운 예술이 4막에 가서는 인습적인 예술로 변질되어 가는 것을 그 스스로도 느낀다. 그런 그는 자신의 변질을 조장하고 있는 현실에 좌절하게 된다. 예술에서 있어서 아르카지나와 니나도 서로의 형상을 반향한다. 극의 처음 트레플레프의 예술관에 어느 정도 동조하던 니나는 아르카지나와 트리고린과의 만남을 통해서 그들의 예술관에 경도된다. 아르카지나처럼 지주의 딸인 니나는 결국 아르카지나처럼 대중적인 환영을 받는 여배우가 되고자 한다. 아직 시골의 대중 무대에 서는 니나가 암담한 현실에서 살고 있는 것처럼, 성공을 자랑하고 즐기고 있는 듯한 아르카지나도 역시 여전히 줄 위를 걷듯 불안한 현실에서 살고 있음을 은근히 내비친다.

삶에 있어서 트레플레프와 소린은 서로를 반향한다. 소린은, 그 자신의 말에 따르면, 평생에 걸쳐 자신이 원하는 바를 한번도 이루지 못한 인물이다. 젊은 트레플레프는 현재, 예술에서뿐 아니라 사랑 등의 모든 점에 있어서 소린처럼 추구하고 원하는 바를 아무것도 이루지 못하고 있다. 미래의 트레플레프는 현재의 소린인 것이다. 그리고 소린과 도른은 서로 다른 인생관을 표출하고 있지만, 궁극적으로 원하는 바를 포기하고 있다는 점에서 동일한 패러다임을 형성한다. 이런 점에서 트레플레프와 도른도 서로 유사성을 띤다. 트레플레프의 새로운 예술 추구를 신선하고 순수하다고 평가하는 도른은 트레플레프에게 자신이 예술적 재능이 조금이라도 있었더라면 이렇게 인생을 살지 않았을 것임을 고백한다. 과거에 그도 현재 트레플레프가 느끼는 현실의 벽으로 인해 모든 것을 포기한 인생관을 갖게 된 것이다. 트레플레프는 결국 현실의 벽을 넘지 못하여 삶을 포기하고 만다.

사랑의 관계에 있어서도, 모든 관계가 희망이 없다는 점에서 서로 유사하다. 특히 폴리나와 마샤 각각의 사랑이 그러하다. 앞에서도 잠시 언급했지만 마샤와 폴리나 사이에서는 인위적으로 설정된 모녀간이란 관계의 의미를 찾아 볼 수 없다. 그들은 단지 희망 없는 사랑을 하는 여인이라는 동일한 의미를 변형하여 내포한 인물들이다. 그래서 폴리나는 트레플레프에게 마샤에 관해 "여자들한테는 아무것도 필요 없어요. 따뜻하게 바라만 봐준다면. 나도 그랬죠"라고 언급하면서, 자신의 딸이라는 측면이 아니라 응답 없는 사랑을 하는 여인이라는 자신과 동질적인 측면에서 옹호한다. 여기서 폴리나와 샤므라예프의 부부 관계는 마샤와 메드베젠코의 부부 관계와 유사성을 보인다. 남편들인 샤므라예프와 메드베젠코가 물질적인 삶에 집착하고 있고 그로 인해 폴리나와 마샤가, 동일하게 "세계 영혼"을 감지하는 도른과 트레플레프의 정신적 추구를 동경하여 사랑하는 상황은 매우 유사하다. 그래서 우리는 다음과 같은 도표를 만들 수가 있다.

또한 앞에서 분석했듯이, 대립적으로 설정된 정신과 물질 사이에서 갈등하는 모든 인물들은 동일한 패러다임을 형성하고 있다.

「바냐 아저씨」의 첼레긴은 플롯의 차원에서 보면 중요하지 않은 부차적인 인물이지만, 패러다임의 차원에서는 다른 인물들과 유사성을 띠어 그들의 이면을 보여 준다. 특히 그는 세레브랴코프의 또 한 모습으로 그의 권위적이고 위압적인 형상에 병치된다. 첼레긴은 아내의 부정과 배반으로 인해 이곳에서 기생한다. 그런 그의 아내처럼 세레브랴코프의 젊은 아내 옐레나는 늙은 남편에게 애정이 없고 그를 배반하고 있다. 그래서 기존의 연구에서는 견고한 하나의 세레브랴코프시치나를 형성하지만,[213] 세레브랴코프의 형상은 궁극적으로 고정되고 단일한 형상이 아니라 첼레긴을 통해 이면을 드러내는 다의미적인 형상이 되어, 이는 그의 미래를 예견케 한다. 또한 첼레긴은 원칙론자의 파멸이란 측면에서 보이니츠키와 유사성을 보인다. 첼레긴은, 자신의 삶을 왜곡시켰다고 생각하는 세레브랴코프에게 보이니츠키가 그러하듯, 배반한 아내에게 자신의 의무를 다하기 위해, 그 아내와 정부 사이에서 태어난 아이의 양육비를 꾸준히 보낸다.

배반의 모티프 측면에서 부부인 옐레나와 세레브랴코프는 동일한 범주에 속한다. 옐레나는 소녀적 감정에 충만하여 아스트로프를 사랑하는 소냐의 희망을 파괴한다. 마찬가지로 세레브랴코프는 영지 매각을 제시하며 보이니츠키를 비롯한 모든 가족들의 삶의 토대를 파괴하고자 한다. 이런 점에서 보이니츠키와 소냐는 동일한 차원에서 살아간다. 그들은 각기 옐레나와 세레브랴코프의 배반과 그로 인한 고통 속에서 꿈을 상실하고 반복적이고 일상적인 권태로운 삶을 살아간다. 여기서 소냐의 옐레나로 인한 '좌절'의 의미는 소냐 개인뿐 아니라 여러 인물의 공통된 실존의 차원으로 확장된다. 또한 보이니츠키는 아스트로프와 동일한 패러다임에 속하는 인물이다. 그는 아스트로프가 숲 속에서 겪는 갈등과 고난을 무대 위의 현실에서 체험하고 있다. 그래서 보이니츠키가 겪는 무대 위에서의 갈등과 고난이 아스트로프가 숲 속에서 체험하는 세계의 파괴란 의미로 확장된다. 특히 아스트로프의 숲은, 인물들의 동일 패러다임으로 인해, 작품 전체의 의미를 일상의 차원에서 보편적 현실로 격상시킨다.

「세 자매」에서 인물들의 패러다임은 주로 결혼, 부부 관계를 중심으로 형성된다. 모스크바 꿈 중 하나인 결혼에 대한 희망은 올가와 이리나의 형상을 동일 범주로 엮는다. 학교 일에 지친 올가는 결혼에 대해 희망을 걸고 있으나 결국은 학교의 교장이 되어 버리고, 모스크바에서 좋은 남편을 만날 수 있으리라 기대하는 이리나의 희망은 모스크바로 갈 수 없음을 인식하면서 붕괴되어 버린다. 이들의 결혼에 대한 희망은 동일한 현실적 삶 속에서 소멸되고 마는 것이다. 이는 또한 이미 어린 나이에 쿨리긴을 동경하여 결혼한 마샤의, 현재는 불행하게 영위되는 결혼 생활과 병치된다.

한편 유부녀 마샤는 남편인 쿨리긴이 아니라 베르쉬닌을 사랑한다. 마찬가지로 유부녀가 된 나타샤도 안드레이를 배반하고 시의회 의장과 불륜의 관계를 맺는다. 이러한 측면에서 쿨리긴과 안드레이는 배반당하는 남편이라는 동일한 패러다임에 속한다. 그리고 베르쉬닌도 아내로 인해 고통받고 있어, 쿨리긴의 연적이라는 표면적인 인물 설정과는 달리, 이들과 내적으로 동일한 패러다임을 형성한다. 이들의 삶은 투젠바흐를 통해 궁극적으로 해석된다. 이리나와 사랑 없는 결혼을 약속한 투젠바흐도 궁극적으로는 베르쉬닌, 안드레이, 쿨리긴과 같이 배반당하는 남편의 패러다임 속에 존재한다. 이러한 투젠바흐가 결투를 통해서 죽는 것은 결국 동일한 패러다임 속에 존재하는 다른 인물들의 '정신적 죽음'을 의미한다. 또한 베르쉬닌과 동일한 범주에 체부트이킨이 존재한다. 그도 세 자매의 어머니인, 다른 사람의 아내를 사랑했던 것이다. 그런데 그는 화재가 난 밤 세 자매의 어머니의 시계를 박살내어 이후 전개될 베르쉬닌과 마샤의 이별을 예고한다.

그리고 안드레이가 자신의 속말을 털어놓는 난청의 인물 페라폰트는 의사소통을 거부하고 가족과의 진정한 관계 설정을 거부하는 안드레이와 유사성을 형성한다. 안드레이의 의사소통 거부와 꿈의 상실은 신체적으로 이를 형상화한 페라폰트와 병치되는 것이다. 또한 수십 년 동안 집안의 일에 봉사했던 안피사가 나타샤에 의해 내쫓기는 것은 안드레이와 세 자매가 나타샤에 의해 쫓겨나는 텍스트 전개의 결과를 미리 보여 준다. 나타샤로 인해 집을 잃는 안피사와 마찬가지로 세 자매와 안드레이도 자신들의 삶의 공간에서 내몰린다.

「벚꽃 동산」에서 인물들의 패러다임은 표면적으로는 지주들과 하인들로 구분된다. 그러나 등장인물들에게 부여된 지주와 하인이라는 신분상의 양분은 이미 지나가 버린 시대의 퇴색한 의미를 반영하여 텍스트의 배경인 시대적 몰락, 또는 변환의 특성을 보여 줄 뿐이다. 하인으로 설정된 인물들이나 지주로 설정된 인물들에게서 그들의 신분적 특성은 드러나지 않는 것이다. 연약하고 섬세한 감정의 두냐샤나 무례하게 지주에게 대드는 야샤 등에게서 하인의 형상을 찾아볼 수 없다. 그리고 항상 금전적인 어려움을 호소하는 피시치크, 가예프, 라네프스카야 등은 붕괴된 지주로서의 삶을 보여 준다. 따라서 이 신분상의 표면적인 분할은 텍스트의 의미를 형성하는, 상호 교차되는 패러다임 속으로 해체된다. 이를테면 쉽게 흥분하고 사랑에 집착하는 라네프스카야의 모습은 하녀로 설정된 두냐샤에게서도 동일하게 구축된다. 그리고 야샤와 두냐샤 사이의 관계는 라네프스카야와 파리에 있는 정부의 관계를 복제한다. 그리고 야샤의 가족에 대한 냉정함과 외국에 대한 동경은 라네프스카야 부인과 동일한 패러다임을 형성하여, 라네프스카야 부인은 결국 딸 아냐를 버리고 외국으로 떠나버리는 것이다. 또한 샤를로타가 두드러지게 강조하는 떠도는 방랑 생활은 영지를 잃고 떠나야 할 운명에 처한 모든 인물들의 모습과 병치된다.

유사성에서 비롯된 등장인물들 사이의 병치 관계를 패러디의 측면에서 바라보는 관점도 있다. 체호프의 희곡들에서 부차적인 인물들은 일견 불필요한 듯 보이지만 주요 인물들을 왜곡하여 반영함으로써 그들의 특성을 패러디한다고 보는 것이다.[214] 특히 「벚꽃 동산」의 희극성을 규명하고자 하는 접근에서 이러한 견해는 어느 정도 일반화되어 있다. 예르밀로프는 「벚꽃 동산」에 대한 분석에서, 도스토예프스키의 소설에서 서자 스메르자코프가 카라마조프가의 형제들에 대한 패러디적 반영이자 캐리커처이듯이, 에피호도프, 샤를로타, 두냐샤, 야샤가 가예프, 라네프스카야를 패러디하고 있다고 본다.[215] 그리고 타마를리와 한은 이 예르밀로프의 견해를 발전시켜, 「벚꽃 동산」의 등장인물들을 주요 인물과 부차적 인물로 구분하고, 부차적 인물들이 주요 인물들의 미학적, 의미적 마스크라고 해석한다. 그리고 인물과 마스크가 언행을 반복, 교차시키고 있다고 분석하여 「벚꽃 동산」에서의 패러디적 희극성을 규명하고자 한다.[216] 또한 진게르만도 「벚꽃 동산」에서 하인과 지주의 구도를 통해 희극적 의미를 모색한다.[217]

그러나 이러한 해석은 구성의 차원과 작가의 인간에 대한 이해의 차원, 두 측면에서 문제점을 보인다. 이를 지적하면 등장인물들이 서로 동일한 패러다임을 구성하는 원인이 규명될 것이다.

먼저 구성의 차원에서 체호프의 각 인물들을 주인공과 보조적 인물로 나누고 이를 '부차적인 인물이 주요 인물의 거울 역할을 한다는 전통적으로 자주 이용되는 극적 기법'[218]으로 해석할 수 없다. 그 이유는 추다코프가 분석한, 다른 작가에서와 달리 외형상 독립적이고 우연적인 체호프적 디테일과도 맥을 같이한다. "체호프적 디테일은 상황이나 전체를 위해 필요해서 제시되지 않는데, 그 이유는 체호프가 인물들을 '중요한–중요하지 않은'이란 위계적 질서로 보지 않기 때문이고, 각각의 사소한 디테일이 더 큰 어떤 것의 부분이라는 생각도 갖지 않기 때문이다. 체호프적 디테일은 인간이 본질적인 특징들과 우발적인 특징들의 결합체라는 관점을 의미한다."[219] 이는 인물들의 설정에도 동일하게 적용된다. 텍스트 내에서 활동적이고 입체적인 역할을 수행하고 있다고 해서 그러한 인물만을 중심 인물로 볼 수 없다. 그것은 일견 부차적으로 여겨지는 인물들이 몇몇 주요 인물의 주위에 모여 텍스트를 진행시키는 무대적 삶을 살고 있지 않고, 앞에서 분석했듯이 각자 자신의 삶 속에 고립되어 독립적으로 존재하기 때문이다. 등장인물들은 각자 독립적인 자신의 삶을 살고 있어, 주인공과 보조적인 인물로 나눌 수 있는 어떠한 근거도 없는 것이다. 그래서 스카프트이모프는 체호프의 희곡들에서는 한두 명의 인물만이 내적 갈등을 유지하지 않는다고 지적하기도 한다.[220]

이는 체호프의 희곡에서 비극적인 정서가 형성되는 것을 차단한다. 작가 체호프는 자신의 희곡들을 코미디라 부른다. 그럼에도 불구하고 많은 비평가들, 특히 그의 작품을 연출한 스타니슬라브스키는 인물들의 죽음, 절망 등을 통해 비극으로 해석한다. 그래서 브룩스와 하일만은 「갈매기」를 분석하면서, 부차적인 인물들이 중심 인물의 상황을 때로는 병치하고 때로는 대조하면서 '체호프가 자신의 희곡을 희극이라 불렀지만 우리가 느끼는 것은 비애이고 비극이다' 라고 주장하기도 한다.[221] 그러나 등장인물들을 연결하는 시스템은 통합적 질서가 아니라 계열적 질서 속에 놓인다. 일반적으로 비극의 정서는 견고한 라인을 형성하는 주인공의 파멸될 수밖에 없는 운명을 관객이나 독자가 감정적으로 함께 체험함으로써 얻어진다. 그러나 체호프의 극 텍스트들은 다초점이란 서술체적 성격을 가지고 특정한 한 인물을 중심으로 전개되지 않는다. 극작가 체호프는 자신의 희곡에서 어느 한 인물의 비극적 운명을 보여 주기보다는 현실 속에서 살아가는 사람들의 적나라한 모습 그대로를 보여 주고자 했다. 이는 유명한 그의 극예술관에서도 잘 드러난다.

> 사실, 현실에서 사람들은 항상, 서로를 쏘거나 목매달아 자살하거나 사랑을 고백하거나 하지 않는다. 그리고 그들은 항상, 분명한 것에 대해서만 이야기하지 않는다. 대부분, 그들은 먹고 마시고 배회하고 무의미한 말을 한다. 그런데 무대는 이것을 보여 주어야 한다. 희곡은 그 안에서 사람들이 오고 가고 식사를 하고 날씨에 대해서 이야기 나누고 카드놀이를 할 수 있게 씌어야 한다. 그것은 작가가 원하는 방식이기 때문이 아니라 실제 생활에서 일어나는 방식이기 때문이다.

따라서 구성의 차원에서 독립된 인물들은 작가 체호프의, 사람의 삶의 조건에 대한 이해의 차원에서 심도 있게 해석된다. 체호프의 등장인물들은 고립되어 있으나 궁극적으로 동일한 삶의 환경 속에서 살고 있다. 트로피모프의 "러시아 전체는 우리의 정원이야"라는 표현처럼 그들이 살아가는 환경은 몰락하는 시대적, 사회적 운명에 의해 동일하게 조건지어져 있다. 달리 말해 인물들의 정체성은 바로 그들 모두를 감싸는, 결코 떨쳐 버릴 수 없는 삶의 조건에 의해서 상실된다. 수히흐는 인물들의 신경과민이 푸슈킨, 고골, 투르게네프, 톨스토이와 같은 이전의 작가들에게서 나타나지 않은, 체호프의 작품 세계에서만 드러나는 특성임을 규명하며 이는 세기말적인 시대 환경에서 비롯된다고 설명한다.[222] 이러한 모든 인물들을 감싸는 동일한 분위기로 인해 수백 년 동안 존재해 온 주요 인물과 부차적 인물이란, 희곡에서의 전통적인 미학적 경계가 허물어진다. 또한 그러한 이유로 체호프의 인물들은 기존의 극에서처럼 능동적인 인물이 되지 못하는 것이기도 하다. 즉 체호프는 자신의 작품에서 사회적 삶의 조건이 인물들을 왜곡시키는 사실에 집중하고 있다. 그들이 동일한 패러다임을 형성하는 것도 바로 삶의 현상이 그들에게 강한 영향을 주고 있기 때문인 것이다.

그래서 체호프의 등장인물들은 유사한 모습으로 유사한 생각을 하며 무대 위의 삶을 살아가게 된다. 체호프가 한 편지에서도 밝혔듯이 등장인물들은 "허구의 인물이 아니라 실제의 인물"이다. 체호프의 등장인물들은 특이한 삶을 살지 않는 전적으로 평범한 사람이며, 심리적인 관점에서도 특별히 복합적이지도 기이하지도 않다.[223] 그런데 체호프의 등장인물들이 그렇게 유사한 측면을 보이는 것은 바로 그들이 살아가는 무대의 현상, 곧 삶의 동일한 물적 토대에서 기인한다. 체호프의 인물들은 도스토예프스키의 인물들처럼 자신의 영혼을 사로잡고 있는 정신적—철학적 문제를 해결하려 노력하지 않으며, 사람의 관점에 필수적인 물질들 자체를 이야기한다.[224] 그래서 등장인물들이 각기 자신의 고립된, 독립된 삶을 살아가서 플롯의 차원에서는 무대적인 연관성과 긴밀성을 상실하지만, 삶에 대한 자세나 의미 부여의 견지에서는 근본적인 토대를 벗어나지 못하는 유사성을 형성한다.

의사이기도 한 체호프는 사람을 병약한 동물로 본다.[225] 그래서 가치관을 혼란스럽게 만드는 삶의 토대는 그들의 유사한 반응을 불러일으키는 것이다. 체호프의 인물들은 하나의 형상으로 각인된 실체가 아니라, 언행이 일치하지 않고 서로를 반향하는 다면적인 형상을 가진 '군상(群像)의 복합체'다. 바로 여기에 체호프 극의 인물들이 유사성을 형성하는 의미가 있는 것이다. 이런 점에서 체호프의 마지막 코미디인 「벚꽃 동산」을 고찰하고자 한다. 여기서 우리는 물적 토대와 '어긋난' 정신 세계 속에 놓여 있는 인물들을 볼 수 있다.

광대들의 허상 ― 「벚꽃 동산」

체호프의 희곡들을 연출한 모스크바 예술극장의 두 명의 연출가 네미로비치 단첸코, 스타니슬라브스키와 작가 사이에 작품에 대한 이견이 있었던 것은 널리 알려진 사실이다. 그런데 이 상이한 해석은 체호프의 마지막 희곡 「벚꽃 동산」에서 가장 첨예해진다.

체호프는 「벚꽃 동산」의 초연이 있기 전 자기 작품의 공연에 대해 크니페르에게 "그럼, 네미로비치는 문학 애호회에서 내 희곡을 읽지 않았다는 겁니까? 몰이해로 시작했으니 몰이해로 끝날 겁니다. 그것이 내 희곡의 운명입니다"라고 예언하고, 공연이 시작된 후인 1904년 3월 29일자 편지에서는 "한마디로 말해, 스타니슬라브스키가 나의 희곡을 망쳐버렸어"라고 한탄한다.

이들의 이견은 무엇보다 인물에 대한 접근의 차이에서 발생한다. 당대 체호프의 희곡을 성공적으로 공연했던 스타니슬라브스키가 그의 극을 비극으로 보는, 작가와 상이한 시각을 가지게 된 것은 등장인물에 대한 상이한 해석에서 기인한 것이다. 예를 들면 체호프는 트리고린 역을 하얀 옷을 입은 멋쟁이로 연기한 스타니슬라브스키에게 "훌륭했소, 정말 훌륭했소! 단 찢어진 구두와 체크 무늬 바지를 입었어야 했는데"라고 평한다. 이는 스타니슬라브스키의 해석과 달리 트리고린이 언행이 일치하지 않는 하찮은 삼류 작가에 불과하기 때문이다. 이런 점이 체호프의 마지막 작품에까지 계속되었던 것이다. 두 명의 연출가는 극의 사건과 긴밀하게 연결되어 있고 언행이 일치하는 통상적인 등장인물들을 이해하듯이 체호프의 인물들에 접근했던 것이다. 그러나, '정신적 성장에 있어서 체호프로부터 커다란 영향을 받은'[226] 메이예르홀드는 「벚꽃 동산」의 인물들에 대해서 이렇게 지적한다.

체호프에게 있어서 「벚꽃 동산」의 등장인물들은 목적을 위한 수단이지 실체가 아니다. 그러나 모스크바 예술극장의 공연에서 인물들은 사실적이라서 「벚꽃 동산」의 서정적이고 초자연적인 측면이 상실되었다.

그런데 그의 지적처럼 등장인물들이 온전한 실체는 아니지만, 그렇다고 해서 극단적인 허구의 창조물도 아니다. 앞서 분석했듯이 체호프 극의 인물들이 저마다 온전한 하나의 인격체로서의 전일성을 갖추지 못하는 것은 바로 그들이 살아가는 삶의 토대가 불안정하기 때문이다. 따라서 이전 작품의 그러한 인물들에게서 몽상적 태도와 광기를 발견할 수 있었던 것이다. 즉 인물들의 몽상과 광기는 그들 자체의 능동적인 행위에서 비롯된 것이 아니라 삶의 기반으로부터의 일탈을 조장한 거친 물적 토대에서 비롯된 것이었다.

그런데 체호프의 마지막 희곡인 「벚꽃 동산」에서는 「갈매기」, 「바냐 아저씨」, 「세 자매」에서 보았던, 삶의 불안정한 토대에서 기인한 인물들의 고통과 그로 인한 몽상과 광기의 증후가 무력해진다. 등장인물들은 혼란스러운 시대의 급변하는 상황 속에서, 더 이상 추구와 현실 사이에서 갈등을 하거나 그 괴리로 인하여 광기의 양상을 보이지 않고 정체성을 상실한 불완전한 형상으로 살아간다. 그래서 커크는 플롯의 구조가 등장인물들의 내적 감각에 사건으로서 의미 있는 충격을 주지 않는다고 해석하기도 한다.[228] 그러나 실은, 등장인물들의 정체성 상실이 능동적이고 전면적인 작품의 의미로 대두된다. 따라서 「벚꽃 동산」에서 인물들이 사는 모습과 그것과는 무관한 듯 흘러가는 상황이 '분리' 되어 있음을 볼 수 있다. 하지만 많은 연구자들은 스타니슬라브스키의 '러시아 현실의 고통스런 드라마' 라는 해석과 동일한 맥락에서 이 두 차원을 인과 관계로 보고 있다. 예를 들자면 퍼거슨은 영지 상실로 의미되는 변화의 상황과 그로 인한 인물들의 고통스런 삶을 연결시켜 「벚꽃 동산」을 변화의 고통의 극시라고 요약한다.[229] 또는 이 두 차원이 분리되어 있음으로 인해 이 희곡의 행위는 라네프스카야와 오빠의 가족적 삶의 사건으로서가 아니라 한 영지의 매각과 영지 주인의 교체의 이야기로서 전개된다고 해석되기도 한다.[230]

하지만 벚나무가 있는 영지가 팔리게 되는 상황의 흐름에 전혀 개입하지 않는 인물들의 '분리된' 삶에 주목해야 한다. 요컨대 영지가 상실될 위기에 처해 있고 또 상실된다는 '실상' 과는 전혀 무관하게 등장인물들은 '허상의 시공에서 허상의 삶' 을 살고 있다. 따라서 극의 상황이 등장인물들에 의해서 형성된다는 전통적인 관점에서 일탈한 「벚꽃 동산」의 인물들은 이전 작품들보다 더욱 능동적인 의미를 갖는다. 그리고 작품의 희극성도 바로 이러한 인물들에게서 발현된다. 작가 자신은 「벚꽃 동산」이 코미디임을 반복하여 강조한다. 그에 따르면, 「벚꽃 동산」은 "매우 우습고", "즐겁고 경쾌한"[231] "부분적으로는 심지어 소극이기도 한 코미디"다. 그런데 이 성격은 등장인물들의 특성에서 시작된다.

스피에이트에 따르면, 드라마에 등장하는 인물들은 다음 두 가지로 구분된다.

극장에는 두 가지의 감동이 있다. 우리는 연기자의 개성에 의해 감동받을 수도 있고, 연기자의 비인격성에 의해 감동받을 수도 있다.[232]

여기서 비인격의 연기자란 바로 고대로부터 연극의 한 행위 형태인 유희의 측면을 형성하는 광대를 의미한다. 광대란 완전한 하나의 형상을 갖추지 못한 비규범적 존재다. 역사적으로 광대는 '인조적인 창조물'인 것이다.

「벚꽃 동산」는 기존의 연구에서 거의 주목을 받지 못했지만 본 연구에서는 결정적으로 중요한 한 에피소드가 나온다. 그것은 바로 3막에서 샤를로타가 마술을 부리는 장면이다. 가예프를 기다리며 불안에 떠는 라네프스카야가 "지금은 악단을 부를 때도, 무도회를 열 때도 아니지만… 아니, 별일 없을 거야…"라고 무도회를 평가한 직후 샤를로타는 마술을 벌인다. 우선 카드 묘기와 복화술이 벌어지고 다음과 같은 마술이 이어진다.

샤를로타　　자, 주목하세요, 마술 한 가지를 더 보여 드리겠습니다. (의자에서 숄을 집어 든다) 아주 좋은 숄이랍니다. 이걸 팔까 하는데…. (흔든다) 누구 사고 싶은 사람 없습니까?

피시치크　　(놀라며) 아니, 저걸 봐요!

샤를로타	아인, 츠바이, 드라이! (빠르게 숄을 치켜올린다)
	(숄 뒤에 아냐가 서 있다. 아냐는 무릎을 약간 구부려 인사를 하고 나서 어머니한테 달려가 포옹하고, 사람들의 환호 속에서 뒤쪽 홀로 뛰어나간다.)
라네프스카야	(박수를 치며) 브라보! 브라보…!
샤를로타	자, 그럼 또 한 번! 아인, 츠바이, 드라이!
	(숄을 치켜올리자, 그 뒤에 바랴가 서 있다. 바랴가 고개를 숙여 인사한다.)
피시치크	(놀라며) 아니, 저걸 봐요!
샤를로타	자, 끝났습니다! (숄을 피시치크에게 던지고, 무릎을 굽혀 인사를 하고는 홀로 뛰어나간다)

여기서 우리가 주목하는 것은 샤를로타의 마술이 낳는 아냐와 바랴의 등장, 곧 인위적인 인물의 생성이다. 최소한 이 순간, 미래에 대한 긍정적 비전을 내포한 실체로서의 아냐나 가정 경제의 걱정을 통해서 귀족가의 정체성을 대변하는 실체로서의 바랴는 존재하지 않는다. 그들은 이 순간 단지 인위적이고 비현실적으로 갑자기 등장하는 것이다.

샤를로타의 이 마술 행위는 등장인물들을 자연스런 현실의 인물이 아닌 인위성 속에서 조망할 수 있게 해준다. 「벚꽃 동산」에서 인물들의 의미는 드라마의 형성기에서부터 중요한 한 축을 형성하고 있는 인조적인 창조물 곧 '광대'의 전통에 맞닿아 있는 것이

1896년 상트 페테르스부르그 알렉산드린스키 극장에서 초연된
「갈매기」에 등장하는 니나(V. 코미사르제브스카야 분)

1944년 I. 안넨스키 감독의 영화 「결혼식」에 등장하는
안드레이(M. 얀틴 분)

1944년 I. 안넨스키 감독의 영화 「결혼식」에 등장하는
하를람피(O. 압둘로프 분)

1960년 I. 헤이피츠 감독의 영화 「개를 데리고 다니는 부인」에 등장하는
구로프(A. 바틀라모프 분)

1960년 I. 헤이피츠 감독의 영화 「개를 데리고 다니는 부인」에 등장하는
안나(I. 사비나 분)

1970년 A. 콘찰로브스키 감독의 영화 「바냐 아저씨」에 등장하는
보이니츠키(I. 스모크투노프스키 분)

1993년 M. 로조프스키 연출의 「바냐 아저씨」에 등장하는
아스트로프(A. 몰로트코프 분)

1988년 I. 지호비츠니 감독의 영화 「검은 수사」에 등장하는
코브린(S. 류브신 분)

다.[233] 그리고 이러한 인조의 인물들이 벌이는 무대의 삶은 희극성을 띠게 된다. 보레프의 '인간의 인위적인 행위는 희극적이다'[234]라는 진술에서도 규명되듯이, 인조적 인물들의 인조적 삶은 바로 희극적 삶인 것이다.

또한 광대란 보이는 그대로의 인물이 아니다. 광대는 그 내부에 모순들이 공존하는 역설의 존재다. 그래서 광대는 하나의 온전한 존재로서의 정체성을 갖지 못한다. 불행을 기다리는 3막에서 마술을 벌여 등장인물들의 본질을 드러내주는 샤를로타는 아냐의 가정교사로 설정된 인물이지만 극중에서는 전혀 그러한 역할을 수행하지 않고 단지 자신의 정체성 부재를 반복해서 보여 준다. 그런 샤를로타는 바로 광대 출신이다.

어린 소녀였을 때, 아버지와 어머니는 장터를 떠돌아다니며 아주 그럴싸한 공연들을 벌였지. 그때 나도 salto mortale (공중제비)를 돌거나 여러 가지 익살스러운 짓을 연기하곤 했어.

샤를로타는 광대라는 출신 성분과 정체성 부재의 사실을 연결시킨다.

내 나이를 몰라. …내가 어디 출신인지 또 누군지 난 잘 몰라. …아무것도 몰라.

이러한 정체성 부재와 그로 인한 부조화는 다른 인물들에게서도 공통적으로 나타난다. 앞에서 잠시 언급했지만 「벚꽃 동산」의 인물들은 지주와 하인이라는 신분으로 양분될 수 있지만, 그러한 신분과는 어긋난 동떨어진 삶을 살고 있다. 이는 마치 영화 「황금 광 시대 *The Gold Rush*」에서 부랑자의 신분일 때는 사교계의 인물처럼 세련된 행동을 하고, 백만 장자가 되고 난 후엔 부랑자처럼 거친 행동을 하는 채플린의 형상과도 같이 희극적이다.

　우선 이 집안의 하인들은 그녀들의 신분에 걸맞지 않는 행동을 한다. 집안의 하녀로 설정된 두냐샤는 더 이상 하녀가 아니라 "연약하고 섬세하며 고상한 여자"다. 귀족의 소녀처럼 섬세한 감정을 가지고 있는 두냐샤는 "졸도를 할 것 같아요"를 반복한다. 그래서 로파힌은 "너는 너무 연약해. 옷차림이나 머리 모양도 귀족 아가씨같고. 그래서는 안 돼. 자기 주제를 알아야지"라고 충고하기도 하고, 피르스도 그런 그녀를 "자신을 망각하는군"이라고 진단하기도 한다. 그럼에도 두냐샤는 야샤와 에피호도프로 인해 사랑 타령을 늘어놓고, 3막의 무도회에서는 분을 바르고 춤을 추며 "나는 연약한 숙녀예요. 부드러운 말을 정말 좋아하지요"라고 신분과 태도의 부조화를 드러낸다. 두냐샤에게 하녀로서의 언행은 결여되어 있는 것이다. 또 다른 하인 야샤도 아냐에게 '무례하게' 말대꾸나 하는 인물이다. 그런 그를 두냐샤는 "당신은 교양도 있고 무엇이든 다 알고 있으니까요"라고 평가한다. 야샤는 이미 라네프스카야 부인을 따라가 생활했던 파리의 서구적 삶에 젖어 있어, 심지어 러시아의 삶과 사람들의 모습을 비판하기도 하는 신분과 동떨어진 모습을 보인다.

사소한 일에서도 기대와 '어긋나는' 삶을 살아가는, 그래서 자타가 "스물둘의 불행"이라고 부르는 집사 에피호도프의 '새로'산 구두는 '삐걱거린다.' 이 에피소드는 그의 부조화성을 비유하고 있다. 그는 또 하나의, 모순을 체화하여 정체성이 결여된 광대인 것이다. "사람은 온순한데, 이따금 알아들을 수 없는 말을 하죠. 멋지게 말하지만 알아들을 순 없답니다." 그 스스로도 자신의 정체성 상실을 "나는 성숙한 사람이라서 여러 가지 훌륭한 책들을 읽고 있지만, 나 자신이 뭘 원하고 있는지. 어떻게 살아야 하는지 종잡을 수 없단 말이야"라고 고백한다. 그런 그는 "작은 배 같은 나에게 운명은 폭풍과도 같다고 말하지 않을 수 없습니다"라며 자신의 정체성 상실이 거친 현실에서 기인한 것으로 설명한다. 이러한 원인은 피르스를 통해 구체적이 된다. 전막에 걸쳐 충직한 하인의 모습을 보이는 피르스도 이제는 늙어버려 잘 듣지도 못하고 동문서답이나 하는 인물이다. 그래서 그도 모호한 광대성을 띤다.

피르스는 알아들을 수도 없는 말을 웅얼거리며 여기저기 돌아다니니….

과거의 인물인 피르스의 말을 전혀 알아들을 수 없는 것은 시대가 변했기 때문이다. 그의 말은 시대가 변한 현재에 더 이상 의미를 가질 수 없어 단순히 '소리의 차원'으로 변질된 것이다. 바로 시대의 변화가 그를 광대로 만든다. 하인들의 광대 같은 모습은 기존의 신분 체계가 붕괴하는 시대 변화의 징후로서 그것을 각인한다. 체호프는 역사적 위기의 전야에 놓여 있는 러시아를 인지하고 있었다. 그래서 등장인물의 형상은 과거 봉건적 사회 체제의 붕괴를 구체화한 것이다.

지주의 모습에도 이러한 시대적 변화의 분위기가 형상화되어 있고, 이는 그들에게 광대적 특성을 부여한다. 가난한 지주란 역설적 형상을 드러내는 피시치크는 항상 돈을 구걸하고 다닌다. 그러다 그는 시대의 변화로 인해 우연히 자신의 땅에서 노력 없는 횡재를 하고 이를 횡설수설한다. "잠깐만… 정말 덥군… 굉장한 사건이었어. 영국 사람들이 와서는 내 땅에서 백점토라는 걸 발견했다고…." 피시치크는 끝내 자력으로 시대의 변화에 적응하지 못하는 것이다. 그런 그의 외형도 조화롭지 못해, '얇은' 천으로 만들어진 반외투에 '두툼한' 바지를 입고 다닌다. 또한 라네프스카야 부인의 약을 빼앗아 삼켜버려 "당신 미쳤군요!"라는 소리나 듣는 기이한 행동을 일삼는다.

벚꽃 동산의 소유자인 라네프스카야 부인과 가예프도 시대의 변화를 감지하지 못하고 그로 인한 위기도 또한 실감하지 못하다가 무력하게 닥친 영지의 상실로 인해 슬픔만을 표현할 뿐이다. 그것은 그들의 광대적 형상과 연결된다. 어린이 방에서의 과거에 대한 향수 때문에 '정신을 차릴 수 없어' 하지만, 영지 상실의 위기에 대해서는 '어찌할 바를 몰라' 하는 라네프스카야 부인은 어떠한 상황이나 현실에도 능동적으로 대처할 능력이 없는 실조된 인물이다. 그래서 오빠인 가예프마저도 이렇게 말한다.

> 동생은 아름답고 선량하고 훌륭한 여자야. 나는 그 앨 사랑해. 그렇지만 아무리 좋게 생각하려 해도 행실이 좋다고는 할 수 없어. 그건 사소한 일에서도 느껴져.

그런 라네프스카야는 곧 팔려서 벌목될 영지에서 로파힌이 영지 경매의 위기를 설명하는 와중에도, 기쁨에 들떠 벚꽃 동산을 찬양하는 매우 홍분된 상태를 보이고, 또한 "여기 앉아 있는 건 정말 나일까?"라며 정체성 상실을 드러낸다. 라네프스카야는 "경솔하고 비사무적이며 기이한" 사람인 것이다. 이러한 비실재성은 가예프에게서도 마찬가지로 드러난다. 그도 능동적으로 현실의 상황에 대응하지 못하고, 아냐로부터 질책을 받으면서도 실재성이 결여된 다변(多辯)의 모습만을 보인다. 이 다변은 마지막 장면에서 영지를 떠나면서도 반복된다.

> 가예프 오, 나의 사랑하는 벗들이여, 귀중한 나의 벗들이여! 이 집을 영원히 떠나는 이 마당에 내 어찌 가만히 있으랴. 나의 온몸에 가득 찬 이 감정을 이별에 즈음하여 어찌 말하지 않을 수 있으랴….

아냐   (간청하듯) 외삼촌!

바랴   외삼촌, 그만 하세요!

　가예프는 영지의 상실로 그의 삶의 토대가 변했다는 것을 끝내
인식하지 못하고 있는 것이다. 그래서 로파힌은 가예프가 변화된
삶의 토대 위에서도 "오래 버티지 못할 걸"이라고 진단한다. "매
우 나태한" 가예프는 행동 없이 말만 많이 늘어놓는 존재다. 이러
한 그의 다변은 이전 작품에서도 꾸준히 드러나는 부정적인 의미
의 '철학 모티프'와 연결되어 해석된다.

　내가 아는 대부분의 인텔리들은 아무것도 탐구하지 않고 아무 일도
하지 않으며, 또 그럴 능력조차 없습니다. …그런데도 심각한 얼굴을
하고는 거드름을 피우며 말하고, 넋두리나 늘어놓습니다.

　우리는 남들 앞에서 잘난 체하지만 현실은 무심코 흘러갈 뿐. …그런
데 이 러시아에는 자신이 왜 존재하는지도 모르는 사람들이 얼마나
많은지.

　삶의 상황을 인식하지 못하는 가예프의 다변은 그에게, 물적
토대에서 벗어나 정체성이 부재한 광대의 형상을 부여한다. 그래
서 모든 인물이 떠나는 4막에서 그는 스스로 "갑자기 루니는 필요
없는 사람이 되었어"라고 고백하기도 한다.

이러한 광대적 형상은 시대의 변화를 예언하는 트로피모프나 시대의 변화를 체화한 로파힌에게서도 드러난다. 스타이언은 저서 『어두운 코미디』에서 「벚꽃 동산」의 어두움은 이 두 인물이 우리에게 완전한 진리를 가르쳐 주거나 궁극적인 대답을 제시하지 못함에서 비롯된다고 해석한다.[235] 우선 시대적 변화를 예감하고 새 시대의 도래를 찬양하는 트로피모프의 형상에서 나타나는 '부조화'는 그의 말에 담긴 새 시대의 이미지를 훼손한다. 이전에는 "사랑스런 대학생"이었던 트로피모프는 "머리카락도 성글고 안경까지 쓴 늙고 추해져" 버린 모습이다. 그런 그는 자신의 대사 속에서도 모순을 드러낸다. 즉 "긍지 있는 인간에 대해" 비판하고 "자기 도취를 그만두고, 단지 일을 해야 합니다"라고 주장하던 그는 그동안 "아무 일도 하지 않고 그저 운명이 내던지는 대로 이곳 저곳 떠돌아다녔을" 뿐이다. 그는 또한 자신의 견해만을 앞세우고 다른 사람의 농담에도 쉽게 흥분하는 모습을 보이다 결국 계단에서 굴러 떨어진다. 이때 그의 몸과 함께 조화롭지 못한 그의 밝은 미래에 대한 철학도 굴러 떨어진다. 이런 그가 밝은 미래와 새 생활의 도래에 대해 언급하는 것은 오히려 조화롭지 못한 현실을 반영하여, 그의 철학하기에 대하여 바랴는 "당신은 차라리 별나라에 관해 이야기하는 것이 더 낫겠어요"라고 평가한다. 즉 밝은 미래에 대한 기대는 그 밝은 미래를 언급하는 인물 트로피모프로 인해 '스스로' 패러디되는 것이다. 트로피모프는 결국 "우스꽝스런 괴짜"인 광대에 불과한 것이다.

이러한 트로피모프의 형상은 상황의 차원에서도 드러난다. 라네프스카야 부인이 도착하기 전에 이미 그녀의 영지에 와 있던, 그녀의 익사한 아들 그리샤의 전 가정교사 트로피모프는 그 일행을 다른 사람들처럼 맞지 못한다. 밝은 미래를 이야기하는 트로피모프는 어둡고 고통스런 과거를 회상시키는 모순된 인물이기 때문이다. 그리고 4막에서 그가 찾는 덧신이 "더럽고 낡았다"는 사소한 에피소드도 그에 대한 긍정적인 해석을 희석시킨다. 이러한 점들도 그를 언행 불일치의 광대적 형상으로 이끈다. 특히 그의 2막 마지막 대사는 삶의 상황에서 동떨어진 광대성을 극명하게 보여준다.

달이 떴군. 바로 저게 행복이야. 그 행복이 오는 거야. 점점 더 가까이 다가오고 있어. 나는 벌써 그 발소리를 듣고 있어. 설령 우리가 보지 못하고 인식하지 못한다 하더라도, 그것이 무슨 문제야? 다른 사람들이 찾아줄 텐데!

결국 새 시대의 도래에 대한 트로피모프의 찬양은 '공허한 혁명적 추상'에 불과한 것이다. 의사이기도 한 체호프는 '급진적인 치료'에 대한 믿음을 가지고 있지 않은 것이다.

새 시대의 인물을 대표하는 로파힌에게서 발견되는 부조화 역시 새 시대의 이미지를 훼손한다. 1막의 첫 장면에서 과거를 회상하던 로파힌은 이렇게 말한다.

꼬마 농부…. 사실 아버지는 농부였어. 그런데 나는 이렇게 하얀 조끼에 노란 구두를 신고 있으니. 돼지 목에 진주 목걸이를 한 격이지…. 정말 돈이 많은 부자이지만, 아무리 생각해 봐도 농부는 농부거든….

신분에 대한 강박 관념을 가진, 곧 과거와 완전히 결별하지 못하는 인물인 로파힌이 새로운 시대의 도래로 인해 영지의 새 주인이 된 것이다. 그렇기 때문에 로파힌을 다른 연구자의 평가처럼 전적으로 '새로운 시대를 대표하는 인물'[236]로만 보긴 어렵다. 스타이너는 『비극의 죽음』에서 「벚꽃 동산」의 희극성을 '죽은 자 위로 솟아오르는 영속성'에서 찾으며, 그 영속성이 로파힌에게 잠재해 있다고 해석한다. "도끼 소리는 벚꽃 동산의 소멸을 알리겠지만 거기에는 새로운 삶이 있다. 로파힌은 거칠고 야만적인 사람이지만, 그 거칠음은 건강하여 묵혀 둔 죽음의 영지 위에 삶을 위한 집들을 지을 것이다."[237] 그러나 로파힌은 새로운 시대를 걸머질 힘이 부재한, 다른 인물들처럼 불안한 시대적 상황 속에서 광대의 형상을 지닌 인물이다. 트로피모프의 "당신의 손은 마치 배우처럼 가늘고 부드럽고 그 마음도 섬세하고 부드러우니"라는 표현처럼 로파힌은 완전한 계급적 특성을 확보하지 못한다. 작가 자신도 얄타에서 크니페르에게 보낸 한 편지에서 로파힌의 형상에 대해 "반드시 상인일 필요가 없습니다. 그는 온화한 사람입니다"라고 말한다. 그래서 책장을 넘기면서 "책을 읽어도 아무것도 이해하지 못해, 읽다가 잠이나 들지" 하는 인물이 미래의 인물이 되는 것은 미래에 대한 긍정적인 비전을 희석시킨다.

그런데 그는 이전의 인물들과 달리 유일하게 직접 일을 하는 인물이다. 그러나 이는 꿈을 추구하는 방편으로 대두되는 '노동의 모티프'와는 다르다. 로파힌에게서 실현되는 노동의 모티프는 꿈이 아니라 현실이다. 그래서 그에게 있어서도 시대 변화로 인한 조화롭지 못한 삶이 고통스러운 것이다. 즉 로파힌의 삶은 "회색 빛"이다. 그런 그는 라네프스카야에게 영지를 구할 방도를 간곡하게 제시하다가 결국은 자신이 그 영지를 산 날, 이제는 신분이 뒤바뀐 새로운 시대의 도래에 대한 긴 웅변을 마치며 눈물을 글썽이다 이렇게 말한다.

오, 이 모든 일이 빨리 지나가 버렸으면, 우리의 꼴사납고 불행한 생활이 빨리 사라졌으면.

이 대사는 로파힌을 비롯한 모든 등장인물들이 광대의 형상을 가지게 되는 이유이기도 하다. 즉 그들은 그들이 살아가는 삶의 토대를 견디지 못한다. 그래서 그들은 물적 토대에서 벗어난, 주로 과거에 대한 회상으로 형성되는 상상의 삶의 토대 위에서 살아가는 것이다. 그러한 삶의 모습이 일그러져 있음은 당연하다.

이때 사람의 조정 능력을 넘어선 사회적 현상이라는 힘으로 인해 인물들은 개성을 갖춘 하나의 실체가 아니라 스스로 희화된 캐리커처가 되어 버리는 것이다. 때문에 인물들은 때로 비인간의 형상에 비유되기도 한다. 이를테면 로파힌은 소울음 소리를 흉내내고, 야사는 닭에 비유된다. "저리 좀 비켜, 너에게선 닭 냄새가 난단 말이야." 그리고 추구와 실현이 엇나가는 인물인 에피호도프의 노래 소리에 대해 샤를로타는 "마치 들개가 짖는 것 같아" 하고 언급한다. 횡설수설하는 가난한 지주 피시치크는 스스로를 말의 형상에 연결시킨다. "익살꾼이셨던 돌아가신 아버지는 우리 가문의 근원에 대해, 우리 세묘노프 피시치크 가문은 칼리쿨라가 원로원에 앉혔다고 하는 바로 그 말에서 시작되었다 하셨어." 그런 피시치크에 의해, 무도회가 벌어지는 3막에서 다른 인물 모두가 짐승에 비유된다.

짐승들 속에 있으면 짖지 않더라도 꼬리를 흔들어라 하는 말도 있지.

인물들이 짐승에 비유되는 것은 그들이 이성과 삶의 지혜에 대한 신념을 상실하고 있고 비속한 세계가 그들의 정신 세계를 뒤덮고 있음을 의미한다.[238]

이러한 등장인물들은 자신이 살아가는 무대 위에서 벌어지는 사건에 무력해 보인다. 영지가 팔리는 플롯은 인물들과 무관한 듯 전개되는 것이다. 그런데 체호프의 등장인물들이 희곡의 전개, 발전에 포함되지 않는 이유는 그들의 극적 가치가 미약해서가 아니라 오히려 능동적인 극적 가치를 지닌 광대성을 띠고 있기

때문이다. 극의 사건과 광대의 관계에 대해 피어스는 다음과 같이
설명한다.

> 진지한 주인공은 사건에 초점을 맞추고 논쟁점에 초점을 맞추며 대
> 단원의 원인이 된다. 그러나 광대는 그의 단순한 존재로 인해 사건을
> 무력화하고 논쟁점을 회피하며 사건의 종국에 회의를 던진다.[239]

정체성을 갖추지 못한 등장인물들은 당연시되는 사회적 인습
과 규범으로부터 벗어나 엉뚱한 유희적 행동을 하거나 외모 및 태
도의 부조화를 보여 준다. 그래서 「벚꽃 동산」에는 논리적으로 이
탈된 인물들간의 다음과 같은 대화가 등장하기도 한다.

피시치크	(류보비 안드레예브나에게) 파리에서는 어땠습니까?
	개구리 요리는 먹어 봤나요?
류보비 안드레예브나	악어를 먹어 봤어요.
피시치크	아니, 어떻게….

광대와 같은 등장인물들에게는 플롯의 축이 되는 '실상의 사
실'인 영지 상실의 위기감이 전혀 감지되지 않는다. 퍼거슨은 「벚
꽃 동산」의 각 막을 인습적인 극 규범에 따라 발단 ― 갈등 ― 급
변 ― 완결로 정리하고 플롯의 층위를 벗어나는 요소를 '시적 이
미지'라 설명한다.[240] 그러나 「벚꽃 동산」의 플롯 라인은 텍스트

의 의미를 형성하지 못하는 '가장의 시스템'일 뿐, 영지 상실의
위기가 감지되지 않는다. 이는 마치 18세기 러시아 귀족의 '자신
의 삶'을 '타인의 삶'으로 느끼는, 스스로의 행위에 대한 이중적
인 태도가 그들의 일상생활을 하나의 유희로 변형시킨 것[241]처럼,
「벚꽃 동산」에서 등장인물들이 자신의 삶의 토대를 위협하는 위
기에 관여하지 않고 단지 '관람'하고 있기 때문이다. 특히 1막의
마지막을 장식하는 가예프와 아냐의 대사에서 그 위기감이 무력
해진다.

> 가예프 (얼음 사탕을 입에 넣는다) 원한다면 내 명예를 걸고 맹세하지,
> 영지는 팔리지 않을 거다! (흥분하여) 내 행복을 걸고 맹세하
> 마! 자, 내 손을 잡아라. 경매에 넘어가도록 내버려 둔다면 나
> 는 시시하고 몰염치한 사람이다! 내 모두를 걸고 맹세한다!
> 아냐 (안심하며, 행복한 표정으로) 외삼촌은 정말 현명한 분이세요!
> (외삼촌을 껴안는다) 이제는 안심이에요, 안심! 행복해요!

행위는 하지 않고 말만 많은 광대적 인물인 가예프의 이러한
맹세는 무력하다. 이는 실조된 인물의 허세에 불과한 것이다. 아
무런 대책도 없이 막연히 영지가 팔리지 않을 거라고 믿는 이들은
어떠한 위기도 느끼지 못한다. 그래서 관객도 3막에서 영지가 경
매로 팔리는 것을 갑작스런 의외의 일로 느끼지 않는다. 그것은 바
로 등장인물들이 자신이 처해 있는 상황에서 이탈하여, '자기 자

신이 아닐 수 있는 권리, 무대의 흐로노토프 속에서 삶을 영위하며 삶을 코미디로, 사람을 연기자로 표현할 권리'[242]를 수행하는 광대이기 때문이다.

결국 등장인물들이 플롯을 이끄는 사건에 집중하지 않음으로써 표면적인 플롯에서 극 전체의 테마는 형성되지 않는다. 허상이 실상을 압도해 버리는 것이다. 그래서 이 희곡의 테마를 결정짓는 것은 영지의 상실을 축으로 하는 플롯이 아니라 그러한 사건 속에서 살아가는 삶에 부여된 의미 체계다.

인과율에 속박되지 않고 독자적인 관념 세계를 형성하는 광대적 인물들이 사는 「벚꽃 동산」의 세계 역시 실조(失調)된 세계다. 이는 특히 비언술적인 측면에서 부각된다. 1막의 첫 지문이 제시하는 공간적 배경은 "여전히 어린이 방이라 불리는 방"이다. 그런데 이후의 전개에서 우리는, 이제는 어린아이가 없다는 사실을 알게 된다. 아직도 어린이 방이라 불리는 1막의 공간적 배경은 플롯의 전개에 외적으로 영향을 미치지 않지만, 바로 그 방에서 벌어지는 행위의 의미를 결정짓는다. 그 공간에는 자연스런 시간의 흐름을 거스르는 현재의 현실과 과거의 기억이 혼동, 혼재되어 있는 것이다. 그리고 곧바로 이어지는 "곧 해가 뜨려는 새벽, 이미 벚꽃이 핀 5월이지만 동산에는 아침 서리가 내렸고, 춥다"가 1막의 시간적 배경으로 제시되는데, 여기에서 계절에 맞지 않는 날씨 역시 조화롭지 못한 배경의 의미를 지닌다. 바로 이 첫 지문이 낳는 '부조화'는 극 텍스트 전체의 테마로 작용하게 된다.

그럼 이러한 첫 지문의 의미와 연관되어 그것을 구체화하는 대사들을 살펴보자. 1막에서 플롯의 외적인 덮개 내부에는 부조화에 대한 언급이 활발하게 작용한다. 라네프스카야 부인이 도착한 후 그녀의 첫 대사 "(기쁘게, 눈물을 머금으며) 어린이 방!"에 이어지는 바랴의 "어머니의 방들은, 흰색 방도 보라색 방도 모두 그대로예요"라는 언급은 시간의 흐름을 인지하지 못하는 그네들, 특히 라네프스카야 부인의 삶의 태도를 밝혀 준다. 그리고 조화롭지 못한 날씨에 관한 첫 지문은 곧 이어지는 "매우 삐걱거리는 구두"를 신은 에피호도프의 "영하 3도인데 벚꽃은 활짝 폈지요. 정말이지 우리네 날씨는 알 수가 없습니다"라는 대사를 통해서 구체적으로 반복된다. 특히 기후의 소유를 '우리'에 둠으로써 이 대사의 의미는 기후에 대한 일차적인 의미를 벗어난다. 조화롭지 못한 기후는 등장인물들 전체의 실조된 삶을 함축하고 있는 것이다. 이러한 어긋나는 현실은 라네프스카야 일행의 기차가 연착한 사건으로도 반복되는데, 이에 대한 가예프의 "기차가 두 시간 연착하다니, 뒤죽박죽이야"란 대사 역시 조화의 상실을 의미한다.

2막의 첫 지문도 공간적 배경과 시간적 배경을 제시하면서 부조화의 테마를 함축한다. 우선 시간적 배경인 "해가 곧 지려 한다"는 몰락이라는 시대 변화의 의미를 내포하고 있다. 그리고 지문은 공간적 배경으로, 소멸하는 과거를 시각화한 "오랫동안 방치된, 낡고 굽은 예배당, 그 옆에 우물과 낡은 벤치와 예전에는 묘비였으리라 짐작되는 커다란 돌"을 지시하면서 동시에, 미래의 형상을 시각화한 희미하게 보이는 "대도시"도 지시한다. 공간적 배경의 이 두 부분은 극 텍스트에 내재되어 있는 시대적 변화에서 기인한 엇갈림과 부조화의 의미를 함축하는 것이다. 3막에서는 부조화가 음향의 차원에서 강조된다.

3막에서 무대의 공간은 "아치에 의해 홀과 분리된 응접실"이다. 그런데 이 분할된 두 공간은 상이한 두 개의 세계를 담고 그 부조화를 보여 준다. 브로드스까야는 이 3막에서 재난을 감지하지 못하고 춤을 추는 사람들의 음악과 그들 위로 엄습하는 운명과 죽음의 음악, 이 두 음악적 차원이 충돌하여 메이에르홀드가 '즐거움 속에서 죽음의 소리가 들린다'라고 해석했음을 지적한다.[243] 사실, 홀에서는 2막에서 라네프스카야에게는 들리고 로파힌에게는 들리지 않았던 유태인 악단의 연주 소리와 그에 맞춰 춤을 추는 서로 어울리지 않는 남녀들[244]의 웃음소리가 들리고, 응접실에는 라네프스카야가 간혹 등장하여 경매에 참석하러 간 가예프를 기다리는 불안과 영지 경매의 소문과 피시치크의 돈에 대한 걱정 등, 불안과 절망의 소리가 가득 차 있다. 그리고 마침내 돌아온 가예프는 이곳의 사람들이 파티를 열어 먹고 마시고 춤추는 풍요로움을 누렸던 것과 달리 "하루 종일 아무것도 먹지 못하고 몹시 고생만 했다". 이는 무도회가 벌어지는 '이곳'과 경매가 벌어진 '저곳' 사이의 부조화와 대조를 의미한다. 또한 옆방에서 들리는 당구치는 소리가 이전부터 끊임없이 당구에 대해 반복해서 언급하던 가예프가 내는 소리가 아니라 의외로 에피호도프가 내는 소리라는 점도 어긋남을 의미하는 하나의 에피소드로 개입한다.

4막의 첫 지문은 "창문에 커튼도 없고, 그림 한 장 걸려 있지 않다. 얼마 남지 않은 가구도 팔려고 내놓은 듯 한쪽 구석에 쌓여 있다. 공허한 느낌이다"라고 무대의 공간을 묘사한다. 여기에서 "1막과 같은 무대 장치"라는 순환적 공간은 "멀리서 들리는 도끼질 소리"와 어울려 무기력한 퇴락과 황폐의 의미를 획득한다. 그리고 시간적 배경은 "시월인데도 밖에는 여름처럼 햇볕이 내리쬐고 조용하다"는 로파힌의 대사로 언급되는데, 이 역시 부조화의 의미를 내포한다. 부조리한 현실 세계를 보여 주는 이러한 실조된 세계에서 등장인물들은 어릿광대처럼 현실과 환상 사이를 의연하게 유희적으로 왕래하면서 허상의 세계를 구축한다.

그런데 무대의 세계를 이렇게 허상의 세계로 조장하는 것은 역동적으로 급변하는 무대 밖의 시공이다. 무대 밖의 공간에 놓인 역동적인 시간성이 벚꽃 동산을 삶의 터전에서 풍경으로 변화시킨 것이다. 따라서 무대 내에서 인물들의 행위는 삶의 터전이 아닌 풍경에 기반을 두고 있다.

여기에 영지의 소유자가 교체되는 근거도 놓인다. 무대 내부의 공간은 무대 밖의 공간과 완전히 동떨어질 수 없는 것이다. 앞장에서 규명했듯이, 체호프적 경계는 외부의 것과 내부의 것이 교차되는 양가적 특성을 지니고 있다. 무대 내에서는 조화롭지 못한 모습을 보이지만, 궁극적으로는 무대 밖에 삶의 터전을 두고 있어

시대의 변화를 지각하는 인물 로파힌은 시간에 대해 매우 민감하다. "20년 후"를 예상하고 영지를 구할 유일한 방도를 제시하면서 라네프스카야의 결정을 재촉하는 로파힌은 "시간은 기다리지 않습니다"라며 각성을 촉구한다. "몇 시지?"라는 첫 대사에서부터 시간에 예민함을 드러내는 로파힌의, 수시로 시계를 바라보는 행위는 그가 신분에 대한 강박 관념을 여전히 가지고 있어 긍정적인 미래에 대한 비전을 제시할 수 없는 인물임에도 불구하고 영지의 새로운 주인이 되는 원인이 된다. 그와 달리 영지의 옛 소유자들은 시간에 둔감하다. '흐르는 시간'과 '멈춰 버린 인물인 옛 소유자' 사이의 부조화가 첨예한 것이다. 스스로를 "80년대 인물"이라고 평가하는 가예프는 시간의 흐름, 곧 시대적 변화를 지각하지 못한다.

> 가예프   옛날에 우리는 바로 이 방에서 잤어. 그런데 내가 벌써 쉰한 살이니, 알 수 없는 일이야….
> 로파힌   그럼요, 시간은 흐르는 겁니다.
> 가예프   뭐라고?
> 로파힌   시간은 흐른다고요.
> 가예프   여기서 향수 냄새가 나는데.

가예프의 시간에 대한 무감각이 로파힌과 대조되어 극명하게 드러나는 것이다. 또한 가예프는 아냐의 모습을 보고 라네프스카야 부인에게 "류바, 너도 이만할 땐 꼭 이랬단다"라며 자꾸 시간의 흐름을 거부한다. 그런 그는 "100년 전에 만들어진" 책장에 대해 감격에 젖어 이렇게 웅변한다.

귀중하고 존경스러운 책장이여! 너의 존재를 찬양하나니, 너는 백 년이 넘게 선과 정의의 빛나는 이상을 향해 매진해 왔구나. 유익을 향한 네 침묵의 호소는 백 년이 흘러도 약해지지 않았고 우리 세대에게 활기와 더 나은 미래에 대한 신념을 심어 주었으며 선의 이상과 공공의 자각을 가르쳐 주었도다.

그러나 가예프가 살아 있는 존재를 대하듯 하는 책장이 생명이 없는 사물이라는 점에서 그의 이 대사는 능동적이지 못한 자신의 형상을 반영한다. 그런 그는 로파힌이 제시하는 영지를 구할 수 있는 "유일한 방도"를 "쓸데없는 소리"라고 일축한다. 라네프스카야도 영지를 구할 방책을 강구하는 데 시간이 기다려 주지 않는다는 로파힌에게 "시간은 충분해요"라고 대꾸한다. 그녀도 역시 시간의 흐름을 역행하여, 로파힌의 제의를 "전혀 이해하지 못하고" 심지어 "저속하다"고 느낀다.

라네프스카야는 오랜 기간의 외국 생활에서 돌아와 어린이 방을 통해 어린 시절을 회상하고 흰 벚꽃을 통해 어머니의 환상을 보는 등 제정신이 아니다. 그런 라네프스카야에게 바랴도 "어머니는 예전 그대로세요. 조금도 변하지 않으셨어요"라며 그녀의 정체(停

滯)를 반복한다. 결국 영지가 경매로 넘어가 기차 시간에 쫓겨 이 과거의 공간을 떠나면서도 라네프스카야는 "1분만 더 앉아 있겠어요"라며 재차 시간의 흐름을 거스르고 싶은, 그리고 시대적 변화를 인정하고 싶지 않은 욕망을 드러낸다. 그러나 "엄마에게는 아무것도, 아무것도 남은 게 없지. …그런데 엄마는 그걸 몰라! …정말 무서운 일이야"라는 아냐의 대사처럼, 현실을 제대로 직시하지 못해 발생하는 부조화는 무서운 일이다. 어떠한 이유에서도 현실적 토대를 완전히 벗어날 수 없기 때문이다.

여기서 3막에서 벌어지는 무도회는 의미심장하다. 벚꽃 동산의 여주인은 자신의 집에서 공포를 추방하여 그것을 보거나 듣지 않으려고 유태인 악단과 춤이 어우러진 야회를 개최한다.[245] 그렇지만 그 공포는 외부로부터 어김없이 다가온다. 그래서 시간의 흐름과 인물의 정체는 그 어긋남을 통해 희극적 고통이 된다.

> 정말 온통, 온통 하얘! 오, 나의 동산! 어둡고 음산한 가을과 추운 겨울을 겪고도 너는 다시 젊고 행복에 넘치는구나. 하늘의 천사들도 너를 저버리지 않을 거야…. 아, 내 어깨와 가슴에서 무거운 돌을 내려놓을 수만 있다면, 아, 나의 과거를 잊을 수만 있다면!

라네프스카야 부인의 "항상 머리 위로 건물이 무너져 내리는 걸 기다리는 것 같아요"라는 대사처럼, 추억 속에선 아름다운 과거가 현재의 현실에 의해 붕괴되는 것이다.

벚꽃 동산은 현재의 현실에서는 이미 시대적 가치를 상실하고 있다. 하얀 벚꽃은 인물들로 하여금 과거만을 회상케 한다. 체호프는 '흰색'의 언어적 기능에 대해 스타니슬라브스키에게 다음과 같이 말한다.

그런데 벚꽃 동산은 수입이 없습니다. 벚꽃 동산은 자신의 백색에 지나간 귀족적 삶의 시를 보존합니다. 그러한 동산은 변덕스러움을 위해, 응석받이 유미주의자들의 눈을 위해 성장하여 꽃을 피웁니다. 안됐지만 그것은 파멸됩니다, 또 그래야 합니다. 조국의 경제 발전이 그것을 요구하기 때문입니다.

벚꽃의 흰색은 낡은 영지 문화와 이별을 뜻한다.[246] 그래서 로파힌은 영지가 팔리지 않을 방도를 제시하면서 과거를 정리해야 한다고 말한다.

물론 깨끗하게 치워야 하겠지요…. 이를테면, 아무 쓸모도 없는 이 집을 비롯한 낡은 건물은 모두 철거해 버리고 시대에 뒤떨어진 벚꽃 동산도 벌목해야겠지요….

이 제의에 라네프스카야 부인과 가예프는 "벚꽃 동산은 백과 사전에도 실려 있다"며 놀란다. 그러나 여기서 백과 사전이란 벚꽃 동산이 생명력 없이 과거에 갇혀 있음을 의미하는 것이다. 이어지는, 벚나무에서 나오는 열매 곧 버찌의 수확이 신통치 않고 팔리지도 않을 뿐 아니라 그나마 버찌를 가공하는 방법을 잊어버려 아무도 기억하지 못하는 것은 바로 벚꽃 동산이 시대적 가치를 상실하고 있음을 강조한다.[247] 벚꽃 동산에는 과거, 현재, 미래가 공존하고 있다. 즉, 벚꽃 동산에는 '삶의 토대' (과거)에서 '풍경' (현재)으로, 그리고 '소멸' (미래)로 관통하는 세 가지 시간이 공존한다.

그렇다면, 특히 소비에트 평론에서 '미래로의 지향을 표현하는 형상'[248]으로 평가되어 온 아냐의 비전에도 흐르는 시간과 정체된 삶의 태도라는 부조화가 내재되어 있다. 아냐는 부조화의 인물인 트로피모프의 '공허한 혁명적 추상'에 고무되어 그와 함께 벚꽃 동산을 떠나면서 "안녕, 나의 집, 안녕, 낡은 생활!"을 외친다. 아냐의 새 생활에 대한 외침이 막연히 밝은 미래를 예고한다고 해석하는 것은 무리다. 오히려 가예프는 아냐에게 "너는 정말 엄마를 닮았구나!"라며 아냐의 미래에 대한 희망을 어릿광대의 꿈으로 만든다. 그리고 아냐에게 내재된 부조화는 그녀가 또 다른 벚꽃 동산을 건설하여 앞으로의 새로운 삶의 터전으로 삼자고 역설하고 있음에서도 잘 드러난다.

벚꽃 동산은 팔렸어요. 이제는 없어요. 이것은 사실, 사실이에요. 그렇지만 울지 마세요, 엄마. …이곳보다 더 화려한 새 동산을 만들어요.

등장인물들은 현재의 새 질서를 긍정하지 못하고 과거의 기억에 연연하고 있다. 그들의 몸은 현재의 시간에 살고 있으면서도, 그들의 의식과 사고 방식은 지나가 버린 과거의 시간에 머물고 있는 것이다. 시간의 편차에서 해방되지 못해 새로운 질서에 편입하지 못하는 등장인물들은 똑같은 시간이 되풀이되는 공간 속에 삶의 둥지를 튼다. 그런데 그 공간인 벚꽃 동산은 더 이상 예전과 같은 삶의 토대가 아니라 단순한 풍경에 불과하며 곧 소멸될 운명에 처해 있다. 그래서 변화된 시대를 살아가는 변화되지 못한 인물들은 삶의 현상에서 표류하는 유랑 광대의 모습을 보인다.

여기서 「벚꽃 동산」에 개입하는 '방랑의 모티프'가 구체적으로 해석된다. 앞에서 언급했듯이 방랑의 모티프는 바랴의 고립을 의미한다. 그런데 그 고립은 진정한 삶의 토대 위에 서 있지 못함에서 비롯된 것이다. 그리고 2막에서, 여전히 과거의 삶의 태도를 버리지 못한 라네프스카야와 가예프가 도회지에 나가 식사를 하고 온 뒤 낡은 흰 모자와 외투를 걸친 부랑자를 만난다. 이 부랑자는 진정한 삶의 토대를 직시하지 못하는 그들에게 네크라소프의 시를 낭송한다.

나의 동포여, 고통받는 동포여… 볼가 강으로 나가라, 누구의 신음 소리인가….

갑작스런 부랑자의 낭송은 인물들의 진정한 삶의 터전이 무대 밖에 있음을 인식시켜 준다.

진지하게 등장인물들을 대할 경우, 인물들이 벚꽃 동산을 상실하고 그곳으로부터 쫓겨나는 작품의 표면적인 의미는 비극적 음조를 띨 것이다. 하지만, 우리는 통상 광대들이 엮어 가는 드라마를 보면서 그들이 비록 채찍질을 당하거나 죽더라도 그것이 리얼리티와는 무관한 단지 관례라고 지각하기 때문에 웃을 수 있다. 마찬가지로 「벚꽃 동산」에서도 플롯의 비애가 광대적 인물들의 태도에 의해서 무력해진다. 「벚꽃 동산」에서 등장인물들은 광대처럼 그들이 처한 상황에 자신 삶의 기반을 두지 않고 살아간다.

로파힌   이따금 잠이 오지 않으면 이런 생각을 해봅니다. 하느님,
          당신은 우리에게 거대한 숲과 끝없는 벌판과 지평선을 주
          셨나이다. 그러니 이런 곳에서 살기 위해서는 우리들도
          실제에 맞게 거인이 되어야 할 겁니다….
라네프스카야 거인이라고요…. 그런 것은 동화에나 나오는 일이죠. 정
          말 그렇게 된다면 모두들 놀랄 겁니다.

극작가 밀러는 비극이 염세주의와 연결된다고 보는 것은 편견이자 오류이고 오히려 낙관주의를 함축하고 있다고 지적하면서, 평범한 사람이라도 그 개인적 존엄성을 지향할 때 비극적 정서가 발생하게 된다고 설명한다.[249] 여기서 우리는 아리스토텔레스의 비극과 희극에 대한 설명을 심화시킬 수 있다. 아리스토텔레스에 따르면 '희극은 실제보다 못한 인물을, 비극은 실제보다 뛰어난

인물을 모방한다.' [250] 그런데 희극과 비극을 구분시키는 모방의 대상인 인물의 분류는 더 이상 신분상의 차이로 해석할 수 없다. 그것은 차라리 '인격의 견고성'에서 구분되어야 한다. 즉, '실제보다 뛰어난 인물'은 그 누구보다 견고하고 고귀한 인격을 갖춘 자를 의미하고 '실제보다 못한 인물'은 우유부단한 탈인격의 인물을 의미한다고 이해되어야 한다. 그렇다면 실조된 광대성을 띤 등장인물들은 희극성을 발현한다. 삶의 토대로부터 이탈을 꿈꾸지만 여전히 그것에 진지한 의미를 부여하기에 몽상을 하거나 광기의 양태를 보였던 이전 작품들과 달리 「벚꽃 동산」의 등장인물들은 그런 삶의 토대에 대한 진지한 사고조차 거부한다. 게다가 그들이 살아가는 벚꽃 동산 또한 현재는 풍경에 불과한 허상의 터전이다.

드라마가 탄생할 때 광대 짓으로부터 코미디와 소극이 형성되었던 것처럼, 결국 광대들이 사는 무대 위의 세상은 희극적이다. 등장인물들의 모순된 허세의 행위가 웃음을 자아낸다. 연극적 무대라기보다는 일상 현실을 객관적으로 묘사한 삶의 무대 속에서 등장인물들은 '연극적'으로 살아간다.[251] 이로 인해 연극적 무대에서라면 비극으로 보일 그들의 상황은 희극이 된다. 동일화의 지각을 유발하는 현실감과 생소화의 지각을 유발하는 비현실감 사이에서 희극 특유의 긴장감이 발생하는 것이다.

그런데 광대는 단순히 웃음거리를 제공하는 드라마의 인물이 아니다. 문학의 전통 내에서 광대는 바보 같고 우스꽝스러운 언행을 통해 피상적으로는 정연한 듯 보이는 사회의 부조리와 모순을 드러내는 등장인물이다. 광대의 목적은 웃음이지만, 본질적으로 우스꽝스러움과 비애가 내부에 공존하는 그들이 자아내는 웃음은 홍소(哄笑)가 아니라 쓴웃음인 것이다.[252] 「벚꽃 동산」의 희극성을 창출하는 광대의 가치는 부조리한 파괴 속의 삶, 인습적인 합리성의 부재를 보여 준다는 데 있다.[253]

그런데 「벚꽃 동산」에서 일부 인물이 매개자로서 광대의 역할을 수행하는 게 아니라 모든 인물들에게 광대성이 내재되어 있다는 사실은 매우 중요하다. 그로 인해 「벚꽃 동산」의 대단원은 불확실하고 또한 열려 있다. 1막에서 라네프스카야 부인 일행의 도착과 4막에서 그들의 떠남은 '텅 빈 무대'로 시작되어 끝난다. 이는 마치 그 전후에 프롤로그와 에필로그의 성격을 부여한다. 이때 에필로그의 성격을 띤 피르스의 마지막 대사는 등장인물들의 삶에 대해 시사하는 바가 크다.

마지막 막에서 라네프스카야 부인 일행이 떠나기 위해 모두 퇴장하고 무대는 텅 빈다. 하지만 이는 극 전체의 대단원이 아니다. 에이헨바움은 영화의 공간성과 연극의 공간성을 비교하면서, 수동적인 공간성을 가진 연극에서 빈 무대가 네가티브한 기호도 되지 못한다고 강조한다.[254] 연극이 무대 자체가 아니라 무대 위의 인물들의 행위를 통해 이루어진다는 점을 감안할 때, 무대가 빈다는 것은 더 이상 드라마가 없다는 점을 시사한다. 그러나 체호프의 「벚꽃 동산」에서는 텅 빈 무대가 그 앞의 행위를 흡사 극중극처럼 테두리친다. 그리고 의사 대단원 후에는 더 이상 무대 위에 광대적 삶이 없다. 모두 삶의 풍경에 불과한 벚꽃 동산을 떠난 것이다. 그러면서 피르스가 마지막으로 등장하여 에필로그의 역할을 수행한다. 벚나무를 베어내는 도끼질 소리를 배경으로 피르스가 텅 빈 무대 위로 등장한다. 그리곤 웅얼거림 속에서 다음과 같은 극 전체의 마지막 대사를 한다.

살긴 살았지만, 도무지 산 것 같지 않아. …에이, 바보 같으니!

이는 등장인물들 모두의 광대와 같은 삶을 상기시킨다. 이때, 2막에서 인물들의 비논리적이고 엉뚱한 해석들을 불러일으켰던 '사회적 변화의 소리'[255]인 "마치 하늘에서 울리듯 멀리서부터 나는 줄 끊어지는 소리"가 더 이상 광대 같은 삶을 살지 않고 "미동도 없이 누워 있는" 피르스의 영면 위로 반복하여 울린다. 체호프는 이 소리가 "아주 짧아야 하고 매우 멀리서 들리는 것처럼 느껴져야 한다"고 강조한다. 이는 광대들의 삶을 조성했던 무대 밖의 존재를 환기시킨다. 등장인물들이 광대처럼 살았던, 과거에는 삶의 토대였지만 이제는 풍경에 불과하고 앞으로는 소멸될 벚꽃 동산 너머에 진정한 삶의 존재 형태, 가치, 시간이 있는 것이다.

결론 : 코미디의 전망

아무도 안쓰럽게 생각하지도, 동정해 주지도 않아.
마치 이것이 당연한 일인 것처럼 말이야. 심지어 비웃기까지 하니.
하지만 나도 동물이야, 살고 싶은 거라고!
이것은 통속적인 보드빌이 아니라 비극이라고!
제발, 권총을 내주지 않을 거면, 동정이라도 해주게!
「어쩔 수 없이 비극 배우」 중에서

체호프는 자신의 희곡에서 삶의 리얼리티를 객관적으로 진단하고
있다. 체호프의 드라마는 객관적인 현실의 드라마인 것이다. 그의
새로운 극 형식은 바로 여기서 출현한다. 대화체는 기존의 극과는
달리 긴밀하게 연결되어 있지 않고 반복을 통해 담화를 형성한다.
그럼으로써 인과율이 파괴되고 논리성이 부재한 부조리한 현실
세계를 극 텍스트의 구성 틀로 엮어 낸다. 그의 극 텍스트에서 등
장인물들 사이의 대화와 그 전개를 통해 형성된 플롯은 별 의미를
획득하지 못한다. 극의 전체 의미는 대화를 산출하는 조건들과 그
맥락을 통해서 형성되는 것이다. 이는 또한 작가의 진단이 언술되
는 대화가 아니라 여러 차원에서 교차되는 메커니즘에 개입되어

있다는 점을 역설한다. 무대 메커니즘의 강한 지배를 받는 극 텍스트의 시간과 공간은 바로 외부에 인접해 있는 시공을 통해 의미를 형성함으로써 일상성과 역사성 사이의 긴밀한 관계를 보여 준다. 드라마의 삶의 조건이 온전히 독립된 가상의 시공에 놓여 있지 않은 것이다. 이러한 물적 토대 위에서 등장인물들은 자아를 완전히 갖추지 못하여 군상의 복합체가 되어 버린다. 그것은 물적 토대를 벗어나고자 하는 인물들의 상이한 정신 세계가 오히려 그런 물적 토대의 동일한 영향을 받기 때문이다. 체호프의 객관화된 현실의 드라마는 반복되는 대화체, 단일한 시간과 공간의 파괴, 그리고 자아를 상실한 인물들을 통해 현상적 삶의 본질을 보여 준다. 특히 의미를 형성하는 시스템으로서 극 텍스트의 모든 요소들이 서로를 반향하여 은유적 연합의 형태를 띠고 있다는 점은 세계의 다면성, 삶의 부조리성이란 리얼리티를 담기 위한 시학적 토대인 것이다.

여기서 체호프의 극이 보여 주는 희극적 전망은 현실에 대한 진지함에 있어서 비극적 전망을 넘어선다. 일찍이 플라톤의 『향연』에서 소크라테스는 희극 작가가 비극 작가와 동등하다고 역설한 바 있다. 희극도 비극처럼 인간 조건의 본질을 통찰하며 인생에 대한 우리의 이해와 경험을 심화하기 마련이다. 체호프의 극에서 희극성은 정신 세계와 물적 토대의 상호 관계에서 발현한다. 정신 세계가 물적 토대에서 일탈함으로써 극 텍스트는 희극성을 띠게 되고, 그러한 일탈은 몽상, 광기, 그리고 허상의 양상으로 전개된다.

　이러한 발전 양상의 시발점은 거친 물적 토대다. 새로운 극 형식이 보여 주는 부조리한 현실 세계는 거친 물적 토대 곧 거친 현실에서의 삶을 고통스럽게 만든다. 물적 토대의 중요성을 갈파하는 체호프는 그것의 불안정성이 정신 세계로 파급되고 있음을 묘사하고 있는 것이다. '체호프에게 있어서 일상의 표면 자체는 일종의 비극이다'[256]라는 지적처럼 그러한 거친 현실은 비극적 음조를 발현한다. 그럼에도 불구하고 그러한 일상과 일정한 거리를 유지하는 삶은 코미디인 것이다. 즉 거친 물적 토대일망정 능동적으로 대처하지 못하고 심지어 그것을 거부하는 삶은 실조(失調)된 삶에 불과하다. 그래서 물질과 정신의 괴리는 몽상, 광기, 허상을 낳는 것이다.

　또한 지나치게 삶의 토대에 다양한 허구적 의미를 부여하는 것도 진정한 삶을 구가하지 못하는 것이다. 체호프는 생애의 마지막 해인 1904년에 한 여류 작가에게 보낸 편지에서 "즐겁게 지내세요. 현실을 그렇게 복잡하게 보지는 마세요. 분명, 현실은 실제로 무척 단순하답니다"라고 충고하고 있다. 「세 자매」의 다음과 같은 대화도 이와 관련된다.

마샤　　그래도 의미는 있겠지요?
투젠바흐　의미라…. 자, 지금 눈이 내리고 있습니다. 여기에 무슨 의미
　　　　가 있겠습니까?

체호프 극의 희극성은 물적 토대가 급변하는 혼란스런 상황 속에서 정신적 측면과 물질적 측면의 괴리가 낳은 조화롭지 못한 삶의 모순성에서 비롯된다. 체호프는 사람의 일상적인 삶 속에 내재한 존재성을 진단하며 '익숙한 일상의 풍경 내부의 희극적 본질'을 간파하고 있는 것이다.

　그러면서 체호프는 물적 토대와 정신 세계의 조화가 진정한 삶의 기반임을 역설한다. 그래서 체호프의 희곡 4편에서 등장인물들은 모두 삶의 토대로 회귀하고 있다. 「갈매기」에서 니나는 자신이 살아가야 할 거친 현실로 돌아가고, 「바냐 아저씨」에서 보이니츠키와 소냐는 예전의 고통스런 삶을 다시 살아갈 수밖에 없고, 아스트로프는 자신의 숲으로 돌아간다. 「세 자매」에서 올가, 마샤, 이리나는 거친 현실 속에서의 삶의 의미를 어떻게든 찾고자 원하며, 허상의 모스크바가 아닌 각자의 일터에서 다시 살아가게 된다. 「벚꽃 동산」에서 인물들은 단순한 풍경에 불과해진 벚꽃 동산에서 벗어나 각자 삶의 터전으로 떠난다. 로파힌은 자신의 일터가 있는 하르코프로, 라네프스카야는 이미 이전에 새로운 삶을 시작했던 파리로, 가예프는 새로 구한 직장인 은행으로, 바랴는 가정부로 고용된 야슈네보로, 아냐는 학교로, 트로피모프는 모스크바의 대학으로, 피시치크는 점토가 발견된 자신의 영지로 떠난다. 아직 갈 곳을 찾지 못한 샤를로타는 로파힌에게 일자리를 부탁하고, 에피호도프는 별장지로 변한 벚꽃 동산의 관리인이 된다. 그러나 현실의 가치와 상황을 인정하지 않는 피르스는 떠날 곳이 없어 풍경 속에서 죽은 듯이 누워 있을 수밖에 없다. 「갈매기」의 트레플례프도 또한 새로운 형식을 추구하나 현실에 기반을 두지 못한 그 새로움을 찾지 못하고 자살하고 만다. 따라서 체호프의 극에서 등장인물들이 삶의 토대로 돌아가는 것은, 막연하고 관념적인 희망을 추구한다거나 현실의 기반을 벗어난 '영원한 평온'[257]으로 진입한다는 의미를 가지는 게 아니라 '토대 위에 서야 하는 당위성'을 보여 주는 것이다.

제 2 부
체호프와 **진실**

Anton
Pavlovich
Chekhov

체호프의 음악

「바냐 아저씨」

체호프의 드라마가 따분하고 지루한 인상을 준다고 생각하고는 그 자체를 즐기려는 관극 태도는 편견이 내포된 관학적(官學的) 탐닉에 불과하다. 체호프의 드라마가 자연주의적이라 간주하고는 이른바 삶의 단면을 대한다고 생각하는 관객은 그야말로 체호프 드라마의 단면만을 보고 있는 셈이다. 정보성이 강한 드라마 일반의 긴박감, 기이함에 익숙해 있으면서 객관화된 현실이 문학적 진실이라는 체호프의 예술관을 카논화하는 이러한 경향은 현실을 바라보는 작가관, 객관화된 현실과 작가 체호프 사이의 '거리'마저 부재하다고 여기는 것이다. 그럴 경우 관객은 본디 무대가 참된 현실이 아니라 한갓 모사에 불과하다는 것을 깨닫고는 허무함의 심연에 갇히게 될 것이다. 체호프의 드라마는 유사 형질이 반복되는 일상의 인상을 창출하지만 그렇다고 결코 일상 자체를 묘사하는 데서 멈추지 않는다. 그의 드라마는 삶의 문제에 정면으로 맞서기 위해 일상이 아니라 일상성을 무대화한다. 그래서 때론 일상성을 담은 무대가 오히려 반(反)일상의 시공이기도 하다. 이를테면 호숫가에 위치한 소린의 영지는 등장인물들의 진정한 삶의 시공이 아니라 그들의 보헤미안적 상태가 현현하는 무대이고, 벚꽃 동산은 등장인물들이 살 수 없는 풍경에 불과하다. 그래서 만일 체호프의 등장인물들을 일상적인 삶의 경험에 의거해 연출해 낸다면 그것은 공허한 상투적 흉내일 뿐이다. 이는 체호프의 후기 드라마에서 특히 그러하다. 그렇게 체호프의 무대가 일상을 닮은 듯하나 결코 진정한 삶을 살 수 없는 가짜 시공이기도 한 것은 일상에 문제를 가져오는 허위 의식에 대한 작가의 진단에서 비롯되기 때문이다. 이때 떠남으로 끝나는 그의 드라마들은 그곳이 등장인물들이 진정한 삶을 살 수 없는 시공이었음을 반증한다. 그렇다면 무대를 결코 떠나지 않는 바냐 아저씨는 그래서 더 체호프의 일상에 대한 문제 의식을 고찰할 수 있게 해준다. 이 글에서는 체호프의 작품 세계 전체를 관통하는 일상에 대한 문제 의식이 근간을 이루는 「바냐 아저씨」를 중심으로 보이니츠키의 절망과 연관된 그 일상성을 밝히려 한다. 이는 이 희곡의 음악성과 긴밀하게 연결되는 문제이기에, 먼저 그의 희곡을 계기화(繼起化)할 수 있는 관계성의 변화를 분석해야 한다.

1

드라마는 '관계'의 예술이다. 이 관계성은 희곡의 계기적 무대화
에 필수적인 조건이다. 그런데 통상 드라마의 관계성은 인물들 사
이에서 형성되어 극의 행위를 이끈다. 1인칭으로 진행되더라도 3
인칭화되는 소설처럼 어떤 인물에 대하여 이야기하고 그의 삶을
서술, 규정하는 것이 아니라, 그 어떤 인물이 진정 1인칭의 주동자
로서 그래서 다른 1인칭과의 관계를 통해 2인칭의 반동자가 되면
서 바로 그가 직접 말하는 것, 그것이 드라마이다. 때문에 등장인
물은 서술과 묘사의 대상이 아니라 행위의 주체인 것이다. 체호프
의 초기 드라마는 이러한 관계성에 어느 정도 충실하다. 그래서 그
의 초기 장막극들은 인물들의 욕망이나 열정 등에서 비롯되는 음
모, 충돌 그리고 해결의 성격을 부각시킴으로써 때론, 체호프 자신
이 그토록 혐오했던 멜로드라마의 성격을 강하게 띠기도 한다. 이
를테면 그의 첫 희곡 「아비 없는 자식」(1881)은 여자 관계가 복잡
한 주인공 플라토노프가 그 중 옛 연인이자 이제는 유부녀인 소피
야의 총에 살해당하는 사랑, 배신, 살인 등과 같은 멜로드라마의
요소가 풍부한 성격을 띠며, 마찬가지로 다음의 장막극 「이바노
프」(1887, 1889)에서도 궁핍한 상태에 처한 이바노프가 한푼의 돈도
처가에서 기대할 수 없는 병약한 아내를 죽이려 하고 부유한 집 딸
사샤에게 정략적으로 접근했다는 주위 사람들의 저속한 소문과
음모, 스캔들과 근거 없는 비방, 그리고 이에 휘말린 이바노프의
심장 마비 또는 권총 자살이라는, 이바노프를 중심으로 인물들간

에 벌어지는 멜로드라마적 상황이 중심에 놓인다. 다음의 4막 희극 「숲의 정령」(1889)에서 인물들의 관계에 대한 체호프의 이해는 발전한다. 「숲의 정령」에서 체호프는 등장하는 모든 인물들의 삶과 그들 사이의 관계에 관심을 보여, 한 명의 주인공과 여러 명의 반동자들이란 틀을 기반으로 하는 이전의 장막극에서보다 인물들의 관계가 더 복잡해지고, 인물들 사이에 많은 일이 벌어진다. 그리고 마침내, 세레브랴코프의 후처 옐레나를 좋아하여 스캔들에 휩싸인 보이니츠키는 3막에서 영지 문제로 세레브랴코프와 다툰 후 자살하지만, 흐루시초프와 소냐, 표도르와 율리야 그리고 옐레나와 남편 세레브랴코프는 4막에서 행복하게 결합한다. 이렇게 「숲의 정령」이 그 개작인 「바냐 아저씨」에서 그 누가 죽거나 쌍을 이루거나 하는 일이 전혀 일어나지 않는 점과 사뭇 다른 양상을 보이는 것은 극의 구성이 인물들 사이의 관계에 기초해 있기 때문이다. 그래서 「숲의 정령」에서 인물들의 운명은 연극적 관례에 따라 해결된다. 통상 멜로드라마에는 평범한 인물들이 등장하고, 바로 그 범속성에서 비롯되는 통속적이고 감상적인 감정, 음모 따위의 관계가 중심에 놓인다. 플라토노프가 3명의 여자들이 만들어 내는 상투적인 세계에 지쳐 그들에게 자신의 속내를 드러내지 않고 갑작스럽게 태도를 바꾼다거나, 이바노프가 문제 해결의 능력은 물론 의도마저 가지지 않은 바로 그 수동성에 의해 스캔들에 휩싸인다거나 하는, 외부 세계와 그 세계로의 편입을 거부하는 주인공 사이의 문제가 「아비 없는 자식」과 「이바노프」의 중심 문제다. 그럼에도 불구하고 작가 자신의 강조처럼 체호프의 등장인물들이 실제 아주 평범한 사람이라는 점, 또한 그들이 다른 인물들과 통속적인 관계를 맺는다는 점에서 체호프의 초기 장막극들은 작가의 의도와 달리 멜로드라마로 해석될 소지를 다분히 안고 있다. 이는 작가관과 극 기법이 완전하게 결합하지 못한 초기 체호프 드라마의 미숙함으로 해석된다. 이렇게 등장인물들의 관계가 극적 기반을 형성하는 것은 단막극들에서도 마찬가지다. 그래서 그의 단막극을 전통적인 보드빌과 같은 상황 희극이 아니라 캐릭터들의 관계에서 비롯되는 성격 희극으로 보아야 한다.

그런데 여기서 우리가 주목해야 하는 것은 체호프의 단막극이 행위 진행의 기대를 위반한다는 특징이다. 결투를 예감하는 다툼 뒤에 긴 입맞춤의 장면으로 끝난다거나, 청혼 대신 싸움이 일어난다거나, 결혼식 또는 기념제 대신 추한 소란이 발생한다거나 한다. 상대적으로 세계 무대에서 널리 공연되는, 위에서 예로 든 「곰」(1888), 「청혼」(1889), 「결혼」(1890), 「기념일」(1891)처럼 상식적인 관점을 일탈한 비정상적이고 황당한 행위의 진행이 체호프의 단막극에서는 지극히 정상적이다.[260] 감춰진 그 까닭은 이보다 먼저 쓰여진, 습작극이라 이름 붙여진 단막극 「백조의 노래」(1887)에서 무대 위에 직접, 구체적으로 모습을 드러낸다. 「백조의 노래」는 어두운 밤, 지방 이류 극장의 한 늙은 희극 배우 스베틀로비도프가 공연을 성공적으로 마치고 술에 '취해' 잠들었다가 텅 빈 무대에서 '깨어나면서' 시작한다. 여전히 무대의 복장을 입고 있는 스베틀로비도프는 그러나 텅 빈 무대와 객석, 그리고 그 공허한 어둠을 응시하면서 45년간 자신이 온 인생과 능력을 바친 무대 위에서의 삶이 실체가 아닌 그야말로 '배역' 곧 마스크였고 그래서 자신이 노예이자 꼭두각시에 불과했다며 절망한다. 이때 찬란했던 무대에 아무렇게나 쌓여 있는 잡동사니는 이전의 찬란함에 진정성이 결여되었음을 보여 주고, 거기에 더해 노출된 분장실은 무대의 환상을 제거하여 그것이 실재가 아닌 한낱 꾸밈에 불과했음을 각인한다. 술에 취한 한 늙은 배우의 하잘것없는 넋두리에 불과할 수 있는 이 단막극은 무대 옆에 위치한 '분장실'을 통해 절망의 근원이 존재에 관여하는 환경임을 부각시킨다. 이렇게 자신의 밖에 있는 세계와 조화를 이루지 못하는 주인공은 때론 단막 웃음극 「어쩔 수 없이 비극 배우」(1889)에서처럼 아예 그러한 사실을 토로하기도 한다. 이 단막극에서는 친구의 집을 찾아 다짜고짜 총을 요구하는 주인공 톨카초프의, 감당할 수 없는 환경의 꼭두각시이자 수난자라는 비통한 고백이 제목의 '어쩔 수 없이'의 의미를 강화한다. 이는 초기 장막극에서 간과하기 쉬운 외부 세계와 인물 사이의 문제와도 연관이 되는, 주체자로서의 자신의 존재를 압도하는 어떤 거대한 세력 곧 불합리한 현실을 인정하는 것이다. 등장인물들의 의도를 따라가다가 맞이하는, 그들의 의지를 압도한 상황의 논리에 의해 파생하는 이러한 '황당함'은 체호프 유머의 기반을 형성한다.

초기 드라마에서 인물들의 관계에 관여하여 상식적인 예측을 위반한 대단원을 이끌어내고 인물들의 의지를 넘어 존재하는 불합리한 물리적 상황의 문제는 후기 드라마에 오면서 극대화된다. 그러다 보니 그의 후기 드라마인 4편의 장막극은 등장인물들의 관계성이라는 통상적인 드라마의 기반을 위반한다. 이러한 극적 관계성의 상실은 늙은 두 하인 피르스와 페라폰트가 귀머거리라는 점이 시사하듯 상대방의 이야기에 귀기울이지 않는 등장인물들의 대화 자체를 독백으로 만든다. 「세 자매」의 베르쉬닌은 이 청력 상실의 원인이 현실에 있다고 밝힌다 — "현실은 고통스럽습니다. 그것은 대부분의 우리를 귀먹게 하고 절망하게 하지요." 요컨대 인물들이 상대방과 관계를 맺지 못하는 것은 그들 사이에 적극적으로 개입하는 그 자신이 살아가는 환경 때문인 것이다. 「숲의 정령」의 실패 이후 6년만에 발표된 성숙한 그의 후기 드라마의 출발작인 「갈매기」(1896)에서부터, 체호프는 더 이상 인물들의 관계라는 전통적인 드라마의 관례에 얽매이지 않는다.

인물간의 관계성이 소멸된 후기 드라마의 특성은 특히 「숲의 정령」의 개작인 「바냐 아저씨」에서 두드러진다. 그래서 「바냐 아저씨」에 관해, 드라마는 등장인물들의 캐릭터에 의해 해결되는 어떤 문제를 다뤄야 한다고 생각하는 동시대의 극작가[261] 톨스토이는 불쾌하다고 비난하고 고리키는 두려울 정도로 새로운 극 형태라며 난감해 한다. 「바냐 아저씨」의 도입부에서는 앞에서 언급한 「숲의 정령」의 멜로드라마적 성격과 유사하게 보이니츠키의 세레브랴코프에 대한 적대감이 부각된다. 이러한 적대감은 이들 쌍방의 관계를 서로 갈등하는 대립적인 관계로 보이게 하고 따라서 독자나 관객의 관심은 이들의 갈등이 어떻게 심화되고 또 어떻게 해소되는가에 집중된다. 특히 보이니츠키가 보이는 세례브랴코프에 대한 공격성의 점진적인 부각은 이러한 기대를 정당하게 만들기도 한다. 그러나 3막 마지막 장면에서 목표물인 세례브랴코프를 빗나가는 두 발의 총성이 울리고 나서 이어지는 보이니츠키의 "오, 내가 무슨 짓을 한 거야! 무슨 짓을 한 거야!"라는 예기치 않은 절규와 떠나는 세례브랴코프에게 예전과 마찬가지로 송금하겠다는, 곧 예전의 질서로 복귀하겠다는 체념에서 그 기대는 여지없이 무너져 내린다. 사실 세례브랴코프도 다른 사람들과 같은 또 하나의 현상인 것이다. 그래서 대단원에 이르러서 이러한 적대적 갈등 관계에 대한 빗나간 관심은 배반당한다. 그리곤 다시 인물들의 관계를 반추하게 만든다. 모슨은 "「바냐 아저씨」의 중심 인물들은 끊임없이 과장된 연기를 한다. 그래서 이 희곡의 공연을 볼 때 우리는 캐릭터를 연기하는 배우를 보게 되는 것이 아니라 캐릭터를 연기하는 캐릭터를 보게 된다"[262]라고 평가한다. 무대의 플롯과 결코 유사하지 않은, 달리 말해 연극적 관례에 따르지 않는 실제의 삶을 드라마화하겠다는 체호프의 견해에도 불구하고, 하지만 실은 그래서 모슨이 이렇게 텍스트의 인물들이 자연스럽지 못하다고 지각하는 것은 바로 등장인물들 사이의, 부단하게 상대방을 의식하여 행동하는 연극적인 관계가 부재하기 때문이다. 관계를 맺지 못하는 인물들의 독립된 행위는 과장된 연기로 보이는 것이다.

소실된 관례적 관계성은 '기이한 희곡'이라는 작가 자신의 잦은 고백처럼 그의 드라마를 난해하게 만든다. 달리 말하면 체호프의 드라마에서 작가의 말대로 '기이한' 현상이 발생한다. 후기 드라마에서 주요 인물들의 운명은 모두 우울하고 비극적인 음조를 띤다. 추구하는 모든 것이 꺾이는 트레플레프나 모스크바란 상징적인 삶을 결코 살지 못하게 된 세 자매나 자신이 성장한 아름다운 영지를 잃고 떠나는 몰락한 라네프스카야 일가나 절망과 죽음을 읊조리는 바냐 아저씨나 소냐가 그렇다. 그럼에도 작가 체호프는 이 희곡들을 코미디로 해석해야 함을 강조한다. 이는 그의 희곡에서 전통적인 인물들 사이의 관계가 아닌 다른 관계가 드라마의 지배소로 대두했음을 시사한다. 이는 또한, 행위자 사이의 극적 관계란 상투성을 통해 그 밖의 여러 관계에서 빚어지는 일상의 참모습을 보일 수 없다는, 발전한 체호프의 현실에 대한 통찰력을 보여준다.

그런데 삶을 객관적으로 다루겠다는 체호프의 의도에서 비롯된 관계성 소멸은 한편 인상주의적 해석을 낳기도 한다.[263] 등장인물을 대체하는 요소로서 이미지를 중시하며, 드라마의 역동성이 결핍된 자리를 정태적인 회화의 성격으로 메우며, 논리적 연쇄에 의해 연결되지 않는 장면들에서 순간의 인상을 찾아 그 분절적인 회화적 인상을 희곡 구성의 지배 원리로 대체한다. 인물들의 관계성 부재에서 빚어지는 플롯성 결여를 회화 예술의 성격으로 해석하는 것이다. 그래서 체호프의 드라마를 지루한 삶의 단편으로 인상 지운다. 분위기 극이란 메이에르홀드의 명명으로부터 발전한 체호프 극의 '분위기'는 그렇게 생긴다. 그렇지만 우리는 설명할 수 없는 분위기에 취해 그것이 체호프 드라마를 이해하는 유일한 방식이라며, 해석되지 않음에 자족할 수 없는 노릇이다. 드라마가 계기적 무대화를 위한 관계의 예술이라면 인물들 사이의 관계성이 희석된 그의 드라마에서 순간의 인상을 주는 파편들의 관계를 찾아 해석할 필요가 절실하다. 이때 체호프의 다음과 같은 진술은 우리에게 한 가능성을 제시한다. 체호프는 새로운 특성으로 변질되는 첫 번째 결산인 「갈매기」를 음악으로 해석해 줄 것을 요구한다. "극예술의 모든 규칙을 거스르며, 나는 「갈매기」를 포르테로 시작해서 피아니시모로 끝냈습니다." 음의 셈여림에 관한 전문 용어 포르테와 피아니시모를 사용한 것은 단순히 실제 도입되는 악기의 연주나 소리의 차원을 넘어 구성의 차원에서 그의 드라마가 긴장과 이완의 역동성에 기반을 둔 음악의 진행 형태와 유사하다는 강조이다.[264] 음악은 시각적인 세계를 뛰어넘는다는 점에서 일상 속에 감추어진 보이지 않는 일상성을 꿰뚫을 수 있게 한다. 그럼으로써 또한, 보이니츠키의 절망의 근원을 해석할 길이 열린다.

2

등장인물들 사이의 관계가 희석된 「바냐 아저씨」에서 각 장면의 독립성은 두드러진다. 마치 그것은 텍스트 내에서 독자적인 하나의 음처럼 존재한다. 도대체 행위라는 드라마의 중요한 특성이 진행되지 않고, 파편화되어 있는 각 인물들의 넋두리들과 이질적인 초점을 가진 시선들이 산재되어 있을 뿐이다. 보이니츠키가 신세를 한탄하고 있는데 첼레긴은 기타를 조율하고 유모는 닭 부르는 소리를 낸다. 아스트로프가 진지하게 자신의 생활을 말하고 있는데 마리나는 불쑥 음식을 권한다. 그렇게 어느 한 인물의 대사 사이로 그것과 관련 없는 다른 대사나 소리가 끼여들고 그런 빈번한 가로챔 가운데 어떤 인물이 등장하고 또 어떤 인물은 퇴장하는 연속적인 중첩성으로 인해 「바냐 아저씨」에서 각각의 에피소드들은 아무 연관이 없는 듯이 널려져 있고 자연스레 펼쳐져 있는 다면적인 일상의 인상을 준다. 그런 이유에서 그의 드라마의 연결은 전개와 발전의 의미를 함축하는 '그래서'가 아니라 각 파편들의 병치인 '그리고'의 접속사에 의한다. 「바냐 아저씨」의 도입부에서부터 이러한 파편화되는 성향을 발견할 수 있다. 흐릿하고 나른한 오후 2시에 동작이 굼뜬 늙은 유모 마리나가 있는 가운데 아스트로프의 지난 삶에 대한 넋두리 다음에 이어지는 잠이 덜 깬 채 등장한 보이니츠키의 게으른 자신의 생활 태도에 대한 넋두리는 대체 '그래서'의 연결이 아니라 전혀 발전하지 않는 '그리고'의 병치인 것이다. '그래서'라는 플롯에 따르는 기존의 관극의 관점에서 본다면 생소한 구성의 성격인 것이다.[265]

그렇지만 체호프는 일상의 표피만을 얄팍하게 벗겨내어 텍스트에 도입하지 않는다. 그는 삶으로부터 외과 의사다운 솜씨로 예리하고 민감하게 벗겨낸 층들을 인공의 의미 있는 질서로 묶어낸다. 산재되어 있어 보이는 각 요소들은 그러나 실은 음고, 길이, 강약, 음색이라는 변수를 개별화한 음처럼 존재하여, '청현상'의 소리와 같이 산발적인 것이 아니라 일정한 질서, 규칙을 갖춘 '음악현상'이 된다.266 그래서 그 중첩된 층들은 하나의 음소에서 텍스트로 발전해 가는 계층적 질서를 획득하여 무대에서 아름다운 조화를 이룬다. 파편들은 마치 독립적으로는 어떠한 의미도 가지지 못하는 동떨어진 음과 같아서, 그 연쇄를 통해서만 스스로를 드러내는 것이다. 아무 관계없어 보이는 상이성은 음고의 차이가 동시적 관계에서 화음을 빚어내고 길이와 강약의 차이가 순차적 관계에서 리듬을, 고저의 차이가 멜로디를 성립케 하는 것과 같다. 상이하므로 조화가 창출되는 것이다. 기존의 관점에서는 각각의 조각들로 분리된 넋두리들이 이렇게 은밀한 규칙에 의해 하나의 전체로 미묘하게 묶이면서 「바냐 아저씨」는 일종의 협주곡을 연상케 한다.

음악에서 음들의 관계는 특히 시간의 순차성에 따른다. 음들의 연쇄에서 '움직임의 질서'가 생겨 의미론이 생성되는 것이다. 작곡가 코플란의 "음악은 항상 흐름이다"라는 강조는 이러한 음들의 관계를 확인시켜 준다.267 희곡의 읽기는 시간적 과정이다. 특히 그것이 무대화된다면 우리는 흐름으로서 드라마를 읽어야 한다.268 비록 체호프의 드라마에서 이미지 곧 공간화된 형상을 읽어낸다 하더라도 그것들은 시간적 흐름으로 무대화되어야 한다. 그래서 체호프의 드라마는 반복되는 일상의 지루한 시공이 아니라 분절된 파편들의 지속적인 긴장의 결합이다.

우선 '그리고'의 지속적인 연결은 리듬을 창출한다. 음악의 기반인 리듬은 예견 가능한 앞선 것의 질서를 찾는 의식의 선험성에 바탕을 두기에,[269] 주기성을 가진 리듬은 '그래서'의 결합이 아니라 '그리고'의 연쇄인 것이다. 도입부 각 장면의 언뜻 연결 불가능해 보이는 넋두리에는 동일한 선율이 흐른다. 그것은 우울하고 나태한 분위기 속에서 울리는 '변화의 모티프'다. 첫 장면을 여는 아스트로프는 마리나에게 "정말 내가 많이 변했어?"라며 지난 11년 동안의 삶 속에서 완전히 달라진 자신의 모습을 한탄하고 있고, 보이니츠키와 마리나도 세례브랴코프가 이곳 영지에 온 이후 이전의 궤도에서 일탈한 생활을 토로한다. 그렇다면 「바냐 아저씨」의 선적 연결은 행위의 진행이 아니라 첫 장면에서 드러난 제1동기의 진행에 의해 획득되고, 이는 앞으로의 진행에서 변주될 잔향을 남기는 서주(序奏)의 역할을 수행한다. 체호프의 후기 드라마에서 첫 장면이 가지는 중요성에 관해 작가 자신은 이렇게 강조한 바 있다. "라네프스카야를 연기하는 건 어려운 일이 아니오. 맨 처음부터 확실한 음조를 찾기만 한다면 말이오." 이 희곡에서 라네프스카야는 영지를 상실하는 큰 변화를 맞는다. 하지만 극의 처음부터 전체의 기본 음조key는 결정되어 있다.[270] 때문에 '그리고'에 의한 주기적인 재현은 연쇄성을 획득하여 음악의 리듬 현상을 창출한다.

이때 9명의 등장인물들은 협주하는 악기이자 사중창quartet에서 서로 다른 선율을 동시에 부르는 가수들과 같아, 그들이 울리는 멜로디와 리듬은 서로 반향하여 하나의 화음을 성취해 낸다. 체호프의 드라마에서 등장인물들은 온전한 하나의 정체성을 획득하여 행위에 관여하는 성격 즉 캐릭터로서 존재하지 못한다. 그들은 때론 주체자로서 때론 객체자로서 드물게는 물화된 비인격적 존재로서 극 텍스트에 편입된다. 일반적으로 드라마의 한 인물을 평가할 때, 우리는 다른 인물들과 구분되는 차이와 특수성을 강조하게 된다. 그것이 개성 또는 캐릭터라면, 그러나 체호프의 등장인물들에게는 의식적이고 의지적인 개별성이 결여되어 있다. 통상 희곡의 인물이 자기 정체성의 확립이란 상수성(常數性)을 추구한다면 체호프의 인물들은 음악을 만드는 수단인 '판별자질의 변수화(變數化)' [271]의 특성을 띠는 것이다. 그러다 보니 자살하는 트레플레프나 자살을 기도하는 보이니츠키의 적대자는 궁극적으로 트리고린이나 아르카지나, 세레브랴코프가 아니고, 삶 속에서 자신들의 꿈이 쇠락해 버리는 세 자매의 적대자는 나타샤가 아니며, 라네프스카야의 적대자는 그녀가 영지를 잃고도 자신의 양녀 바랴와 결혼시키길 원하는 로파힌이 아니다. 이렇게 2인칭인 상대방이 궁극적으로 부재하다는 점이 체호프의 드라마를 읽을 때 간과해서는 안 되는 중요한 특질이다. 그래서 「바냐 아저씨」의 옐레나는 이렇게 말한다.

　　사람들은 회색 점들처럼 어슬렁거리고….

「바냐 아저씨」의 1막에는 앞으로 진행될 변화, 배반, 파괴, 그리고 아름다움의 모티프가 공존하며 그 연결 가능성을 보여 준다. 이 모티프들은 음악의 의미 산출 체계인, 한 요소가 동일 시스템 내의 다른 요소를 통해 상관적 의미를 발생하는, 로트만의 용어를 따르자면 '내적 재약호화'[272]의 과정을 겪는다. 첫 두 장면에서 아스트로프, 보이니츠키, 마리나가 각각 토로하는 변화된 삶의 공통된 원인은 바로 외부의 영향, 환경이다. 아스트로프는 의사로서의 힘겨운 삶이, 보이니츠키와 마리나는 세레브랴코프의 등장이 그 즉각적인 원인이다. 그리고 이 변화의 모티프는 기존 질서의 쇠락과 파괴의 의미로 채색되어 단조의 음조를 띤다. 이러한 우울한 분위기를 가르는 것은 들뜬 분위기의 '아름다움의 모티프'이다. 음악의 형식이 본질적으로 반복과 대조를 통해서 이루어지고 테마는 다른 테마들과 대비되기도 하면서 풍부해져 작품의 마지막 완결을 향해 전개되듯이, 첫 장면과 두 번째 장면의 반복 이후, 대조의 모티프가 도입되는 것이다. 왁자지껄하며 일군의 인물들이 등장하면서 형성된 세 번째 장면에서 첫 대사는 세레브랴코프의 "아름다워, 정말 아름다워…"이다. 이어서 권태로운 모습을 보였던 보이니츠키가 옐레나를 평가하며 "그 여자는 정말 아름다워! 정말 아름다워! 내 일생 그보다 더 아름다운 여자는 본 적이 없어!", "그 눈동자… 더할 수 없이 아름다운 여인!"을 연발한다. 이렇게 숲의 아름다움에 대한 세레브랴코프의 찬양과 옐레나의 아름다움에 대한 보이니츠키의 찬사를 통해 쇠락의 의미로 채색된 변화의 모티

프와는 상이한 장조의 모티프로서 제2동기인 '아름다움의 모티
프'가 도입된다. 그런데 이 두 아름다움에 대한 찬양은 난데없이
돌출하여 이전의 모티프의 흐름을 방해하는 듯하나, 두 가지 차원
에서 변주되어 첫 번째 동기와 연결된다. 말하자면 이는 단순한 나
열이 아니라 소나타의 aba 형식의, 기반(제시부) — 일탈(발전부)
— 복귀(재현부)로 흐르는 선율처럼 방향감에 의해 결합되는 지속
성을 가지는 것이다.

'옐레나의 아름다움'과 화성을 이루는 첫 번째 차원은 '배반
의 모티프'이다. 옐레나의 상대적 젊음과 아름다움은 그녀와 부부
관계에 있는 세레브랴코프의 추악한 늙음과 대비되어 배반의 모
티프로 연결된다. 이 배반의 모티프는 이미 이전에 아내로부터 버
림받았던 첼레긴에 의해 다시 반복된다. 그는 세월이 흘러 배반한
아내의 "아름다움도 자연의 법칙에 따라 바래졌지" 하고 회상한
다. 곧 이어지는 마리야의, 하르코프에서 보내 온 팜플렛에 대한
삽입어구도 배반의 모티프를 반복하고 있다. "7년 전엔 그렇게 지
지하던 얘기를 이제 와서는 반박하고 있으니, 무서운 일이야!" '숲
의 아름다움'과 화성을 이루는 두 번째 차원은 '파괴의 모티프'이
다. 조화에서 발생하는 아름다움이 숲의 원초적인 의미다. "숲은
지상을 아름답게 꾸며 주고 사람에게 아름다움을 이해하게 해주
고 장엄한 기분이 들게 해준답니다." 하지만 그러한 숲의 "아름다
움을 자신의 페치카에서 태우고, 우리가 창조할 수 없는 것을 파괴
하는" 행위를 사람들이 저지른다. 여기서 아스트로프가 아름다움

을 이해하도록 가르치는 자작나무를 언급하다가 보드카를 마시고 황급히 퇴장하는 행동은 이 두 모티프의 대비와 교차, 그리고 궁극적인 결합을 보여 준다. 아름다운 조화를 상징하는 숲을 사람들이 일상 생활 속에서 파괴하는 것이다.

> 자작나무를 심고 그 나무가 푸르러져 바람에 흔들리는 걸 바라볼 때면, 내 마음은 자긍심으로 가득 차, 그리고 나는…. (쟁반에 보드카 잔을 받쳐 들고 들어오는 일꾼을 본다) 하지만…. (마신다) 가봐야겠군.

숲과 옐레나, 두 아름다움의 차원은 상이하다. 그러나 둘은 배반과 그로 인한 파괴의 모티프에 의해 연결된다. 체호프 드라마의 모티프들은 모순 없이 서로 얽혀 동일한 목적을 위해 협력하는 것이다.

변화를 가져 온 것은 배반이다. 따라서 이 두 모티프는 2막에서 결정론적인 관계를 맺는다. 배반의 의미에는 타인의 존재가 우선 전제된다. 통풍으로 고통스러운 세레브랴코프가 그 고통을 가져오는 왼쪽 다리가 타인의 것이라는 꿈을 꾸듯, 보이니츠키는 자신의 불행한 상태가 그동안 믿어왔던 세레브랴코프의 배반 때문에 발생했다고 규정한다. 그렇게 온통 이 무대 위에는 증오와 불신과 분노와 멸시 따위의 타인을 향한 적대감이 팽배해 있다.

> 이 집은 엉망이에요. 당신의 어머니는 책자와 교수님을 빼곤 모두 다

혐오하고, 교수님은 짜증을 내며 날 믿지 못하고 당신을 두려워하고 있고, 소냐는 아버지에게 화가 나 있을 뿐 아니라 나에게도 화가 나서 벌써 두 주째 이야기도 하지 않고, 당신은 남편을 증오하고 자기 어머니를 드러내 놓고 무시하고, 짜증이 나서 오늘은 스무 번이나 울 뻔했어요…. 이 집은 엉망이에요.

이러한 배반의 관계는 자연에 대한 태도에서도 마찬가지다. 아스트로프는 이렇게 말한다. "자연과 사람에 대한 솔직하고 순수하며 자유로운 관계가 이미 없어졌습니다." 배반은 3막에서 강화되어 파괴로 나간다. 모든 이들이 집착하는 옐레나는 소냐와의 화해 직후 소냐의 사랑 곧 희망이 부질없는 것임을 확인시켜 준다. 여기서 파괴의 의미는 문화의 영향이라는 명목 하에 이루어지는 숲의 파괴에 관한 언급과 연결되어 반복된다.[273] 또한 옐레나와 아스트로프의 광경을 가을 장미꽃을 든 채 목격한 보이니츠키에게는 희미한 희망의 잔재마저 붕괴된다. 게다가 세례브랴코프는 결정적으로 영지 매각을 제안함으로써 그 영지에서 살아가는 이들의 토대를 파괴하려 한다.

그런데 세례브랴코프가 영지 매각을 감행하지 않고 그 계획을 취소하는 것은 의미심장하다. 파괴는 타인으로부터 주어지는 것이 아니라 자신으로부터 발생하기 때문이다. 사실 옐레나는 소냐의 부질없는 희망을 파괴한 것이 아니라 확인시켜 준 것이고, 보이니츠키도 옐레나를 향한 애정이 불가능하다는 걸 확인한 것이며,

숲도 다른 어떤 것이 아니라 사람들 스스로에 의해서 파괴된 것이다. 변화를 낳는 배반과 파괴는 상대방과의 관계가 아니라 자기 자신과의 관계에서 발생한다. 이때 아스트로프가 반복하는 자기 파괴적 행위인 보드카 마시기는 보이니츠키의 절망의 원인이 외부로부터가 아닌 자기가 만든 환경으로부터 나온다는 점을 은유한다. "사람은 창조는 하지 않고 주어진 것을 파괴만 하고 있을 뿐이라고 항상 말씀하셨죠. 도대체, 도대체 왜 당신은 자기 자신을 파괴하는 거죠?" 인물들의 삶을 좌절시키는 거친 현실은 절대적으로 외부에 위치해 있는 것이 아니라 바로 인물들 자신이 만든 것이다. 절대적이 아닌 상대적 환경이 자신들을 쇠락시키고 있음을 확인한, 그래서 궁극적인 적대 세력이 외부에 있지 않음을 확인한 이들에게는, 극복을 위한 대상인 궁극적인 타자가 부재하기에 갈등과 충돌이 아니라 절망만 있을 뿐이다. 「세 자매」에서 "알 수만 있다면" 하는 세상, 「벚꽃 동산」에서 아예 이해를 포기하는 그 세계, 그것이 바로 그들에 의해서 성립되는 것임을 「바냐 아저씨」는 밝힌다. 그렇게 궁극적인 타자가 없는 순환적인 관계는 결국 등장인물들이 환경의 주체이자 객체라는 순환적이고 연결고리적인 특성을 내포한다. 음악의 속성이 내부 지향적이라고 헤겔이 강조했듯이.

그래서 세례브랴코프에게 두 발의 총성을 울린 보이니츠키는 그 적대적 존재가 단순히 세례브랴코프가 아님을 인식한 것이다. 때문에 총성 이후 아무것도 끝나는 게 없고 아무것도 시작하는 게 없다. 단지 지속되고 반복될 뿐이다. 제시부에 해당하는 첫 장면에서의 변화의 모티프가 모티프들 사이의 내적인 관계를 통한 지속적인 전개 과정에 의해 재현부에 이르러서 자신의 본질을 확인한 절망의 의미로 현상될 뿐이다. 다시 옛날의 질서로 돌아가게 되는 4막에서는 인물들이 절망만을 반복한다. 행위가 처음 시작할 때처럼 끝나는, 즉 유모 마리나가 양말을 뜨는 장면으로 시작해서 양말을 뜨는 장면으로 끝나 시작과 끝이 균형을 이루는 순환적인 진행은 자기 완결적, 내부 지향적 성격을 띤다.[274] 그러면서 완전한 절망을 의미하는 소냐의 종결 아리아 "우리는 쉬게 될 거예요"가 다섯 차례에 걸쳐 반복되어 잔향을 남기며 마지막 막이 내려간다. 「바냐 아저씨」의 대단원은 심포니에서 앞부분에 대한 직관적인 이해를 확인시켜 주는 악곡의 코다coda처럼 절망을 확인시킨다. 궁극적으로 「바냐 아저씨」에서 '그래서'의 극적 전개가 아닌 '그리고'라는 음악적 전개 곧 음악적 흐름은 변화가 아니라 이질적인 구성 요소들 사이의 상호 작용을 함축하는 자족적인 '확인의 과정'이었던 셈이다.

3

「바냐 아저씨」는 극적인 관계가 아닌 음악적인 관계를 통해서 계기화되기에 그 시간성도 통상적인 드라마의 그것과 상이하다. 시간의 세 범주에 따라 장르를 구분하는 에밀 슈타이거에 따르면, 전체를 조망하는 관조적인 과거 곧 회상의 속성을 지닌 서사시나 감동이 엄습하는 감성적인 현재 곧 표상의 속성을 지닌 서정시와 구분되어, 극시는 긴장이라는 논증적인 미래의 속성을 지배소로 가진다.[275] 여기서 드라마가 미래의 속성을 가진다는 점은 단순히 내일을 의미하는 것으로 이해되어서는 안 된다. 그것은 파국을 향한 추동력과 그 지향성을 의미한다. 때문에 드라마에서 '그래서'의 연결이 중시되는 것이고 또한 대단원의 의미가 극 텍스트 전반의 의미를 규정하는 것이다. 결국 이 명제는 의지의 선택에 의한 행위가 드라마라는 것을 의미한다. 인간의 선택 의지와 그 좌절을 다룬 고대 그리스 비극의 시대가 드라마의 융성기인 것은 이러한 까닭에서다. 하지만 '그리고'에는 과거의 시간을 극복하고 새로운 세계를 여는 역사적 시간이 없다. 흐름은 분명 시간적 과정이지만 미래의 창조는 아니기 때문이다. 음의 '진행'이 시간성을 선취한다면, 체호프의 드라마는 분명 시간적 흐름으로 읽힌다. 하지만 시간의 흐름을 과거 — 현재 — 미래라는 역사적 사슬의 관점에서 본다면 음악의 주기성과 관련된 그 시간성에는 미래가 없다. 미래는 단순히 다가오는 것이 아니라 바로 의지에 의해 획득되기에 그러하다.

체호프의 드라마에서 벌어지는 사건은 등장인물들의 일상에 어떠한 영향도 미치지 못한다. 그것은 등장인물들의 삶의 조건이 되지 못하고 마치 그들과는 무관한 비현실적이고 이질적인 성격을 띠는 듯하다.[276] 따라서 현재의 일인 사건과 얽히지 않는 등장인물들은 사건을 겪음으로써 현재를 극복하는, 말하자면 삶에 대한 혁신적인 인식을 할 수 없다. 그들은 예전에 그러했듯이 현재에도 그러할 뿐이다. 「바냐 아저씨」의 등장인물들은 특히 과거에 발목이 잡혀 있다. 아스트로프는 과거 자신의 수술대 위에서 마취제 냄새를 맡고 죽어 간 환자에 대한 기억에서 벗어나지 못하고, 첼레긴은 자신을 버리고 떠난 아내에게 여전히 생활비를 보내며, 마리야는 과거의 신념을 운운하며 그 표상인 팜플렛을 만지작거리며, 그렇게 과거의 힘은 인물들을 미래로 나가지 못하게 잡아당긴다. 심지어 과거의 사랑이 거짓이었음을 자각한 옐레나에게마저도 그러한 과거의 질서로부터 벗어나 새 질서를 건설하려는 의지가 전혀 없다. 특히 보이니츠키는 아스트로프의 죽은 환자에 대한 기억처럼 자신의 뒷덜미를 잡고 있는, 과거 자신이 정당한 삶의 의미라고 공들인 세레브랴코프의 의미에 고통스러워하면서도 그 과거에 여전히 머물기를 원하며 마리야처럼 과거를 절대화하는 아이러니한 모습을 보인다. 무한한 과거의 지속이 「바냐 아저씨」의 등장인물들에게 엄습하는 것이다. 문제는 그 과거가 참된 현실이지 못했다고 여기면서도 절대화한다는 점이다. 인물들이 스스로 창조한 과거의 질곡은 그들에게 의지가 결여되어 있어서 절대적이 된다. 그래서 보이니츠키가 세레브랴코프에게 토로하는 분노는 사실 상대를 향한 것이 아니라 자신의 현재에 대한 몰인식의 표현이다.

옐레나는 아스트로프에 빗대어 미래의 의미를 말한다. "어린 나무를 심고 벌써 천 년 후가 어떻게 될지를 생각하는 거, 인류의 행복을 미리 보는 거, 그런 사람은 드물어." 미래는 그렇게 실행으로부터 보장된다. 옐레나는 동시에 이렇게 말한다. "그것이 달란 뜨라고 하는 거다!" 여기서 달란뜨 즉 재능은 창조적인 힘이다. 그렇다면 그 재능은 아스트로프의 숲에 대한 열정에 있는 것과 마찬가지로 보이니츠키의 불만, 소냐의 사랑에도 있을 수 있다. 그러나 그 누구의 재능도 열매를 맺지 못한다. 체호프의 드라마에서 그것은 말일 뿐 행동이 아니기 때문이다. 플라토노프와 이바노프의 후손인 등장인물들이 사건과 결부되지 않는 것은 행동을 하지 않기 때문인 것이다. 그래서 새로운 것, 미래에 대한 기대는 항상 그들 주위를 맴돈다. 그렇지만 그것은 무력한 기대에 불과할 뿐이다.

아스트로프 뭐 새로운 일 없나?
보이니츠키 없어. 항상 그렇지.

세레브랴코프가 떠난 이후 보이니츠키를 비롯한 등장인물들은 다시 예전의 삶으로 복귀한다. 변화가 있다면 확인한 절망만이 가득할 뿐이다. 과거는 현재 속에 깊숙이 존재하고 나아가 미래의 질곡이다. 때문에 그들은 황폐하다.

보이니츠키 아, 제기랄…. 나는 마흔일곱이야. 예순까지 산다 해도 13년이나 남았어. 길어! 13년을 어떻게 살지? 뭘 하면서 그걸 채운단 말이야? 알겠나…. (격정적으로 아스트로프의 손을 잡는다) 알겠나, 남은 인생을 새롭게 살 수만 있다면. …얘기해 줘, 어떻게 시작하지… 무엇으로 시작하지….

아스트로프   (화를 내며) 아니, 이봐! 새로운 삶이라니! 자네나 나나, 우
         리의 처지에 희망이란 없어.

　여기서 여생(餘生)의 의미는 보이니츠키의 생물학적 한계에 국
한되지 않는다. 그의 한계는 그의 앞에 위치한, 그에게는 신비한,
알 수 없는 세계에 위치한다. 「바냐 아저씨」의 마지막 장면은 어떤
거대한 시선이 등장인물들의 행위를 내려다보는 듯한 흡사 영화
의 조감(鳥瞰) 구도를 연상시킨다. 「바냐 아저씨」뿐 아니라 거의
모든 체호프 희곡들의 대단원은 아주 높은 곳, 거만하게 높은 곳에
서 지상과 인간을 바라보는 시선으로 포착되고 있다. 모스크바로
갈 수 없음을 깨달은 세 자매가 삶의 의미를 도저히 알 수 없다고
되뇌는 「세 자매」의 마지막 장면과 근원지가 모호한 줄 끊어지는
소리가 피르스만이 꼼짝 않고 누워 있는 텅 빈 무대를 가로질러 울
리는 「벚꽃 동산」의 마지막 장면에서도 등장인물들을 압도하는
신비한 세계가 대단원을 장식한다.[277] 그런데 「바냐 아저씨」에서
신비한 세계는 계열 관계를 맺는 아프리카 지도를 통해서 「세 자
매」나 「벚꽃 동산」보다 구체적이 된다. 4막의 무대인 보이니츠키
의 방에는 아무에게도 소용없을 아프리카 지도가 벽에 걸려 있다.
4막 전체에 걸쳐 무대를 내려다보는 아프리카 지도는 아스트로프
가 떠나는 마지막에 가서야 스치듯 언급된다.

아스트로프   (아프리카 지도 쪽으로 가서 그것을 바라본다) 아마, 이 아
　　　　　　프리카는 지금 무더울 거야! 무서운 일이지!
보이니츠키   그렇겠지.

　이에 관해 예르밀로프는 이렇게 설명한다. "아스트로프는 이미 떠날 준비가 되어 있고, 마차는 현관에서 그를 기다리고 있다. 이때 그의 아프리카에 대한 언급은 방금 전까지 북적거렸던 이곳의 모든 것을 어떤 아주 먼 곳으로 밀쳐낸다." 보이니츠키의 방에 걸려 있는 지도의 아프리카를 먼저 운운하는 아스트로프에게는 이 무대가 삶의 터전이 아니다. 이 드라마에서 그는 의료 행위, 숲의 관리와 같은 자신의 일에서 멀리 떨어져 있었다. 다시 그는 도저히 피할 수 없는 "불결함과 악취"가 가득한 자신의 세계로 돌아간다. 그렇지만 장부 정리를 다시 시작하는 보이니츠키에게는 무대의 지금, 여기가 바로 그의 일상의 터전이다. 그렇다면 아스트로프에게 아프리카가 무대 밖이라면 보이니츠키에게 아프리카는 바로 무대이다.[278] 그러면서 세레브랴코프의 정체가 드러나는 것은 적어도 그를 삶의 의미로 삼았던 보이니츠키의 일상이 왜곡되어 있음을 시사한다.
　이와 관련하여 우리는 신비한 세계가 직접 무대 위에 등장하는 「갈매기」에서 그 의미를 확연하게 해석할 수 있다. 새로운 형식이 없다면 차라리 아무것도 없는 게 낫다는 혁명적 사고를 가진 트레플레프는 그로부터 2년이 흐른 후 4막에서 자살하기 직전, 그 혁명

적 전환을 성취하지 못하고 여전히 공상과 환상의 혼돈 세계를 방황하고 있음을 조우한 니나에게 고백한다. 그러면서 니나가 발견한 삶의 길을 자신은 도저히 찾을 수 없다고 토로하는 트레플레프는 궁극적으로 니나의 꿈처럼 니나를 인식할 수 없다 — "당신이나를 보고도 알아보지 못하는 꿈을 밤마다 꿉니다." 4막의 니나는트레플레프에게는 예전의 니나가 아니다. 4막의 니나는 도저히 접근할 수 없는 신비한 세계에 소속된, 그래서 트레플레프에게는 그세계 자체이다. 그래서 무대는 이러한 의미를 형상화한다. 카드놀이 장면으로 테두리쳐진 니나의 등장에 맞추어 앞뒤로 촛불이 켜졌다 꺼졌다 다시 켜진다. 트레플레프는 촛불이 꺼진 어두운 무대에서 니나를 통해, 극복할 수 없는, 그에게는 신비한 거대한 세력에 직면한다. 그리고 나서, 니나가 퇴장하고 다시 촛불이 켜진 무대 위에 인물들이 모여 이전처럼 카드놀이를 준비하는 일상적인모습을 보이는 가운데 트레플레프는 무대 밖에서 자살한다. 그리고는 곧바로 마지막 막이 내린다.

　「갈매기」의 마지막에서 트레플레프가 자살하는 것은 그가 자신이 극복할 수 없는 거대한 신비의 세계의 존재를 알게 되었기 때문이고, 바로 그 세계가 실상 신비한 세계가 아니라 자신이 살아야할, 그러나 트레플레프의 사고 체계로는 살 수 없는 그러한 삶의터전이기 때문이다.[279] 반면 낭만적으로 세상을 꿈꿨던 니나는 지난 2년간 체험하고 또 이젠 삶의 기반으로 삼고 있는 그곳 곧 현실이 거칠더라도 살아가야 할 곳임을 알기에 트리고린을 이전보다 더 사랑한다고 역설한다. 트리고린이 이젠 니나에게 바로 그 세계를 의미하기 때문이다. 아스트로프에게나 보이니츠키에게 아프리카는 니나의 '거친 현실'과 등가의 의미체다.

보드빌에서 갑작스러운 파국을 이끄는 힘, 플라토노프와 이바노프가 어쩔 수 없이 휘말려 간 세계, 그리고 마지막 희곡에서 영지 경매가 벌어지는 저곳과 연결되는 줄 끊어지는 소리가 나는 그곳, 여기서 공통점은 불합리하더라도 오히려 그래서 더 현실적인 삶의 기반이다. 그 현실이 등장인물들에게 위압적이고 신비한 세계인 것은 인간적 무력함, 개척된 미래의 부재를 의미한다. 개인이 감당할 수 없는 환경은 그곳에 소속된 개인을 분명 비극적 교착 상태에 이르게 하나,[280] 그러나 그 환경은 앞에서 규명했듯이 그 자신의 신념에 의해서 조성된다.[281]

그럼에도 체호프의 등장인물들이 '현재' 무대 위에서 의지와 행동력을 가지고 삶을 영위하지 않음을 상기해야 한다. 체호프의 드라마에서 인물들이 도저히 이해할 수 없는 세상은 이른바 외적 재약호화의 과정을 통해 그들의 낭만적인 성향을 말해 준다. 여기서 중요한 것은 등장인물들이 낭만적인 성향을 띠고 있음이 그들 외부와의 관계를 통해서 드러난다는 점이다. 본래 낭만적인 의식 내부에서는 그 외부에 위치한 객관적인 의미의 문제가 배제된다.[282] 따라서 관객은 등장인물들과의 동화 과정을 통해 그들의 삶을 이해하는 것이 아니라, 주로 대단원에 위치한 어떤 거대한 세력인 현실의 관점을 인식하며 그들의 삶을 바라보게 되는 이화의 과정을 겪게 된다. 그래서 등장인물들의 낭만적 성향은 기만적인 삶의 태도라는 부정적인 가치로 인식된다. 좌절하는 보이니츠키 역시 낭만적인 성향을 띤다. 그에게 현실은 신비한 세계이다. 「세 자매」의 마지막 대사가 그렇듯, 보이니츠키도 도저히 현실을 알 수 없다고 말한다.[283] 현실을 왜곡해서 본 바냐는 끝내 현실을 직시할 수 없는 낭만주의자였기 때문이다.

> 내 인생은 끝났어! 나는 달란뜨도 있고 똑똑하고 용감한데…. 만일 내가 정상적으로 살았다면 쇼펜하우어도 도스토예프스키도 되었을 텐데….

여기서 그가 정상적인 삶을 쇼펜하우어나 도스토예프스키에 결부시키는 것은 정상에 대한 기이한 이해를 의미하고,[284] 또한 자신이 실제적 의지가 결여된 몽상적인 낭만주의자였음을 극명히 드러내는 것이다. 그런 그는 불완전하다는 인식에서 출발하여 몽상하는 여느 낭만적 주인공들처럼 환상과 현실의 간극이 주는 무력한 주체자의 환멸을 겪게 된다. 신비한 세계는 환상의 절대성을 상대화하는 결국 현실이기 때문이다.[285] 자신의 운명을 개척하려는 의지가 결여되어 있는 자들에게 알 수 없는 현실은 공포를 가져다주는 신비일 뿐이다.

보이니츠키에게는 비현실적인 그러나 현실인 일상은 그의 태도와 현실 사이의 부조화에서 파생하는 '불협화음'의 의미를 지닌다. 음악의 근본적 의미는 조화가 발하는 아름다움에 있다. 앞에서 분석했듯이, 체호프의 드라마가 얼핏 산만한 듯하면서도 실제로는 구성상 조화를 이루고 있다면, 균형 잡힌 조화에 대한 체호프의 지향은 궁극적이라 하겠다. 그렇다면 자신들의 현실 상황에서 어긋난 낭만적인 인물들이 보이는 부조화의 일상성은 체호프의 일상에 대한 문제 의식을 함축한다고 하겠다. 여기서 등장인물들의 옐레나를 향한 집착은 일상성의 정체를 드러내 준다. 1막의 다섯 번째 장면에서 보이니츠키와 마리야의 소통불가능한 말다툼과 연달아 이어지는 푸념들 사이로 첼레긴의 기타 연주 소리가 개입하고, 아무의 이야기도 듣지 않던 인물들은 모두 침묵하며 그 연주를 듣는다. 잠깐의 이 무언의 장면은 극 전반에 걸쳐 등장인물들이 자신의 일을 팽개치고 옐레나에게 온통 집중하고 있는 것으로 확장된다. 소냐가 이렇게 말한다.

보세요, 바냐 아저씨는 아무 일도 하지 않고 어머니만 그림자처럼 따라다닐 뿐이고, 저도 할 일을 팽개치고 어머니와 수다 떨려고 달려오잖아요. 저는 정말 게을러졌어요! 미하일 리보비치 의사 선생님도 예전에는 우리 집에 아주 가끔, 한 달에 한 번 정도 들르셨는데, 그리고 와주시라고 하기도 힘들었는데, 지금은 매일 숲도 의술도 내팽개치고 오시잖아요. 어머니는 마법사인가 봐요.

옐레나는 실제로 미모의 매력을 지니고 있고 또한 세상의 멸망

원인을 통찰하는 등의 이상적인 생각을 하기도 한다. 하지만 그녀는 지극히 평범하고 일상적인 행위의 가치를 모른다. 오히려 일상적인 것을 비일상적인 것으로 여기는 기이한 모습을 보인다. 권태로워하는 옐레나에게 소냐는 자신과 함께 일상적인 일을 할 것을 권한다. 이에 대해 옐레나는 "그런 일은 못해. …이상적인 소설에서나 나오는 거지"라고 반응한다. 일상(日常)을 비상(非常)하게 이해하는 옐레나의 아름다움에는 노동이 결여된, 그래서 미래가 없는 그런 불협화음의 의미가 담겨 있다. 그래서 불협화음의 인물인 옐레나는 비록 음악 학교를 졸업했지만 끝내 무대 위에서 피아노를 칠 수 없었던 것이다. 등장인물들은 바로 그러한 옐레나에게 집착한다. 특히 옐레나의 일상에 대한 비상한 이해는 그녀에게 온통 집중하는 다른 인물들의 일상성으로 이해된다. 그것은 바로 그들이 불협화음에 집착하는 문제적 상황에 처해 있음을 의미하는 것이다. 그래서 체호프의 이 무대에는 온통 신경을 곤두서게 하는 소음들이 교차한다. 한 인물의 대사를 가로채며 수시로 교차하는 이러한 소음들은 무질서한 음의 나열이 아니라 무질서를 표현하기 위한 질서, 곧 우연성 음악aleatoric music처럼 텍스트 전체에 걸쳐 불협화음을 느끼게 해주는 계산된 불협화음이다. 그러기에 「백조의 노래」에서 스베틀로비도프가 술에서 깨어나 자각한 부조화를 일상으로 삼아 살아가는 바냐는 희극적인 톤으로 채색된 절망의 독백, 노래를 부른다.

보이니츠키는 스스로 자신의 삶을 변혁할 수 없기에 "현재는 무서울 정도로 무의미하다"며 그 무상(無常) 속으로 침잠한다. 단지 희극적인 절망의 노래를 부르면서. 체호프는 그런 무력한 보이니츠키의 삶에 희망을 부여하는 전통적인 코미디의 해피엔딩을 고려하지 않는다. 그런 삶의 처절한 절망을 보는 것이 오히려 어설프지 않은 새 희망을 언급할 수 있게 하기 때문이다. 그래서 아스트로프는 떠나기 직전 무대를 정리하면서 로마의 황제 아우구스투스가 죽기 직전 남긴 유언인 "Finita la comedia!"를 반복한다.

체호프는 조화를 지향한다. 체호프는, 그 자체로는 상이한 음이 조응 관계를 통해 통일된 단일체를 이루는 음악처럼, 존재하는 모든 요소가 예외 없이 조화를 이루어야 한다는 생태학적 세계관을 가지고 있다. 이러한 체호프의 견해는 감춰져 텍스트 내에서 미묘하게 작용하고 있을 뿐이다. 감춰진 역설, 체호프의 역설은 그렇게 완전한 절망 뒤의 조화로운 삶에 대한 갈망에 숨어 있는 것이다. 체호프의 작품에는 다른 작가들에게 으레 존재하던 "유령"이 없다. 그러기에 그의 조화에 대한 역설은 빛난다.

체호프의 그림
「개를 데리고 다니는 부인」

1

"예술가는 화학자처럼 객관적이어야 한다"라는 유명한 언급은 체호프의 작품 세계를 이해할 때 반복해서 자주 인용하는 구절이다. 그만큼 체호프는 객관적인 묘사가 예술의 기반임을 누누이 강조했다. "등장인물과 대상들의 묘사가 정확해야 한다", "문학이 예술적이기 위해서는 현실을 실제 그대로 묘사해야 한다", "문제를 정확히 제시하는 것이 작가의 임무이다", "뛰어난 작가들은 사실적이며 삶을 있는 그대로 쓴다" 등등. 그래서 체호프를 이해할 때 객관성은 가장 중요한 요건이 되어 왔다. 그런데 체호프는 고리키가 보내 온 「소시민」을 읽고 다음과 같이 평가한 바 있다. "굳이 결점에 관해서 언급하라면, 정정할 수 없는 결함 단 한 가지만 지적하겠습니다. 빨강머리의 머리칼 색깔이 빨간색이듯, 그것은 형식의 보수주의입니다." 이 지적은 언뜻 체호프가 예술의 기반이라고 강조한 '삶을 있는 그대로' 그리는 객관주의와 상충하는 것으로 볼 수 있다. 대상의 객관적인 모습을 그대로 그린 것이 결함이라는 지적으로 읽히기 때문이다. 빨강머리를 있는 그대로 묘사한다면 빨간색으로 그려야 할 것이다. 그럼에도 체호프는 그러한 묘사가 고리키의 예술적 결함이라고 강조한다.

체호프는 자신과 마찬가지로 유머 단편들을 쓰던 형 알렉산드르에게 보낸 편지에서도 두 개의 상반된 원칙을 예술 작품의 기본 조건으로 내세웠다. "치밀한 객관성 …그리고 연민이라는 조건 아래서만 예술 작품이 됩니다." 냉정할 수밖에 없는 차가운 객관성과 따뜻한 관심이 담긴 연민은 서로 충돌하는 조건이다. 그럼에도 체호프는 예술 작품에서 이 두 조건이 융합되어야 한다고 강조한다. 그리고 이러한 상충하는 원칙들이 체호프의 작품 세계를 구축한다.

체호프가 예술 작품의 기본 조건으로 강조한 객관성과 연민은 성격상 차가움과 따뜻함으로 대립하지만, 두 조건 다 대상을 '바라본다'는 점에서 동일한 범주에 속하는 속성이다. 대상 속에 함몰되지 않은 상태에서만 객관적일 수 있고 또 연민을 가질 수도 있는 것이다. 거리를 두고 대상을 바라본다는 이 속성은 그래서 체호프의 작품들을 회화에 근접시킨다.[286] 후기의 원숙한 작품인 「개를 데리고 다니는 부인」도 이어지는 몇 장의 회화 작품들을 대하는 듯한 인상을 제공한다. 작품의 첫 시작 부분부터 그렇다.

카페 베르나에 앉아 있다가 그는 창밖으로, 바닷가 거리를 지나가는 젊은 부인을 보았다. 키가 그리 크지 않은 금발의 여자로 베레모를 쓰고 있었다. 뒤에는 하얀 스피츠가 따라가고 있었다.

이 첫 장면은 바다를 배경으로 거리를 지나가는, 키가 그리 크지 않고 금발이고 베레모를 쓰고 있으며 하얀 스피츠가 뒤를 따르고 있는 부인과 이를 바라보는 남자의 뒷모습이 담긴 그림을 연상시킨다.

체호프가 고리키에게 '빨강머리의 머리칼 색깔이 빨간색일 필요가 없다' 고 한 충고도 회화와 관련하여 이해할 수 있다. 이 지적은 회화의 속성처럼 시선에 의해 대상을 객관화한다는 것이 곧 일대일 대응의 복제하고는 다르다는 의미를 포함한다.[287] 회화의 표현이 일대일 대응의 기계적 사진보다 더 신빙성을 지닐 수 있다는 점을 로트만은 이렇게 말한다. "우리는 어떤 사람을 더 잘 알수록 그를 찍은 사진에서 닮지 않은 부분을 더 많이 발견하게 된다. 얼굴이 우리에게 잘 알려진 사람을 위하여, 우리는 훌륭한 화가가 그린 초상화를 같은 수준의 사진보다 더 선호한다. 초상화에서 우리는 더 많은 유사성을 발견하기 때문이다."[288] 화가인 친형 니콜라이를 통해 알게 된, 자연의 풍경을 주로 그렸던 인상파 화가 I. 레비탄이 체호프의 생생한 자연 묘사에 감탄했다[289]는 일화도 체호프가 대상을 정밀하게 복제한다기보다 대상의 내적 인상까지 포착해 내고 있음을 시사한다. 빨강머리는 빨간색이어야 한다는 정형화된 묘사가 아니라 정서적으로 채색된 묘사를 통해서 신빙성을 확보하는 것이다. 이렇게 위에서 언급했던 상충하는 듯한 조건들은 회화적 속성에서 보면 조화롭게 공존하게 된다.

I. 키르크의 평가처럼 「개를 데리고 다니는 부인」은 권태롭게 살던 두 남녀가 사랑에 빠졌다는 그야말로 진부한 러브스토리이다.[290] 그럼에도 고리키는 이 작품에 대해 다음과 같은 평가와 찬사를 동시에 보냈다.

> 당신이 무슨 일을 벌이고 있는지 아십니까? 리얼리즘을 죽이고 있습니다. …당신의 그 하찮은 소설(「개를 데리고 다니는 부인」—인용자 주)을 읽고 나니 다른 사람들의 작품이 모두 펜이 아닌 막대기로 쓴 것처럼 다 조잡해 보입니다.

이 글에서는 고리키가 하찮은 듯하지만 매력적이라고 자신의 인상을 밝히면서 동시에 문학의 '새로운 징후'라고 평가[291]한 「개를 데리고 다니는 부인」의 회화적 특성을 분석하여 작품의 의미를 해석하고자 한다. 체호프 작품의 회화성에 대한 분석은 체호프 작품이 지닌 매력을 새롭게 드러내주고[292] 또한, 반낭만주의의 예술관을 가지고 철저한 객관성을 강조했음에도 이후 상징주의자 벨르이의 주목을 받았던[293] 체호프의 문학사적인 위상을 이해하게 해 줄 것이다. 그런데 회화적 속성을 이해하기 위해서 먼저 규명해야 할 것이 체호프의 객관성이 뜻하는 바이다. 체호프의 작품들이 회화의 속성을 띠게 되는 것은 우선 그가 강조한 객관성의 결과이기 때문이다.

2

체호프는 "등장인물과 대상들의 묘사가 정확해야 하며… 쓸데없이 대상과 인물들의 정치적, 사회적, 경제적 성격들을 길게 늘어놓아서는 안 된다"고 언급한 바 있다. 이 언급처럼 체호프의 작품에 나오는 대상들은 바로 포착된 그 모습 그대로 재현된다.[294] 그래서 추다코프는 체호프의 작품 세계가 이전의 문학적인 전통과 결별하는 가장 큰 특징이 인물들의 과거를 결코 이야기하지 않는다는 점 즉 인물들의 전사(前史)의 부재에 있다고 강조한다.[295] 이렇게 대상과 인물의 어떤 존재 이유에 대해서도 길게 늘어놓지 않는 것은 그 대상과 인물에 대한 독자의 주관적인 선입견을 차단하고 대상과 인물을 지금 포착된 모습대로만 부각시킨다.[296] 체호프는 작품을 쓸 때 자신이 소재를 고르는 방식에 대해서 이렇게 말한 바있다.

> "내가 작은 단편들을 어떻게 쓰는지 아십니까…? 자 여기에," 체호프는 테이블을 둘러보며 제일 먼저 눈에 들어오는 물건을 집어 들었다. 그것은 재떨이였다. 그리고 그것을 내 앞에 놓고 말했다. "내일 단편을 내놓게 된다면… 그 제목은 '재떨이'일 겁니다."[297]

늘 주위에서 볼 수 있는 사소한 물건들과 평범한 인물들을 그대로 소재로 선택한 것이 체호프의 객관주의가 출발하는 지점이다. 체호프가 특히 1886년에 100여편이 넘는 단편들을 발표할 수 있었던 것도 바로 이러한 점 때문이기도 하다. 그런데 이는 작가의 이력과 관련이 깊다. 체호프가 작가로서 활동하던 초기의 배경은 대중적인 작고 가벼운 출판물들이었다. 체호프의 첫 콩트 「배운 이웃에게 보내는 편지」가 실린 페테르부르그의 주간지 『잠자리』를 비롯하여 『자명종』, 『오락』 등은 진지하고 무거운 작품들은 싣지 않고 1870~80년대에 유행하던 경쾌하고 코믹한 단편들을 다루던 잡지들이었다.[298] 문학에 있어서 멘토르를 두지 않았던 체호프에게 그런 가벼운 출판물들이 체호프의 문학적 환경이자 배경이라고 지적하는 추다코프는 체호프 작품의 속성이 사소한 사물들에 기반하는 까닭을 이렇게 설명한다. "유머 단편들의 알력은 동시대의 일상적인 사회적 관계들을 기반으로 하여 구축되고 동시대의 물적 환경과 긴밀하게 관련된다. 세태를 벗어나서는 유머 단편이 존재하지 않는다. …유머 단편은 구체적이고 물질적인 환경에서 벗어날 수 없고 전적으로 그 환경을 지향한다."[299] 이뿐 아니라 체호프가 이렇게 현실의 사소한 소품들에서 작품의 소재를 취한 것은 또한 그의 전기하고도 긴밀한 관련을 맺는다. 식료잡화점을 운영하던 아버지의 파산으로 체호프는 일찍부터 실제 생활의 조건을 힘들게 체험한다. 이때 어린 체호프가 깨달은 것은 실제로 사는 삶이 물질적인 환경 안에서 이뤄진다는 당위이다. 이러한 배경에서 체호프의 객관주의가 성립한 것이다.

일상의 구체적인 재료들을 문학의 소재로 삼고 있는 체호프의 작품 세계에서 소재는 일반적으로 이해되듯 그렇게 작품의 주제를 위한 재료로 한정되지 않는다. 물론 체호프는 앞서 인용했듯이 소재를 만드는 것이 아니라 일상에서 발견한다. 그렇지만 그렇다고 작가와 소재의 관계가 조각가와 대리석의 관계처럼 일방적이지 않다. 토마세프스키는 재료가 구성에 들어가야 비로소 의미를 지닌다[300]고 하지만 체호프의 작품에서는 소재가 작품을 위한 단순 재료에 불과하지 않다. 체호프의 작품에서 소재는 단순히 주어진 것이 아니라 자체 자신의 억양을 지니는 미학적인 특성이다. 달리 말하면 체호프는 현실적인 삶이 결코 물질적인 토대에서 분리되지 않는다는 점을 다양한 소재들을 부각시켜 강조한다. 이러한 점이 체호프의 세계관이며 또한 그의 작품 세계의 근간을 형성한다. 예를 들어 「검은 수사」는 물적 토대에서 벗어나 추상적인 추론의 세계에 머문 학자 코브린을 통해 이러한 세계관을 강조한다. 절대의 진리, 궁극의 진리를 갈구하는 학자 코브린은 환각인 검은 수사를 통해 추론의 세계에서 사는 자신을 정당화한다. 그렇지만 그러는 사이 그의 실제 생활과 생명은 망가져 간다. 그뿐 아니라 그의 주위에 있는 사람들의 생활과 생명 역시 망가져 간다. 하찮고 사소한 것들로 이루어진 실제의 삶이 거창한 궁극의 진리와 그 추론의 세계에 의해서 붕괴되는 것이다. 사소하고 평범한 일상을 넘어서 존재하려는 거창한 세계는 실제로 살아가야 하는 삶의 세계를 파괴하는 것이다.

　체호프의 예술관은 이러한 세계관을 바탕으로 삼고 있다. 예술
가들이 등장하는 작품들에서 이를 읽을 수 있다. 단편 「쉿!」은 혼
자만의 세계에 갇혀 스스로에게만 잘난 어떤 작가의 유난한 글쓰
기 작업을 그리고 있다. 그러면서 그의 책상 위에 있는 위대한 작
가의 반신상과 사진들이 이 삼류 작가와 대비되어 글을 쓴다는 것
이 결코 현실의 삶에서 떨어져 나오지 않는다는 것을 역설적으로
암시한다. 특히 예술가들이 주요 인물로 등장하는 4막의 코미디
「갈매기」에서는 체호프의 예술관을 더욱 상세하게 읽을 수 있다.
「갈매기」는 작품으로 쓴 일종의 예술론이라 할 수 있다.

　문학과 예술에 관한 많은 대화들이 오고가며 ‘재능’이란 단어
가 가장 빈번하게 나오는 「갈매기」는 예술가가 된다는 것이 어떤
의미인가를 작품의 기저에 깔고 있는 희곡이다. 이 희곡에서는 예
술가를 지망하는 두 인물 트레플레프와 니나가 우선 대비된다. 배
우를 지망하는 니나와 작가를 지망하는 트레플레프는 처음에 동
일한 성향의 인물이었다. 니나는 유명한 배우와 작가라면 비일상
적일 것이라 상상한다. 트레플레프 역시 니나가 자신을 다른 많은
사람들과 같이 평범하게 여긴다며 좌절한다. 둘 다 일상에서 벗어
난 상태에서 예술가가 될 수 있다고 생각하는 것이다. 그런데 2년
이 흐른 뒤 두 인물은 다른 상황에 놓인다. 여전히 변하지 않은 트
레플레프는 자신의 길을 찾지 못하지만, 니나는 예술의 길이 어떠
해야 하는지에 대한 전망을 현실을 겪어내면서 찾아낸다. “우리가

연기를 하건 글을 쓰건 중요한 것은 꿈꿨던 명예가 아니라 현실을 견뎌 내는 능력이에요." 니나는 낭만적인 상태에서 벗어나 현실의 물적 조건을 체험하면서 정신적으로 성숙한다. 그래서 R. 길만은 니나의 성숙을 의미하는 탈낭만주의antiromanticism가 이 작품의 가장 중요한 주제라고 해석한다.[301] 이 둘의 차이는 트레플레프와 트리고린의 대비를 통해서 작품 전체에 걸쳐 변주되어 강조된다. 예술이 일상 생활에나 필요한 이야기나 하고 있다고 비판하는 작가 지망생 트레플레프는 추상적인 사상의 영역에서 작품의 소재를 취한다. 트레플레프는 마치 「검은 수사」의 코브린처럼 중요하고 영원한 것만을 추구하는 것이다. 그래서 "살아 있는 인물이란 없"는 트레플레프의 극중극은 "아무것도 없는 그 모습을 보여 줄" 따름이다. 이와 다르게 트리고린은 자기 주위의 구체적인 사물과 행위들을 작품의 소재로 택하여 항상 작품의 재료를 메모한다. 이런 차원에서는 트리고린의 모습이 작가 체호프의 모습과 유사하다.[302]

트레플레프가 결국 자신의 주제를 찾지 못해 작가로서의 길을 포기하여 마지막에 자신의 원고를 모두 찢고 자살하는 것과 달리 트리고린이 나름대로 자신의 작품 세계를 구축하고 있는 것은 구체적인 소재에서 출발했기 때문이다. 도른이 예술가의 행위를 트레플레프에 빗대어 "이 물질적인 겉껍질과 그것에 속한 모든 것을 경멸하고 지상을 떠나 좀 더 높은 곳으로 올라"가는 것이라고 표현하지만 사실 중요한 것은 그 '물질적인 겉껍질'이고, 그것이 체호프의 미학적 원칙이다. 사할린을 여행한 이후 체호프는 이렇게 쓴다. "나는 전문가가 아니기 때문에 시시한 이야기를 많이 쓸 겁니다만, 그래도 실제로 가치 있는 것을 쓰게 될 겁니다. …요즘 나는 양탄자들, 벽난로, 청동 제품들, 그리고 지적인 대화들 따위가 그립습니다. …나는 인류의 역사에서 양탄자들과 용수철 달린 마차들과 날카로운 생각으로 표현되는 문화를 사랑합니다."

사람들의 삶이란 사실 "온갖 쓸데없는 일들에 시달리는" 것이다. 그러기에 일상의 사실을 무시하는 예술은 가치를 지니지 못한다. 「갈매기」에 나오는 다음의 에피소드는 허황한 예술의 한계와 또 그것이 일상보다 못함을 비유한다.

언젠가 모스크바의 오페라 극장에서 유명한 가수 실바가 낮은 도를 냈던 것이 기억납니다. 그때 공교롭게도 맨 위층 관람석에 교구 성가대의 베이스가 앉아 있었는데 갑자기, 얼마나 놀랐는지 한번 상상해 보십시오, 우리는 〈브라보, 실바!〉 하는 소리를 들었습니다. 그보다 한 옥타브나 낮은 저음으로 말입니다…. 바로 이렇게. (낮은 베이스로) 브라보, 실바…. 극장은 얼어붙은 듯 조용해졌지요.

「갈매기」가 '실제로 그래야 하는 바'를 저버린 채 갈망만을 지닌 인물들의 황폐한 모습을 보여 주는 것은 물적 세계에 기반해야 하는 사람들의 삶을 역설적으로 강조하는 것이다. 토대를 벗어나 몽상하기에 「갈매기」는 코미디가 된다. 그리고 이를 통해 체호프의 예술관을 시사한다. 나나, 트리고린과 달리 트레플레프가 스스로 삶을 마감하는 것은 바로 현실에서 살지 못하는 예술가(?)였기 때문이다.

추다코프는 물질적인 대상 세계가 부각되어 있는 것이 체호프의 시학이 보여 주는 새로운 문학적 유형이라며, 도스토예프스키, 톨스토이와 비교하여 이렇게 설명한다. "도스토예프스키의 철학적 대화에는 톨스토이와 많은 공통점이 있다. 이 두 작가의 철학적 대화에서는 인간의 실체들이 상호 작용한다. 이러한 실체들과 관련되지 않는 모든 것, 특히 사물의 세계에는 삼류의 역할이 할당된다. 소통은 고양된 정신 속에서 일어나고 그곳에서 사물들은 하찮고 무의미하게 보이거나 전혀 보이지 않는다. 체호프에게 그런 일은 불가능하다. …체호프의 인물들은 지상에서 떨어질 수 없는 것이다."[303] 요컨대 체호프가 말하는 '있는 그대로의 삶'은 물질과 떨어지지 않은 정신의 세계, 물적 토대에서 벗어날 수 없는 사람들의 삶이다.

이러한 점이 체호프의 작품들에 회화적인 속성을 부여한다. 선입관이 차단된 채 포착되는 인물들은 그 주위의 세계로부터 의미를 부여받는다. 화폭 내의 구도, 명암, 색채 등을 통해 해석되는 그림처럼. 말하자면 결코 물적 토대에서 벗어날 수 없는 인물들의 행위는 배경과의 관계를 통해서 해석되는 것이다.

3

「개를 데리고 다니는 부인」은 앞서 언급했듯이 이어지는 몇 장의 회화 작품들을 대하는 듯한 인상을 제공한다. 여기서는 크게 세 장의 그림에 주목하겠다. 첫 번째 그림은 바닷가 거리의 여자와 카페 안에서 그 여자를 바라보고 있는 남자의 뒷모습을 담고 있다. 그런데 이 장면은 두 장, 즉 창틀을 프레임으로 하는 여자의 그림과 그 여자를 창을 통해 바라보는 남자까지 포함된 그림으로 나뉘어 두 남녀의 관계를 시사한다. 이때 남자와 여자의 관계는 심각한 의미를 지니지 않고 휴양지의 가벼운 느낌으로 채색되어 있다. 그것은 첫 단락에서 구로프의 포즈를 규정하고 있기 때문이다. "드미트리 드미트리치 구로프도 얄타에서 지낸 지 벌써 2주일째라 이곳에 익숙해져서, 새로운 얼굴들에 흥미를 가지게 되었다." 뒷모습의 남자는 그저 권태에 지쳐 새로 나타난 얼굴에 흥미를 가진 포즈다. 창틀을 프레임으로 하는 바닷가 거리의 여자는 그러한 그의 시선에 포착된 모습이다. 이 문장에서 대립하는 두 단어 '익숙해져'와 '새로운 얼굴들'은 작품 전체의 의미를 함축하는 메커니즘이기도 하다. 나중에 이 남자와 여자는 기존의 부부 관계와 자신들의 "남편과 아내와 같은" 관계 사이에서 혼란스럽다. 익숙했던 생활과 새로운 생활 사이에서 이중 생활을 하게 되는 것이다.[304] 그렇지만 아직 둘의 관계는 권태로워하는 남자가 새로운 얼굴 '들'에 관심을 가진다는 점에 비추어 전혀 심각하지 않다. 따라서 첫 그림의 두 남녀는 휴양지의 가벼운 관계로 그려지고, 두 장의 그림으로 나뉘듯이 거리감을 형성한다.

제목 자체가 가지는 의미도 처음에 이렇게 냉정한 객관화의 결과로 산출된다. "아무도 그 여자가 누구인지 알지 못했으며, 그래서 그 여자를 단순히 이렇게 불렀다. 개를 데리고 다니는 부인." 그렇지만 작품이 전개되면서 독자는 구로프처럼 그 '개를 데리고 다니는 부인'을 점차 가깝게 알게 되어 여자의 모습을 따뜻한 연민으로 채색하게 된다.

이 남자와 여자의 관계가 심각하거나 진지한 관계가 아니라는 것은 1장의 서술에서 내내 이어진다. 남자가 휴양지에서 권태로워하던 바람둥이이고 그래서 새로 휴양지에 나타난 여자에게 관심을 가지는 것은 그 결과에 불과하다. 여자에 대한 남자의 관심은 이렇게 시작된 것이다. "그 신속하고 순간적인 관계에 대한, 이름도 성도 모르는 미지의 여인과 나누는 로맨스에 대한 유혹적인 상상이 불현듯 그를 사로잡았다." 그렇게 엮인 그들은 그저 "농담 섞인 가벼운 대화"나 나누는 관계에 불과하다. 말하자면 이 둘의 관계는 그저 그런 "이 지역의 부정한 풍속들 가운데" 하나에 불과하다. 작품의 첫 문장 역시 이 남자나 여자가 휴양지의 "세련되고 화려한" 군중의 일부에 지나지 않는다는 것을 뜻한다. "바닷가 거리에 새로운 얼굴이 나타났다는 소문이 자자했다. 개를 데리고 다니는 부인이. 드미트리 드미트리치 구로프도…."

그러나 두 번째 그림에서는 이 두 사람이 확연히 얄타의 군중들로부터 일탈한 모습으로 그려진다. 두 번째 그림에서 남자와 여자는 자연의 일부로 존재한다.

오레안다에 도착한 두 사람은 교회당에서 멀리 떨어지지 않은 벤치에 앉아 바다를 내려다보며 말이 없었다. 새벽 안개 속에서 어렴풋이 알타가 보이고, 산 정상에는 흰 구름이 걸려 있었다. 나뭇잎 하나 흔들리지 않았고, 매미들이 울고 있었다.

그들의 배경으로 견딜 수 없는 무더위의 황폐한 거리가 자리를 잡는다. "무더웠고 거리에는 회오리바람이 불어 먼지가 일고 벗겨진 모자가 굴러다녔다." 사람들로 붐비는 그런 무더운 거리와 방파제의 웅성거리고 답답한 배경이 자연 속에 있는 이 두 사람 뒤에 그려진다. 그런데 이 두 남녀가 갑자기 이렇게 배경에서 떨어져 나오는 것은 아니다. 안나의 호텔 방에서 정사를 벌일 때까지만 해도 이 둘은 이런 배경의 일부일 뿐이었다. 특히 바람둥이 구로프에게 그런 정사는 전혀 새로운 일이 아니었던 것이다.

갈리첸코는 이 둘의 정사를 원죄라는 성서적 테마로 해석한다. "안나는 계율을 어겨 죄를 범하고 곧바로 참회하는 이브처럼 말한다 — '타락은 정말 싫어요. 제가 지금 뭘 하고 있는지 저 자신도 모르겠어요. 마귀에 홀렸다는 말이 있죠…' 그리고 그 사탄의 역할을 구로프가 성공적으로 수행한다. 그는 그녀를 조용히 바라보며 이브의 금단의 열매에 비유될 수 있는 수박을 잘라먹고 있는 것이다."[305] 이 둘의 정사는 이후에 배경이 되는 지상에서의 일이다.

그런데 정사 후 조금씩 이 둘은 이러한 배경에서 벗어난다. 구로프는 이전과 달리 "지금은 누군가 갑작스럽게 문을 두드릴 때 느끼는 그런 당혹스러움과 같은 서투른 감정, 미숙한 아이들의 수줍음과 어색함"을 체험한다. 서투름과 수줍음과 어색함은 작품의 첫 구절에 나오는 '익숙함과 새로움의 메커니즘'에 비추어 보면 익숙하지 않은 새로운 상태를 뜻한다. 이 둘은 익숙한 사람들 속에서의 삶에서 벗어나기 시작하는 것이다.

이후 이 둘은 호텔을 나와 "죽은 듯 조용한 번화가"를 걷다가 마차를 타고 오레안다의 자연 속으로 들어간다. 자연 속에서 이 둘은 군중의 배경과 분리된다. 파호모프는 체호프 작품에 나오는 자연의 일반적인 특성을 이렇게 해석한다. "체호프의 세계에서 자연이라는 우주는 사람이 다른 사람들로부터 떨어져 나오는 무대이고, 자연은 독립적이고 고립된다."[306] 체호프의 자연은 '기이한, 신비한, 영원한'과 같이 언제나 사람들의 세계에서는 인식되지 않는다는 형용사로 묘사된다. 「개를 데리고 다니는 부인」에서도 마찬가지다. '죽은 듯한' 사람들로부터 일탈하여 들어가 이 둘이 포함된 자연의 풍광은 신비롭고 아름다운 생명감으로 가득 차 있다. "구로프는 바다와 산과 구름과 넓은 하늘이 펼치는 신비로운 풍경 속에서 여명을 받아 더욱 아름답고 편안하고 매혹적으로 보이는 젊은 여자와 나란히 앉아 있다." 그리고 그 자연은 "지상의 끊임없는 삶의 움직임에 관한… 비밀"을 담고 있는 듯하다. 그래서 이곳에서 '위와 아래의 구도'가 형성된다.[307] 아래에서는 "존재의 고

결한 목적과 인간적 가치를 잊은 채 생각하고 행하는 일"이 벌어지고, 위에서는 구로프가 자연이 펼치는 "신비로운 풍경" 속에서 아름답게 보이는 여자를 바라보며 세상의 아름다운 가치를 생각한다.

이 순간 이후로 이 둘의 도덕적인 분위기가 완전히 바뀐다.[308] 정사 이후 안나가 "정직하고 깨끗한 생활"을 원한다고 한 언급이 자신의 불륜을 탓한다기보다 "노예와 같은 남편과의 제대로 살지 못했던 지난 생활"에서 벗어나고 싶다는 뜻으로 이해된다. 이후 이 둘은 군중의 배경과 분리되어 움직인다. 그들은 이제 만날 때면 "언제나 눈앞에서 지나다니는 세련되고 포만감에 젖어 있는 한가한 사람들"에서 벗어나 "도시 밖으로, 오레안다로 혹은 폭포가 있는 곳으로 나간다." 첫 그림일 때 그들은 "한가롭고 여유 있는 사람들" 가운데 일부로서 "농담 섞인 가벼운 대화"나 나누던 사이였다. 그러나 두 번째 그림에서 이 둘은 이러한 사람들과 분리되어 전경으로 나서는 것이다.[309]

그렇지만 아직 이 둘의 관계는 휴양지의 한 만남에 불과하다. 그들은 결국 배경 즉 사람들 속으로 돌아가야 한다. 그래서 안나가 탄 기차가 떠난 플랫폼에서는 "마치 이 달콤한 몰두, 이 혼란에서 조금이라도 빨리 벗어나라고 모든 것이 일부러 꾸며진 듯했다." 그리고 그 플랫폼에서 구로프는 "잠에서 막 깨어난 듯했다."

그런데 각자의 일상으로 돌아온 그들은 상대를 잊지 못하고 결국 주위의 다른 사람들 몰래 다시 만난다. 모스크바의 한 호텔

방에서 이 두 사람은 어찌할 바를 모른 채 창문을 향해 서 있을 뿐이다.

그가 차를 마시는 동안, 그녀는 창문을 향해 서 있었다. …그는 그녀에게 다가가, 위로하고 기분을 바꿔 줄 생각으로 그녀의 어깨에 손을 올렸다.

남자가 여자의 어깨에 손을 올리고 함께 창밖을 바라보는 이 마지막 그림에서 두 인물은 정적에 휩싸여 있다. 간혹 여자가 흐느낄 뿐이다. 텅 빈 듯한 고요가 흐르는 이 장면의 배경은 그렇지만 분주한 모스크바이다. "은행에서의 일, 클럽에서의 토론, 그의 저급한 인종인 아내와 함께 가는 기념식" 등으로 분주한 배경과 이 두 인물의 모습이 선명하게 대비된다.

모스크바는 원래 구로프에게 안나를 만났던 얄타보다 더 익숙하고 편안한 곳이었다. "서리를 맞아 하얗게 된 푸근한 모습의 보리수나무와 자작나무 고목은 사이프러스나 종려나무보다 더 친근하다." 하지만 이제 모스크바의 일상은 구로프에게 "짜증스럽고 모욕적이며 불결"할 뿐이다. "얼마나 야만적인 습관들이며 야만적인 사람들인가! 정말 의미 없는 매일 밤이고, 흥미도 가치도 없는 나날들이다! 미친 듯한 카드놀이, 폭식, 폭음, 끝없이 이어지는 시시한 이야기들. 쓸데없는 일과 시시한 대화로 좋은 시간과 정력을 빼앗기고 결국 남는 것은 꼬리도 날개도 잘린 삶, 실없는 농담 뿐이다. 정신 병원이나 감옥에 갇힌 듯 벗어날 수도 도망칠 수도 없다!' 이러한 점은 안나에게도 마찬가지다. 안나가 속한 일상의 세계는 회색의 세상이다. S시 호텔의 회색의 군복 천, 회색의 먼지로 덮인 탁자, 그리고 안나가 사는 "집 바로 앞에 못질을 한 회색의 긴 울타리가 펼쳐져 있다." 그리고 그녀가 사는 일상은 많은 사람들이 모여 소란스러운 지방 극장의 천박한 세계다. "웨이터의 번호표처럼 빛나는 학위 배지"를 단 남편, 그리고 그와 유사한 부류들의 세상인 것이다. "그들의 눈앞으로 법관 복장을 한 사람들, 교사 복장을 한 사람들, 공무원 복장을 한 사람들이 스쳐 지나쳤다. 그들은 모두 배지를 달고 있었다." 안나가 속한 세계가 자신의 세계와 유사한 것을 목격한 구로프는 이렇게 한탄한다. "오 하느님! 이 사람들, 이 오케스트라는 대체 왜…."

바로 그때 그런 소란스러운 회색의 세계로 안나가 선명하게 등장한다. "이때 한 여자가 객석에 들어왔는데 안나 세르게예브나였다. …보잘것없는 오케스트라와 이류 바이올린 주자가 연주하는 소리 속에서 그는 그녀가 얼마나 아름다운가 생각했다." 소란스러운 극장의 소음은 멎는 듯하고 그 배경 앞으로 안나만 뚝 떨어져 나온다. 이후 이처럼 이 둘은 군중의 배경으로부터 분리되어 그림의 전경을 형성한다. 배경과 분리된 두 인물이 부각되는 것이다. 그렇지만 거꾸로 보면, 이 두 인물과 대비되는 배경도 여전히 선명하다.

4

첫 그림에서 남자와 여자는 서로 떨어져 각기 다른 프레임 속에 존재했다. 그러면서 그들의 관계가 주위 세상에서 벌어지는 일과 다르지 않았다. 그러나 두 번째 그림을 거치면서 두 인물의 위치가 변하기 시작한다. 그러다 마지막 그림에 이르러서는 이 두 인물이 같은 프레임 속에 함께 있고 주위 세상은 이제 이들과 동떨어진 배경으로 대비된다. 색깔 역시 변한다. 첫 그림에서 남자와 여자는 주위 세계와 마찬가지로 휴양지의 "세련되고 화려한" 동색(同色)을 유지했다. 그러나 마지막 그림에서 이 두 인물은 무채색으로 또렷하게 윤곽 지어진다. "회색 옷을 입은 안나 세르게예브나가 여행과 걱정에 지친 채⋯", "구로프는 거울에 비친 자신의 모습을 보게 되었다, 머리가 이미 세기 시작했다." 체호프의 작품들이 늘 갑작스러운 결말로 끝나듯이 「개를 데리고 다니는 부인」의 마지막도 이렇게 마치 정지된 스틸 화면처럼 떠오른다. 갑자기 돌출하는 듯한 이 마지막 그림은 회색의 뚜렷한 윤곽으로 끝나는 것이다. 모스크바의 원색을 배경으로 하고 있기에 무채색의 윤곽은 더욱 두드러져 보인다. 그것은 사회와의 관계에서 벗어나 독립한 듯한 두 인물이 해결할 수 없는 문제, 즉 다시 사회 속으로 들어가야 하는 문제에 봉착하여 화석화된 듯한 그림이다. 그래서 두 인물만을 두고 보면 그래픽회화처럼 깊이가 결여된 평면성이 도드라진다.

그런데 흥미로운 것은 안나가 속한 S시의 세계도 회색이었다는 점이다. 앞서 살펴봤듯이 그때에는 오히려 안나가 회색의 세계를 배경으로 선명하게 등장했다. 이는 달리 말하면 배경이 되는 세계와 이 둘만의 세계 가운데 어느 한 곳이 더 옳고 정당하다고 해석하기 힘들게 만든다. 그러다 보니 마지막 장면에 대한 기존의 해석들은 상반되는 둘로 나뉜다. "구로프가 자신의 일상 생활의 속물성에 반감을 가지고 벗어나기 때문에 둘의 사랑은 선(善)의 힘으로 작동한다",[310] "작품의 결말은 사랑을 통해 인물들이 변하여 더 나은 사람이 되었다는 테마를 강조한다"[311]처럼 긍정적인 해석이 있는가 하면, "해피엔딩에 대한 어떠한 암시도 없다"[312]처럼 부정적인 해석도 있다. 상반되기는 하지만 이러한 해석들은 모두 간통과 관련된 도덕적인 관점이 작용한 해석이다. 그렇지만 체호프는 그러한 윤리적 해석을 작품 내에서 강요하고 있지 않다. 체호프는 사람들을 좋고 나쁨(善惡)의 척도로 구분하지 않는 것이다. 그것은 비현실적이기 때문이다. 그래서 체호프는 이렇게 말한 바 있다. "사람의 본성은 불완전하기 때문에 지상에서 정의의 인물을 발견한다는 것은 이상한 일이다."[313] 마지막 4장에 나오는 다음의 구절도 배경이 되는 세계와 이 둘만의 세계 중 어느 한 곳에 더 정당성을 부여하지 않는다.

우연히 이상하게 얽힌 어떤 사정에 의해 그에게 소중하고 흥미로우며 반드시 있어야 하는 것, 그 속에서라면 그가 '진실'하고 또 자신을 속이지 않아도 되는, 그의 생활의 핵심을 차지하는 그런 모든 것은 다른 사람들에게 '알려질 수 없다.' 반면에 진실을 숨기기 위해 자신을 감추는 그의 '가식', 껍데기인 모든 것, 이를테면 은행에서의 일, 클럽에서의 토론, 그의 저급한 인종인 아내와 함께 가는 기념식, 이런 모든 것은 '공개되어 있다'. (따옴표의 강조는 인용자)

이, 인용문에서 주목할 점은 소중하고 "진실"한 삶은 "알려질 수 없"고, 껍데기 같은 "가식"의 삶은 "공개되어 있다"는 것이다. 진실truth은 그리스어로 은폐되어 있지 않고 드러나 있다는 alétheia를 어원으로 한다. 은폐하고 알릴 수 없는 진실을 온전한 진실이라고 말할 수 없다. 따라서 과연 이 둘이 정말로 마지막에 나오는 말처럼 그렇게 "새롭고 멋진 생활"을 시작할 수 있을지는 모호하다. 그래서 이 「개를 데리고 다니는 부인」은 '시작되다'로 끝난다.

두 사람은 그 끝이 아직 멀고 멀어, 이제야 겨우 아주 복잡하고 어려운 일이 시작됐다는 것을 알고 있었다.[314]

'시작되다'로 끝나는 이 마지막 문장은 도스토예프스키의 소설 『죄와 벌』의 마지막 문장을 상기시킨다. "라스콜리니코프는 새로운 생활이 거저 얻어지지 않는다는 것을 생각할 겨를이 없었다 …그렇지만 여기서부터는 이미 새로운 이야기가 시작된다. …하지만 이제 우리의 이야기는 끝난다."[315] 말하자면 이 마지막 문장은 「개를 데리고 다니는 부인」의 두 인물이 사람들의 삶 속에서 어떻게 가치 평가되는가라는 도덕은 다른 문제라는 뉘앙스를 마지막 그림에 부여한다. 물론 이들을 단죄할 수 있는 사회의 모습이 마치 톨스토이의 『안나 카레니나』의 사회처럼 부정적이기 때문에 도덕의 잣대를 그들에게 줄 수 없다. 그렇지만 그렇다고 『안나 카레니나』처럼 작가가 나서서 윤리의 문제를 정리하지도 않는다. 톨스토이의 세계에서는 저자가 높은 하늘에서 세상을 둘러보지만, 체호프의 예술적 시야에서 그 시선은 지상의 것이다.

위에서 인용한 작품의 마지막 문장에서 "두 사람은 알고 있다"고 한다. 그렇다면 그들이 알고 있는 것은 무엇인가. 그것은 대답 혹은 해결이 아니라 질문 곧 문제이다. 즉 윤리와 관련된 문제가 있다는 것만을 알고 있을 따름이다. 말하자면 마지막 문장의 "아주 복잡하고 어려운 일"은 윤리의 영역으로 넘어간다. 그리고 그것이 이제 "시작됐다." 그래서 체호프가 어떠한 도덕적인 평가도 내리지 않은 '아주 복잡하고 어려운 일'에 대한 해석은 독자들의 몫으로 남는다. 요컨대 체호프의 작품에서 의미는 발견되는 것이 아니라 '생산'되는 것이다. 누누이 강조해 왔듯이 체호프는 특정 사상가가 아니라 "그저 자유로운 예술가"이고자 했던 것이다.[316] 체호프가 다루는 근본적인 범주는 미학이지 윤리가 아니며, 선과 악의 구분이 아니라 고통과 견딜 수 없는 상태이다. 윤리는 단지 제기될 뿐이다.[317] 이렇게 체호프는 윤리와 철학 그리고 사상의 자장에서 예술을 독립시켰다. 공리주의적이고 윤리적이었던 그 이전의 19세기 러시아 문학과 다른 선을 긋고 있는 작가인 것이다.

철저한 객관성에 입각한 반낭만주의의 예술관을 가진 작가임에도 체호프가 이후 상징주의자의 주목을 받은 것도 문학의 새로운 징후라는 고리키의 평가를 받은 것도 이런 이유에서이다.

체호프와 문학의 진실

1

체호프의 작품들은 평이하다. 평범하여 그만큼 다양한 인물들, 그들만큼 다양한 감정의 상태들, 그들 사이의 다양한 관계들, 그리고 그들을 둘러싼 일상의 자질구레한 디테일들과 그것들에서 비롯되는 사소한 해프닝들, 이런 소소한 것들이 빚어내는 이야기가 그의 전 작품을 관통한다. 그런데 오히려 평이해서일까, 지금까지 많은 연구들과 비평들은 그의 작품이 온전히 해석되지 않고 난해하다고 평가한다.[318] 그래서 때론 체호프의 작품에 대한 상이한 해석들이 나오기도 한다. 그렇다고 그 가운데 어느 한 편의 해석이 옳거나 그르다고 단정지을 수 없다.[319] 삶의 소소한 사실들을 냉철하게 다룬 그의 이른바 '객관주의'와 이에 언뜻 상충되는 그의 독특한 '은폐의 표현'이 때론 상반되기까지 한 다양한 해석들을 유도하는 것이다. 더불어 그 사소한 것들 모두가 작품 내에서 동등한 가치를 지니고 특정한 어느 것의 하위에 종속되지 않아, 「결투」에서도 반복하여 언급되고 있듯이 그 누구도 그 사소한 여럿을 일반화하여 공통의 하나로 포착할 수 있는 진리 곧 모두가 공감하는 보편의 이치를 알지 못하기 때문이기도 하다.[320]

그러면서 기존의 해석이 부정적이든 긍정적이든 일치되는 동일한 견해를 피력하는데, 그것은 바로 체호프의 작품들에 특정한 형이상학이 부재하다는 것이다. 게다가 심지어는 체호프에게 그 어떤 세계관이나 보편적인 사상도 없다고 확신하기까지 한다.[321] 그런데 이런 평가가 나온 근본적인 이유는 체호프의 작품에서 문학과 삶의 진리가 공존하기 때문이다. 이를 체호프는 자신의 한 편지에서 이미 시사하고 있다. 체호프는 먼저, 이후 자신에 대한 비판을 예견이라도 하듯, 자신이 특정 경향을 지닌 사상가가 아님을 강조한다. "내가 두려워하는 사람은, 행간에서 경향을 찾아 나를 자유주의자니 보수주의자니 하고 확고하게 규정지으려는 자들이다. 나는 자유주의자도 보수주의자도 점진주의자도 성직자도 무신론자도 아니다. 나는 그저 단지 자유로운 예술가이고자 한다."[322] 그러면서 이어서 체호프는 진실을 문학의 가장 중요한 요소로 강조했다. "나는 거짓과 모든 형태의 폭력을 증오한다… 내게 가장 신성한 것은… 모든 형태의 거짓과 폭력으로부터 완전히 벗어나는 것이다. 이것이 내가 위대한 예술가라면 가지고 있다고 할 수 있는 강령이다."

열린 결말은 체호프의 작품들이 지닌 일반적인 속성이다. 이러한 체호프 시학의 일반적인 속성은 그가 어떤 경향이나 전망을 제시하려고 하기보다는 삶 자체의 문제에 천착하여 삶의 진리를 다뤘다는 점을 시사한다.

그렇다면 모두가 공감하는 보편의 참된 이치 곧 진리를 그 누구도 알지 못한다는 체호프의 작품에서 그 작품을 구축하는 궁극적인 기반으로서 삶의 진리는 무엇인가. 체호프의 작품이 평이한 듯하지만 실은 난해한 원인도 바로 이와 관련되어 기존의 고정된 이론으로 그의 문학을 온전히 해독하기 어려웠던 것이다.

2

「개를 데리고 다니는 부인」은 거창한 진리에 대한 독자의 기대를 배반하면서 동시에 진실의 세계를 그리고 있다. 휴양지 얄타에서 권태로워하던 구로프는 개를 데리고 다니는 부인인 안나를 만나 정사를 벌인다. 휴양지를 떠나 각자의 일터와 가정으로 돌아간 구로프와 안나는 그러나 상대를 잊지 못하고 서로 결국 다시 찾는다. 그렇지만 남의 눈을 피해야 하는 그들은 이중 생활을 할 수밖에 없다. 그들에게 희망은 안개처럼 어렴풋할 뿐이다. 달리 말하면 그들의 문제를 해결해 줄 '거창한 진리'는 존재하지 않는다. 그러면서 이 작품은 진실에 관한 문제를 다루고 있다. 단편 뒷부분에 나오는 다음의 구절은 이 작품의 의미를 해독하는 열쇠가 된다.

어느 겨울 아침에도, 그는 그녀에게 가고 있었다. 도중에 있는 학교까지 바래다주려고 딸과 함께 갔다. 습기를 머금은 눈이 펑펑 쏟아졌다.

"지금 기온은 3도인데, 그래도 눈이 내리는구나." 구로프가 딸에게 말했다. "하지만 따뜻한 건 땅의 표면이지, 대기의 상층에서는 기온이 전혀 다르단다."

이 부분은 사소한 에피소드지만 단편의 한 조각으로 작품 전체의 의미와 긴밀하게 연결된다. 마치 하나의 음이 다른 음과 만나 음악이 이뤄지듯이 그렇게 체호프의 작품들은 음악과 친밀한 하나의 소나타인 것이다. 이 부분은 사실fact과 진실truth 그리고 그 상관성에 관한 문제를 함축한다. 구로프와 그의 딸이 걷고 있는 거리에 눈이 내리고 있다. 이것은 '사실'이다. 그런데 기온은 영상 3도다. 눈이 내릴 수 없는 기온이다. 이 역시 '사실'이다. 그럼에도 눈이 내린다. 공존할 수 없이 상충되는 이 두 사실이 지금 분명히 공존하고 있는 것이다. 영상 3도임에도 눈이 내리는 것은 대기 상층의 기온이, 따뜻한 땅 표면의 기온과 다르기 때문이다. 그래서 문제는 언뜻 해결될 듯하다. 그렇지만 여전히 혼란스럽고 해결되지 않는다. 지상 즉 인물들이 삶을 영위하는 곳의 어떤 사실을 진실로 받아들여야 하는가에 있어서 그렇다. '눈이 내리는 사실'이 지상의 진실인가, 아니면 '영상 3도인 사실'이 지상의 진실인가. 알 수 없다. 여기서 분명한 점은 상충한다고 해서 둘 중 어느 하나의 사실만을 진리로 받아들이는 것은 문제가 있다는 것이다.

이 단편의 두 인물, 구로프나 안나는 휴양지 얄타에서 서로 만나기 전까지 각자 아주 평범하게 잘 살고 있었다. 두 인물 다 나름대로 가정으로 꾸리고 경제적으로도 부유하게 살고 있었다. 그런 그들이 잘 살고 있던 일상의 공간이 아닌 휴양지 얄타에서 만났다. 휴양지는 누구에게나 그렇듯 실제의 삶의 현장이 아니다. 휴양지는 실제로부터 일탈하는 곳이다. 그러니까 구로프나 안나 모두 실제의 삶으로부터 일탈해서 서로 만난 것이다. 그래서 휴양지의 정사는 그들에게 삶의 사실이 아니라 하나의 몽상과 같은 것이다. "우리는 영원히 헤어지는군요. 하기야 그래야 하겠죠. 다시 만나서는 안 되니까. 그럼 안녕히 계세요." 이렇게 말하며 안나는 얄타를 떠난다. 이어서 구로프도 여름의 일탈 공간을 떠나 삶의 현장으로 돌아간다. "이제 정거장에서는 가을 냄새가 났고, 밤은 쌀쌀했다. '나도 북부로 돌아갈 때가 됐군.' 구로프는 플랫폼을 나오면서 생각했다. '돌아갈 때가 됐어!'" 그런데, 그렇게 삶의 사실로 돌아간 그들 모두 자꾸만, 자신의 삶의 사실이 거짓으로 여겨진다. 잘 살고 있었던 두 사람이 만남 이후, 자신들의 삶의 사실을 자꾸 거부하게 되는 것이다. 그것은 그동안 그들이 살아왔던 생활이 그저 남들이 보기에 잘 살고 있었던 것이지 그들 스스로 잘 살고 있지 못했기 때문이기도 하다. 그동안 그들은 삶에 대한 고민이나 반성도 없이 그저 건강하고 부유하게 잘 살고 있었던 것이다.

이제 그들은 자신들의 삶의 사실 속에서 주변과 소통을 하지 못한다. 특히 구로프에게 자기 삶의 사실에서 이전에는 당연하고 일상적으로 통용되던 표현이 갑자기, 환멸스럽게 다가온다. "'그 철갑상어는 냄새가 아주 고약했어.' 평소에 하던 이 평범한 말이 어쩐지 갑자기 구로프를 짜증나게 했다. 이 말이 모욕적이고 불결하게 여겨졌다." 그래서 그는 결정적으로 안나를 다시 찾는, 즉 그들의 관계를 휴양지의 한 만남으로 국한시키는 것이 아니라 자신의 삶의 사실로 끌어오는 일을 감행하게 된다. 그 후, 두 사람은 인습의 눈을 피해 몰래 이중의 생활을 하게 된다. 두세 달에 한 번씩 안나가 모스크바로 구로프를 만나러 오는 것이다. 두 사람 모두 기존의 삶의 사실에게 거짓말을 하고 몰래 만난다. 이제 이 둘은 어느 것이 자신의 삶의 사실인지 모른다. 기존의 가정과 일터인가, 아니면 그들이 모두 가식으로부터 벗어날 수 있는 그렇지만 '거짓 말해야 가능한' 은밀한 만남인가. 두 가지가 다 물론 그들의 삶의 사실이지만, 분명히 서로 상충된다. 이 두 삶이 공존할 수 없기에, 그 하나만 그들에게 삶의 사실이고 나머지 하나는 필연적으로 사실일 수 없다. 마치 공존하는 '내리는 눈'과 '영상 3도'가 상충하듯이.

언뜻 보면 가식적이었던 것으로 드러난 과거의 사실보다 이 둘의 은밀한 만남이 진실인 듯도 하다. 그렇지만 이 단편에서 누차 반복되듯이 구로프가 안나에게 역시 진실로 보여졌는가도 의문이다. "분명히 그는 그녀에게 본래의 모습으로 보이지 않았던 것이다. 그러니까 무의식중에 그녀를 속인 셈이다⋯." 그러다 보니 단편의 마지막에서 이 두 사람의 미래는 모호하다. 진정 진실하고 그 래서 새롭고 행복한 삶이 와 줄지는 요원할 뿐이다. 이 둘은 단지 교착 상태에 놓여 있을 뿐이다. 이전에 잘 살고 있었던 구로프나 안나가 이제는 엄청난 혼란에 빠진 것이다. 한 가지 긍정적인 면이 있다면, 구로프가 이제는 진실을 진실로 대할 수 있는 가능성을 가 졌다는 점이다. "예전에 그는 슬플 때면 머리에 떠오르는 온갖 논 리로 자신을 위로했다. 하지만 이제는 논리를 따지지 않고 깊이 공 감한다. 진실하고 솔직하고 싶을 따름이다…." 슬픔은 감정의 상 태다. 이전에 구로프는 이를 머리와 논리로 이해했다. 가식의 이 해뿐이다. 그러나 지금 구로프는 그 슬픔을 공감하고 느낄 따름이 다. 감정의 상태를 감정의 해석으로 대한다.

여하튼 이 소설에서 가장 중요한 사실은 실제의 삶에 가식을 느꼈고 또 새로운 삶에 희망을 가졌지만, 인물들이 처해 있는 현 실, 즉 그들의 삶의 사실은 전혀 변하지 않았다는 것이다. 이렇게 이 작품은 우리네 삶의 진실을 담고 있다. 사실이 곧 진실이 되지 않는 삶의 진실을 말이다.[323] 이렇게 삶의 진실을 다루는 체호프의 작품이 그 진실을 어떻게 구축하는가는 「검은 수사」와 「나의 삶」 이 특히 잘 보여 준다. 이 두 작품은 얼른 봤을 경우 체호프 시학의 일반적인 특성에서 일탈한 듯하기 때문이다. 잘 알다시피 무엇이 든 조금 벗어나서 보면 잘 보이기 때문이다.

3

체호프의 작품에는 유독, 궁극의 진리에 대한 동경, 그리고 그것에
대한 언급이 빈번하게 나온다. 체호프의 인물들이 자신들이 살고
있는 삶의 모습이 허위라 여길 때 문득문득 궁극의 진리를 되뇐다.
그것이 무엇인지 확실하게 구체적으로 구술하지 않고 또 적극적
으로 그것을 추구하지도 않아 모호한 그 궁극의 진리는 그냥 그 자
체로 체호프 작품의 주요 모티프 가운데 하나가 된다. 예를 들면
「대학생」의 이반 벨리코폴스키는 막연한 진리의 세계에 대한 예
감으로 가득 차 있고, 「벚꽃 동산」의 늙은 대학생 트로피모프는 어
린 아냐에게, 「약혼녀」의 사샤는 결혼을 앞두고 자신에게 예정된
인생이 진실하지 못하다고 고민하는 나쟈에게, 자신들도 확실히
알지 못해 막연한 진리의 세계에 대해 웅변하며 진리를 찾아 떠나
라고 독려한다.

　「검은 수사」에서는 예외적으로, 다른 작품들에서 스치듯 언급
되는 궁극의 진리를 향한 추구가 주요 모티프를 형성한다. 따라서
이 작품의 분석을 통해 체호프의 작품들에 자주 등장하는 궁극적
인 진리 추구 모티프를 이해할 수 있다. 그런데 궁극의 진리 자체
의 정체처럼 모호해 수수께끼와 같은 성격을 띤 단편 「검은 수사」
는 마치 진리에 대한 상반된 진술들처럼 체호프의 작품들 가운데
가장, 앞에서 언급했듯이 상반된 해석을 유발한다. 그것은 무엇보
다도 이 단편이 두 축의 대비로 읽히기 때문이다. 즉 속세 속에서
자신의 고귀한 이상이 붕괴되어 가며 절망하게 된다는 코브린의

입장에 따른 해석과 그의 신비로운 경향을 띤 철학이 현실 속에서 소박하게 사는 인물들의 삶을 붕괴시킨다는 페소츠키와 타냐의 입장에 따른 해석, 이렇게 서로 극단적으로 상반된 해석이 있는 것이다. 특정 경향에 따라 문제를 해결하지 말고 올바로 제기해야 한다고 강조하는 체호프의 문학관이 해석의 상반성을 용인하고 있는 셈이다.[324] 하지만, 그렇다고 체호프의 작가관이 온전한 작품 해석을 불가능하게 만든다고 볼 수는 없다. 여기서 주목해야 할 점은 체호프가 어느 한 인물의 경향을 따르고 그것을 강조하고 있는 것이 아니라 그들의 삶 총체의 문제를 다루고 있다는 점이다.

단편의 세 인물 코브린과 페소츠키, 타냐는 상반되어 대립하는 두 축을 형성하는 것이 아니라, 진리에 대한 태도에 있어서 동일한 성향을 보인다. 외형상으로는 상반되어 보이는 이 두 부류는 실상, 서로를 반향하고 있는 셈이다. 코브린은 검은 수사를 통해 "영원한 진리"를 추구한다. 평범하며 근면한 인물로 나와 언뜻 보면 그와 대비되는 듯한 페소츠키의 태도 역시 실은 코브린의 태도와 크게 다르지 않다. 평생 애착을 가지고 가꿔온 그의 과수원은 "엄격한 학자 티가 나는 규칙성"을 띠고 있고, 또 그가 직접 쓴 글도 코브린의 학문하는 태도와 유사하게 "예민하고 거의 병적인 격정"을 담고 있다. 그런 그는 코브린이 "범상치 않은 사람"이라서 "숭배한다." 코브린이 영원한 진리를 추구하는 것과 유사하게.

페소츠키의 딸이며 코브린의 아내가 되는 타냐에게서도 이러한 점은 마찬가지다. 타냐 역시 "신경이 극도로 예민한" 처녀로,

그녀에게 코브린은 "낯선 것이 당연한 위대한 인물"이다. 타냐는 그의 "범상치 않은 아름다움"에 매료되어 그와 결혼한 후 "마치 온 세계를 정복한 듯한 환희와 자부심"을 느낀다. 단편 마지막에 나오는 타냐의 편지는 이를 직접 표현한다. "나는 당신을 비범한 사람, 천재로 여겼죠. 그래서 당신을 사랑했습니다…." 평범한 듯한 인물 페소츠키나 타냐 역시 이렇게 코브린과 유사한 성향을 지니고 있는 것이다. 그들은 코브린을, 그가 추구하는 영원한 진리와 등가의 진리로 여기고 대하는 것이다.

그래서 결국 코브린에 대한 해석은 페소츠키나 타냐에 대한 해석이 될 수 있다. 여기서 문제가 되는 것은 진리 자체가 아니라 진리에 대한 이들의 태도이다. 철학자인 코브린은 휴식을 취하러 온 시골에서마저 학문에 열중하느라 여전히 "신경이 예민하고 불안한 생활"을 하며, "영원한 진리, 인류의 밝은 미래"를 생각한다. 이런 코브린에게 검은 수사가 처음 나타난 것은 그가 해질 무렵 산책을 나와 "알 수 없는 신비의 장소"로 이끄는 듯한 아무도 없는 들판에서 "온 세상이 나를 바라보다 숨어 내가 자기를 이해해 주길 바라는 듯하다"고 생각할 때다. 검은 수사는 우선, 그런 코브린의 학문적 열망의 소산인 것이다. 첫 번째 검은 수사의 환각 이후 코브린은 자신이 환각에 사로잡혔다는 점에 일말 두려움을 느끼면서도 "이해할 수 없는 기쁨"을 느낀다. 그리고 나서 다시 책상에 앉아 연구를 하지만, 그보다 우선하는 자신의 학문적 열망의 정체를 발견한다.

방 안을 거닐다 책상에 앉았다. 하지만 책에서 읽는 사상들은 만족스럽지 못했다. 그는 뭔가 거대한 것, 포착할 수 없는 것, 충격적인 것을 원했다.

다시 나타난 검은 수사는 코브린이 신의 선택을 받아 인류를 위해 영원한 진리를 추구해야하는 운명을 지녔다고 말한다. 코브린의 신경과민도 바로 그 "고귀한 원리"를 섬기기 때문이라고 덧붙인다. 일종의 자기 암시이자 확신이다. 그런데 실은 코브린이 이렇게 타자화된 자신의 상상을 통해 자신의 학문적 추구를 확인하는 것은 자신의 열망에, 자신의 천재성에 회의를 가지기 시작했기 때문이다. 그가 회의하고 있다는 점이 점차 부각되자 검은 수사가 하는 말이 달라진다. 검은 수사는 코브린의 인식의 산물이기도 한 셈이다. 세 번째로 나타난 검은 수사는 이제 코브린이 선택된 자가 아니라 평범한 한 사람에 불과하다고 말한다.

마침내 검은 수사와의 만남이 타냐에게 목격되어 객관화된 이후 그는 자신이 미쳤다고 인정한다. 그래서 다시 시골로 내려와 치료를 받아 "건강이 회복되자 검은 수사는 더 이상 나타나지 않는다." 하지만 육체의 건강에 반비례하여 코브린은 주위 사람들, 특히 페소츠키와 타냐를 증오하게 된다. 건강을 돌봐준 그들로 인하여 자신의 학문적 열망이 좌절했다고 생각하기 때문이다. 이후 세 인물 모두 불행에 빠진다. 특히 코브린은 평생 추구했던 자신의 학문이 "시들고 지루하며 장황한 언어로 평범한, 게다가 남의 사상을 되뇐 것"에 불과하다는 사실을 깨닫는다. 코브린이 자신과 주위를 희생해 가면서 추구한 것은 자신의 구체적인 경험을 통해 구축한 사상이 아니라 추상적인 사상이었던 것이다. 그는 이것에 진리가 있다고 생각했던 것이다. 그가 진리가 있다고 생각하는 곳에는 구체적인 개별의 세계가 아닌 추상적인 개념의 세계가 구축되어 있는 것이다.

이런 코브린의 모습은 페소츠키나 타냐에게서도 마찬가지다. 그들이 진리를 스스로 찾아가는 것이 아니라 주어진 것, 남의 것으로 이해하고 있다는 점에서 그렇다. 페소츠키나 타냐에게 코브린은 개념적으로 이해되는 또 그런 이유로 숭상했던 인물인 것이다. 그들 또한 이미 개념화된 무엇을 삶의 진리로 받아들이고자 하는 인물들이다.

그런 개념적 추론에 담긴 진리는 각 개별자들에게 검은 수사처럼 모호해서 구체적이거나 실질적이지 못하다. 검은 수사가 한갓 자신의 환각에 불과해서 존재하지 않을까 불안한 코브린은 다시 나타난 검은 수사와 이런 대화를 나눈다.

"전설, 신기루 그리고 나, 이 모두는 다 네가 지나치게 흥분해서 상상으로 만들어 낸 산물이야. 나는 환영이지."
"그렇다면 당신은 존재하지 않는 건가?" 코브린이 물었다.
"좋을 대로 생각하게." 수사는 이렇게 말하고 희미하게 미소지었다.

검은 수사는 '존재하지 않는 존재' 이다. 달리 말하면, 그런 진리는 추상화되어 개별자에게는 구체적이지 못하다. 「검은 수사」가, 구체적이고 세태적이며 디테일이 선명한 체호프 작품의 일반적인 경향과 달리 대략적이고 비사실적으로 묘사되고 있는 점도 다른 작품들과 달리 궁극적인 진리 추구를 직접 다루는 이 작품의 예외성을 의미하며, 또한 그들이 추구하는 궁극의 진리의 이런 모호성을 예술적으로 형상화한 것이라고 해석할 수 있다. 궁극의 진리를 막연히 언급만 하는 다른 작품들에서 그 궁극의 진리를 현재가 아닌 다른 먼 시간의, 이곳이 아닌 다른 먼 곳의 일처럼 얘기하는 것을 이 작품이 직접 다루는 것이다. 개별자에게 개념의 세계는 자신이 체험해서 구체적으로 생성해 낸 세계가 아니라서 코브린의 과대망상처럼 모호하고 허황한 세계이다. 이런 진리는 인물들에게 불행을 가져다줄 뿐이다. 코브린은 그렇게 죽음에 이른 것이다. 페소츠키나 타냐도 구체적이고 실질적인 코브린을 사랑하고 신뢰한 것이 아니라 그를 뛰어난 자로만 보고 '추구' 했다. 그래서 그들은 코브린이 결국 미쳤다고 생각하자, 즉 코브린이 대변하는 진리에 대한 신념을 잃자 불행에 빠져들어 죽거나 쇠락한다. 페소츠키의 정원도 구체적인 원인에 의해서가 아니라 그저 "타인들"에 의해서 황폐해졌다.

세 인물의 이런 죽음과 퇴화는 단순히 생물학적인 사실로 국한되지 않는다. 그들의 진리 추구 방식이나 그들이 추구했던 진리의 성격이 타인의 것, 개념화된 것이기에 그들은 이미 죽은 사고를 한 것이다. 요컨대 그런 공허한 추상적인 진리는 검은 수사가 죽음을 몰고 오듯 이미 죽은 것이고, 이는 스스로 사고하지 못하는 존재가 이미 죽음의 상태에 있음을 시사한다.

「검은 수사」와 대비되는 차원에서 또 하나의 예외적인 작품이 「나의 삶」이다. 추론화의 황폐를 다룬 「검은 수사」와 달리 「나의 삶」은 구체화의 풍요를 다루고 있다.

4

체호프의 인물들은 자신들의 삶이 불현듯 거짓되다고 여기고 벗어나고자 한다. 자신이 속한 세계가 진실한 세계가 아니라 허위의 세계라는 인식이 찾아오면 체호프의 인물들은 진짜 삶을 갈구하는 것이다. 힘들게 가정을 이루고 나서 불현듯, 그 생활의 가식을 느끼고 소설 마지막에 떠날 결심을 하는 「문학 교사」의 니키틴은 그 한 예이다. 그럴 때 인물들은 자신의 진짜 삶을 실제의 노동을 통해서 얻을 수 있으리라 진단하고 노동을 언급한다. 하지만 실제로 이 노동을 실천하는 인물을 다룬 작품은 거의 없다. 이런 점에서 「나의 삶」도 예외적인 작품이라 할 수 있다. 이 소설에서 주인공인 화자 폴로즈네프는 체호프의 여타의 인물들과 달리 거의 유일하게 직접 노동에 뛰어들어 신분의 변신마저 꾀하여 성취한다.[325] 여기서 우리는 허위 세계를 구축하는 개념의 문제, 그리고 그런 허위 세계와 실제 세계의 대립, 실제 세계에서의 실천의 문제를 읽을 수 있다.

「나의 삶」은 폴로즈네프가 아홉 번째 직장에서 해고되는 것으로 시작한다. "마치 물방울들처럼 서로 닮은 이 아홉 가지의 직무"는 폴로즈네프에게 아버지가 강권했던 "정신 노동"이다. 그렇지만 폴로즈네프에게 "그런 정신 노동은 지적 긴장도, 재능도, 개인적 능력도, 정신의 창조적 앙양도 요구하지 않는 기계적인 것이었다." 그래서 화자는 "새로운 노동 생활"을 결심하고 아버지의 이해를 바란다. 하지만 대상들과 그 대상들을 지시하는 이름들은 언제나 완벽하게 일치한다는 허영[327]에 젖어 있는 그의 아버지는 그런 "육체 노동"이 선조들이 쌓아 논 가문의 "성스러운 불"을 끄는 행위라며 "튼튼한 사회적 지위"를 유지할 것을 강요한다. 화자의 삶에 '강제로 부여된' 아버지의 원칙과 그래서 그동안 일했던 기만적인 정신 노동 모두 화자에게는 자신이 직접 설립하지 못한 원칙으로 개념의 속성을 띠고 있다.

그의 삶에 부여되는 개념의 강요는 집요해서 지사마저도 그를 불러 "당신의 신분에 맞는 직무로 돌아갈 것"을 요구하기도 한다. 참다운 구체적인 삶을 살고자 하는 폴로즈네프는 그래서 이를 이해하지 못하는 아버지와 결국 결별하게 된다. 이는 단순히 부자간의 갈등 문제에 국한되는 것이 아니라, 한 인물의 삶에 강요되어 허위의 세계로 이끄는 개념과 개별 사이의 소통 불능의 문제인 것이다. 그런 개념화된 삶을 강요하는 아버지의 정체는 이를 잘 드러낸다. 폴로즈네프가 보는 건축가 아버지의 모습은 이렇다. 아버지가 짓는 규범화되어 창조성이 결여된 집은 바로 개념의 정체이다.

유감스럽게도 아버지는 이 지역의 유일한 건축가였지만, 최근 15년 내지 20년 사이에 내가 기억하는 한, 시내에 제대로 된 건물은 한 채도 지어지지 않았다. 누가 아버지에게 설계도를 주문하면, 아버지는 먼저 홀과 응접실을 설계하는 게 보통이다. 마치 예전의 여학생들이 언제나 기본스텝에서 시작해야만 춤을 출 수 있었던 것처럼, 아버지의 예술적 이념은 홀과 응접실에서 출발해야만 풀려나올 수 있었다. …분명 아버지의 이념은 명확하지 못하고 아주 혼란스럽고 비참한 것이었을 게다. …어쩐지 아버지가 지은 서로 비슷비슷한 건물들 모두는 내게 어렴풋이 아버지의 실크해트와 건조하고 고집스러운 뒤통수를 떠올리게 했다. 시간이 흘러 도시는 아버지의 무능에 익숙해져, 그 무능이 뿌리를 박고 우리 도시의 스타일이 되었다. 이 스타일을 아버지는 나의 누이의 삶에도 집어넣었다. 아버지가 누이를 클레오파트라라고 부른 것에서 시작하자….

누이 클레오파트라는 화자와 대비되어 개념의 폐해를 잘 보여준다. 아버지가 붙여준 클레오파트라라는 이름이 고대 이집트의 여왕의 이름이면서, 그리스 어로 '아버지의 영광'327을 뜻하는 이름이라는 점도 이와 깊은 관련을 맺는다. 이런 이름에 걸맞게 화자의 누이는 아버지의 개념에서 어긋나는 오빠의 일탈 행동에 "공포와 연민"을 느끼며 그 스스로는 "엄격한 교양에 짓눌려" 아버지의 뜻에 어긋나지 않는 삶을 산다. 그렇지만 결국 누이도 두려움 속에서 "점차 다른 세계에 눈을 뜨며" 자신의 거짓된 삶을 "자각"한다. 그런 누이는 자신의 과거와 아버지를 극단적으로 증오하면서, 아버지를 위해서가 아니라 자신을 위해, 자신의 방식으로, 자신의 이해로 세계를 새롭게 살고자 하나, 이미 부호화된 태도에 젖어서 생각하는 능력, 세계를 인식하는 능력을 상실했기에 새로운 삶을 창조해 낼 수가 없어 "나는 나 자신의 역할을 모르겠어"라고 호소하며 절망에 빠진다. 그러다 결국 유부남인 의사 블라고보의 딸을 낳고 죽게 되는 누이의 모습은 개념화된 인물의 비극적인 종말을 보여 준다.

클레오파트라가 낳은 사생자의 아버지인 블라고보는 거창한 이념을 소유한 지식인 의사다. 블라고보는 항상 진보, 문명, 문화를 이야기하며 "루시는 862년에 시작되었지만 문화적인 루시는 아직 시작되지 않았다"고 비판하면서[328] 자주 코브린의 검은 수사와 유사한 "먼 미래에 인류 전체를 기다리고 있는 위대한 엑스"를 반복한다. 「나의 삶」에서, 이런 블라고보의 거창한 이념이 가지고 있는 추상성을 폭로하는 인물은 바로 화자의 아내가 되었던 마리야다. 권태롭게 무위도식하던 마리야는 활동적인 실천을 보이는 플로즈네프에게 매료된다. 마침내 이 두 사람은 마리야의 아버지 돌쥐코프 소유의 농촌 두베츠냐로 떠나 결혼하고, 마리야가 "이론상 연구"했던 농촌 생활을 함께 '실제로' 시작한다. 그러면서 농촌의 계몽을 위하여 학교를 세우기에 이른다. 하지만 마리야는 자신의 개념적 실천의 한계를 드러내고 결국 농촌 생활을 포기하게 된다. 플로즈네프의 헌신적인 사랑에도 불구하고 마리야는 추상적으로 동경했던 농촌의 거칠고 야만적인 실제 모습과 생활에 환멸을 느끼는 것이다. 그리고 마침내 농촌을 떠나 페테르부르그로 가서 화자에게 이혼을 요구하고 아메리카로 떠나가 버린다. 피상적인 개혁의 모습 내부에 남겨진 부호화된 개념의 잔재는 마리야로 하여금 자신의 권태에서 비롯되어 호감을 보였던 화자의 실천적 활동을 끝내 온전히 수용하지 못하게 한다. 마리야는 그 자신의 이념의 개념적 속성을 꾸밈의 연극 이미지로 드러낸다. 화자 폴로즈네프가 마리야에게 호감을 가지게 된 것도 그가 이 도시의 아마추어 극장의 무대 배경을 그리며 무대 뒷일을 돕다 무대에서 연습하던 마리야를 봤기 때문이다. 즉 화자는 마리야라는 실체가 아니라 마리야의 연극적 이미지에 매력을 느꼈던 것이다. 꾸밈의 마리야와 실행의 폴로즈네프 사이의 결별은 이미 예정되어 있었던 것이다. 그런 마리야의 추상적인 속성을 폴로즈네프가 그녀와의 첫 대화에서 느낀다. "요사이 그녀가 나와 부와 안락함에 관해 이야기한 것은 진지하지 않고 누군가를 흉내낸 것 같았다. 최고의 희극 배우였던 것이다." 농촌에서 결혼하여 살던 와중에도 화자는 자신의 아내 마리야가 "평민 역을 연기하는 재능 있는 여배우" 같다는 인상을 받는다.

　그런 마리야가 페테르부르그로 가서 보내 온 이혼을 요구하는 편지에서, 지금 자신은 "모든 것은 지나간다"라고 새겨진 반지를 끼고 있다며 이렇게 덧붙여 말한다. "모든 것은 지나갑니다. 생활도 지나가지요. 그러니까, 아무것도 소용없는 겁니다." 자신과의 관계를 끊고 잊어달라는 의미로 쓴 이 말은 마리야의 속성을 함축하기도 한다. 블라고보처럼 거창한 이념을 이야기하지만, 그 이념이 추상적이기에 실제에서 구체적으로 어떠해야 하는지, 그 필요가 어떠한지 마리야로서는 알 수가 없다.

　　거창한 개념을 추상적으로는 인식하면서도 구체적으로는 실천하지 못하는 것은 개념화된 이 도시의 사람들도 마찬가지다.[329]

　　이 6만의 주민들이 무엇을 위해 살며 무엇 때문에 복음서를 읽고 무엇 때문에 기도를 하며 무엇 때문에 책들과 잡지들을 읽는지 나는 알 수가 없었다. 만일 그들에게 백 년, 삼백 년 전이나 조금도 다름없는 정신적 몽매와 자유에 대한 혐오가 있다면 지금까지 그들이 쓰고 말한 것 모두가 그들에게 어떤 이익을 가져다주었단 말인가? …이 6만의 주민들이 대대손손 진리며 자비며 자유에 대해서 읽고 듣지만, 그럼에도 죽을 때까지, 아침부터 저녁까지 거짓말하고 서로를 괴롭히고, 자유를 두려워하며 원수처럼 미워한다.

　　거창한 개념을 알되 그 앎은 전혀 무익한 것이다. 이와 달리 폴로즈네프는 "문제를 인류가 해결하게 되기를 기다리기보다 각자 스스로 자신부터 그 문제를 풀어야 한다"라고 말한다. 화자는 개별성이 진리를 담아 낼 수 있다는 점을 분명히 강조하고 있는 것이다. 사실 그는 블라고보나 마리야와 달리, 직접 육체 노동을 하며 개별적 진리를 실천하는 인물이다.

이런 점에서 「나의 삶」의 주 모티프는 유용함이다. 생각하는 바가 실제에서 어떻게 유익한가, 소용이 되는가가 주 모티프인 것이다. 화자의 이름 폴로즈네프와, 이 소설에서 가장 빈번하게 반복되는 단어 폴레즌은 이를 이미 시사하고 있다(러시아 어에서 폴레즌은 유익하다는 뜻이다). 거창한 개념에는 그 추상성으로 인해 구체적인 유용함이 없다. 아버지와 그런 아버지가 건설했고 또 속해 있는 도시의 범주화된 삶이 화자에게 문제가 되는 것은 전혀 무익하다는 것이다. 그런 추상성은 개인에게나 세계의 진리를 위해서나 마찬가지로 무익할 따름이다. 그런 점은 화자가 소설의 마지막에서 다시 아버지와 만나 나누는 대화에서 드러난다. 누이의 죽음이 임박했음을 알리러 간 화자에게 아버지는 이를 애써 무시하며, 그것이 자신의 개념과 범주 속에 들어와 있지 않은 벌이라 말한다. 이에 대한 화자의 대답은 이렇다.

우리에게 의무적이라 여기시는 아버지의 이 생활은 왜 그리 따분하고 무능합니까? 아버지가 30년 동안이나 지으신 이 집들 어디 한 집에도, 내가 잘못되지 않기 위해서 어떻게 살아야 하는가를 배울 수 있는 사람이 왜 한 명도 없습니까? 이 도시 전체에는 한 명의 정직한 사람도 없습니다. …우리네 도시는 수백 년 동안이나 존재하고 있으나, 그 기간 동안 이 도시는 단 한 명의 유익한 사람도 조국에 내놓지 못했습니다. 단 한 명도! 아버지는 아주 조금이라도 생기 있고 선명한 것이라면 그 싹부터 죽여 버렸습니다! 상점 주인들, 술집 주인들, 관료들, 위선자들의 도시, 땅 속으로 꺼진다 해도 누구 하나 아쉬워하지 않을 그런 소용없고 무익한 도시입니다.

진정 구체적이고 실질적인 실천은 개별자 존중에서 비롯되어 폴로즈네프의 별명 "작은 이익"처럼 비록 작은 듯하지만 그래서 가능한 것이다.

화자는 소설 마지막 장에서, 마리야의 편지에 언급된 "모든 것은 지나간다"에 대비되는 "아무것도 지나가지 않는다"를 생각하며 자신의 개인적 삶을 충실히 살아간다. 상속되는 삶의 가치를 거부하고 자신의 개인적 결정, 그 창조에 따른 삶을 사는 폴로즈네프가 하는 이 말은 개별자들의 가치를 존중한다는 뜻이다. 개념 이전의 구체의 중요성, 주어진 일반화된 사고 방식이 아니라 개개의 창조적인 '해석'의 중요성 말이다. 그래서 가치 있는 삶의 창조는 "아무것도 지나가지 않는다"는 실질적이고 구체적인 실천에서 시작되는 것이다. 이 말은 삶의 가치가 어떻게 형성되고 또 진리는 어떻게 획득되는가에 대해 말한다.

나는 아무것도 흔적 없이 지나가지 않는다는 것, 아주 사소한 우리의 발걸음도 현재와 미래의 삶에 있어서 의미를 지닌다는 것을 믿는다. 내가 체험한 것은 헛되이 지나가지 않았다….

「나의 삶」에는 이런 삶의 태도와 문학 사이의 연관성을 암시하는 부분이 있다. 이때 문학은, 아버지가 그토록 소중하게 여기고 또 아버지를 사로잡는, 그리고 그가 도시 사람들의 평판을 중시하는 점을 시사하는 신문과 대비된다.[330] 여기서 신문은 남의 시선 즉 체제화된 사고를 함축하면서 동시에, 일시적이고 덧없는 성격[331]을 지녀 "모든 것은 지나간다"의 속성을 대변한다. 반면 문학은 그 가치를 바로 화자의 "아무것도 지나가지 않는다"와 같은 삶의 태도에서 획득한다.

폴로즈네프가 마리야의 헤어지자는 편지를 읽는 옆에서, 누이는 레지카에게 오스트로프스키의 희곡과 고골의 희곡을 읽어 주고 있는데, 이럴 때 버릇처럼 "거짓은 영혼을 갉아먹지"라고 웅얼거리던 레지카가 작품들에 매료되어 감탄하면서 다음의 말을 의미심장하게 반복하여 중얼거린다. "모든 것은 있을 수 있지! 모든 것은 있을 수 있지…!"

5

1885년 11월 체호프는 지인 니콜라이 레이킨에게 보내는 편지 끝에 이렇게 썼다. "사람들의 삶이란 모두 사소한 것들로 이뤄집니다." 소소한 것들이 빚어내는 이야기가 체호프의 전 작품을 관통하는 것도 이러한 체호프의 현실 인식에서 비롯된 것이다. 그래서 「나의 삶」에서는 화자가 새로이 개척하는 실제의 생활이 그런 소소한 것들이 남기는 '흔적들'로 구축된다. 이렇게 소소한 것들의 가치는 거창한 궁극의 진리를 추구하는 인물들이 나오는「검은 수사」에서도 실은, 역설적으로 부각되어 강조된다.

코브린과 마찬가지로 뭔가 거창한 것, 비범한 것을 끊임없이 바라서 그의 아내가 된 타냐가 코브린이 자신의 기대와 달리 사소한 감정에 좌우되는 것을 목격하고는 거의 절망적으로 이렇게 외친다. "당신처럼 현명하고 비범한 사람이 하찮은 일에 화를 내고 자잘한 일에 참견하다니… 이런 사소한 것들에 흥분하다니… 정말 당신 맞나요?" 코브린도 결혼 전 타냐가 아버지와 말다툼 이후 매우 괴로워하자 "그런 사소한 일들이 사람을 하루종일, 어쩌면 평생토록 불행하게 만들 수도 있다!"는 사실에 놀란다. 거창한 것만이 의미를 지닐 거라고 생각하고 그것만을 추구하는 인물들이 이렇게 사소한 일에 놀라는 것은 당연하다. 그렇지만 그들 역시 은연중에 어쩔 수 없이 사소한 일 속에서 평범하게 살 수밖에 없다. 코브린의 중재로 아버지와 화해한 타냐는 언제 그랬느냐는 듯이 그저 고픈 배를 채우기 위해 함께 "호밀로 만든 검은 빵을 소금에 찍어 먹"을 뿐이다. 코브린 역시 "낡은 컵에 차를 마시고 크림과 버터 바른 흰 빵을 먹으며 이 사소한 일들로… 마음이 벅차올랐고 또 즐거웠다."

거창한 것을 추구하지만 그들의 삶은 사소한 일들로 구성되어 있을 따름이다. 디테일들에 대한 이런 주목은 가치 있는 삶의 진리에 관한 담론으로 이해할 수 있다.[332] 체호프의 작품들의 이런 태도는 위대한 것이 아닌 하찮은 것이 이데올로기에 가장 오염되지 않아 그래서 생명력이 길다는 바르트의 통찰과도 상통하는 것이다.[333] 체호프에게는 모든 것을 통괄하는 특별하거나 위대한 것이란 존재하지 않는다. 특별한 것 역시 사소한 것과 마찬가지로 평범하게 바라본다. 매우 특별한 상황과 특별한 인물을 다룬 듯한 「검은 수사」도 그래서 평범함의 가치를 역설하고 있는 것이다.

그렇지만 사소한 것들 자체가 곧 문학의 진실인 것은 물론 아니다. 그것은 존재하는 단순 사실일 뿐이기 때문이다. 흔히 체호프의 문학관을 언급할 때 그가 "삶을 있는 그대로 씁니다" 하고 말한 점에 주목하게 된다. 따라서 이 표현의 표면적 의미 그대로에서, 예술에 관한 전통적인 이론으로 작품과 대상 사이의 관계에 주목하는 미메시스론을 체호프 사실주의의 근간으로 제시하기도 한다.[334] 그렇지만 체호프가 말하는 문학의 진실이 사실의 세계를 정확하게 재현했다는 차원에서 나온다고 볼 수는 없다. 진실이라는 인식론적 개념과 사실이라는 물리적 성격은 다른 것이다. 게다가 문학에서는, 이미 그것이 가공fiction의 세계이기에, 묘사된 디테일들이 진짜 사물과 똑같은가를 따지는 것은 별 의미 없는 일이다.[335] 주어진 사실을 사진 찍듯 정확하게 재현한 것이 문학의 진실을 의미하지 않는다.

그래서 "모든 것은 있을 수 있지", "아무것도 지나가지 않는다", 「나의 삶」에 나오는 이 두 문장에서 사소한 것 모두를 의미하는 '모든 것'이나 '아무것'이 아니라 '있을 수 있지'와 '지나가지

않는다'에 바로 문학의 진실이 담긴다. 여기서 '지나가지 않는다'
와 '있을 수 있지'는 각 디테일들이 자체의 권리를 지니고 있으며,
그 자체의 의미나 정체는 독단적으로 드러나는 것이 아니라 다른
디테일들과의 상관 관계를 통해서 드러난다는 의미를 함축한다.
디테일 각각을 세밀하게 다뤘다고 진실이 확보되는 것이 아니라,
디테일 각각이 다른 디테일들과의 관련 속에서 가치를 지니게 됨
으로써 의미를 획득하고 이로써 진실이 확보된다.[336]

    그럼으로써 체호프의 작품들은 현실과 사실을, 그것들을 바라
보는 국외자의 시선으로 왜곡하지 않는다. 그러한 시선이 나름의
논리로 디테일들을 단순화하고 또 통일된 구심점으로 응축하는
묵시적 폭력을 내포하고 있기 때문이다. 그래서 삶을 왜곡하고 기
형화한다. 이는 「사랑에 관하여」에서 알료힌이 개개인의 사랑을
이해할 수 있는 보편적인 진리는 없다고 말하면서 덧붙인 다음과
같은 말과도 연결된다. "한 경우에 들어맞는 듯 보이는 설명이 다
른 열 가지 경우에는 적용되지 못합니다. 가장 좋은 건, 제 생각에
는, 일반화하려고 하지 말고 모든 경우를 개별적으로 설명하는 것
입니다. 의사들이 말하는 듯이 각각의 경우를 개별적으로 다뤄야
합니다." 추론적인 사고는 각 디테일들을 바라볼 때, 그 디테일의
근본 개념을 설정하고 그로부터 사유를 출발시킨다. 그래서 각 디
테일의 정체는 그 자체와 그것이 놓인 곳의 다른 디테일들과의 상
관 관계에서 드러나는 것이 아니라, 선험적으로 확정된 대전제와
의 관계 아래서 드러난다고 본다. 이럴 때 각 디테일들은 오직 관

넘과의 종속적이고 위계적인 질서에 의해 파악되게 된다.

　체계 내에서 일관성을 유지하고 모순되지 않으면 논리적으로는 진리가 되는 것도 규범화된 그 틀을 벗어나면 의미를 잃는다. 결국 근본적 본질을 상정하고 디테일들을 형이상학적으로 이해하는 것은, 마치 「6호 병동」의 고정된 인식의 소유자 니키타가 벌이는 일처럼 폭력이 되는 단순화, 개념화인 것이다. 그렇기 때문에 「검은 수사」의 코브린도 자신이 그동안 "시들고 지루하며 장황한 언어로… 남의 사상을 되뇐 것"에 불과하다고 깨닫는 것이다. 코브린은 자신만이 궁극의 진리를 확보한 학자로 선택받은 비범인이라는 망상에서 벗어나 마지막에 가서 이렇게 자각한다.

　　이제 코브린은 자기 자신이 아주 평범하다는 것을 분명히 깨닫고 그 사실을 기꺼이 받아들였다. 모든 사람은 자신의 모습 그대로에 만족해야 한다고 생각했기 때문이다.

　각각의 디테일들은 초감각적이고 초자연적인 어떤 절대 근원의 파생체가 아니라 인접한 상이한 디테일들과 서로 관계를 맺어 조화를 형성하며, 또 그렇게 자체 내의 논리를 생산하는 것이다. 일반화되어 부과되는 개념으로서의 진리, 즉 모두가 공감하는 이치를 알 수 없다는 체호프의 작품에서 개개의 구체적인 사실들이 상호 관련되어 의미를 구축하면서 그들 사이의 보편을 확장한다. 추상의 세계도 이렇게 구체의 세계에서 출발하여 보편성을 획득한다. 그래서 그의 작품들은 상호간의 관련 속에서 일반 규칙과 제도를 형성하는 사람들의 실제 삶 자체를 담을 수 있게 된다.

그렇게 우리는 체호프의 작품 안에서 세계를 만나고 세계 안에서 체호프의 작품을 만나게 된다.[337] 체호프의 작품은 사물들을 조작하여 단순화하거나 관념으로 환원하지 않고 스스로 드러나게 하는 것이다.

어떤 특정 사상을 밑에 깔고 그 사상의 시선으로 사물들을 바라보는 사상의 문학이 아닌 체호프의 작품들은 그 자체가 문학의 사상이 되며, 그래서 그 자체의 언어로 이해되고 사유되는 것이지 외부의 개념어로 환원되지 않는다. 명백한 사실이 곧 진실이 되지 못하는 삶의 현장에서, 체호프가 주목한 것은 사실들 각각의 의미가 서로간의 상관성에서 획득된다는 진리이다. 그리고 그러한 방식으로 체호프 작품의 의미가 구축된다. 그래서 그의 작품은 자체의 논리를 내부에 지녀 기존의 고정된 문학 이론으로 온전히 재단할 수 없는 그 자체 이론이기도 하다.

Anton
Pavlovich
Chekhov

체호프의 코미디

1) 체호프는 단편 소설을 통해 작가로서의 명예를 먼저 얻었지만 극작에 더 큰 관심을 가지고 있었다. 그래서 마가샤크는 작가로서 체호프의 중요한 초기 작품이 유머 단편이 아니라 10대와 20대에 쓴 장막극들이라고 보며, 그가 단편 소설을 쓴 이유를 다음 두 가지로 설명하고 있다. 첫 번째 이유는 체호프가 자신의 가족을 부양해야만 했는데 단편 소설은 그것을 위한 가장 빠른 방편이었다는 것이다. 두 번째 이유는 19세기말 러시아의 무대는 진지한 극작가가 극장에서의 수입만으로는 살아가기 어려웠을 뿐 아니라 자신의 희곡들이 상연되기를 바랄 수 없는 상태였다는 것이다. D. Magarshack, "Purpose and Structure in Chekhov' s Plays", *Anton Chekhov' s Plays* (New York : W. W. Norton & Company, 1977), 260면.

2) M. Gromov, *Chekhov* (Moskva : Molodaia Gvardiia, 1993), 292~293면 참조.

3) 후기 4편의 희곡 중에서 「바냐 아저씨」는 "4막으로 된 시골 생활의 장면", 「세 자매」는 "드라마"라고 규정되어 있으나, 체호프는 이 두 희곡도 희극이라 주장한다. 이와 관련하여 이예주이토바는 '체호프가 확고하게 4편의 희곡 모두를 코미디라 불렀다'라고 언급하고 있다. L. Iezuitova, pod red. V. Markovicha, "Komediia A. P. Chekhova Chaika kak tip novoi dramy", *Analiz dramaticheskogo proizvedeniia* (Leningrad : LGU, 1988), 346면.

4) 체호프와 스타니슬라브스키, 현재에 이르기까지 이 두 이름은 각각 상
대를 연상시킨다. 그만큼 체호프의 희곡은 스타니슬라브스키의 연출에
절대적인 도움을 받았고, 스타니슬라브스키는 체호프의 희곡에 입각해
자신의 연출론을 정리할 수 있었던 것이다. 다음과 같은 「갈매기」에 대
한 스타니슬라브스키의 분석은 그가 이후의 체호프 극에 관한 다양한
이해의 초석을 놓았다는 점을 확인시켜준다. "부분적으로 그는 인상주
의자이고, 또 어떤 부분에서는 상징주의자이며, 그럴 필요가 있는 곳에
선 리얼리스트이고, 이따금은 심지어 자연주의자이기도 하다. …희망
없는 사랑에 빠진 젊은이가 사랑하는 여자의 발 옆에 의미 없이, 무심
코, 죽은 아름다운 흰 갈매기를 내려놓는다. 이것은 근사하고 중요한
'상징'이다. 그런데, 작품 전체에 걸쳐 자신의 아내에게 집요하게 달라
붙어 그녀의 인내를 건드리는 동일한 구절 "집으로 갑시다… 아이가 울
어요…"를 반복하는 산문적인 교사의 건조한 출현. 이것은 '리얼리즘'
이다. 그리고, 갑자기, 예기치 않게, 여배우 어머니와 이상주의자 아들
사이에 거친 욕설이 오가는 혐오스런 장면. 거의 '자연주의'다. 마지
막, 가을 저녁. 유리창을 두드리는 빗소리, 정적, 카드놀이, 멀리서 들
리는 쇼팽의 우울한 왈츠 소리와 그 소리의 멈춤. 이어서 울리는 총
성… 죽음. 이것은 이미 '인상주의'다." K. Stanislavskii, *Grazhdanskoe
Sluzhenie Rossii* (Moskva : Pravda, 1990), 71~72면. 그렇지만, 저자는
체호프가 자신의 드라마를 많은 관객들 앞에서 성공적으로 무대화한
스타니슬라브스키를 종종 질책했던 사실을 간과할 수 없다. 스타니슬
라브스키가 체호프의 드라마를 해석하는 중심인 '심리적 사실주의'는,
이 연구에서 밝히겠지만, 결국 체호프의 인물 관계를 왜곡할 위험을 내
포하기 때문이다. 그렇다면 체호프의 드라마를 체호프식으로 무대화하
기 위해서는 스타니슬라브스키로부터 자유로워져야 한다.

5) R. Jackson, "Perspectives on Chekhov", *Chekhov: A Collection of Critical Essays* (Englewood Cliffs : Prentice-Hall Inc., 1967), 8~12면.

6) R. Williams, *Modern Tragedy* (Stanford : Stanford Univ. Press, 1966), 139~146면.

7) D. Magarshack, *Chekhov The Dramatist* (New York : Hill and Wang, 1960), 42면. 그런데 드라마의 교훈적 목적을 강조한 마가샤크의 이 견해는 아이러니하게도 「갈매기」에서 트레플레프가 극의 혁신을 주장하면서 기존의 극을 비판하는 관점이다.

8) E. Polotskaia, *A. P. Chekhov: Dvizhenie Khudozhestvennoi Mysli* (Moskva : Sovetskii Pisatel', 1979), 271면.

9) V. Frolov, *Sud'vy Zhanrov Dramaturgii* (Moskva : Sovetskii Pisatel', 1979), 96~135면.

10) N. Fadeeva, *Novatorstvo Dramaturgii A. P. Chekhova* (Tver' : TGU, 1991), 57~77 면. 그렇지만, 희비극tragicomedy이란 희극이나 비극으로 정의 내리기 애매할 경우에 쓰이는 장르가 아니라, 이들과 전혀 다른 역사를 가지고 있는 장르라는 사실에 유의해야 한다. 희비극은 행복한 결말을 가진 비극이나, 비극적 소재를 희극적인 목적으로 이용한 코미디를 말한다. M. Charney, *Hamlet's Fictions* (New York : Routledge, 1988), 131면 참조.

11) A. Chudakov, *Poetika Chekhova* (Moskva : Nauka, 1971), 201면.

12) Iu. Lotman, *Struktura Khudozhestvennogo Teksta* (Providence : Brown Univ. Press, 1971), 27면.

13) M. Bakhtin, *Formal'nyi Metod v literaturovedenii* (Moskva : labirit, 1993), 145면.

14) M. Bakhtin, *Problemy Poetiki Dostoevskogo* (Moskva : Sovetskaia

Rossiia, 1979), 191면.

15) M. Gor'kii, *Polnoe sobranie sochinenii v tridtsti tomakh. T. 28* (Moskva : Khudozhe- stvennaia Literatura, 1954), 46면.

16) V. Nabokov, *Lectures on Russian Literature* (New York : Harcourt Brace & Company, 1981), 291면.

17) Iu. 로트만, 오종우 편역, "영화 기호학과 미학의 문제", 『영화의 형식과 기호』(서울 : 열린책들, 2001), 226면.

18) 메이예르홀드가 기억하는 다음과 같은 유명한 일화는 체호프가 극작에서 예술적인 조건성을 고려하고 있음을 드러낸다. 체호프는 1898년 9월 11일 모스크바 예술극장의 「갈매기」 리허설에 참가하여 배우들과 다음과 같은 대화를 나눈다. "왜 그랬죠?" 체호프가 불만스런 목소리로 물었다. "사실적이라서" 배우가 대답했다. "사실적이라" 체호프는 웃으면서 반복하고, 잠시 있다가 말했다. "무대는 예술입니다. 크람스코이에는 얼굴이 아주 잘 그려진 그림이 한 장 있습니다. 그런데 진짜 얼굴에서 코를 잘라 붙여놓는다면 어떻겠습니까? 그 코는 실제적이겠지만 그 그림은 망가져 버릴 겁니다." V. Meierkhol'd, "Naturalistic Theatre and Theatre of Mood", *Anton Chekhov's Plays* (New York : W. W. Norton & Company, 1977), 319면.

19) 그의 단편 소설도 구성상 4개의 부분으로 나뉜다. E. Polotskaia, 앞의 책, 185~191면 참조.

20) R. Brustein, *The Theatre of Revolt* (Boston : Little Brown and Company, 1962), 23면.

21) 모스크바 의과대학의 동창생이자 정신과 의사인 로솔리모의 회상에 따르자면, 체호프는 의사로서의 경력이 그의 문학 작업에 중대한 영향을 주었음을 확신하고 있었다. G. Rossolimo, "Vospominaniia o

Chekhove", *A. P. Chekhov v vos- pominaniiakh sovremennikov* (Moskva : Khudozhestvennaia Literatura, 1986), 431면.

22) B. Zingerman, *Teatr Chekhova i ego Mirovoe Znachenie* (Moskva : Nauka, 1988), 318면 참조.

23) E. Tolstaia, *Poetika Razdrazheniia: Chekhov v kontse 1880-kh - nachale 1890-kh godov* (Moskva : Radiks, 1994), 138면. 체호프의 초기 드라마들과 이 글의 연구 대상인 후기의 네 장막극을 가르는 한 기준은 멜로드라마적 속성이 될 것이다. 초기 장막극들은 작가의 의도와 달리 '멜로드라마'로 해석될 여지를 많이 내포하고 있는 것이다. 이에 관해서는 다음의 글 「체호프의 음악」을 참조하시오.

24) G. W. F. 헤겔, 최동호 역, 『헤겔의 시학』(서울 : 열음사, 1993), 223면.

25) K. Hamburger, *The Logic of Literature* (Bloomington : Indiana Univ. Press, 1973), 198면.

26) 그러나 플라톤이나 디드로의 대화체 글과 같은 비무대적 대화 텍스트의 대화체는 극 장르의 대화체와 그 성격이 다르다. 주로 철학적 인식과 담론을 목표로 하는 이러한 대화에는 대체로 희곡의 대화가 지닌 상황 연계성 및 행동과의 연관성이 결여되어 있다. H. 가이거 & H. 하르만, 임호일 역, 『예술과 현실 인식』(서울 : 지성의 샘, 1996), 71면 참조.

27) M. Bakhtin, *Problemy Poetiki Dostoevskogo* (Moskva : Sovetskaia Rossiia, 1979), 218~219면. 바흐친은 담화의 유형을 세 가지, 자신의 대상을 향한 직접적인 담화, 객체적 담화, 타자의 말을 지향하는 담화로 구분하고, 드라마의 담화 형태를 두 번째 유형으로 분류한다. 같은 책, 210~237면.

28) P. Szondi, *Theory of Modern Drama* (Cambridge : Polity Press, 1987), 53면.

29) M. Bakhtin, 앞의 책, 20면.

30) 다른 예술 장르에 비해 극 장르에서는, 무대 메커니즘을 고려해야 하는 종합 예술로서의 특성을 지닌다는 점, 대화체로만 구성된다는 점 등으로 인해 구성상의 제약이 많다. 그래서 여전히 극 장르에 대한 중요한 규범으로 간주되는 아리스토텔레스의 『시학』은 형식의 우위성에 입각하여 내용을 제한한다. 이러한 점은 그동안 드라마 이론가들이나 극작가들에게 위압적인 규범이 되어왔다. 그래서 보알은 아리스토텔레스 류의 희곡 구성 원리를 '위압적coercive' 연극 형식이라 부른다. A. Boal, *The Rainbow of Desire: the Boal Method of Theatre and Therapy* (London : Routledge, 1995), 71면.

31) 시 텍스트에서의 다면성과 대화성을 규명하고 있는 석영중은 바흐친이 서술체 장르에 집중하여 발전시킨 대화주의가 폭넓게 적용될 수 있음을 다음과 같이 설명한다. "오늘날 바흐친의 대화주의는 산문 담화라고 하는 본래의 적용 범위를 뛰어넘어 예술 텍스트 일반으로 확장되어 왔으며 상호텍스트성으로 특징지어지는 다양한 텍스트의 개념에 토대를 마련해 주었다." 석영중, 『러시아 현대시학』(서울 : 민음사, 1996), 115~116면.

32) A. S. Sobennikov, *Khudozhestvennyi Simvol v Dramaturgii A. Chekhova* (Irkutsk : Izdat. Irkutskogo Universiteta, 1989), 192면에서 재인용.

33) L. Iezuitova, pod red. V. Markovicha, "Komediia A. P. Chekhova *Chaika* kak tip novoi dramy", *Analiz dramaticheskogo proizvedeniia* (Leningrad : LGU, 1988), 331면. 일상의 자연스런 모습과 유사한 체호프의 희곡은 러시아 연극의 전통과 연결된다. 이와 관련하여 베네데티의 이야기를 들어보자. 프랑스 연극의 빈곤한 모방에 지나지 않았던 시시한 코미디물이나 우스꽝스러운 것의 전시장을 방불케 하는 멜로드라

마를 척결하려 했던 러시아 연극의 혁신자들은 A. S. 푸슈킨 이래로 팝진적인 연극을 추구하며 그 안에서 진실을 찾고자 했다. 푸슈킨은 "주어진 상황 속에서 진실로 나타나는 참된 정서와 느낌, 그것이 바로 우리가 극작가에게 요구하는 것이다"며 극의 리얼리즘에 관심을 집중시켰고, N. V. 고골은 "기묘한 것이 오늘날 연극의 주제가 되었다! 살인, 방화, 야성적 정열, 이 모두 오늘날의 사회와 무관한 것이다! 교수형 집행인, 독약 등이 여전히 긴장의 효과를 위해 쓰인다. 어느 등장인물도 공감을 불러일으키지 않는다!"며 당대 연극이 서구극, 특히 프랑스 극을 조야하게 모방하는 것에 한탄했다. 이러한 점은 러시아 연극사에서 중요한 위치를 차지하는 배우 M. 쉐프킨(1788~1863)의 연기에 대한 혁신에서도 드러난다. 그는 이전의 연기 규범에서 벗어난 연기를 모색했고 실제로 이를 가능케 했다. 그래서 그는 한 공연에서 "너무나 단순하게, 공연에서가 아니라 일상 생활에서 말하는 것처럼 했던 것이다"고 감탄한다. 이러한 러시아 연극의 전통은 무의미한 인습들, 연극 속의 연극에 철저히 반대했던 스타니슬라브스키에 의해서 집대성된다. 그는 또한 말년에 배우를 한낱 기계적인 요소로 전락시키는 아방가르드 실험에 대해서도 배우를 비인간화시키면 인식 자체도 비인간화되기 때문이라며 반대했다. 그의 '텍스트 내적 흐름'이라는 작품에 대한 태도는 이러한 전통의 계승이다. J. 베네데티, 김석만 편역, 『스타니슬라브스키 연극론』(서울 : 이론과 실천, 1993), 22~53면 참조.

34) S. C. Levinson, *Pragmatics* (London : Cambridge Univ. Press, 1983), 227면. 언어철학자인 J. 오스틴은 일상어의 이러한 특성과 관련된 불신이 고조되던 시기에 화행론speech act theory을 전개하였다.

35) 이러한 말의 한계는 의사소통에서 부정적으로 악용되기도 한다. 그래서 로트만은 "문화사에서 말은 지혜, 지식, 정의의 상징으로뿐 아니라

(성서의 "태초에 말씀이 있었다"), 기만, 거짓의 동의어로도(햄릿의 "말, 말, 말들", 고골의 "행동이 아닌 말의 무서운 제국") 자주 등장하였다'라고 말의 이중성을 지적한다. Iu. 로트만, 앞의 책, 126면.

36) Iu. Tynianov, "On the Foundations of Cinema", *Russian Formalist Film Theory* (Ann Arbor : Michigan Slavic Publication, 1981), 92면에서 재인용.

37) 소벤니코프는 세태 희극을 구성하는 대화체의 특성인 일상어적인 대화체가 19세기 러시아 극작품들에 나타나는 지배적인 특징임을 지적하며 그러한 전통이 체호프에게 계승, 발전되고 있음을 지적한다. 또한 그는 이러한 점이 I. S. 투르게네프와 A. N. 오스트로프스키로부터 시작된 러시아 드라마의 '소설화'라고 설명한다. A. Sobennikov, 앞의 책, 181~182면.

38) Iu. 로트만, 앞의 책, 206면 참조.

39) J. Tulloch, *Chekhov: A Structuralist Study* (London : The Macmillan Press Ltd., 1980), 148면.

40) 이 청혼의 장면 직전에, 야샤가 마셔버려 비어 있는 샴페인 잔에 대한 로파힌의 언급은 이미 그들이 결혼하지 않을 것임을 암시한다. B. Hahn, *Chekhov: A Study of the major stories and plays* (Cambridge : Cambridge Univ. Press, 1977), 34면. 여기서 사소한 에피소드인 샴페인의 '부재'는 이후에 벌어지는 로파힌과 바랴의 청혼과 관련된 장면과 계열적으로 병치된다. 체호프 극에서 나타나는 대화체의 이러한 특성에 관해서는 뒤에서 언급하겠다.

41) I. Sukhikh, "*Vishnevyi sad A. P. Chekhova*", *Analiz dramaticheskogo proizvedeniia*, pod red. V. Markovicha (Leningrad : LGU, 1988), 362면에서 재인용.

42) 케인은 극 텍스트에서 휴지부pause 혹은 말줄임표란 문장 부호가 가지는 의미를 면밀히 분석하여, 대화체가 중심이었던 드라마에 19세기말부터 침묵의 요소가 강화되기 시작했다고 진단하고, 이를 부조리극의 발생과 연결시킨다. 이러한 경향에 니힐리즘, 불확실성, 소외, 그리고 과학, 정치, 사회의 격변으로 인한 절망 등 세기말적 현상이 배경으로 작용하고 있다고 설명한다. L. Kane, *The Language of Silence* (Cranbury : Associated Univ. Press, 1984), 13~14면.

43) 영화작가 A. 타르코프스키도 말의 전언 기능에 대해 의구심을 표하며 그 한계와 부정적 성격을 이렇게 언급한다. "인간은 자신의 일상적인 어휘 속에 몇 개의 단어를 사용합니까? 백, 이 백, 삼 백? 우리들은 우리들의 감정을 말(단어)로 표현합니다. 말로 슬픔, 즐거움 그리고 내심의 모든 상태를 표현하려고 시도합니다. 그러니까 근본적으로는 전혀 표현할 수 없는 모든 것을 표현하려 합니다. …이 감정을, 그의 말은 도대체 얼마나 담아내고 있는 것일까요? 그러나 말 이외의 전혀 다른 언어도 있습니다.' A. 타르코프스키, 김창우 역, 『봉인된 시간: 영화 예술의 미학과 시학』(왜관 : 분도출판사, 1995), 14~15면.

44) 특히 손디는 「세 자매」가 난청의 인물 페라폰트의 설정을 통해 의사소통의 부재를 부각시키고 있다고 분석하며, 체호프의 희곡 중에서 가장 완성도가 높은 작품이라 평가한다. P. Szondi, 앞의 책, 18~22면.

45) L. Kane, 앞의 책, 19면.

46) 소통의 단절은 때로 충돌을 일으키기도 하여, 「바냐 아저씨」에서 첼레긴의 정체에 대한 화제로 인물들이 대화를 나누던 중 마리야가 하르코프에서 온 팜플렛을 언급하며 화제를 변화시키자, 보이니츠키는 "차나 마시세요"라고 그 화제를 거부하고 이에 마리야는 "나는 말하고 싶어!"라며 충돌한다. 그러나 이러한 충돌은 행위와의 연계성이 결여되어 있

어 극적인 충돌이 되지 못하고 오히려 단절된 소통의 의미를 강화한다.

47) P. Sondi, 앞의 책, 45면.

48) C. Brooks & R. Heilman, *Understanding Drama* (New York : Holt, Rinehart and Winston Inc., 1948), 491면.

49) 사실, 다양한 시점은 서술체의 소설이나 몽타주가 가능한 영화의 특성이다. 시점에 대해서는 B. A. Uspenskii, trans. Zavarin & Witting, *Poetics of Composition* (Sacramento : Univ. of California Press, 1973)를 참조하시오.

50) Aristotle, *Poetics* (New York : W.W. Norton & Company, 1982), 64면

51) V. Khalizev, Drama kak rod literatury (Moskva : MGU, 1986), 190면.

52) P. Szondi, 앞의 책, 97면.

53) 장르는 포괄성 또는 풍요성의 토대 위에 구축될 수 있다. R. Wellek & A. Warren, *Theory of Literature* (Harmondsworth : Penguin Books, 1966), 235면. 한편, 랭거는 모든 예술이 동일한 본질을 가지고 있어 장르간의 경계가 허약한 점을 '동화의 원리the principle of assimilation'를 가지고 다소 과격하게 설명하기도 한다. S. K. Langer, *Problems of Art* (New York : Charles Scribner' s Son, 1957), 75~89면.

54) 제식, 놀이를 기원으로 하는 극 장르에서는 '행위' 자체가 드라마성을 규정한다.

55) 비아리스토텔레스 극을 표방하는 브레히트의 서사극 이론에서도 플롯이 가장 중요하다. 플롯은 연극 공연의 중심부를 이룬다. 그 이유는 인간들 사이에서 일어나는 사건으로부터 인간은 토론될 수 있고 비판될 수 있고 변화될 수 있는 모든 것을 얻기 때문이다. H. 가이거 & H. 하르만, 앞의 책, 115면.

56) V. Osnovin, *Russkaia dramaturgiia vtorogo poloviny XIX veka* (Moskva :

Prosveshchenie, 1980), 146면.

57) R. Jakobson, "Two Aspects of Language and Two Types of Aphasic Disturbances", *Language in Literature* (Cambridge : The Belknap Press of Harvard Univ. press, 1987), 97~100, 109~114면.

58) 결합 모티프와 자유 모티프에 대해서는 B. Tomashevskii, "Thematics", *Russian Formalist Criticism Four Essays* (Lincoln : Univ. of Nebraska Press, 1965), 68면을 참조하시오.

59) 이를테면, 1920년대의 형식주의자 발루하트이는 대수학(代數學)적인 방법으로 「벚꽃 동산」의 플롯이 기존의 드라마와는 다르지만 인물들의 두 축(라네프스카야—가예프의 축과 로파힌—트로피모프—아냐의 축)의 대비를 통해 발전하고 있다고 해석한다. S. D. Balukhatyi, ed. R. Jackson, "The Cherry Orchard: A Formalist Approach", *Chekhov: A Collection of Critical Essays* (Englewood Cliffs : Prentice-Hall Inc., 1967) 137~141면. 또한, 브루스타인은 체호프의 마스크 기법이 플롯을 가리지만, 중심 이미지—갈매기, 숲, 프로조로프 일가의 집, 벚나무 — 주위에 다음과 같은 감춰진 멜로드라마적 플롯이 존재한다고 해석한다. "「갈매기」에서 트리고린은 니나를 유혹하여 파멸시키고 아르카지나는 정신적으로 아들 트레플례프를 파산시키며, 「바냐 아저씨」에서 엘레나는 소냐의 은밀한 사랑 아스트로프를 훔치고 세례브랴코프는 소냐의 상속 재산과 생산물을 강탈하고 바냐를 정신적 환멸로 밀어 넣으며, 「세 자매」에서 나타샤는 점차 프로조로프 일가를 축출하고, 「벚꽃 동산」에서 로파힌은 라네프스카야와 가예프를 축출하여 그들의 벚꽃 동산을 여름 별장지로 바꾼다." R. S. Brustein, *The Theatre of Revolt* (Boston : Little Brown and Company, 1962), 152면.

60) V. Nabokov, *Lectures on Russian Literature* (New York : Harcourt

Brace & Company, 1981), 285면.

61) 주지하다시피 「바냐 아저씨」(1897)는 「숲의 정령」(1889)을 개작한 것
이다. 그러나 이 두 작품의 성격은 완전히 다르다. 이러한 점은 플롯의
측면에서도 두드러진다. 「바냐 아저씨」와 달리 「숲의 정령」에서는 영
지의 문제와 전통적인 희극에서와 같은 남녀 관계의 얽힘을 축으로 플
롯이 뚜렷하게 전개된다. 클라이맥스인 3막에서의, 보이니츠키의 멜로
드라마적 성격의 자살, 그리고 '해피엔딩'이란 전통적인 희극 원리를
따르는 4막에서의 세 쌍(세레브랴코프와 엘레나, 흐루시초프와 소냐,
표도르와 율리야)의 결합이 그 중심 축인 것이다. 이러한 두 작품의 차
이에 대해 벤틀리는 다음과 같이 설명한다. "이전의 판에서 인물들의
운명은 해결되나, 이후의 판에서는 해결되지 않는다. 그런데 이전의 판
에서 인물들의 운명이 해결되는 것은 인물들 본연의 힘이나 상황의 힘에
의해서가 아니라 연극적 관례에 의해서다. 이후의 판에서 인물들의 운명
이 해결되지 않는 것은 '진실'에 대한 체호프의 관점 때문이다. 아무도
죽지 않고, 아무도 쌍을 이루지 않는다." E. Bentley, "Craftsmanship in
Uncle Vanya", *Anton Chekhov's Plays* (New York : W.W. Norton &
Company, 1977), 352면.

62) B. Hahn, 앞의 책, 287면.

63) 치제프스키는 체호프의 작품에서 빈번하게 등장하는 어떠한 동기도 없
는 행위를 인상주의와 관련시켜 해석한다. D. Chizhevskii, "Chekhov
in the Development of Russian Literature", *Chekhov: A Collection of
Critical Essays* (Englewood Cliffs : Prentice-Hall Inc., 1967), 49~61면.

64) A. N. Chudakov, *Poetika Chekhova* (Moskva : Nauka, 1971), 198면에서
재인용.

65) 추다코프도 체호프의 드라마에서 동기화되지 않은 상황들은 설명할 수

없고 예기치 않은 현상들이 발생할 수 있는 세계의 복잡성을 나타낸다
고 설명한다. 같은 책, 213면.

66) 파제예바는 이른바 은세기의 드라마투르기에 나타나는 담화의 특성을
이렇게 지적하고 있는데(N. I. Fadeeva, "Chekhov i dramaturgiia
Serebrianogo Veka", *Chekhoviana: Chekhov i Serebrianyi Vek* (Moskva :
Nauka, 1996), 181면), 이는 이미 체호프 극의 담화에서 나타난다.

67) 예를 들어 「갈매기」의 3막에서 아르카지나가 떠난 직후와 4막에서 트
레플례프가 마지막으로 니나를 만나기 위해 그녀를 데리러 나간 사이
에 무대는 텅 빈다. 그리고 「벚꽃 동산」의 1막과 4막에서 라네프스카야
부인 일행의 도착과 떠남으로 인한 텅 빈 무대는 그 전후를 마치 프롤
로그와 에필로그처럼 분할한다. 이러한 '빈 무대'에서 우리는 체호프
극의 인물들과 그들의 말이 중심적인 역할을 하지 않고, 마치 뤼미에르
형제의 영화 「기차의 도착Arrival of Train」에서 주인공이 사람이 아니
라 기차이듯이, 분위기와 그것을 낳는 비언술 메커니즘이 능동적으로
기능하고 있음을 알 수 있다. 이런 점에 대해서는 다음 장에서 상세히
다루겠다.

68) A. S. Sobennikov, 앞의 책, 184~185면.

69) 노래는 오페라에서 형식적이지만 연극 속에서는 주제적이다. P.
Szondi, 앞의 책, 48면. 즉, 등장인물들은 오페라에서 노래부르는 행위
자체에 반응해선 안 되지만, 연극에서는 반응할 수 있다.

70) A. S. Sobennikov, 앞의 책, 185면.

71) Iu. Lotman, 앞의 책, 111면 참조.

72) A. S. Sobennikov, 앞의 책, 189면에서 재인용.

73) 같은 책, 191면. 체호프 작품의 음악성에 대해서는 다음의 글 '체호프
의 음악'을 보시오.

74) 이 점은 부조리극의 언어 사용과 유사한 측면이다. 담화 자체보다 실행 조건, 곧 의사소통의 맥락이 중요해진 현대극 특히 부조리극에 비추어 보아 체호프 극이 이후 드라마의 선행자임을 알 수 있다. 그래서 맥파 레인은 당대의 극작에 즉각적인 영향을 주었던 메테를링크와 달리 체 호프는 이후 세대에 의해서 부조리극의 중요한 원천이라 평가받고 있음을 지적한다. J. McFarlane, "Intimate Theatre: Maeterlinck to Strindberg", *Modernism* (Harmondsworth : Penguin Books, 1991), 520면.

75) E. 뱅베니스트, 황경자 역, 『일반언어학의 제문제』 (서울 : 민음사, 1992), 20면.

76) 로트만은 말하는 행위 자체가 일상어와 달리 예술어에서는 내용, 메시지 가 됨을 지적하고 있다. "언어의 영역에서 의사소통의 메커니즘을 그 내 용에서 분리할 필요가 있다. 다시 말해, '어떻게' 말하는가와 '무엇을' 말하는가는 구별되어야 한다. 언어를 의사소통의 메커니즘으로 다루는 것은 당연하다. 그런데 예술에서 언어와 메시지 내용 사이의 상호 관계 는 다른 기호 시스템들과 다르다. 즉 예술 언어는 내용도 되고, 때로는 메 시지의 대상으로 변하기도 한다." Iu. 로트만, 앞의 책, 277면.

77) H. Bergson, "Laughter", *Comedy* (New York : Doubleday Anchor Books, 1956), 82면.

78) Iu. Borev, *Komicheskoe* (Moskva : Iskusstvo, 1970), 177면.

79) B. Eikhenbaum, *O Proze, O Poezii* (Leningrad : Khudozhestvennaia Literatura, 1986), 228면.

80) A. Skaftymov, "Principles of Structure in Chekhov's Plays", *Chekhov: A Collection of Critical Essays* (Englewood Cliffs : Prentice-Hall Inc., 1967), 71면.

81) 바흐친은 장르의 문제에 있어서 아리스토텔레스의 『시학』의 영향력을 이렇게 단언한다. "기존의 장르들에 대한 이론은 오늘날에 이르기까지 아리스토텔레스가 이미 이룩한 것에 무엇 하나 근본적인 것을 더 보태지 못했다. 그의 시학은 장르 이론의 확고부동한 기반이며, 때로 그것을 알아보지 못하는 것은 너무 깊이 뿌리를 내리고 있기 때문이다." M. Bakhtin, *Voprosy Literatury i Estetiki* (Moskva : Khudozhestvennaia Literatura, 1975), 452면.

82) Aristotle, 앞의 책, 63면.

83) 같은 책, 53면.

84) 같은 책, 71면.

85) G. W. F. 헤겔, 앞의 책, 87면.

86) 같은 책, 210면.

87) B. 키랄리활비, 김태경 역, 『루카치 미학 연구』 (서울 : 이론과 실천, 1986), 151면에서 재인용.

88) B. Brecht, *The Modern Theatre is the Epic Theatre* (New York : Hill and Wang, 1964), 37면.

89) K. Stanislavskii, "Iz podgotovitel' nykh materialov k otchetu o desiatiletnei khudozhestvennoi deiatel' nosti moskovskogo khudozhestvennogo teatre", *Sobranie Sochinenii v vos' mi tomakh T. 5* (Moskva : Iskusstvo, 1958), 409면.

90) H. 가이거 & H. 하르만, 앞의 책, 73~74면 참조.

91) H. B. Segel, *Twentieth-Century Russian Drama* (New York : Columbia Univ. Press, 1979), 75면.

92) E. Tolstaia, *Poetika Razdrazheniia: Chekhov v kontse 1880-kh - nachale 1890-kh godov* (Moskva : Radiks, 1994), 291면.

93) G. Kalbouss, *The Plays of the Russian Symbolists* (Michigan : Russian Language Journal, 1982), ix면. 칼부스는 러시아 상징주의 극을 시대적 속성에 따라 신비극, 상징적 현대극, 환상적 풍자극으로 나눈다(같은 책, 31~97면). 그의 분류에서 트레플레프의 희곡은 서재극closet drama 의 특성을 가지며 제의적 성격이 강한 신비극의 범주에 들어간다.

94) 모든 예술 가운데 비예술적 해석과 비평에 가장 많이 노출된 것은 드라 마다. 비예술적 해석은 드라마를, 행위에 내포된 도덕적 투쟁, 결과의 정당성, 사회적 관례 등을 통해 도덕주의를 위한 하나의 도구로 취급한 다. S. K. Langer, "The Comic Rhythm", *Comedy: Meaning and Form,* ed. R. Corrigan (New York : Harper & Row Publishers, 1981), 67면. 이는 묘사되는 물체와 회화 사이의 관계처럼 일견 긴밀해 보이지만, 궁 극적인 예술 텍스트에로의 접근이 아닌 것이다. 이런 관점에서 트레플 레프는 기존의 극을 비판한다.

95) J. E. Cirlot, *Diccionario de Simbolos Tradicionales*, trans. by J. Sage (London : Routledge & Kegan Paul, 1971), xiii면.

96) A. N. Chudakov, 앞의 책, 172면에서 재인용.

97) M. Gromov, *Chekhov* (Moskva : Molodaia Gvardiia, 1993), 321~323면 참조.

98) A. Belyi, *Simvolizm kak Miroponimanie* (Moskva : Respublika, 1994), 374면. 루카치도 추상적이고 초월적인 메테를링크의 상징과 달리 '체 호프의 예술은 현세적이며, 그것의 상징주의는 극 세계의 맥락 안에서 객관적 현실로부터 자란다'라고 평가한다. B. 키랄리활비, 앞의 책, 114면에서 재인용.

99) K. S. Stanislavskii, *Moe Grazhdanskoe Sluzhenie Rossii* (Moskva : Pravda, 1990), 71면.

100) 「갈매기」에서 술과 담배는 "삼인칭화" 곧 극중극의 악마가 "너희들"에게 행하는 자아 일탈로 이끄는 물질성의 의미를 내포한다.

101) V. Nabokov, 앞의 책, 284면.

102) V. Kamianov, *Vremia protiv Bezvremen'ia* (Moskva : Sovetskii Pisatel', 1989), 169면.

103) L. Iezuitova, 앞의 글, 329면.

104) 반면, 도른은 극중극에 대해 "신선하고 순수해"라고 평가한다. 이는 그가 물질성 속에 쇠락해 있음에도 불구하고 정신적 고양의 가치를 완전히 망각하지 않았음을 보여 준다. 이 점은 그가 통찰력을 갖추고 있는 듯한 인상을 가져다준다. 그러나 다른 등장인물들이 극중극에 대해 이해하지 못하고 있는 것은 그들이 무의식적으로 물질적 일상에 파묻혀 감을 나타낸다. 특히, 니나는 "당신의 희곡에는 살아 있는 사람이 없습니다"라고 평가함으로써 자신의 미래를 이미 폭로한다.

105) J. 베네데티, 앞의 글, 72면.

106) A. S. Sobennikov, 앞의 책, 151면.

107) P. Genri, "Chekhov i Andrei Belyi", *Chekhoviana: Chekhov i Serebrianyi Vek* (Moskva : Nauka, 1996), 80면. 이 희곡에서뿐 아니라 투르게네프, 추체프, 발몬트 등의 작품에서도 갈매기는 영혼을 상징하는 형상으로 자주 등장한다. 이에 대해서는 E. Tolstaia, 앞의 책, 292~295면을 참조하시오.

108) 톨스토이는 1900년 1월 27일자 일기에서 "「바냐 아저씨」를 보고 왔다. 불쾌했다"라고 쓰고 있다. L. N. Tolstoi, *Sobranie Sochinenii v dvadtsati tomakh. T. 20* (Moskva : Khudozhestvennaia Literatura, 1965), 124면. 사실, 소설을 회화에, 드라마를 순수 조각술에 비유하는 톨스토이로서는 체호프의 드라마투르기를 받아들일 수 없었던 것이

다. 이렇게 그들의 예술관이 상이하다는 점과 동시대에 활동했다는 점 등에 의해 이 두 작가에 대한 비교는 다양하게 조명된다. 이에 대해서는 V. Lakshin, *Tolstoi i Chekhov* (Moskva : Sovetskii Pisatel', 1975), L. Opul'skaia red., *Chekhov i Tolstoi* (Moskva : Nauka, 1980)를 참조하시오.

109) T. G. Winner, "Chekhov's Seagull and Shakespeare's Hamlet: A Study of a Dramatic Device", *Anton Chekhov's Plays*, ed. E. Bristow (New York : W.W. Norton & Company, 1977), 348면.

110) V. Ermilov, *Dramaturgiia Chekhova* (Moskva : Gosizdat. Khudozhestvennoi Literatura, 1954), 93면.

111) 많은 연구자들은 「갈매기」에 작가들과 배우들이 등장하고 또한 대화의 상당 부분이 예술에 집중되고 있음으로 인해, 삶에 대한 문제는 부차적이고 예술에 대한 문제가 이 극작품의 주 테마라고 본다. Ermilov 1954: 86, Jackson 1967: 99, Styan 1971: 14, Gilman 1974: 134, Peace 1983: 15, Kamianov 1989: 173~180, Tolstaia 1994: 279~291. 그러나 저자는 대사에 포함된 예술에 대한 문제가 그 표면적인 의미를 넘어 삶 속에서의 '정신적 추구'를 대변한다고 본다.

112) 바슐라르는 자신의 주저 『몽상의 시학』에서 이 용어를 이 글과는 상이하게 해석한다. 달리 말해, 그의 몽상에 대한 견해는 체호프의 희곡에 내재되어 있는 그것과 상반된다. 바슐라르는 몽상의 최고 단계로 '우주의 몽상'을 꼽으며 다음과 같이 설명한다. "몽상을 꿈꾸는 자가 일상생활에 넘쳐 나는 편견을 피했을 때, 타자의 걱정 때문에 생긴 걱정에서 벗어났을 때, 정말 그래서 자기 고독의 저자가 될 때, 끝으로 시간을 재지 않고 우주의 아름다운 면을 응시할 때, 이 몽상가는 한 존재가 그의 속에서 열리는 것을 느낀다." G. 바슐라르, 김현 역, 『몽상의

시학』 (서울 : 홍익사, 1982), 193면. 결국 바슐라르가 다루는 몽상의
시학은 '의지의 몽상' (같은 책, 236면)인 것이다. 그러나 「갈매기」에
서 몽상은 의지가 결여된, 문자 그대로의 몽상이다.

113) A. Skaftymov, 앞의 글, 80면.

114) L. Kane, 앞의 책, 50면.

115) L. Grossman, "The Naturalism Of Chekhov" , *Chekhov: A Collection of
Critical Essays* (Englewood Cliffs : Prentice-Hall Inc., 1967), 35면.

116) L. Iezuitova, 앞의 글, 340면.

117) I. N. Fridman, "Nezavershennaia Sud' va 《Estetiki Zavershennaia》" ,
M. M Bakhtin kak filosof (Moskva : Nauka, 1992), 62면.

118) A. Belyi, 앞의 책, 371면.

119) 같은 책, 374면.

120) 상징주의에서 현존재는 불확실한 일종의 도피주의적 환상이다. 석영
중, 앞의 책, 47면.

121) 주지하다시피 체호프는 일상의 사소한 물건들에서 작품의 모티프들을
추출했다. 이는 그의 다작의 한 원인이기도 하지만 — 예컨대, 1886년
의 경우엔 백 편이 넘는 단편을 썼다 — 무엇보다도 그가 현실의 물적
토대의 중요성을 인식하고 있었음을 증명한다. 이에 대해서는 E.
Polotskaia, *A. P. Chekhov: Dvizhenie Khudozhestvennoi Mysli* (Moskva :
Sovetskii Pisatel' , 1979), 20~53면을 참조하시오. 이러한 이유에서 에
이헨바움도 체호프가 문학이 그동안 다루지 않았던, 일견 중요해 보
이지 않지만 실상은 특징적이고 주목할 가치가 있는 일상의 사소한
것들을 도입하고 있다고 평가하며, 이는 이전의 도스토예프스키, 투
르게네프 등과 다르고, 당대의 톨스토이와도 다른 특징이라 설명한
다. B. Eikhenbaum, 앞의 책, 224~226면. 추다코프도 물질 세계는 항

상 체호프의 인물들을 에워싸고, 정신이 고양하는 순간이건 쇠퇴하는 순간이건 인물들의 의식을 관통한다고 해석한다. A. Chudakov, 앞의 책, 161면.

122) 그래서 나보코프는 체호프의 작품에 등장하는 식자들이 극도의 품위를 지녔으나 우스꽝스러울 정도로 자신의 사상과 원칙을 실행할 능력이 없는 사람들이라고 평가한다. N. Nabokov, 앞의 책, 253면. 또한, 에이헨바움이 체호프가 러시아 인텔리겐치아의 게으름, 둔감, 무지, 다변을 비난하고 있다고 해석하는 것도 동일한 맥락에서 이해할 수 있다. B. Eikhenbaum, 앞의 책, 225면.

123) B. Zingerman, *Teatr Chekhova i Ego Mirovoe Znachenie* (Moskva : Nauka, 1988), 121면.

124) V. Kamianov, 앞의 책, 334면.

125) G. W. F. 헤겔, 앞의 책, 250면.

126) 같은 곳.

127) 고전주의 연극론에 기반이 되는 '3통일의 원칙'은 아리스토텔레스가 비극의 원리로 제시한 내적인 비례 관계의 균제라는 미학적 개념을 편협하게 적용한 것이다. 그런데, 프롤로프와 같은 연구자는 '희곡들에서 작품의 의도와 사상적 토대를 가진 시간과 공간의 일치를 시각적으로 표현하는 흐로노토프khronotov는 우리가 극 장르의 복합적인 배열을 이해하는 데 도움을 준다'라며 시공의 일치가 제약이 아니라 모든 희곡의 장르적 장점이라고 평가하기도 한다. V. Frolov, *Sud' by Zhanrov Dramaturgii* (Moskva : Sovetskii Pisatel', 1979), 77면.

128) 그래서 연극을 우리는 '종합 예술'이라 부른다.

129) V. Khalizev, "Dramaticheskoe proizvedenie i nekotorye problemy ego izucheniiz", *Analiz dramaticheskogo proizvedeniia* (Leningrad :

LGU, 1988), 15면.

130) 영화의 기저 텍스트가 되는 시나리오에 문학성을 부여하길 주저하는
것은 바로, 시나리오가 문학의 매개체인 '말'로 구성되어 있으나 그
매개체가 다른 매개체를 종속시키지 않고 오히려 '영상'이라는 매개
체에 종속되기 때문이다.

131) K. S. Stanislavskii, "Iz podgotovitel' nykh materialov k otchetu o
desiatiletnei khudozhestvennoi deiatel' nosti moskovskogo
khudozhestvennogo teatra", *Sobranie Sochinenii v vos' mi tomakh T. 5*
(Moskva : Iskusstvo, 1958), 409면.

132) G. Tamarli, *Poetika Dramaturgii A. P. Chekhova* (Rostov-na-Donu :
Izdat. Rostovskogo Universiteta, 1993), 93면.

133) 특히 타마를리는 청각적 코드의 그러한 특성에 주목하고 있다. 그래서
그는 텍스트 내로 도입된 생활의 다양한 소리가 서사시에 고유한 다성
성을 부여하거나, 음악이 서로 상이한 대사가 빚어내는 산만함을 동일
한 음조로 연결시킨다고 해석한다. 같은 책, 20면, 48면.

134) 엘람은 드라마에 기호학적으로 접근하면서, 극적 담화를 '어떤 내가
어떤 너에게 지금, 여기에서 전언하는 것'으로 규정한다. K. Elam,
The Semiotics of Theatre and Drama (London : Methuen & Co. Ltd.,
1980), 130면. 그러나 이러한 드라마의 메커니즘을 현대의 극이나 그
전조가 되는 체호프의 극에 적용하기엔 적절치 못하다. 그것은 엘람의
이 규정이 비언어적 코드의 능동성을 고려하지 않았기 때문이다. 반
면, 버치는 언어의 의미는 행위의 수행에서 나온다며 드라마 분석에서
의 비언술적 차원을 강조한다. D. Birch, "Drama praxis and the
dialogic imperative", *Register Analysis* (London : Pinter Publishers,
1993), 45면. 이는 체호프의 극 텍스트를 이해하는 데도 중요한 관점

이 된다.

135) N. Nilsson, "Intonation and Rhythm in Chekhov's Play", *Chekhov: A Collec- tion of Critical Essays* (Englewood Cliffs : Prentice-Hall Inc., 1967), 164면.

136) 이 글에서는 등장인물들을 어느 한 성격으로 규정지어 해석하는 것을 보류하겠다. 인물들의 성격을 규정하는 것은 진정 극 텍스트의 의미를 파악하는 데 장애가 되기 때문이다. 사실, 체호프의 극 텍스트에서 인물들의 성격 형성과 그러한 성격간에 빚어지는 상황은 그다지 중요하지 않다. 인물들은 다차원의 의미에서 다면성을 띠고 있다. 이 점은 기존과 다른 체호프 극의 성격이다. 이에 대해서는 3장에서 상세히 다루겠다.

137) A. Skaftymov, "Principles of Structure in Chekhov's Plays", *Chekhov: A Collection of Critical Essays* (Englewood Cliffs : Prentice-Hall Inc., 1967), 87면. 사회주의 성향의 학자인 윌리암스도 '체호프의 희곡들에서 노동에 대한 언급은 미래를 예언하는 목소리로 명확히 바뀐다'라고 해석한다. R. Williams, *Modern Tragedy* (Stanford : Stanford Univ. Press, 1966), 145면.

138) 루카치마저도 사회주의 리얼리즘 시대의 획일적이고 비예술적인 문학 해석 코드에 대해서 다음과 같이 비판적인 입장을 견지한다. "요즘에 문학에 대한 소위 '정치평론적 비평' 혹은 순전히 사회 정치적 입장이란 것이 있는데 이것은 대상 작품의 진정한 예술적 내용을 전혀 고려하지 않고 또는 그 작품이 위대한 예술 작품인지 아니면 잡문 나부랭이인지 전혀 개의치 않고 그 시대의 피상적 구호에 따라서 과거와 현재의 문학을 평가한다." B. 키랄리활비, 김태경 역, 『루카치 미학 연구』(서울 : 이론과 실천, 1986), 25면.

139) M. Bakhtin, *Formal'nyi Metod v literaturovedenii* (Moskva : Labirint, 1993), 18면.

140) K. S. Stanislavskii, *Moe Grazhdanskoe Sluzhenie Rossii* (Moskva : Pravda, 1990), 73면.

141) '인생은 연극이다', '극장은 인생의 축소판이다'라는 바로크 시대의 개념은 시공의 차원에서는 극장, 희곡에 대한 일반의 관념과 여전히 일치한다. 드라마의 삶의 조건이 온전히 독립된 가상의, 극장의 시공에 놓여 있다고 보는 것이다. 여기서 희곡의 시공 개념이 도출된다. 그러나, 이제부터 규명하겠지만, 체호프의 드라마에서 인물들의 삶은 온전히 독립된 시공 속에 있지 않다.

142) D. S. Likhachev, *Poetika Drevnerusskoi Literatury* (Moskva : Nauka, 1979), 289면.

143) H. 가이거 & H. 하르만, 임호일 역, 『예술과 현실 인식』 (서울 : 지성의 샘, 1996), 120면에서 재인용.

144) 리하쵸프도 사건들의 결합인 플롯과 시간에 대한 지각이 긴밀하게 연결되고 있음을 언급한다. '플롯에서 사건은 어느 하나가 다른 것에 선행하고 다른 것은 어느 하나의 뒤를 따라 복합적으로 정렬된다. 이 때문에 독자는 예술 작품에서 시간에 대해 특별히 언급되어 있지 않더라도 시간을 인식할 수 있다. 그러나 사건이 없으면 시간도 없다.' D. Likhachev, 앞의 책, 213면.

145) 플롯은 체호프의 극 텍스트에서 예술적 정보를 전달하는 요소가 되지 못하지만, '플롯이 없다'라는 사실 자체는, "시스템에 있으면서 텍스트에 없는 것은 '의미 있는 부재'로 인식된다"(Iu. Lotman, *Struktura Khudozhestvennogo Teksta* (Providence : Brown Univ. Press, 1971), 95면)는 관점에서, 오히려 예술적으로 능동성을 띤다.

146) B. Zingerman, *Teatr Chekhova i Ego Mirovoe Znachenie* (Moskva : Nauka, 1988), 13면.

147) 갑자기 상이한 언어로 텍스트 전체의 행위를 규정하는 것은 마치 작가의 말처럼 들리게 된다. 상이한 코드의 작용은 그 언술의 의미를 이전과 상이한 차원에서 형성하는 것이다.

148) V. Khalizev, *Drama kak rod literatury* (Moskva : MGU, 1986), 120면.

149) 체호프의 네 극작품은 모두 봄이나 여름에 시작해서 가을에 끝난다. 계절의 이미지에 인물들의 삶에 대한 태도, 그리고 만남과 이별이 의도적으로 상응하고 있는 것이다. 이를테면, 밝은 기대와 희망에 차 있는 인물들의 상태가 주로 놓여 있는 부분은 봄이나 여름의 1막이고, 절망과 체념의 상태는 가을의 4막에 놓여 있다. 그리고 트레플레프와 니나의 사랑하는 감정으로의 만남, 엘레나와 아스트로프, 보이니츠키의 만남, 마샤와 베르쉬닌의 만남, 라네프스카야와 딸 아냐의 만남은 봄과 여름에 이루어지고, 이들의 헤어짐은 가을에 놓인다. 계절에 상응시킨 상황은 매우 의도적이다. 그러나, 계절 변화에 따른 서사적인 시간의 경과도 무대에서 '극적으로' 지각되지는 않는다. 그것은 역시 '사건의 부재' 때문이다.

150) G. Tamarli, 앞의 책, 41면.

151) D. Likhachev, 앞의 책, 218면.

152) 체호프의 희곡에서 등장인물들은 유독 자신의 과거에 관해 자주 언급하고 있는데, 이에 대한 진게르만의 다음과 같은 지적은 타당하다. "체호프의 주인공들은 자신의 과거에 대해서 언급할 때, 오델로 등과 같은 예전의 고전극의 주인공들이 그들에게 일어났던 일들에 관해서 회상하는 것과 달리, 어느 정도 시간이 흘러갔는지에 대해 회상한다. …체호프의 주인공들은 자신들의 삶이 이러저러한 불행한 사건들에 의해서

파멸되는 것이 아니라 시간의 흐름에 의해서 파멸된다고 여긴다. …그래서 체호프에게 있어 드라마는 사건에 속하는 것이 아니라 사건들 사이에 놓인 시간에 속한다." B. Zingerman, 앞의 책, 10~12면.

153) 프로스트는 시간과 인물들의 자아 사이의 갈등이 체호프의 작품들에 나타나는 한결같은 요소라고 지적한다. 그래서 인물들은 자신의 현재 곧 실제 상황을 벗어나기 위해, 1) 자신의 표지를 벗어날 수 있는 어떤 것을 하거나, 2) 미래를 꿈꾸거나, 3) 과거를 그리워하거나, 4) 자살하거나, 5) 노동을 하거나, 6) 생각과 근심에 몰두한다, 라고 설명한다. E. L. Frost, *Concepts of Time in the Works of Anton Chekhov* (Illinois : Univ. of Illinois at Urbana-Champaign, 1973), 31~32면.

154) 뒤에서 언급하겠지만, 드라마는 다른 문학 장르와 달리 시간성보다 공간성이 더 능동적인 장르다.

155) L. Kane, *The Language of Silence* (Cranbury : Associated Univ. Press, 1984), 53면.

156) B. Zingerman, 앞의 책, 37면.

157) A. S. Sobennikov, *Khudozhestvennyi Simvol v Dramaturgii A. Chekhova* (Irkutsk : Izdat. Irkutskogo Universiteta, 1989), 188면.

158) A. 위베르스펠드, 앞의 책, 142면.

159) 이러한 연유에서 바흐친은 도스토예프스키 소설의 '극성'을 다음과 같이 '공간성'에 연결시킨다. "도스토예프스키의 예술적 시각의 근본적 카테고리는 생성이 아니라 공존과 상호 작용이다. 그는 자신의 세계를 주로 시간이 아니라 공간에서 보고 생각했다. 이로부터 극적 형식에 대한 그의 심오한 지향이 나온다." M. Bakhtin, *Problemy Poetiki Dostoevskogo* (Moskva : Sovetskaia Rossiia, 1979), 33면.

160) Iu. Lotman, 앞의 책, 303면.

161) B. Zingerman, 앞의 책, 88면.

162) 체호프의 희곡들이 공간적 배경으로 삼고 있는 폐쇄적이고 정적인 일상의 공간은 19세기 문학 텍스트에서 자주 등장하는 배경이다. 이러한 공간의 의미에 대해 바흐친은 「보바리 부인」을 예로 들며 다음과 같이 설명한다. "플로베르의 「보바리 부인」에서 '지방의 소도시'는 이야기가 전개되는 장소다. …이러한 소도시는 순환하는 일상적 시간의 공간이다. 여기에서는 사건이 발생하지 않고 단지 반복되는 '일상적인 일'만 벌어진다. 시간은 여기에서 전진하는 역사적 진행을 따르지 않고 좁은 원을 따라 움직인다." M. Bakhtin, *Voprosy Literatury i Estetiki* (Moskva : Khudozhestvennaia Literatura, 1975), 396면.

163) 아프리카 지도의 시적 의미와 예술적 기능에 대해서는 연구자들에 따라 다양하게 이해되고 있다. 이를 요약하면 크게 두 가지 견해로 정리할 수 있다. 예르밀로프에게서와 같이 과거와의 이별, 회피의 모티프로 이해하는 견해와, 진게르만에게서와 같이 보이니츠키의 실현될 수 없는 가능성에 대한 의미로 해석하는 견해가 그것이다.

164) M. Stroeva, "The Three Sisters: In the Production of the Moscow Art Theater", *Chekhov: A Collection of Critical Essays* (Englewood Cliffs : Prentice-Hall Inc., 1967), 135면.

165) Z. S. Papernyi, "Blok i Chekhov", *Literaturnoe Nasledstvo T. 92. Kniga chetvertnaia* (Moskva : Nauka, 1987), 132면. 파페르니는 체호프의 작품들에서, 변화를 모르고 정체된 집과 변화로 가득 찬 정원이 구분되고 인물들이 그것의 경계를 넘나드는 데에 중요한 의미가 있다고 해석한다.

166) G. Tamarli, 앞의 책, 21면.

167) 폴로츠카야는 체호프의 창작적 진화에서 '비극적으로 끝나는 보드빌'

에 대한 염원이 「벚꽃 동산」을 낳았다고 해석한다. E. Polotskaia, *A. P. Chekhov: Dvizhenie Khudozhestvennoi Mysli* (Moskva : Sovetskii Pisatel', 1979), 37면.

168) 이미 1930년대에 무카르조프스키는 소리가 스크린에 또 하나의 차원을 부가하면서 스크린의 평면성을 보완한다고 지적했다. Iu. 로트만, 앞의 책, 216면.

169) F. Fergusson, "The Cherry Orchard: A Theatre-Poem of the Suffering of Change", *Anton Chekhov's Plays* (New York : W.W. Norton & Company, 1977), 388면.

170) Iu. Lotman, *Universe of the Mind: A Semiotic Theory of Culture* (Indianapolis : Indiana Univ. Press, 1990), 131면.

171) M. Bakhtin, 앞의 책, 397면.

172) M. Bakhtin, *Problemy Poetiki Dostoevskogo* (Moskva : Sovetskaia Rossiia, 1979), 148, 174면.

173) 경계를 넘어가는 이러한 주인공의 행위는 일종의 사슬 즉 플롯을 형성한다. 인류의 문화에 존재하는 모든 텍스트를 '플롯이 없는 텍스트'와 '플롯이 있는 텍스트'로 구분하는 로트만은 플롯을 경계를 거스른다는 의미로 사용한다. Iu. Lotman, 앞의 책, 151~170면과 Iu. 로트만, 앞의 책, 194~209면. 그런데 앞에서 규명했던 체호프의 극 텍스트에서 플롯이 의미적 기능을 수행하지 못하는 점은 등장인물들이 자신 앞에 설정된 경계를 거스른다고 해도 탈출의 의미를 획득할 수 없다는 사실에서 비롯되기도 한다.

174) Iu. Lotman, 앞의 책, 136~137면.

175) B. Zingerman, 앞의 책, 12면. 파제예바는 보이니츠키가 무대 위로 돌아와 두 번째 총을 발사하고 잠시 후 "맞지 않았나?"라고 말하는 순간,

그에게서 실패한 비극적 주인공으로서의 가치는 사라져 비극은 희극
으로 변한다고 해석한다. N. I. Fadeeva, "Chekhov i Dramaturgiia
Serebrianogo Veka", *Chekhoviana: Chekhov i Serebrianyi Vek* (Moskva :
Nauka, 1996), 184면. 그러나 그의 절망이 희화화되어 그 자신의 모
습, 행위마저 우스꽝스럽게 만드는 것은 이미 이전에 "내 인생은 끝났
어! 나는 달란트도 있고 똑똑하고 용감한데…. 만일 내가 정상적으로
살았다면 쇼펜하우어도 도스토예프스키도 되었을 텐데…"라고 절규
할 때 이뤄진다. 모순의 지적처럼, 정상적인 삶을 언급하는 그가 도스
토예프스키를 들먹이는 것은 '정상에 대한 기이한 이해'로서, 이 절규
에는 절망과 익살스런 유머가 융합되어 있는 것이다. G. Morson,
"Uncle Vanya as Prosaic Metadrama", *Reading Chekhov's Text*
(Evanston : Northwestern Univ. Press, 1993), 219면.

176) E. Bentley, "Craftsmanship in Uncle Vanya", *Anton Chekhov's Plays*
(New York : W.W. Norton & Company, 1977), 355면.

177) A. S. Sobennikov, 앞의 책, 103면.

178) 체호프의 모든 희곡에는 휴지부가 빈번하게 나온다. 수히흐의 꼼꼼한
정리에 따르면, 「아비 없는 자식」에서 120회, 「이바노프」 1판과 2판에
각각 24회와 25회, 「숲의 정령」에서 37회, 「갈매기」에서 32회, 「바냐
아저씨」에서 43회, 「세 자매」에서 60회, 「벚꽃 동산」에서 32회나 나온
다. I. N. Sukhikh, *Problemy poetiki A. P. Chekhova* (Leningrad : LGU,
1987) 16면. 그런데 이 말 없음 곧 휴지는 말 그대로 침묵이지 결코 의
미 없음은 아니다. 그래서 오스노빈은 체호프의 극에서 '휴지부의 시
스템'은 행위의 진행에 근본적인 영향을 준다라고 강조한다. V.
Osnovin, *Russkaia dramaturgiia vtorogo polobiny XIX veka* (Moskva :
Prosveshchenie, 1980), 137면. 그래서, 파제예바는 체호프의 드라마

투르기에서 휴지부가 중심적인 역할을 수행한다고 분석하며, 휴지부를 심리적 생략, 상황적 생략, 장르적 생략으로 구분하기도 한다. N. I. Fadeeva, *Novatorstvo Dramaturgii A. P. Chekhova* (Tver' : TGU, 1991), 30~39면.

179) 모슨은 아스트로프의 술 마시는 행위를 자기 파괴적 행위로 해석한다. "아스트로프는 자신이 푸념하고 있음에 대해 푸념하며 또 그러한 사실을 스스로도 알고 있다. …그런데 자멸적 행위는 자신의 행위에 대한 자각에서 고쳐질 수 있는 것이지 아스트로프가 말하는 일종의 자기 반성에서 고쳐질 수 있는 것은 아니다. …아스트로프는 자신이 푸념하고 있음에 대해 스스로를 질책하면 할수록, 그러한 사실에 대해 더욱 푸념한다. 이러한 내성(內省)적 자기 연민은 그 스스로를 먹고산다. 음주 상태의 자기 연민이 그러하다. 그리고 이것이 체호프가 그로 하여금 불평하면서 술을 마시게 하는 이유다." G. Morson, 앞의 글, 225면.

180) E. Bently, 앞의 글, 353면.

181) J. Tulloch, *Chekhov: A Structuralist Study* (London : The Macmillan Press Ltd., 1980), 111면.

182) V. Kataev, *Literaturnye sviazi Chekhova* (Moskva : MGU, 1989), 218면.

183) 케인이 아이러니한 주석이라 해석하는 이 장면을 마가샤크는 더 구체적으로, 고대 그리스 극에서 주석의 기능을 수행하던 코러스의 역할이 변형되어 수용된, 체호프 드라마투르기의 한 특징인 코러스적 요소라고 설명한다. D. Magarshack, "Purpose and Structure in Chekhov's Plays", *Anton Chekhov's Plays* (New York : W.W. Norton & Company, 1977), 268~271면.

184) R. S. Brustein, *The Theatre of Revolt* (Boston : Little, Brown and

Company, 1962), 157면.

185) M. Stroeva, 앞의 글, 126면.

186) H. Pitcher, "The Chekhov Play", *Chekhov: New Perspectives* (Englewood Cliffs : Prentice-Hall Inc., 1984), 81면.

187) 체호프의 다른 작품들에서도 다변의 인물은 부정적으로 평가받는다. 예를 들어 「6호 병동」에서 의사 안드레이 예피모이치는 지나친 친절과 다변으로 자신의 진정한 휴식을 방해하는 우편국장에 대해 "세상에는 사실 항상 그럴 듯하고 멋있는 말만 하면서도 바보 같은 인상을 주는 사람이 많단 말이야"라고 평가한다.

188) 「세 자매」의 기본 테마를 '문화와 속악의 충돌'로 보는 브루스타인은 마지막 장면에서 군대가 떠나는 것을 마샤와 베르쉬닌의 관계가 끝나는 것을 의미할 뿐 아니라 최후의 문화적 방벽이 붕괴하는 '우울한 출발'이라고 해석한다. R. S. Brustein, 앞의 책, 166면.

189) 마찬가지로 출구가 부재한 「갈매기」와 「벚꽃 동산」의 3막에서도 인물들은 절박한 모습을 보인다. 트레플레프가 트리고린에게 결투를 신청할까봐 염려하여 아르카지나와 트리고린이 떠나는 「갈매기」의 3막에서, 마샤는 술을 마시며 자포자기의 심정으로 메드베젠코와 결혼할 결심을 하고, 소린은 아르카지나와 충돌하여 현기증을 호소하고, 트레플레프는 아르카지나와 욕설이 섞인 말다툼을 벌이며 모든 것을 상실했음을 토로한다. 심지어 성공한 여배우로 항상 행복한 듯한 아르카지나도 눈물을 흘리며 트레플레프에게 "불행한 나를 용서해라"라고 언급하고, 또한 트리고린의 배반이 두려워 안절부절못한다. 한편 니나는 트리고린에게 사랑을 고백하며 결국 이곳을 떠날 결심을 하고, 트리고린도 니나의 사랑 고백에 도취되어 아르카지나의 표현에 따르자면 "미쳐 버렸다". 무대 밖의 공간에서 영지 경매가 열리는 시간에 전개

되는 「벚꽃 동산」의 3막에서도 인물들의 절박한 상태가 드러난다. 라네프스카야는 무도회를 열지만 계속 영지에 대해 걱정하여 가예프의 귀가를 기다리고, 스물둘의 불행 에피호도프는 당구봉을 부러뜨리고, 새로운 시대의 도래를 역설했던 트로피모프는 라네프스카야와의 말다툼 이후 계단에서 굴러 떨어지고, 피르스는 예전과 달라진 무도회에 대한 불만을 토로한다. 결국 아냐는 "지금 부엌에서 어떤 이가 벚꽃 동산이 오늘 팔렸다고 말했대요"라며 파멸의 소식을 전달하고, 이는 곧이어 등장한 로파힌과 가예프에 의해 확인된다. 그리고는 라네프스카야는 악단이 조용히 음악을 연주하는 가운데 서럽게 울며, 선조들이 농노로 일했던 영지의 새로운 주인이 된 로파힌마저 신경이 극도로 날카로운 모습을 보인다. 그래서 일부 연구자들은 플롯 라인을 중시하여, 감춰진 극성이 외부로 분명히 표출된다며 기존 극의 절정과 같이 해석하기도 한다. 그러나 이는 오히려 클라이맥스가 아니라 안티클라이맥스이며, 반전이 아니라 아리스토텔레스의 개념에서의 인지다. 3막은 출구 부재의 의미를 함축하고 있는 것이다.

190) C. Popkin, *The Pragmatics of Insignificance*: Chekhov, Zoshchenko, Gogol (Stanford : Stanford Univ. Press, 1993), 216면.

191) J. 라캉, 권택영 엮음, 『욕망 이론』(서울 : 문예출판사, 1994), 155~156면.

192) 김인환, "언어와 욕망", 『세계의 문학』 37호 (서울 : 민음사, 1985), 289면.

193) 그런데 라캉에게 있어서 탈중심화되고 분열된 주체의 개념은 광기를 비정상적인 것으로 보는 것을 부인한다. 그의 이 견해는 데카르트 이후의 이성 중심의 서양 철학에 대한 비판적 태도에서 이해되어야 한다. "무의식의 자리인 큰 타자를 고려하여 라캉은 '나는 생각한다. 그러므로 나는 있다' 라는 데카르트의 제1원리에 반대하고 '나는 내가

아닌 곳에서 생각한다. 그러므로 나는 내가 생각하지 않는 곳에 있다'
라는 제1원리를 설정한다.' 같은 글, 275면.

194) M. Foucault, *Madness and Civilization: A History of Insanity in the Age of Reason* (London : Tavistock Publications, 1985), 18~19면.

195) 같은 책, 30면.

196) 한편, 린코프는 체호프의 창작 세계에서 최고의 선은 개인과 사회의 일치, 그리고 이성적으로 이해되는 현실이고, 최고의 악은 격리, 소외, 그리고 끊임없이 공포를 형성하는 암담한 현실이며, 이것이 체호프의 정 pro과 반contra, 빛과 어둠이라고 설명한다. V. Linkov, *Khudozhestvennyi mir Prozy A. P. Chekhova* (Moskva : MGU, 1982), 95면.

197) 현실과 규범에서의 일탈이 희극적이란 점은 많은 이론가들이 보편적으로 지적하는 사항이다. 이에 대해서는 Iu. Borev, *Komicheskoe* (Moskva : Iskusstvo, 1970), 43~48면과 B. Dzemidok, *O Komicheskom* (Moskva : Progress, 1974), 33~38면을 참조하시오.

198) M. Foucault, 앞의 책, 24면.

199) J. Tulloch, 앞의 책, 107면.

200) J. Grotowski, *Towards a Poor Theatre* (London : Methuen and Co. Ltd., 1975), 15~25면.

201) Iu. 로트만, 오종우 편역, "영화 기호학과 미학의 문제", 『영화, 형식과 기호』 (서울 : 열린책들, 1995), 241~256면.

202) V. Propp, *Morfologiia Skazki* (Leningrad : Akademiia, 1928), 35~78, 88~92면.

203) A. 위베르스펠드, 신현숙 역, 『연극기호학』 (서울 : 문학과 지성사, 1991), 122면.

204) Iu. Lotman, *Struktura Khudozhestvennogo Teksta* (Providence : Brown

Univ. Press, 1971), 291면.

205) A. Chudakov, *Poetika Chekhova* (Moskva : Nauka, 1971), 231~232면.

206) 이러한 해석은 특히 체호프가 작업하던 당대에 있었는데, 이에 대해 네미로비치 단첸코는 '많은 사람들이 「갈매기」의 트리고린이 자전적인 인물이라고 생각한다. 어디에선가 톨스토이도 그렇게 말했다' 라고 쓰고 있다. V. Nemirovich Danchenko, "Chekhov", *A. P. Chekhov v vospominaniiakh sovremenikov* (Moskva : Khudozhestvennaia Literatura, 1986), 291면. 작가의 말을 대신하는 등장인물의 등장은 18, 19세기의 러시아 희곡에서 자주 사용되었던 방식으로서, 프랑스의 희극작가 J. 르냐르(1655~1709)의 극작법에서 영향을 받은 것이다. '르냐르의 희극들에 등장하는 주요 인물로서 설명역(役)raisonneur은 광범위한 주제에 대한 작가의 관점을 표명하는데, 이러한 인물은 러시아 연극의 중심이 되었다.' D. J. Welsh, *Russian Comedy: 1765~1823* (Hague : Mouton & Co., 1966), 66면. 그 예로 폰비진의 「미성년」에서 스타로둠, 그리보예도프의 「지혜의 슬픔」에서 차츠키, 투르게네프의 「시골에서 한 달」에서 라키친, 오스트로프스키의 「뇌우」에서 쿨리긴, 그리고 체호프의 극작술을 비판하는 톨스토이의 「어둠의 힘」에서 아킴 등이 있다.

207) A. Skaftymov, "Principles of Structure in Chekhov's Plays", *Chekhov: A Collection of Critical Essays* (Englewood Cliffs : Prentice-Hall Inc., 1967), 82면.

208) O. E. Mandel'shtam, "O P'ese A. Chekhova *Diadia Vania*", *Sobranie Sochinenii v chetyrekh tomakh. T. 4* (Moskva : Terra, 1991), 521~522면.

209) 마샤는 이 노래를 고립의 탈출구였던 사랑의 대상 베르쉬닌과 이별한 후 또다시 반복하여 부른다.

377

210) G. Tamarli, *Poetika Dramaturgii A. P. Chekhova* (Rostov-na-Donu : Izdat. Rostovskogo Universiteta, 1993), 44면.

211) 「갈매기」의 인물들 사이에는 다섯 개의 애정 관계가 있는데 그 성격은 각기 상이하다. 브룩스와 하일만은 다섯 종류의 애정의 성격을, 열정 적이고 이상적인 젊은 사랑(트레플레프의 니나에 대한), 마력에 이끌 린 사랑(니나의 트리고린에 대한), 일방적이고 희망 없는 사랑(마샤의 트레플레프에 대한), 은밀한 사랑(폴리나의 도른에 대한), 안락한 결합 (아르카지나와 트리고린)으로 구분한다. C. Brooks & R. Heilman, *Understanding Drama* (New York : Holt, Rinehart and Winston Inc., 1948), 492면.

212) N. Nilsson, "Intonation and Rhythm in Chekhov's Play", *Chekhov: A Collection of Critical Essays* (Englewood Cliffs : Prentice-Hall Inc., 1967), 168면.

213) 접미사 '시치나shchina'는 통상 문학 작품의 등장인물의 이름 뒤에 붙 어서 그 인물의 전형적인 형상을 의미하는 경우에 사용된다. 이를테 면, 고골의 희곡 「감사관」에 등장하는 과장된 거짓말과 행동을 일삼는 흘레스따꼬프의 특징적인 형상을 흘레스따꼬프시치나고 부르거나, 곤 차로프의 소설 「오블로모프」에서 의욕 없이 무위도식하는 주인공의 특징적 형상을 오블로모프시치나라고 부른다. 이는 작품의 인물들을 완벽한 하나의 전형적인 실체로 파악하고 있는 것이다. 그래서, 체호 프의 등장인물들을 전일적인 실체로 파악하는 프롤로프는 '세레브랴 코프시치나는 속물성의 파괴적이고 난폭한 힘에 대한 체호프적 테마' 라고 설명한다. V. Frolov, *Sud' by Zhanrov Dramaturgii* (Moskva : Sovetskii Pisatel', 1979), 110면. 그러나 체호프 자신은 한 편지에서 이러한 기존의 경향을 완곡하게 거부하고 있다. 네미로비치 단첸코의,

「러시아 통보」에 실린 「바냐 아저씨」와 오블로모프를 연결시킨 논문을 읽어봤냐는 물음에 대해 "나 자신의 분위기를 흐리게 하지 않기 위해서 그와 같은 논문들을 읽지 않습니다"라고 대답하고 있다.

214) I. Kirk, *Anton Chekhov* (Boston : Twayne Publishers, 1981), 141면.

215) V. Ermilov, *Dramaturgiia Chekhova* (Moskva : Gosizdat. Khudozhestvennoi Literatury, 1954), 309~333면.

216) G. Tamarli, 앞의 책, 76~86면. B. Hahn, *Chekhov: A Study of the major stories and plays* (Cambridge : Cambridge Univ. Press, 1977), 26~27면.

217) B. Zingerman, 앞의 책, 365~381면.

218) B. A. Videbaek, *The Stage Clown in Shakespeare's Theatre* (Westport : Greenwood Press, 1996), 53면.

219) A. Chudakov, 앞의 책, 170면.

220) A. Skaftymov, 앞의 글, 77면.

221) C. Brooks & R. Heilman, 앞의 책, 492면.

222) I. Sukhikh, *"Vishnevyi Sad A. Chekhova", Analiz dramaticheskogo proizvedeniia* (Leningrad : LGU, 1988), 357~358면.

223) H. Pitcher, "The Chekhov Play", *Chekhov: New Perspectives* (Englewood Cliffs : Prentice-Hall Inc., 1984), 23면.

224) A. Sobennikov, *Khudozhestvennyi Simvol v Dramaturgii A. Chekhova* (Irkutsk : Izdat. Irkutskogo Universiteta, 1989), 101면.

225) L. Grossman, "The Naturalism Of Chekhov", *Chekhov: A Collection of Critical Essays* (Englewood Cliffs : Prentice-Hall Inc., 1967), 34면.

226) N. Zvenigorodskaia, "Chekhov i uslovnyi teatr Meierkhol'da", *Chekhoviana: Chekhov i Serebrianyi Vek* (Moskva : Nauka, 1996), 209면.

메이예르홀드는 1898년부터 1902년까지 모스크바 예술극장의 단원으로 활동하다가 연극에 대한 해석의 차이로 독립하여 헤르손에서 작업을 한다. 폴로츠카야는 그런 그가 모스크바 예술극장의 공연에 불만을 터뜨리는 체호프의 희곡을 더 잘 이해하고 있다고 평가한다. E. Polotskaia, "Chekhov i Meierkhol'd", *Literaturnoe Nasledstvo T. 68* (Moskva : Izdat. Akademii Nauk SSSR, 1960), 433면.

227) V. Meierkhol'd, "Naturalistic Theatre and Theatre of Mood", *Anton Chekhov's Plays* (New York : W.W. Norton & Company, 1977), 318면.

228) I. Kirk, 앞의 책, 151면.

229) F. Fergusson, "The Cherry Orchard: A Theatre-Poem of the Suffering of Change", *Anton Chekhov's Plays* (New York : W.W. Norton & Company, 1977), 382면.

230) E. Polotskaia, *A. P. Chekhov: Dvizhenie Khudozhestvennoi Mysli* (Moskva : Sovetskii Pisatel', 1979), 258면.

231) 체호프는 「벚꽃 동산」의 경쾌한 특성에 대해 특히 강조하여, 스타니슬라브스키가 연출하고 가예프 역까지 맡은 1904년 3월의 공연에 관해 이렇게 언급한다. "스타니슬라브스키가 4막에서 혐오스럽게 연기하며 괴로울 정도로 길게 끌었습니다. 정말 유감입니다! 최대 12분이면 족할 이 막이 당신네들 공연에선 40분이나 걸립니다."

232) G. Speaight, *The History of the English Puppet Theatre* (London : George G. Harrap & Co. Ltd., 1955), 11면.

233) 사실, 체호프는 한 편지에서 자신의 작품에 등장하는 인물들이 악인도 선인도 아닌 평범한 인간이지만 이들을 묘사할 때 "어릿광대를 무시할 수는 없었다"라고 언급한 바도 있고, 단편 「마스크」, 「변장한 자들」 등에서는 광대를 작품의 모티프로 도입하기도 했다. 그런데, 러시아의 전

통극에서 광대의 역할은 지대했다. 프세볼로드스키 게른그로스의 설명에 따르면, "18세기가 되어서야 테아트르teatr, 드라마drama란 용어가 러시아의 어휘에 들어왔는데, 그 이전에는 볼거리pozorishche가 테아트르를, 놀이igrishche가 드라마를 대신한 용어였다. 그런데 러시아 드라마의 가장 오래된 전통은 익살꾼, 유쾌한 자들이라고 평가받는 유랑 광대 곧 스코모로흐skomorokh의 놀이다." V. Vsevolodskii-Gerngross, *Istoriia Rosskogo Dramaticheskogo Teatra T. 1* (Moskva : Iskusstvo, 1977), 16, 25, 27면.

234) Iu. Borev, Komicheskoe (Moskva : Iskusstvo, 1970), 12면.

235) J. Styan, *The Dark Comedy: The Development of Modern Comic Tragedy* (Cambridge : Cambridge Univ. Press, 1979), 90면.

236) B. Hahn, 앞의 책, 33면.

237) G. Steiner, *The Death of Tragedy* (London : Faber and Faber, 1978), 301~302면.

238) 이와 관련하여 티머는 체호프의 작품들에 나타나는 기이함이 삶의 부조리성을 보여 준다고 해석한다. C. Timmer, "The Bizarre Element in Chekhov's Art", *Anton Chekhov's Plays* (New York : W.W. Norton & Company, 1977), 272~286면.

239) R. Pearce, *Stages of the Clown* (Carbondale : Southern Illinois Univ. Press, 1970), 3~4면.

240) F. Fergusson, 앞의 글, 383~395면.

241) Iu. 로트만, 석영중 역, 『러시아 기호학의 이해』 (서울 : 민음사, 1993), 227면.

242) M. Bakhtin, *Voprosy Literatury i Estetiki* (Moskva : Khudozhestvennaia Literatura, 1975), 312면.

243) G. Brodskaia, "Chekhovskii teatr Meierkhol'da", *Chekhoviana: Chekhov i Serebrianyi Vek* (Moskva : Nauka, 1996), 236면.

244) 3막의 무도회에서 다혈질의 피시치크와 막대기처럼 여윈 샤를로타, 머리숱이 적은 트로피모프와 화려한 라네프스카야, 고양된 아냐와 우체국장 등이 쌍을 이루어 춤을 추는데, 이는 조화롭지 못하고 논리적이지도 못한 그들의 행위를 의미한다. G. Tamarli, 앞의 책, 75면.

245) B. Zingerman, 앞의 책, 332면.

246) B. Zingerman, 앞의 책, 80면. 한편, 타마를리는 체호프가 라네프스카야 부인이 죽은 어머니의 흰옷을 회상한다는 점에서, 즉 흰색을 죽음과 소멸에 연결시킨다는 점에서 동양적이라고 평가한다. G. Tamarli, 앞의 책, 67면.

247) 이 대사는 버찌에 관한 것일 뿐 아니라 '잃어버린 삶의 능력'에 대한 것이다. I. Sukhikh, 앞의 글, 353면.

248) B. Aleksandrov, *Seminarii po Chekhovu* (Moskva: Uchpedgiz, 1957), 250면.

249) A. Miller, "Tragedy and the Common Man", *Modern Drama* (New York : W.W. Norton & Company, 1966), 328~330면.

250) Aristotle, *Poetics* (New York : W.W. Norton & Company, 1982), 46면.

251) 여기서 '연극적'이란 의미는 우리가 일상어에서 간혹 사용하는 '연극하고 있네'란 빈정거리는 표현에 내포된 '인위성'을 뜻한다.

252) 즐거움과 웃음은 구별되어야 한다. 이미 보들레르는 즐거움은 조화이지만 웃음은 이중적 감성의 폭로라고 언급한 바 있다. 그래서 피어스는 희극성의 변질을 다음과 같이 설명한다. "전통적으로 희극은 드라마의 대립하는 힘들이 화해하는 사실적 또는 상징적 결혼 의식으로 끝난다. 즉, 인간 본성의 대립하는 요소들이 화합하고, 존재의 근본적인

모순들이 조화를 이루는 것이다. 그런데 희극은 점차 화합 의식을 희화화하여 스스로의 목적을 거스른다. 실제적으로 또는 상징적으로 또는 암시적으로 실현되는 화합 의식의 희화화는 화해 또는 화합의 불가능성을 극화한다."

253) 따라서 영지 박탈은 비극적 음조를 띠고 있는 것이 아니라 공포감을 준다. 이 공포감은 우리가 등장인물들에게 인간성이 부재하나 그들이 살아가는 삶이 핍진성을 유지하여 부조리한 세계에 대해 지각하기 때문이다. 하일만도 비극과 멜로드라마에 대한 발생론적 고찰에서, 불행의 세계가 전부 비극이 되지 않으며, 도덕적이 아니라 기계적인 재난에서 발생하는 불행이 비극의 그것과 다르다고 설명하고 있다. R. B. Heilman, "Tragedy and Melodrama: Speculations on Generic Form", *Tragedy: Vision and Form* (New York : Harper & Row Publishers, 1981), 205~215면.

254) B. Eikhenbaum, "Problems of Cinema Stylistics", *Russian Formalist Film Theory* (Ann Arbor : Michigan Slavic Publication, 1981), 74~75면.

255) B. Hahn, 앞의 책, 17면.

256) E. Bentley, "Craftsmanship in Uncle Vanya", *Anton Chekhov's Plays* (New York: W.W. Norton & Company, 1977), 353면.

257) A. Belyi, *Simvolizm kak miroponimanie* (Moskva: Respublika, 1994), 375면. 체호프의 희곡을 상징주의와 연결시켜 해석하는 벨르이의 이 견해는 문학에 대한 일반적인 기대와 결합되어, 이후 체호프 극 해석에 은연중에 큰 영향을 주었다.

체호프와 진실

258) 비극이나 희극 또는 소극처럼 멜로드라마에도, 비극의 무의식적인 패러디 형태로부터 저속극에 이르기까지, 그것에 대해 완벽하고 단일한 정의를 내릴 수 없는 수많은 역사적 조건들이 존재한다. 그럼에도 멜로드라마가 다른 장르와 구분되는 기반은 단순하고 선명한 이분법의 가치관에 놓일 것이다. 그러나 필자가 강조하는 것은, 멜로드라마가 인물들 사이의 관계에 기반하되 그 인물은 이전의 비극이나 희극처럼 그 인물 이상의 뭔가를 의미하지 않는다는 점이다.

259) 「아비 없는 자식」이 보여 주는 후기 드라마와의 일련의 연관성에도 불구하고 이 희곡에는 멜로드라마적 상황과 에피소드가 풍부하다. 이러한 난관은 다음의 장막극에서도 계속되어, 1887년의 초판 「이바노프」가 무대 위에서 대중적인 성공을 어느 정도 거뒀음에도 작가 체호프는 자신의 의도를 이해시키지 못했다고 판단하고 수차에 걸쳐 개작한다. 그래서 '코미디'라는 장르 규정이 '드라마'로 바뀐 1889년 판이 나온다. 이때 체호프 자신의 이바노프에 대한 다음과 같은 지적은 그의 희곡이 의도하는 바를 엿볼 수 있게 한다. "이바노프는 자신조차 이해하지 못하고 피곤해 하지만, 현실은 그런 점에는 전혀 아랑곳하지 않는다. 현실은 당연한 자신의 요구를 그에게 제기하고, 그는 원튼 원치 않든 그 문제를 해결해야만 한다. 병든 아내라는 문제, 빚더미라는 문제, 매달리는 사샤의 문제. …그러나 이바노프와 같은 사람은 그러한 문제들을 해결하지 못하고 단지 그 중압감에 시달릴 뿐이다. 그런 사람들은 어찌할 바를 몰라 두 손을 내저으며 신경질적으로 푸념하고 바보 같은 짓을 하고 만다. 그래서 결국 몰이해의 단계에 이르게 된다."

260) 첫 단막극이자 습작극인 「큰길가에서」(1885)부터 행위의 갑작스런 일

탈 조짐이 보인다. 큰길가에 위치한 술집에서 부랑인 메리크는 아내에게 농락당한 몰락한 술주정뱅이 보르초프의 신세 한탄을 듣고 우연히 그 술집에 들른 그의 아내를 도끼로 살해하려 한다. 메리크의 이러한 충동적인 행위도 같은 맥락에서 이해할 수 있다.

261) 이른바 회심 이후 톨스토이는 자신의 의도와 드라마 장르의 성격이 부합된다고 보고 희곡에 열중한다.

262) G. Morson, "Uncle Vanya as Prosaic Metadrama", *Reading Chekhov's Text* (Evanston : Northwestern Univ. Press, 1993), 217면.

263) 인상주의라는 해석은 관계성 부재에 대한 대안적 해석으로 나름대로 타당성을 지니고 체호프 희곡의 해석에 많은 영향을 준다.

264) 이미 이전부터 체호프는 구성의 차원에서 음악을 지향하고 있음을 밝힌 바 있다. "나는 이야기의 외양을 수정하기 위해서 교정지를 읽고 있는 게 아닙니다. 이야기는 완성했지만 음악적 측면에서 수정하고 있습니다." 한편, 체호프가 스텝, 밤, 여명, 양떼를 한 장의 풍경화처럼 묘사한 단편 「행복」도 '유사quasi 심포니'라고 불렀음을 상기할 필요가 있다.

265) 그런데 이런 '그래서'라는 기존 관극의 관점은 체호프의 드라마를 '그리고'로만 보게 한다는 사실을 밝힐 필요가 있겠다. 모든 행위가 대단원을 통해서 의미지어진다면 그것은 행위의 발전과 파국을 중시하기 때문이다. 사실 주요 인물들이 자살하거나 좌절하는 체호프의 후기 드라마의 결말은 비극적이다. 그러나 그의 드라마는 '그래서'의 인과적 연결에 의해서 그들이 그렇게 파멸했다고 하지 않는다. 체호프에게 있어서 결말은 또 하나의 중도일 뿐이다. 때문에 필자가 중시하는 것은 파멸을 낳는 원인이 '그리고'라는 접속사에 의해 처음이나 마지막에 같은 무게로 존재하고 있다는 점이다.

266) 청현상과 음악현상의 차이는 서우석, 『음악 현상학』(서울 : 서울대출판부, 1997), 81~84면을 참조하시오.

267) A. Copland, "The creative process in music." *Aesthetics and the Arts* (New-York : McGraw-Hill Book Company, 1968), 169면.

268) 전통적인 예술fine arts 분류에서 음악과 문학은 시간적 개념의 해독 '과정'이 필요한, 즉 시간성과 역동성의 측면에서 조형 예술과 구분되는 자매 예술로 여겨져 왔다. S. Scher, "Literature and Music", *Interrelations of Literature* (New York : The Modern Language Association of America, 1982), 230~238면. 특히 희곡을 '공연'하는 드라마는 문학의 여느 장르에 비해 악보를 '연주'하는 음악과 친밀성을 가진다. 부호화된 악보의 음들을 연주함으로써 음악이 성립되듯이, 글자로 쓰여진 희곡의 언어 행위들을 연출함으로써 무대가 성립된다. 이때 현재진행형인 무대의 지금, 여기라는 절대 시공은 음악과 드라마를 더욱 가깝게 한다. 그러나, 음악과 기존 드라마의 '읽기decoding'에는 본질적인 차이가 내재해 있다. 대단원을 지향하는 드라마의 연결이 '그래서'라면, 반복과 대비를 기반으로 하는 음악은 '그리고'와 '그러나'의 연결이다. 하지만 체호프의 장막극아 '그래서'의 의미를 함축하는 전형적인 3막극이나 5막극이 아니고 마치 심포니의 4등분된 형식처럼 4막극인 것은 우리의 해석에 시사하는 바가 크다.

269) 서우석, 앞의 책, 86면.

270) 「갈매기」의 첫 장면에서 마샤와 메드베덴코 사이의 소통되지 않는 '이론과 실제', 「세 자매」를 여는 올가의 '죽음, 꿈, 노동'에 관한 세 가지의 독립된 독백, 「벚꽃 동산」의 첫 지문에서 '실조'된 날씨는 극 전반에 걸쳐 변주되어 테마를 이끈다.

271) 서우석, 앞의 책, 84면.

272) Iu. Lotman, *Struktura khudozhestvennogo teksta* (Providence : Brown Univ. Press, 1971), 48~49면.

273) 때문에 체호프의 작품 세계에서 생태학을 언급할 수 있다.

274) 여기서 염두에 두어야 할 것은 텍스트의 구조는 단순한 형태상의 특성이 아니라 그 구성으로 표현된 작품의 주된 이념이라는 점이다.

275) 츠메탕 토도로프, "문학 장르", 김현 편, 『장르의 이론』(서울 : 문학과 지성사, 1992), 18면.

276) 이러한 현상의 강도는 점차 강해지고 뚜렷해져, 그의 마지막 희곡 「벚꽃 동산」에서는 등장인물들이 영지 경매란 사건과 전혀 무관하게 무대 위에서 살아간다.

277) 「바냐 아저씨」의 대단원의 경우에는 소냐가 죽은 뒤에 지상 세계를 내려다보자며 사후 세계를 언급함으로써 그 신비감이 특히 강하다. 따라서 이는 영화의 조안각bird's eye view이라기보다 차라리 대부감 extreme high angle shot에 해당할 것이다. 그러나 사후 세계는 신비주의적 도피가 아니라 힘겨워도 끝까지 삶을 영위하자는 의미에서 언급되고 있음에 주목해야 한다. 즉, 마지막 대사의 요체는 현실 세계에 있는 것이다 ─ "바냐 아저씨, 사는 거예요. 길고 긴 낮과 오랜 밤들을 살아 나가요. 운명이 우리에게 주는 시련들을 참아 내요. 지금도, 늙은 후에도, 쉬지 말고 다른 사람들을 위해 일해요. 그리고 우리의 시간이 찾아와, 조용히 죽어 무덤에 가면 얘기해요. 얼마나 힘들었는지, 얼마나 울었는지, 얼마나 괴로웠는지." 그럼에도 바냐 아저씨에게는 그 현실 세계 자체가 신비의 세계이다.

278) 아프리카와 관련해서 체호프는 다음과 같이 언급한 바 있다. "당신은 이 장면에서 아스트로프가 물에 빠진 사람이 지푸라기라도 잡는 심정으로 뜨거운 연정을 가지고 엘레나를 대한다고 했소. 그러나 이는 옳

지 않소, 절대로 옳지 않소! 아스트로프는 옐레나를 좋아하고 또 그녀의 아름다움에 매료되어 있지만, 하지만 마지막 막에서 그는 이미 어쩔 수 없다는 것, 그리고 옐레나는 아주 떠난다는 것을 알고 있소. 그래서 그는 이 장면에서 옐레나에게 마치 아프리카의 혹서에 대해서 말할 때와 같은 톤으로 말하고, 달리 뭘 할 수 없기에 단순히 입을 맞출 뿐이오." 아프리카에 관한 체호프의 유일한 이 언급에서 우리는 떠나는 옐레나를 통해 현실을 수긍하고 인정하는 아스트로프의 태도가 혹서의 아프리카에 대한 언급과 연결된다는 점에 주목해야 한다. 그리고 여기서 아스트로프는 숲의 의미를 통해 보이니츠키의 절망의 의미를 개인의 차원인 아닌 일반의 차원으로 격상시키는 역할을 한다.

279) 그동안 타인들과 소통하지 않는 대화를 독백하던 트레플레프가 4막에서 "그래요, 나는 어머니 소리를 들어요"라며, 현실의 세계에 푹 빠져 있는 아르카지나 곧 현실의 존재를 듣는 점은 그의 죽음을 예견케 한다.

280) R. Williams, *Modern Tragedy* (Stanord : Stanford Univ. press, 1966), 139~146면.

281) 체호프는 이러한 점을 「이바노프」에서 이미 분명히 밝히고 있다. 보이니츠키와 마찬가지로, 이바노프의 곤란한 처지도 과거 자신의 신념에 의해 형성된 것이다. "나 역시 스스로를 망가뜨린 것 같아. …나는 남들과는 다른 것을 믿었고, 남들처럼 결혼하지도 않았으며 열광하며 위험을 무릅쓰고 뭐든 감행했지. 당신도 알다시피 나는 여기저기 돈을 뿌렸어. 그래서 그 누구보다 행복했고 고생스러웠지. …스무 살에 우리는 모두 영웅이고 무슨 일이든 손을 대고 할 수 있어. 그러나 서른 살이 되자 지쳐버리고 아무데도 쓸모없게 돼버려."

282) Iu. Lotman, 앞의 책, 52면.

283) 「벚꽃 동산」에서 등장인물들은 아예 현실을 외면한다. 그래서 그 자체
의 의미가 현실이 아니라 풍경인 벚꽃 동산에서 등장인물들의 삶은 놀
이가 되어 버린다. 4막에서 로파힌이 다른 인물들 때문에 정신 없이
비현실적으로 살았지만 이젠 일터로 돌아가야겠다고 말하는 것은 의
미심장하다.

284) G. Morson, 앞의 글, 219면.

285) 체호프의 인물들은 예언자처럼 미래를 거의 틀림없이 예측한다. 그런
데 낭만적인 그들의 예언은 파멸의 예언 곧 낭만적 환멸이다.

286) 체호프의 작품들은 두루 알다시피 드라마틱한 이야기나 긴박한 사건
을 다루지 않는다. 그래서 정적인 체호프의 작품들을 지배하는 것은
시간성이 아니라 공간성이다. 이 또한 체호프의 작품들에 회화성을 부
여한다.

287) 이 지적은 인상파의 사실성과 관련하여 이해될 수 있다. 회화사에서 인
상파는 사실성 표현의 획기적인 전환으로 해석된다. 처음에는 인상파
의 그림들이 사실을 정확하게 그리던 이전의 전통에서 일탈한 기이하
고 어이없는 현상으로 폄하되었다. 하지만 인상파는 대상을 빛과 색채
의 속성을 통해 더 사실적으로 포착해낸다. 하늘은 파란색이어야 한다
는 식의, 시선이 갖는 인습성을 극복한 것이다.

288) Iu.. 로뜨만, "영화 기호학과 미학의 문제", 오종우 편역, 『영화의 형식
과 기호』 (서울 : 열린책들, 2001), 128면.

289) D. Rayfield, *Understanding Chekhov: a critical study of Chekhov's
prose and drama* (Madison, 1999), 26면. 화가 레비탄과의 교류에 관
해서는 *P. Callow, Chekhov: The hidden ground* (Chicago, 1998),
67~69면 참조.

290) I. Kirk, *Anton Chekhov* (N.Y., 1981), 115면.

291) M. Gor'kii, *Sobranie sochinenii v tridtsati tomakh T.28* (Moskva : Gosizdat, 1954), 113면.

292) T. 위너는 「개를 데리고 다니는 부인」을 음표(音標)로 풀어 해석하기도 했다. T. Winner, "The poetry of Chekhov's prose: Lyrical structures in *The lady with the dog*," Language an literary theory (Ann Arbor, 1984), 609~622면.

293) A. Belyi, *Simvolizm kak miroponimanie* (Moskva : Respublika, 1994), 371~ 375면. 이는 고리키가 「개를 데리고 다니는 부인」을 문학의 새로운 징후라고 평가한 것과도 연결된다.

294) 바로 포착된 대상의 재현이라는 차원에서 문학과 미술의 유사성을 논의할 수 있다.

295) A. Chudakov, *Mir Chekhova* (Moskva : Sovetskii pisatel', 1986), 290~291면.

296) 체호프는 인물 묘사의 원칙을 이렇게 설명한다. "인물들의 정신상태 묘사를 피하는 것이 좋다. 인물들의 행위에서 그것이 이해되도록 노력해야 한다." 그렇다 보니 체호프의 작품들에서 대상과 인물들의 행위에 우발적인 계기가 빈번하게 개입하기도 한다. 그럴 수밖에 없는 이유를 체호프는 「어느 관리의 죽음」에서 이렇게 말한다. "소설들에게는 이 〈그런데 갑자기〉가 너무 자주 나온다. 하지만 작가들이 이 말을 쓸 수밖에 없지 않은가. 그만큼 인생에는 갑작스러운 일들이 가득한데!"

297) N. Brodskii ed., *Chekhov v vospominaniiakh sovremennikov* (Moskva : Goslitizdat, 1954), 101면. 리하초프의 다음과 같은 언급은 특히 체호프를 이해할 때 주목할 필요가 있다. "예술의 영원한 가치는 거창하고 일반적인 현상이 아니라 작은, 아주 작은, 그렇지만 진정으

로 큰 현상 속에서 찾아야 한다." D. Likhachev, *Ocherki po filosofii khudozhestvennogo tvorchestva* (Moskva : BLITS, 1999), 32면.

298) 체호프는 1888년 1월 12일자 편지에서 자신이 비로소 '두꺼운 잡지'에 데뷔하게 되었다는 사실을 흥분된 마음으로 그리고로비치에게 알리고 있다.

299) Chudakov, 앞의 책, 46면.

300) B. Tomashevsky, "Thematics," *Russian Formalist criticism* (Lincoln, 1965), 90면.

301) R. Gilman, *Chekhov's plays: an opening into eternity* (New Haven, 1995), 71면.

302) Gilman, 앞의 책, 86~87면. 물론 트리고린을 온전히 체호프 자신과 일대일 대응하는 인물 즉 고전주의 극에서 작가의 말을 대신하는 인물로 볼 수는 없다. 하지만 소재를 선택하는 태도에 있어서 트리고린은 체호프와 유사한 점을 보인다. 앞에서 인용한 소재에 관한 체호프의 언급도 이를 시사한다.

303) Chudakov, 앞의 책, 160~161면. 체호프는 한 편지에서 이렇게 언급한 적도 있다. "지상에서 사는 모든 것은 필연적으로 유물론적입니다. …생각하는 인간과 같이 고등 생물도 필연적으로 유물론자입니다."

304) 그런데 이 둘에게는 기존의 세계보다 그들만의 새로운 세계가 더 익숙하고 편안해진다.

305) A. Galichenko, "Semantike krymskogo peizazha v Dama s sobachkoi", *Chekhoviana - Chekhov i serebrianyi vek* (Moskva, 1996), 171면. 갈라첸코는 『창세기』의 아담과 이브에 빗대어 해석하고 있지만, 안나의 모습은 또한 『요한의 복음서』에 나오는 죄지은 여인의 모습으로도 그려진다. "안나의 모습은 낙담하고 풀이 죽은 표정으로, 얼굴 양옆으로

391

긴 머리카락이 애처롭게 흘러내린 채 우울한 생각에 잠겨 있어, 마치 옛 그림에 나오는 죄 많은 여인처럼 보였다." J.W. Sherbinin, *Chekhov and Russian Religious Culture: The Poetics of the Marian Paradigm* (Evanston, 1997), 86면.

306) D. Pakhomov, "Literaturnyi peizazh u Pushkina i Chekhova", *Chekhoviana - Chekhov i Pushkin* (Moskva, 1998), 68면.

307) Galichenko, 앞의 글, 172면.

308) '교회당에서 멀리 떨어지지 않은 벤치'에 앉아 있는 이 둘은 자연 속에서 일종의 종교 의식을 치르는 것이다. 이와 관련하여 갈리첸코는 이렇게 이어 언급한다. "체호프는 톨스토이와 달리, 사랑 특히 남녀간의 사랑에서, 비록 그것이 제도적인 결혼이 아니어도, 모든 것을 포용하는 감정을 본다." 같은 글, 173면.

309) 첫 번째 그림 직후 이 둘은 이미 이러한 변화를 암시하고 있다. "그들은 한가로이 거닐면서 묘한 바다의 빛깔에 대해 이야기했다. 무척 부드럽고 따뜻해 보이는 연보랏빛 바닷물 위로 달빛이 금색 선을 긋고 있었다."

310) V. Smith, "The lady with the dog", *Anton Chekhov's short stories* (N.Y., 1979), 354~355면.

311) R. Johnson, *Anton Chekhov: a study of the short fiction* (N.Y., 1993), 78면.

312) D. Rayfield, *Understanding Chekhov: a critical study of Chekhov's prose and drama* (Madison, 1999), 210면.

313) 체호프는 대단한 학자나 주교와 같은 인물들도 평범하고 연약한 인간적 차원을 부각시켜 묘사한다. 요컨대 체호프의 인물들은 선입견에 부응하는 단일한 성향을 지니는 것이 아니라 모순된 성향들이 결합된 복

합체이다.

314) 러시아어로 начинается 는 '시작되다'는 뜻이고 원문은 다음과
같다. "и обоим было ясно, что до конца ещё далеко-далеко
и что самое сложное и трудное только ещё начинается."

315) F. Dostoevskii, *Polnoe sobranie sochinenii v tridtsati tomakh T.6*
(Leningrad, 1973), 422면.

316) 체호프는 이렇게 말한 적도 있다. "나에게는 정치적, 종교적, 철학적
세계관이 없습니다. 그것들은 매달 바뀐답니다."

317) 사실은 그래서 이 소설이 독자에게는 더 윤리적이다. 체호프는 물론 간
통과 관련된 윤리의 문제를 저버린 것이 아니다. 이 남자와 여자는 작품
이 전개되면서 세상에서 점차 벗어났지만 마지막에서 다시 그 속으로
들어갈 수밖에 없음을 알고 있기 때문이다. 그들 역시 토대를 벗어나서
살 수 없는 것이다. 이렇게 윤리는 고립된 개인이 아니라 사회 즉 사람
들의 관계와 관련된 문제이고, 이 두 인물은 세상과의 관계 즉 윤리의
문제에 직면한다. 하지만 이는 소설의 다음으로 넘어간다. 그런데, 이러
한 점은 오히려 더 윤리적이라 할 수 있다. 왜냐하면 윤리는 강요되는
관습과 달리 칸트도 말했듯이 의지의 자율성과 관련되는 문제이기 때문
이다.

318) '갈매기'를 타고 나는 체호프를 향해 많은 비평가들이 화살, 총, 대포
를 쏴보지만 그 갈매기는 떨어지지 않는 상징적인 그림을 연구서의 표
지로 삼고 있는 도날드 레이필드의 최근 연구는 축적된 많은 연구들을
바탕으로 하지만 여전히 체호프가 러시아의 작가들 가운데 가장 포착
하기 힘든 작가라고 언급한다. Donald Rayfield, *Understanding
Chekhov: A critical study of Chekhov's prose and drama* (Madison :
The University of Wisconsin Press, 1999), vii면. 어느 작가보다 체호

프를 좋아하는 작곡가 쇼스타코비치 역시 "체호프에 관한 명상: 진실
과 죽음"이란 글에서 이 위대한 러시아 작가가 철저하게 연구되지 않
았고 뭔가 제대로 이해되고 있지 않은 게 확실하다는 생각을 한다. D.
쇼스타코비치, 볼코프 엮음, 김병화 역, 『증언—드미트리 쇼스타코비
치 회상록』(서울: 이론과실천, 2001), 303면.

319) 상반되기까지 한 기존의 다양한 해석들에 대한 정리는 다음의 논문을
참조하시오. Gordon McVay, "Anton Chekhov: The Unbelieving
Believer", *The Slavonic and East European Review Vol.80 No.1*,
January 2002.

320) "그 누구도 진짜 진실을 알 수 없다."

321) I. Sukhikh, *Problemy poetiki Chekhova* (Leningrad : LGU, 1987), 147
면. 체호프에 관한 많은 연구들이 주로 그의 새로운 형식에 주목하는
것도 이런 이유에서다. V. Linkov, *Skeptitsizm i vera Chekhova*
(Moskva : MGU, 1995), 4면.

322) 그래서 체호프에게 어떤 특정 사상적 경향을 발견하는 일은 무의미하
기까지 하다. 왜냐하면, 그 자신의 말처럼, 이 작품에서 혹 이런 사상
을 발견했다 하더라도 다른 작품에서는 다른 사상을 발견하게 될 것이
기 때문이다.

323) 드러난 사실이 곧 진실이 되는, 즉 사실과 진실이 일치하는 삶과 시대,
그래서 옳고 그름(是非)이 가려지는 삶과 시대, 이는 인류의 영원한 유
토피아다.

324) 이러한 체호프의 문학관은 레르몬토프의 그것을 연상시킨다. 체호프
가 뛰어난 작품이라 평가했던 레르몬토프의 「타만」이 속한 연작 『우
리 시대의 영웅』의 서문도 이렇게 시작한다. "작가는 다만… 병을 지
적하는 것만으로 충분하리라. 그것을 어떻게 고칠 것인가는 신만이 아

는 일이다."

325) 폴로즈네프와 유사하게 노동을 실천하여 신분의 변신을 꾀한 인물로 「벚꽃 동산」의 로파힌을 들 수 있다. 그렇지만 로파힌은 과거의 신분에 얽매여 고민하고 주저하는 모습을 보이며 삶이 전개되는 무대의 현재 즉 현실 속에서 광대의 모습을 띤다.

326) 르네 지라르, 김치수 송의경 역, 『낭만적 거짓과 소설적 진실』(서울 : 한길사, 2001), 207~208면 참조.

327) 두루 알다시피 클레오파트라(Kleopatra)는 영광(kleos)과 아버지(pater)의 합성어이다.

328) 블라고보가 독단적으로 러시아에 문화가 부재하다고 말하지만, 체호프가 이 작품에서 역설하고 있는 것은 문화는 비록 우리가 그것을 알아채지 못한다 하더라도 깊게 흐른다는 것이다.

329) 화자의 아버지가 화자에게 정신적인 일을 하는 직업을 권하는 것도 화자가 개념화된 이 도시 속에서 인정받을 수 있길 바라기 때문이다.

330) "아버지는 벌써 30년 동안이나 이 초막에 신문을 쌓아두었다. 이 신문을 무슨 이유에서인지 일 년에 두 번씩 묶어 놓고 아무도 손을 대지 못하게 했다."

331) J.W. Sherbinin, *Chekhov and Russian Religious Culture : The Poetics of the Marian Paradigm* (Evanston : Northwestern Univ. Press, 1997), 136면.

332) 체호프는 오성으로 감성을 극대화한다. 이런 방법론은 자제된 간결한 표현이 오히려 더 격정적일 수 있다는 체호프의 여러 충고에서도 드러난다. 일례로 자신의 결점을 지적해 달라는 고리키의 요청에 체호프는 이렇게 답한다. "내가 보기에 당신은 절제하지 않습니다. 당신은, 자신은 물론 주위 사람들의 관람마저 방해할 정도로 자제하지 못하고 환

호하는 연극 관객과 같습니다."

333) 롤랑 바르트는 이렇게 적고 있다. "언젠가 나는 아미엘의 글을 읽으면서 또 읽으려고 애쓰면서, 그 덕망 높은 편집자가 아미엘의 일기에서 무미건조한 도덕적 고찰만을 보존하기 위해, 일상적인 세부 사항이나 제네바 호숫가의 날씨를 삭제한 것을 자랑스럽게 여기는 데 대해서는 정말로 화가 났다. 낡지 않을 것은 아미엘의 철학이 아닌, 바로 그 날씨일 텐데." 롤랑 바르트, 김희영 역, 『텍스트의 즐거움』(서울 : 동문선, 1999), 101~102면.

334) 삶의 사소한 것들에 대한 체호프의 강조는 1920년대 레닌그라드에서 활동했고 다닐 하름스 등이 참여했던, 삶의 사실을 극단적으로 반영해 부조리한 경향을 띠는 그룹 OBERIU의 선구자로까지 체호프를 보게 한다. T. Ventslova, "O Chekhove kak predstavitele real' nogo iskusstva", *Chekhoviana: Chekhov i serebrianyi vek* (Moskva : Nauka, 1996), 35~44면. 사실 삶의 모든 사실을 포괄하는 합리적인 관점은 존재할 수 없기에, 그 사소한 개개의 것들을 부각시키는 것은 때론 합리성을 벗어나는 실제의 삶이 지닌 부조리성을 함축할 수 있다. 체호프에게서 부조리 문학의 출발점을 볼 수 있는 것은 바로 여기서 출발한다. 그래서 희곡의 차원에서도 체호프가 20세기 중반의 부조리극의 선구자로 여겨질 수 있는 것이다.

335) 그렇게 본다면 플라톤이 『공화국』에서 말했듯이, 예술은 모조품의 맥락에서 이해될 뿐이다.

336) 체호프는 스스로 선정한 자신의 선집의 첫 작품 「굽은 거울」에서 이미, 한 개인의 단일 원근법으로 보편의 진리에 이르렀다고 여기는 특권적 자아의 모습을 우스꽝스럽게 그리고 있다. 이 작품에서 아내는 굽은 거울을 통해 자신을 지고의 미인으로 해석하고 그 속에서만 만족

하고 있다. 그렇지만 그 오만을 보는 타인들은 그런 독단적 진리가 결코 진실에 접근해 있지 않음을 알고 있다.

337) 쇼스타코비치는 그래서 체호프의 글을 읽다 보면 스스로를 재인식하는 경험을 하게 되며 그것은 편견 없는 체호프의 겸손함과 관련된다고 말한다. 쇼스타코비치, 앞의 책, 303면, 375면. 이 점은 파스테르나크의 지바고가 적은 다음과 같은 노트를 상기하게도 한다. "체호프의 순박함, 인류의 궁극적인 목적이니 그 구원인 하는 거대한 일에 대한 겸손한 무관심. 그런 것에 관해 숙고하면서도 전혀 건방지지 않은 것. 체호프는 마지막까지 예술가의 본분에 따른 당면한 일에 충실했고, 그 일을 하면서 조용히 누구에게도 상관하지 않는 개인적인 몫으로서의 자신의 삶을 살았다. 그런데 이제 그 일이 보편적인 관심사가 되어 마치 나무에서 딴 푸른 풋사과가 저절로 익어 가듯이 점점 그 맛과 의미를 더해 갔다."

1860년 1월 17일	(러시아 구력, 현재의 그레고리우스력으로는 1월 30일) 러시아 남부 아조프 해의 항구 도시 타간로그에서 태어남.
1876년(16세)	식료 잡화점을 운영하던 아버지가 파산하여 가족들이 모스크바로 이주. 체호프는 타간로그에 혼자 남아 가정교사를 하며 고학.
1879년(19세)	6월 타간로그의 중등학교를 졸업. 9월 모스크바 대학 의학부에 입학.
1880년(20세)	첫 콩트 「배운 이웃에게 보내는 편지」가 페테르부르그의 주간지 『잠자리』에 게재됨. 이후 1887년까지 안토샤 체혼테, 지라 없는 사나이 등의 필명으로 각종 잡지와 신문에 유머 콩트를 기고함.
1883년(23세)	「굽은 거울」, 「어느 관리의 죽음」 등 발표. 「굽은 거울」은 1903년 말에 체호프가 손수 뽑은 선집 가운데 첫 작품임.
1884년(24세)	6월 모스크바 대학 의학부 졸업. 브스크레센스크의 지방 자치회 병원에서 잠시 근무함. 9월 개업. 12월 처음으로 객혈함. 첫 유머 단편집 『멜포메나의 이야기들』 출판. 유머 단편 「마스크」 등을 발표.
1885년(25세)	5월 인상파 화가 레비탄을 만남. 12월 『새 시대』지의 발행인 수보린과 친교를 맺음.
1886년(26세)	2월 『새 시대』지에 단편 「추도회」를 처음으로 자신의 본명

으로 발표. 4월 두 번째 객혈. 5월 「실패」, 「애수」, 「하찮은 것」 등이 수록된 두 번째 단편집 『잡다한 이야기들』 출판. 「농담」, 「쉿!」 등 발표.

1887년(27세)   4월 고향인 러시아 남부 여행. 세 번째 단편집 『황혼』 출판. 「어느 여인의 이야기」 등 발표.

1888년(28세)   10월 단편집 『황혼』으로 푸슈킨 상 수상. 12월 차이코프스키와 사귐. 「자고 싶다」 등 발표

1889년(29세)   6월 화가인 둘째 형 니콜라이가 폐결핵으로 사망. 12월 「바냐 아저씨」의 토대가 되는 희곡 「숲의 정령」을 모스크바의 아브라모바 극장에서 초연하나 혹평을 받음. 단막극 「청혼」, 「어쩔 수 없이 비극 배우」 등 발표.

1890년(30세)   4월~12월 시베리아를 횡단하여 사할린까지 여행.

1891년(31세)   3월~4월 수보린과 함께 이탈리아와 프랑스로 첫 유럽 여행. 단막극 「기념일」 등 발표.

1892년(32세)   3월 모스크바 남쪽 멜리호보에 영지를 구입하여 이사. 여름에 이 지역에서 콜레라가 유행하자 의사로서 방역 활동. 11월 「6호 병동」을 『러시아 사상』지에 발표하여 커다란 반향을 일으킴.

1894년(34세)   3월 건강이 악화되어 얄타로 가서 지내다가 여름에 밀나노, 니스 등 남유럽을 여행하고 10월에 멜리호보로 돌아옴. 「검은 수사」, 「대학생」, 「문학 교사」 등 발표.

1895년(35세)   8월 톨스토이의 영지 야스나야 폴랴나로 가서 톨스토이를 처음으로 만남.

1896년(36세)   10월 장막 코미디 「갈매기」를 알렉산드린스키 극장에서 초연하지만 크게 실패함.

1897년(37세)	3월 결핵이 악화되어 모스크바의 병원에 입원. 톨스토이가 문병함. 「농부들」, 「바냐 아저씨」 등 발표.
1898년(38세)	고리키와 교우하며 편지를 주고받음. 편지를 통해서 고리키에게 소설 쓰는 방법을 가르침. 8월 건강 때문에 얄타로 이사. 12월 모스크바 예술 극장에서 「갈매기」가 공연되어 대단한 성공을 거둠.
1899년(39세)	3월 얄타로 고리키가 체호프를 방문함. 10월 모스크바 예술극장에서 「바냐 아저씨」 초연. 「새로운 별장」, 「개를 데리고 다니는 부인」 등 발표.
1900년(40세)	1월 톨스토이와 함께 학술원 명예 회원으로 선출됨.
1901년(41세)	5월 모스크바 예술 극장의 여배우 올가 크니페르와 결혼. 10월 얄타에서 톨스토이와 다시 만남.
1902년(42세)	8월 고리키가 학술원 명예 회원 자격을 박탈당하자 이에 항의하여 자신도 명예 회원직에서 사퇴함.
1903년(43세)	10월 마지막 작품 「벚꽃 동산」을 탈고함. 체호프가 직접 자신의 작품들을 선별한 『선집』이 마르크스 출판사에서 간행됨.
1904년(44세)	1월 모스크바 예술극장에서 「벚꽃 동산」 초연. 6월 병세가 악화되어 아내 크니페르와 독일의 바덴바일러로 요양을 떠남. 7월 3일(신력으로는 7월 16일) 바덴바일러의 호텔에서 독일어로 "Ich sterbe(나는 죽는다)"와, 더 이상 어떤 조치도 취할 수 없었던 의사가 급히 주문한 샴페인을 아내 올가와 함께 마신 후 "샴페인은 정말 오랜만이군"이라는 마지막 말을 남기고 새벽 세시에 영면. 모스크바의 노보제비치 수도원의 묘지에 묻힘.

Allen, David, *Performing Chekhov*, London: Routledge, 2000.

— '니나' 역을 맡은 V. 코미사르제브스카야의 사진(본서 중간 도판)

— J. 밀러 연출의 「세 자매」제1막, 촬영 포즈를 취하고 있는 등장 인물들의 사진(본서 12쪽)

— J. 밀러 연출의 「세 자매」제1막, 오프닝 사진(본서 13쪽)

Rozovskiy, Mark G., *K Chekhovu*, Moscow: Russian State University for the Humanities, 2003.

— 1993년 로조프스키 연출의 「바냐 아저씨」중에서 '보이니츠키' 역을 맡은 A. 마살로프와 '소냐' 역을 맡은 B. 자슬라브스카야의 사진(본서 7쪽), 그리고 '아스트로프' 역을 맡은 A. 몰로트코프의 사진(본서 중간 도판)

— 2001년 로조프스키 연출의 「벚꽃 동산」중에서 '아냐' 역을 맡은 K. 트란스카야, '트로피모프' 역을 맡은 D. 세메노프, '에피호도프' 역을 맡은 A. 루카쉬, '야샤' 역을 맡은 Iu. 골룹초프, '두냐샤' 역을 맡은 O. 레베제바, '피르스' 역을 맡은 G. 슈밀로프, 그리고 '가예프' 역을 맡은 A. 자렘보브스키의 사진(본서 11, 12쪽)